Zum Buch:

Die Erkenntnis trifft Livvy hart: Sie ist tot! Doch warum ist sie noch hier, und wer ist dieser unverschämte räudige Kater, der ihr ständig schlaue Ratschläge erteilt? Nur langsam kommen die Erinnerung und das Verstehen. Livvys Mann Adam hat eine Affäre, sie selbst hatte einen Unfall, und jetzt hängt sie in der Zwischenwelt fest, gemeinsam mit dem Kater – Malachi, ihrem Geisterführer. Er zeigt ihr, wie sie Adam auf sich aufmerksam machen kann, doch Livvy will mehr – sie will ihre Familie wiederhaben. Und plötzlich scheint sie tatsächlich die Chance zu erhalten, ihr altes Leben zurückzubekommen …

„Herzerwärmend, witzig und magisch … ich habe sogar ein paar Tränen vergossen!"

Sun

Zur Autorin:

Julia Williams wuchs mit sieben Geschwistern im Norden Londons auf und studierte in Liverpool. Nach einigen Berufsjahren im Verlagswesen widmet sie sich inzwischen ganz dem Schreiben. Während des Studiums lernte sie ihren Mann David kennen. Mit ihm und den vier gemeinsamen Kindern lebt sie mittlerweile in Surrey.

Alle Rechte, einschließlich das des vollständigen oder
auszugsweisen Nachdrucks in jeglicher Form, sind vorbehalten.

Alle handelnden Personen in dieser Ausgabe sind frei erfunden.
Ähnlichkeiten mit lebenden oder verstorbenen Personen wären rein zufällig.

Der Preis dieses Bandes versteht sich einschließlich
der gesetzlichen Mehrwertsteuer.

Umwelthinweis:
Dieses Buch wurde auf chlor- und säurefreiem Papier gedruckt.

Julia Williams

Ein ganz besonderer Weihnachtswunsch

Roman

Aus dem Englischen von
Sonja Sajlo-Lucich

MIRA® TASCHENBUCH
Band 25967
1. Auflage: Oktober 2016

MIRA® TASCHENBÜCHER
erscheinen in der HarperCollins Germany GmbH,
Valentinskamp 24, 20354 Hamburg
Geschäftsführer: Thomas Beckmann

Copyright © 2016 by MIRA Taschenbuch
in der HarperCollins Germany GmbH
Deutsche Erstveröffentlichung

Titel der englischen Originalausgabe:
Make a Christmas Wish
Copyright © Julia Williams 2015
erschienen bei: Avon an Imprint of HarperCollinsPublishers Ltd.

Konzeption/Reihengestaltung: fredebold&partner GmbH, Köln
Umschlaggestaltung: any.way, Hamburg; Cordula Schmidt / Barbara Hanke
Redaktion: Christiane Branscheid
Titelabbildung: shutterstock
Satz: GGP Media GmbH, Pößneck
Druck und Bindearbeiten: GGP Media GmbH, Pößneck
Printed in Germany
Dieses Buch wurde auf FSC®-zertifiziertem Papier gedruckt.
ISBN 978-3-95649-598-4

www.mira-taschenbuch.de

Werden Sie Fan von MIRA Taschenbuch auf Facebook!

*Für meine Lieblingszwillingsschwester
Virginia Mofatt,
meine erste Leserin und größte Unterstützerin.
War auch wirklich höchste Zeit... xxx*

NOCH ZWEI WOCHEN BIS WEIHNACHTEN

Joes Notizheft

Was tut eine Mutter?
Eine Mutter kocht.
Eine Mutter holt mich von der Schule ab.
Eine Mutter hält Nachmittagsschlaf.
Eine Mutter ist immer da.
Als ich noch klein war, hat meine Mum mir gesagt, ich soll nach dem hellsten Stern am Himmel suchen und dann meinen Weihnachtswunsch aussprechen, der wird dann nämlich wahr.
Der hellste Stern am Himmel ist der Polarstern, der die Reisenden nach Hause führt.
Heute Abend habe ich durch mein Teleskop gesehen und mir etwas zu Weihnachten gewünscht.
Vielleicht kann der Polarstern ja meiner Mum leuchten und sie wieder nach Hause bringen.
Dann können wir wieder eine Familie sein.

ERSTER TEIL

VERGANGENE WEIHNACHT

Livvy

Auf dem Asphalt des Parkplatzes komme ich zu mir. Irgendwie fühle ich mich sehr benommen und verwirrt. Ich erinnere mich noch an das Auto und an den jungen Burschen hinter dem Steuer … und an diesen fürchterlichen Schmerz, der durch meinen Kopf geschossen ist. Ich sehe auch die ganzen Leute, die um mich herumstehen, aber ansonsten weiß ich nicht mehr viel. Das Ganze musste schon Stunden her sein, denn inzwischen ist es dunkel, und ich bin allein. Ich verstehe auch nicht, wieso ich noch hier bin. Haben sie mich etwa einfach liegen lassen? Wieso hat man mich nicht ins Krankenhaus gebracht? Sehr seltsam. Ich fühle in meinen Taschen nach meinem Handy. Ich muss unbedingt Adam, meinen Mann, anrufen. Er macht sich bestimmt Sorgen, wo ich bleibe. Und Joe, unser Sohn, wird inzwischen völlig aufgelöst sein. Da fällt mir wieder ein … Aus irgendeinem Grund war ich wütend auf Adam, kann mich aber beim besten Willen nicht mehr erinnern, weshalb. Und mein Handy kann ich auch nirgends finden. Ich muss es wohl verloren haben, als der Wagen mich angefahren hat.

Der. Wagen. Hat. Mich. Angefahren.

Ich stutze, muss erst einmal die Logik des Ganzen verarbeiten. Wenn dieses Auto mich angefahren hat, wieso bin ich dann nicht verletzt und habe keine Schmerzen? Und wie kommt es, dass ich noch immer hier bin? Und weshalb ist es so dunkel?

Oh nein …

Adam

Als ich erfahre, dass meine Frau schwer verletzt im Krankenhaus liegt, stehe ich gerade vor meinem Büro und führe zum x-ten Mal das gleiche Gespräch mit Emily. Ich möchte vermeiden, dass alle hier in der Firma erfahren, was los ist. Ich bin wirklich nicht stolz darauf, wie geheimnistuerisch ich in den letzten Monaten geworden bin.

„Wie ist sie dahintergekommen?", flüstert Emily nervös.

„Ich weiß es nicht", antworte ich. „Das ist auch nicht mehr wichtig."

„Es ändert alles", sagt sie.

Ich seufze. „Ja, das ist mir klar. Andererseits – irgendwann musste sie es ja herausfinden. Ich wünschte nur, sie hätte es von mir erfahren." Ich weiß auch nicht ... ich hatte es ihr in den letzten Monaten so oft sagen wollen. Mein Familienleben hat sich unaufhaltsam mehr und mehr aufgelöst. Ehrlich gesagt, ich hätte mir nie vorstellen können, dass es einmal so schlimm wird. Während dieser Zeit ist Emily mir zum einzigen Lichtblick im Leben geworden. Aber hätte ich überhaupt den Mut gefunden? Und dann ist da ja auch noch unser Sohn Joe. Was um alles in der Welt wird es dem Jungen antun? Schuldgefühl und Elend haben sich inzwischen fest in meinem Magen eingenistet. Wir haben in der Vergangenheit ja schon so einige miserable Weihnachtsfeste hinter uns gebracht, aber dieses Jahr wird mit Sicherheit allem die Krone aufsetzen.

„Adam, da sind Sie!" Marigold, meine Assistentin. Sie sieht ziemlich mitgenommen aus. Sie redet so schnell, dass ich kaum verstehe, was sie sagt. „Es tut mir so leid, Adam ... aber Sie müssen sofort zum Krankenhaus fahren. Es ist ein Unfall passiert ... Livvy ist schwer verletzt."

„Was?" Noch immer bin ich mir nicht sicher, ob ich richtig verstanden habe. „Emily, ich muss gehen. Eine Livvy-Krise."

„Beeilen Sie sich." Marigold wird immer hektischer. „Sie ist in der Notaufnahme."

Zu meiner Schande muss ich gestehen, dass mein erster Gedanke ist, dass Livvy vermutlich mal wieder eine Show abzieht. Das ist ihre bevorzugte Art, Aufmerksamkeit zu bekommen. Aber als ich dann tatsächlich jemanden aus dem Krankenhaus am Telefon habe, erfahre ich, dass sie wirklich in einen schweren Unfall verwickelt wurde. „Zu meinem Bedauern muss ich Ihnen mitteilen, dass ihr Zustand äußerst kritisch ist", sagt mir der Arzt. „Ich muss Ihnen dringend raten, so schnell wie möglich herzukommen, Mr. Carmichael."

Ich kämpfe kurz mit mir, ob ich Joe abholen soll oder nicht. Aber wenn die Dinge wirklich so schlimm stehen, wie man mir sagt ... ob Joe mir je vergeben wird, wenn ich ihn nicht mitnehme? Letztendlich hole ich ihn mitten aus dem Unterricht seiner sechsten Klasse. Als wir beide im Krankenhaus ankommen, sagt man uns nur, dass auf der Intensivstation alles versucht wird. Wir werden in einen Warteraum für Angehörige geführt, was nichts Gutes erahnen lässt. Mein Puls rast, mir ist übel. Keiner klärt uns auf, es gibt keine genaueren Informationen, jeder flüstert nur. Und in mir wächst das beklemmende Gefühl, dass wir uns auf das Schlimmste gefasst machen müssen.

Livvy

Langsam kommt alles wieder zurück. Ich weiß, dass ich zwei Wochen vor Weihnachten auf dem Weg war, um die Weihnachtseinkäufe bei Lidl zu erledigen. In mir brodelte es ungestüm, denn ich hatte gerade herausgefunden, dass Adam, Adam, mein wunderbarer Ehemann, mir untreu war. Ich meine, natürlich haben wir unsere Probleme, und schon seit einiger Zeit spüre ich, dass er mehr und mehr auf Distanz geht, aber ... Adam und fremdgehen? Ich weiß wieder, wie wütend und schockiert ich war. Da arrangiere ich alles für ein schönes Weihnachtsfest für uns, und er vergnügt sich derweil mit einer anderen?

Während ich aus dem Wagen ausstieg, plante die eine Hälfte meines Hirns bereits das aufwendige Weihnachtsessen für uns, während die andere Hälfte eine stinkwütende Nachricht an Adam formulierte. *Adam, du verdammter Mistkerl! Wie konntest du nur?* So viel zum Thema Multitasking. Aber ich weiß auch, wie und wieso er das konnte. Über die Jahre habe ich ihm wohl genug Grund dafür geliefert.

Ich war so wütend, dass ich nicht darauf geachtet habe, wohin ich gehe. Ohne auf den Verkehr zu achten, trat ich auf die Straße. Genau in diesem Moment fuhr ein Wagen auf mich zu. Der Fahrer war gerade siebzehn. Sein Vater war mit ihm hierhergekommen, um ihn auf ungefährlichem Gelände ein wenig üben zu lassen. Doch der arme Kerl geriet wohl in Panik, als er mich plötzlich vor sich auftauchen sah, und statt auf die Bremse zu treten, muss er das Gaspedal erwischt haben. Noch immer sehe ich sein schreckverzerrtes Gesicht hinter der Windschutzscheibe, bevor mir selbst klar wurde, dass er frontal auf mich zugebraust kam. Und ich konnte nichts tun, um ihn aufzuhalten.

Der Aufprall tat nicht einmal weh, als der Wagen mich an der Seite erwischte, ins Schlingern geriet und in eine Reihe von Mülltonnen rauschte. Ich flog durch die Luft und landete mit dem Kopf voran auf der langen Reihe von Einkaufswagen. Wären sie nicht gewesen, wäre ich wahrscheinlich mit blauen Flecken und vielleicht noch ein paar Knochenbrüchen davongekommen. So jedoch schlug ich mit dem Kopf auf einen der Wagen auf, was einen Schädelbasisbruch zur Folge hatte.

So ein Glück konnte auch nur ich haben.

Der Schmerz, den ich in diesem Moment spürte, war entsetzlich. Schon in der nächsten Sekunde scharte sich eine kleine Menschenmenge um mich. Alle starrten auf mich hinunter, der

Junge, der den Wagen gefahren hatte, jammerte lautstark: „Oh Gott, was habe ich getan?"

Ich hörte noch das heulende Martinshorn, dann wurde alles um mich herum schwarz. Das Allerletzte, was ich wahrnahm, kurz bevor ich in die Dunkelheit abdriftete, waren die Töne von *Simply Having A Wonderful Christmas Time*, das aus einem nahe gelegenen Laden erklang. Einfach großartig, nicht wahr?

Als ich wieder zu mir kam, lag ich auf einer Trage. Licht schien mir von oben direkt in die Augen. Ich musste mich in irgendeinem Transporter befinden, der wohl mit riskantem Tempo durch die Stadt raste. Von irgendwoher kam eine Stimme: „Livvy, bleiben Sie bei mir, bleiben Sie wach!" Doch ich konnte nicht, ich verlor erneut das Bewusstsein.

Das nächste Mal, als ich aufwachte, schwebte ich wie durch einen Traum. Ich konnte nicht erkennen, wo ich mich befand, aber wenn ich nach unten blickte, dann sah ich eine Menge Leute in hellgrauen Overalls mit Gesichtsmasken. Sie alle standen um einen Körper auf einem OP-Tisch herum … Ich muss sagen, das Ganze war mir mehr als unheimlich. Was ging hier eigentlich vor?

„Jetzt!", sagte jemand, und der Körper da auf dem Tisch zuckte. Mehr passierte nicht.

Der Mann mit dem Defibrillator in der Hand schüttelte stumm den Kopf, und irgendjemand anders sagte: „Zeitpunkt des Todes … vierzehn Uhr fünfzehn."

Einer nach dem anderen trat langsam von dem Tisch mit dem Körper zurück. Monitore wurden abgestellt, Tropfnadeln herausgezogen, Schläuche eingerollt … In diesem Augenblick wurde mir jäh bewusst, dass ich auf mich selbst hinuntersah.

Was war hier gerade passiert, fragte ich mich still.

Ich kann doch nicht … Oder? Nein, das ist sicher nur irgendein seltsamer Traum. Gleich werden Adam und Joe zu mir kommen, und dann wache ich auf, und alles ist wieder in Ordnung.

Adam

Joe sage ich, dass ich uns etwas Heißes zu trinken hole. Ich verlasse den Warteraum und gehe als Erstes zum Schwesternpult, um zu fragen, ob es Neuigkeiten gibt, aber niemand kann mir Genaueres mitteilen. Als ich mit der wässrigen heißen Schokolade für Joe und einem lauwarmen Kaffee für mich in den Warteraum zurückkomme, höre ich, wie zwei Krankenschwestern sich flüsternd darüber unterhalten, wie lange man versucht hat, die Frau in der Notaufnahme zurückzuholen. In mir schrillen alle Alarmsirenen. Oh Gott, was passiert hier nur? Noch vor wenigen Minuten habe ich mir den Kopf zerbrochen, wie ich Livvy unter die Augen treten und ihr beibringen soll, dass ich sie verlassen werde, und jetzt … jetzt bin ich in einem schrecklichen Albtraum gefangen. Ganz gleich, wie unglücklich wir miteinander waren … ich habe nie gewollt, dass Livvy etwas zustößt. Ich fühle mich, als würde ich am Rand eines gähnenden Abgrunds stehen. Ich habe keine Ahnung, wie es mit der Zukunft weitergehen soll.

Schuld, Reue und überwältigende Trauer wollen mich mitreißen, aber um Joes willen muss ich mich zusammennehmen. Als er mich jedoch schüchtern fragt, ob mit seiner Mum alles wieder in Ordnung kommt, habe ich ihm keine Antwort zu bieten.

„Ich weiß es nicht, Joe", sage ich und nippe an dem schalen Kaffee. Mir ist übel vor Angst und panischer Unruhe. Nein, Livvy darf einfach nichts Schlimmes zugestoßen sein. Unmöglich.

Doch es ist nicht unmöglich. Sobald die Krankenschwester das Zimmer betritt, weiß ich es. Sie braucht es nicht einmal auszusprechen.

Ich bilde mir ein, die Worte „Es tut mir so leid" zu hören, aber sicher bin ich mir nicht. Joe wiegt sich unablässig vor und zurück. Als ich ihn in die Arme schließen will, stößt er mich weg, und dann höre ich diesen unsäglich gequälten Schrei.

Es dauert einen Moment, bevor mir klar wird, dass ich derjenige bin, der den Schrei ausgestoßen hat.

Livvy

Von irgendwoher kommt ein Schrei, und ich fühle mich, als zerre mich jemand aus dem Raum, in dem ich momentan bin, bis ich in einem anderen schwebe. Ein kleiner weißer Raum, in dem eine Krankenschwester sich zu einem völlig erschüttert wirkenden Adam setzt und zu ihm und Joe sagt: „Es tut mir so leid."

Joe wiegt sich apathisch vor und zurück, ich kann seine Angst und seinen Schmerz fühlen. Ich will zu ihm gehen, doch ich komme nicht an ihn heran. Der Schmerz wogt in großen Wellen von ihm aus, sie rollen an mich heran. Einen solchen Schmerz habe ich bisher noch nie erlebt. Ohne etwas dagegen tun zu können, fange auch ich an zu klagen und zu weinen. Dann sehe ich, wie Adam zusammensackt und seine Haltung verliert. Ich kann in seinen Kopf schauen, lese seine Gedanken, die sich wirr überschlagen. Nur einer sticht klar und deutlich heraus: Es tut ihm unendlich leid, und er liebt mich sehr. Was immer er mir auch angetan hat … mich zu verlieren ist ein hoher Preis, den er dafür bezahlt.

Plötzlich werde ich in einen langen dunklen Tunnel gezogen. Ich wehre mich und schreie immer wieder: „Lass mich zurück! Ich muss wieder zurück!"

Es hilft nichts. Die Dunkelheit verschlingt mich, und dann ist da nur noch Nichts.

Und jetzt hier auf dem Parkplatz. Im Dunkeln höre ich diese Stimme direkt neben mir. „Scheint, als wäre der Groschen endlich gefallen."

Vor Schreck wäre mir das Herz stehen geblieben, wenn ich

noch eines hätte, das stehen bleiben könnte. Argwöhnisch sehe ich mich um, kann in der Dunkelheit aber nichts erkennen.

„Oh mein Gott, ich bin also wirklich …"

„Ich fürchte, ja", sagt die Stimme regelrecht fröhlich.

„Tot?"

„Mausetot", kommt es von der Stimme.

Das wird immer bizarrer.

„Und wer sind Sie?", frage ich.

„Ein Freund." Es ist mehr ein Schnurren, nicht unbedingt dazu geeignet, mich zu beruhigen.

Ich sehe mich auf dem leeren Parkplatz um. Ich kann nicht glauben, dass ich noch immer hier bin. Ich stehe doch, ich fühle mich wie immer. Wie kann ich da tot sein?

„Völlig normale Reaktion", sagt die Stimme. „Aber daran ist nicht zu rütteln, du bist definitiv den Weg alles Irdischen gegangen."

Sollte dann nicht irgendwo ein Chor von Engeln oder zumindest eine Art Begrüßungskomitee auftauchen? Ich meine, wenn ich schon sterbe, sollte ich dann nicht auf der anderen Seite offiziell aufgenommen werden?

„So funktioniert das hier nicht", kommt es selbstgefällig von der Stimme zurück, und ich muss zugeben, dass mir der Besitzer derselben immer unsympathischer wird.

„Warum bin ich dann noch immer hier?", will ich wissen.

„Lass mich einen Moment überlegen … wo soll ich anfangen …? Du bist noch immer hier, weil du noch nicht bereit bist, auf die andere Seite überzuwechseln."

„Was soll das denn heißen?" Ich gehe sofort in Angriffsstellung. „Wozu soll ich hier noch länger herumlungern? Wenn ich tot bin, dann würde ich jetzt bitte gerne dorthin kommen, wo ich in Frieden ruhen kann."

„Ich will es mal lässig im Fachjargon ausdrücken … du hast da noch ein paar lose Enden zu verknoten."

„Allerdings! Genau das habe ich!", begehre ich auf. „Das ist doch lächerlich. Ich will wieder zurück zu meinem Mann und meinem Sohn. Die beiden brauchen mich. Ich will mit einem Vorgesetzten sprechen!"

„Ich fürchte, du wirst mit mir vorliebnehmen müssen", erwidert die Stimme geduldig. „Deine Einstellung sollte dir übrigens bereits ein Hinweis sein."

„Hinweis? Worauf? Mit meiner Einstellung ist nichts verkehrt. Ich bin ein netter, freundlicher Mensch. An mir ist auch nichts verkehrt."

„Nun, als Erstes drängt sich die Frage auf, weshalb du immer so wütend und verärgert bist."

Natürlich plustere ich mich sofort auf. Schon so lange schleppe ich diesen Groll mit mir herum, dass ich manchmal gar nicht mehr weiß, worüber ich mich überhaupt aufrege. Das sagt Adam schon seit Jahren zu mir, und immer war ich der festen Überzeugung, dass er eindeutig übertreibt. Jetzt allerdings, allein auf einem leeren Parkplatz im Dunkeln, anscheinend tot und nur mit einer körperlosen Stimme als Gesellschaft, beginne ich zu denken, dass Adam vielleicht recht gehabt haben könnte. In meinem Innern gibt es einen dunklen Teich, in dem sich die Wut all der Jahre angesammelt hat. Übrigens ein Ort in mir, dem ich tunlichst fernbleibe. Aber das werde ich dieser Stimme nicht auf die Nase binden.

„Wer sind Sie überhaupt?", frage ich also stattdessen noch einmal, und zu meiner Verblüffung schlendert ein etwas struppig aussehender schwarzer Kater heran und springt auf eine der Mülltonnen.

„Nenn mich Malachi." Der Kater dehnt sich ausgiebig und fährt dabei die Krallen aus. „Ich bin dein spiritueller Führer in der Zwischenwelt."

Nein, beruhigen tut mich das wirklich nicht. Dieser Sturz auf den Kopf muss mir mehr zugesetzt haben als bisher angenommen. Ich halluziniere, eindeutig. Ich bilde mir ein, tot zu sein und mich auf dem Kundenparkplatz eines Supermarkts mit einem Kater zu unterhalten. Nur noch ein Augenblick, und ich wache im Krankenhausbett auf, Adam und Joe werden mit besorgten Mienen an meiner Seite sitzen, und dann wird alles wieder normal werden. Ganz bestimmt.

„Gut, das reicht jetzt, das ist nicht mehr lustig", sage ich. „Ich werde jetzt gehen."

„Versuch's ruhig." Dieser Malachi ist keineswegs beeindruckt. „Ich kann dir schon jetzt sagen, dass du nicht weit kommen wirst. Du wirst mir genau zuhören und dich entsprechend verhalten müssen. Nur weil du tot bist, heißt das nicht, dass du die Regeln ignorieren kannst."

„Ich kann einfach nicht tot sein", jammere ich. „Das passiert alles nicht wirklich."

„Tut mir leid, wenn ich dich enttäuschen muss, aber ... du bist tot. Toter geht's nicht. Und überhaupt ... in deiner Situation ... wieso sollte es da ungewöhnlich sein, sich mit einem Kater zu unterhalten? Eigentlich ist das hier nicht meine wahre Gestalt, aber im Moment ist das wohl das Praktischste. Ich habe es auch schon als Stadtstreicher versucht, aber dann werde ich immer von irgendeinem übereifrigen Ordnungsbeamten verscheucht. Als Katze ist man da wesentlich unauffälliger. Niemand wundert sich, wenn eine Katze nachts um die Mülltonnen streicht. Aber worum es eigentlich geht ... ich bin hier, um dir zu helfen."

„Wieso?", will ich misstrauisch wissen.

„Weil es mein Job ist." Der Kater seufzt frustriert. „Offen gestanden, meist lässt sich mit meinen Klienten wesentlich einfacher arbeiten."

„Was soll das denn schon wieder heißen?", brause ich auf.

„Am besten fangen wir gleich damit an, das Chaos, das du aus deinem Leben gemacht hast, aufzuräumen."

„Ich habe kein Chaos aus meinem Leben gemacht!", protestiere ich. „Mein Leben hat mir gefallen. Und ich würde es wirklich gern wieder zurückhaben."

„Tja, dafür ist es nun zu spät", sagt Malachi. „Aber wenn du möchtest, können wir noch ein paar Dinge in Ordnung bringen. Wir sollten mit deiner Vergangenheit anfangen."

„Und wenn ich nicht möchte?" Ich habe es mir immer zum Vorsatz gemacht, nie zurückzublicken und mich dann auch noch zu fragen, ob ich es anders hätte machen können. Darüber kann man nämlich glatt den Verstand verlieren, wenn Sie mich fragen.

„Auch gut", erwidert der Kater. „Ich kann dir nämlich nicht eher helfen, bevor du dir nicht helfen lassen willst. Solange du nicht gewillt bist, mir zuzuhören, wirst du hier feststecken, bis du bereit bist, den nächsten Schritt zu tun."

„Diesen Unsinn höre ich mir nicht länger an", empöre ich mich. „Jeden Moment muss ich aufwachen, und dann werde ich feststellen, dass das Ganze nur ein idiotischer Albtraum war."

„Deine Entscheidung", schnurrt der Kater. „Dann kannst du ja weiter hier auf die Mülltonnen aufpassen. Sag mir Bescheid, wenn du so weit bist. *Ich* habe nämlich Besseres mit meiner Zeit anzufangen."

Ein Mal kurz mit dem Schwanz geschnippt, und er ist verschwunden. Jetzt bin ich allein, schwebe über dem Lidl-Parkplatz, festgehalten an dem Ort, an dem ich gestorben bin.

Emily

Emily Harris war sich nicht sicher gewesen, ob sie zu Livvy Carmichaels Beerdigung gehen sollte oder nicht. Adam würde natürlich nicht mit ihr reden können, aber sie wollte trotzdem da sein. Wollte versuchen, ihm so ein wenig Halt zu geben, ihn zu unterstützen. Sie hatte ihm eine kurze Nachricht geschickt, um ihn wissen zu lassen, dass sie kommen würde, doch er hatte nicht geantwortet. Sie wusste nicht, was das zu bedeuten hatte. Seit jener schrecklichen Nacht, in der er sie angerufen und ihr erzählt hatte, was vorgefallen war, hatten sie kaum miteinander gesprochen. Und sie verstand ihn – mehr oder weniger. Adam musste jetzt für Joe da sein, und dabei hatte sie nichts verloren. Ihr war aber auch klar, dass das, was sie miteinander gehabt hatten, vielleicht für immer vorbei sein könnte. Livvys Tod machte sie zutiefst traurig. Niemand verdiente es, so zu sterben – nicht einmal die Rivalin, die Adam über Jahre hinweg so maßlosen Kummer zugefügt hatte. Doch jetzt, da Livvy nicht mehr war, hatte Emily nicht die geringste Ahnung, wie es mit ihr selbst und Adam weitergehen würde. Vielleicht war er ja nur mit ihr zusammen gewesen, weil es so schwer für ihn war und er Trost gebraucht hatte. Vielleicht würde ihre Liebe jetzt hinter dieser schrecklichen Tragödie einfach verblassen. Das wäre elendig und erbärmlich, aber es gab nichts, was sie dagegen unternehmen könnte.

Emily blieb hinten in der überfüllten Kirche stehen. Die Trauer war nahezu greifbar, und Emily fühlte sich niedergeschlagener, als sie es je in ihrem Leben gewesen war. Die arme Livvy. Dass sie so früh und auf eine so schreckliche Art hatte gehen müssen. Der arme Joe. Der arme Adam. In dieser Situation war jeder arm zu nennen.

Die Orgel setzte ein. *Der Herr ist mein Hirte.* Die Trauergemeinde erhob sich. Emily sah Adam. Seine Schultern hingen herab, und er hielt den Kopf gesenkt. Mit leerem Blick starrte er geradeaus, als er Joe mit einer Hand auf der Schulter durch den Mittelgang hinter dem Sarg herführte. Der Junge wirkte völlig am Boden zerstört. Die grazile blonde Frau an Joes anderer Seite musste Livvys Mutter sein, Felicity. Die drei stützten sich gegenseitig, und Emilys Gefühl, hier nichts verloren zu haben, wurde immer größer. Fast hätte sie sich umgedreht und wäre geflohen, aber in diesem Moment kam Adam an ihr vorbei und hob den Kopf, warf ihr kleines mattes Lächeln der Dankbarkeit zu. Er sah so traurig und bedrückt aus, Emily wünschte, sie könnte jetzt an seiner Seite sein.

Die Trauerzeremonie verging wie in einem Nebel. Felicity

stellte sich ans Mikrofon und hielt eine Rede, etwas darüber, dass der Tod nicht das Ende sei. Sie wirkte gefasst, und Emily spürte den Kloß in der eigenen Kehle. Die Erinnerung an die Beerdigung ihrer Mutter überfiel sie plötzlich, sie konnte Felicity nur für ihre Haltung bewundern. Emily brachte nicht mehr als erstickte Schluchzer hervor, und die Frau dort vorn musste die eigene Tochter zu Grabe tragen und brach dennoch nicht zusammen. Dafür brauchte man viel Kraft.

Adam las einen Text über die Liebe vor. Den Kopf über das Blatt gesenkt, ohne einen Blick auf die Trauergemeinde, konzentrierte er sich ausschließlich darauf, jedes Wort über die Lippen zu bringen. Emily merkte ihm an, wie viel Beherrschung es ihm abverlangte. Sie wünschte, sie könnte an seiner Seite sein, ihm Trost spenden. Und dann trat Joe an das Pult und sagte schlicht: „Meine Mum war die Beste. Sie hat sich um mich gekümmert, und jetzt ist sie nicht mehr da. Sie fehlt mir."

Danach blieb in der Kirche kein Auge trocken. Während der restlichen Messe waren immer wieder Schluchzer zu hören. Sobald die Andacht vorbei war, ergriff Emily schnellstmöglich die Flucht. Familie und Freunde würden der Beisetzung beiwohnen und danach auf einer privaten Trauerfeier zusammenkommen, und da hatte sie ganz bestimmt nichts zu suchen.

Die Trauergäste scharten sich um Joe, Adam und Felicity, und Emily nutzte die Gelegenheit, um unbemerkt zu ihrem Wagen zu gehen, der ein Stück weiter die Straße hinunter geparkt stand. Sie hatte erledigt, weshalb sie hergekommen war. Zwar hatte sie das, was sie und Adam zusammen hatten, immer für etwas Besonderes gehalten, aber Livvys Tod änderte alles. Ja, ihre Rivalin war fort, aber sicher nicht so, wie sie es sich gewünscht hatte. Würde Adams Liebe zu ihr stark genug sein, um über die Trauer hinwegzukommen? Jetzt blieb Emily nichts anderes, als abzuwarten und darauf zu hoffen, dass Adam zu ihr zurückkommen würde.

Als sie die Fahrertür aufschloss, hörte sie, wie jemand ihren

Namen rief.

„Emily, warte."

Adam. Die Versuchung, die Arme um ihn zu schlingen, war riesig, aber Emily beherrschte sich.

„Ich wollte dir danken", sagte er, als er vor ihr stand. „Es bedeutet mir sehr viel, dass du gekommen bist."

„Es war doch selbstverständlich, dass ich komme", erwiderte sie leise. „Wie ... wie geht es dir?"

„Nicht sehr gut." Und ja, er sah müde und mitgenommen aus.

„Du solltest wieder zurückgehen." Sie fühlte sich nicht wohl. „Man wird sich sicher fragen ..."

„Ich glaube nicht, dass das noch einen Unterschied macht."

„Du musst an Joe denken", erinnerte sie ihn.

„Ich weiß", sagte Adam. „Emily ... du verstehst doch, nicht wahr? Joe hat jetzt absoluten Vorrang für mich. Und ... nun ... es ist durchaus möglich, dass wir uns in den nächsten Monaten nur selten, falls überhaupt, sehen können. Ich will, dass du weißt, es liegt nicht daran, dass ich dich nicht sehen möchte."

„Oh Adam. Natürlich verstehe ich das", erwiderte sie.

Beiden standen die Tränen in den Augen.

Emily warf einen Blick zu der Trauergemeinde hinüber, die sich langsam auflöste. „Du musst wieder zurück, Adam", sagte sie. „Wenn du mich brauchst ... du weißt, wo du mich findest."

„Ich melde mich", sagte er.

„Wenn du so weit bist." Aber wer konnte schon wissen, wann das war?

„Es ist mir ernst ..." Er stockte. „Ich weiß, es ist viel verlangt, aber ... kannst du bitte auf mich warten?"

Mit diesen Worten drehte er sich um und ging davon. Emily stieg in ihren Wagen und fuhr nach Hause. Sie fragte sich, ob sie Adam je wiedersehen würde. Sie hoffte es, wünschte es sich mehr, als sie sich je etwas gewünscht hatte.

Livvy

Schon lange fühle ich mich wie in einem zähen Nebel, habe jegliches Zeitgefühl verloren, bin mir nicht sicher, wohin die Tage, Nächte und Monate verschwinden. Ich kann auch an niemanden herankommen, den ich liebe, wenigstens um zu sehen, ob es ihnen gut geht. Ab und zu macht sich ein seltsames Gefühl in mir breit. Zum Beispiel zur Zeit meiner Beerdigung, da konnte ich spüren, wie aufgewühlt und traurig Joe war. Manchmal glaube ich auch, dass Adam mit mir zu reden versucht, aber das klingt dann immer wie ein altes Radio, das keinen Sender mehr findet. Es kommt von so weit entfernt, dass ich mir nicht einmal sicher bin, ob es wirklich Adam ist. Ich spüre nur diesen unerträglichen Schmerz und die Trauer um einen Verlust. Da gab es doch noch etwas, das ich tun sollte, aber ich kann mich beim besten Willen nicht erinnern, was das war …

Bis … in einer kalten Winternacht ein Schneesturm über meinen Parkplatz fegt und ich plötzlich ganz deutlich Joes Stimme in meinem Kopf höre. Mehr als nur das … ich spüre auch seine maßlose Verwirrung.

„Wird Emily jetzt meine neue Mum, Dad?"

Wer zum Teufel ist Emily? Und wieso sollte Adam nach einer neuen Mum für Joe suchen?

„Nur über meine Leiche", stoße ich zischelnd aus, und plötzlich ist es, als würde das Schneegestöber mich von meinem Parkplatz wegreißen und davontragen.

„Was zum …?" Ich stehe mitten in meinem Wohnzimmer, ohne auch nur die geringste Ahnung, wie ich hierhergekommen bin. Zwar bin ich verwirrt, aber auch begeistert. Endlich bin ich von diesem verdammten Parkplatz weggekommen. Ich sehe mich um, und da sind Adam und Joe … und eine hübsche dunkelhaarige Frau, die ich nicht kenne, auch wenn sie mir irgendwie bekannt vorkommt. Zusammen schmücken sie den Weihnachtsbaum.

Eine fremde Frau in meinem Haus. Zusammen mit Adam. Und Joe. Was, um alles in der Welt, geht hier vor?

Wutentbrannt ist viel zu harmlos ausgedrückt! Voller Rage stürme ich auf die dunkelhaarige Frau in *meinem* Wohnzimmer zu.

„Wer, verflucht, sind Sie?", schreie ich sie an. „Was haben Sie hier zu suchen? In meinem Haus, in meinem Leben?"

Ich will, dass sie sich zu Tode fürchtet. Ich will eine Reaktion von ihr sehen. Doch außer, dass sie leicht erschauert und sagt: „Seltsam, wo zieht's denn hier plötzlich?", passiert nichts.

Mist! Noch nicht einmal richtig spuken kann ich! Dabei will ich doch nur, dass Adam und Joe mich sehen, dass sie wissen, ich bin hier. Dass sie mich wieder zurückhaben wollen, so wie ich sie zurückhaben will.

„Oh, jetzt hör schon mit dem Selbstmitleid auf."

Malachi ist also doch nicht weg. Gut.

„Hättest du mir vor einem Jahr nicht die kalte Schulter gezeigt, könnte das alles inzwischen längst erledigt sein. Sie brauchen dich, und du brauchst sie. Nur vermutlich nicht so, wie du dir das denkst."

„Was meinst du damit?" Warum muss Malachi immer in Rätseln reden?

„Es gibt da Dinge, die du in Ordnung bringen musst."

„Wovon redest du überhaupt?" Wenn ich könnte, würde ich wohl vor Wut rot anlaufen.

„Das weißt du wirklich nicht? Komm, ich zeige es dir …"

Mit einem Ruck werde ich wach, und zwar in einem lebendigen, atmenden, menschlichen Körper. Ich hatte schon vergessen, wie gut sich das anfühlt. Sehen und fühlen und tasten und schmecken können … Moment, das hier kenne ich doch. Ich sehe mich um. Ich sitze in einem Krankenhausbett, neben mir ein Babybettchen, in dem mein Neugeborenes schläft. Liebe durchflutet mich ... Hormone? Endlich ist mein Baby da, nach all den fehlgeschlagenen Anläufen. Mein Wunderkind.

Aber wo ist Adam? So lange haben wir uns dieses Kind schon gewünscht, so viel haben wir durchgemacht, und jetzt ist er nicht hier?

Dann fällt es mir wieder ein. Die Wehen haben zu früh eingesetzt, und Adam ist auf Geschäftsreise. Wir hatten beide gedacht, wir hätten noch viel Zeit. Doch jetzt sitze ich hier, habe unser Baby in dieser unwirtlichen Klinik, umgeben von Fremden zur Welt gebracht. Natürlich sind die Hebammen freundlich, aber völlig überarbeitet. Mum ist gerade bei Freunden zu Besuch und kann erst morgen hier sein ... Noch nie im Leben habe ich mich so einsam und verlassen gefühlt. Ich liege in einem Krankenhausbett, und mein Baby wacht auf, aber ich komme nicht an das Bettchen heran. Wegen der Epiduralanästhesie kann ich nicht aufstehen. Ich bin müde und traurig und völlig überwältigt, und Hunger habe ich auch. So war das doch alles nicht geplant. Wie kann ich am glücklichsten Tag meines Lebens so viel Trauer verspüren?

Dann fängt das Baby an zu weinen, und ich weiß nicht, was ich tun soll. Ich drücke den Rufknopf, aber niemand kommt. Ich bin hier allein mit einem schreienden Baby, und am liebsten würde ich auch losheulen. Ich weiß, es ist unfair, aber ich werde wütend auf Adam. Und dann, ganz plötzlich, ist er da. Er hat alles stehen und liegen lassen und den ersten Flug nach Hause genommen, um bei mir und dem Baby zu sein. Er ist so glücklich und froh, Mutter und Kind wohlauf zu sehen. Also vergesse ich den grimmigen Ärger, vergrabe ihn tief in mir. Nichts anderes zählt jetzt mehr, nur wir und unser neugeborener Sohn.

Auf einmal bin ich wieder in der Zukunft zurück, das heißt tot, und rede mit einem zerrupften schwarzen Kater. Noch immer spüre ich den Ärger in meiner Kehle brennen. So lange war ich wütend auf Adam, ich weiß nicht mehr, wann und womit es begonnen hat. War das wirklich damals an dem Tag, als Joe geboren wurde?

Trostlos starre ich auf Adam und Joe und Adams neue Freundin.

„Und was mache ich jetzt?", frage ich matt.

„Erst einmal", antwortet Malachi, „musst du ihre Aufmerksamkeit erregen."

DIESES JAHR

Noch zwei Wochen bis Weihnachten

Adam

Es ist bereits ein Jahr her? Wie kann es möglich sein, dass schon so viel Zeit vergangen ist, seit meine Welt mit einem Schlag aus den Fugen geraten ist? Als wäre mein Leben nicht schon chaotisch genug gewesen.

Vor Livvys Tod hätte alles anders laufen müssen. Ich meine, ich war nicht stolz auf mich, aber ich hatte Emily getroffen und mich in sie verliebt. Ich hatte immer vorgehabt, es Livvy zu sagen, doch dann hatte sie es selbst herausgefunden. *Adam, du verdammter Mistkerl! Wie konntest du nur?* Die letzten Worte, die meine Ehefrau an mich gerichtet hat. Unter den Umständen hatte ich nichts anderes verdient, obwohl Emily gerade heute noch zu mir gesagt hat, ich ginge zu hart mit mir ins Gericht. Aber ... wenn ich Livvy mehr unterstützt und geholfen hätte, wenn ich begriffen hätte, wie viel es ihr abverlangte, sich um Joe zu kümmern ... Meine Welt besteht hauptsächlich aus Wenn und Aber.

Ich kann mich noch an den Tag erinnern, als ich Livvy im ersten Semester an der Uni in Manchester traf. Da stand dieser quirlige hellwache Rotschopf in der Studentenkneipe an der Theke, kippte einen Kurzen nach dem anderen herunter und trank in dem albernen Wettbewerb jeden ihrer Kommilitonen unter den Tisch. Ich war viel zu schüchtern, um sie anzusprechen, aber mit der Zeit lernten wir uns besser kennen, kamen uns näher, und verwundert stellte ich fest, dass mein Interesse von ihrer Seite erwidert wurde. Letztendlich war es Livvy, die die Initiative ergriff. Wir saßen im Freien und starrten zusammen hinauf in die Sterne am Nachthimmel, und plötzlich küsste sie mich leidenschaftlich. Livvy war so ganz anders als jedes Mädchen, das ich bis dahin kennengelernt hatte. Ein Freigeist, unkonventionell, impulsiv, spontan, wie ich es nie sein könnte. Sie hauchte mir Leben ein, zeigte mir, dass es auch noch etwas anderes gab als die steifen Ansichten und konservativen Weltanschauungen, die meine Eltern mir mitgegeben hatten. Es war eine großartige, eine magische Zeit. Seit ihrem Tod denke ich oft an jene Tage zurück und quäle mich mit der Frage, wie alles so schrecklich hatte schieflaufen können.

Aber es ist nun mal schiefgelaufen, und das letzte Jahr habe ich damit zugebracht, die Scherben meines Lebens wieder einzusammeln. Auch wenn unsere Ehe nur noch eine leere Hülle war, hat mich Livvys Tod zutiefst getroffen. Ich habe nie die Chance erhalten, ihr zu sagen, wie traurig es mich gemacht hat, dass eine Liebe, die so voll strahlender Hoffnung und mit unermesslichem Potenzial begonnen hatte, letztendlich dahingesiecht ist. Jetzt gibt es keine Möglichkeit mehr, noch irgendetwas zu richten.

Und jetzt steht schon wieder Weihnachten vor der Tür. Ich bin es Joe schuldig, mein Bestes zu geben und alles zu versuchen, damit es ein fröhliches Weihnachtsfest wird, selbst wenn Feiern das Letzte ist, wonach mir zumute ist. Bis heute kann ich nicht genau sagen, wie viel von dem, was passiert ist, Joe tatsächlich bewusst registriert hat und was in seinem Kopf vorgeht. Immer wieder gibt er Dinge von sich wie: „Meine Mum ist tot", knallt es völlig Fremden an den Kopf wie einen toten Fisch, ohne jegliche Emotion. Emily meint, wir müssen ihn unterstützen, so gut es uns möglich ist.

Deshalb – auch wenn ich mir keineswegs sicher bin, ob ich die Nerven dafür habe – stellen wir also den Weihnachtsbaum auf. (Letztes Jahr hatte ich das Gefühl, die Lichter würden mich gehässig anfunkeln, um mir damit meine Schuld vorzuhalten.) Den Baum haben wir stets zwei Wochen vor dem Weihnachtsfest geschmückt, und Joe mit seinem geradezu obsessiven Sinn für Ordnung hat diesen Termin schon seit Ewigkeiten in seinem Notizheft eingetragen.

Jetzt stelle ich fest, dass es sogar Spaß macht. Den ganzen Tag schon hat es gestürmt und geregnet. Joe und ich waren an Livvys Grab und haben Blumen daraufgelegt, anschließend noch im Regen einen Spaziergang am Kanal entlang gemacht. Jetzt sind wir wieder zu Hause und sitzen jeder mit einer Tasse heißer Schokolade vor dem flackernden Feuer im offenen Kamin. Es ist warm und gemütlich, bis Joe darauf besteht, dass es Zeit fürs Christbaumschmücken wird. Ich hätte eher erwartet, dass er es heute, am Todestag seiner Mum, nicht machen will, aber er beharrt darauf.

„Wir schmücken den Baum immer zwei Wochen vor Weihnachten", sagt er. „Mum ärgert sich, wenn wir es nicht tun."

Mein Herz zieht sich schmerzhaft zusammen. Wie nüchtern er über seine Mutter spricht! Natürlich trauert er um seine Mum, aber es fällt ihm schwer, es in Worte zu fassen.

Er tippt jetzt auf seine Armbanduhr. Zeit war schon immer wichtig für ihn. „Es ist halb sechs. Wenn wir nicht jetzt gleich anfangen, ist es Zeit fürs Abendbrot, und dann ist es zu spät."

„Also gut, Joe, legen wir los", gehe ich auf ihn ein.

Der Wind heult durch den Kamin, die Hintertür in der Küche klappert leise. Es ist ein altes Haus, die Türen schließen nicht richtig, und die Fenster sind undicht. Wir hatten immer geplant, neue Türen und Fenster mit Doppelverglasung einbauen zu lassen, aber ich mag die alten Holzrahmen und die Schiebefenster. Es verleiht dem Haus Charakter. An einem Abend wie heute allerdings kann ich mich über das zugige Haus nicht unbedingt freuen.

Mit seiner methodischen Art macht Joe sich ans Dekorieren des Baumes. Erst die Lichter, dann bestimmt er, welcher Schmuck welchen speziellen Platz erhalten soll: Der Weihnachtsmann, den er für uns gebastelt hat, als er fünf war, und das Rentier, das Livvy auf dem Weihnachtsmarkt für ihn gekauft hat, müssen so aufgehängt werden, dass sie sofort ins Auge fallen. Dann sortiert er die Kugeln nach einem Farbsystem: Gold, Rot, Silber, in abwechselnder Folge, in Reihen mit gleichmäßigen Abständen rund um den Baum. Livvy war es gewesen, die immer mit ihm zusammen den Christbaum geschmückt hatte. Daher war mir nicht bewusst gewesen, dass Joe diese Kunst über die Jahre offensichtlich bis zur Perfektion geschliffen hat. Emily und ich müssen den Schmuck nach seinen Anweisungen aufhängen, und erstaunt stelle ich fest, wie beruhigend das ist.

Nach den Kugeln wird der Baum schließlich überall mit Lametta behängt. Das „überall" ist wörtlich zu verstehen, denn inzwischen sieht der Baum meiner Meinung nach eindeutig überladen aus. Das rote Lametta dürfen wir übrigens laut Joes Anweisung nicht verwenden, weil es „nicht gut aussieht." Aber abnehmen dürfen wir auch nichts.

Wir hängen gerade die letzten Lamettabündel über die Zweige, als Joe Emily mit diesem durchdringenden nüchternen Blick ansieht und fragt: „Bist du jetzt meine neue Mutter?"

Oh Gott, ich bin noch nicht bereit dafür.

Ich habe mich bemüht, Emily langsam und behutsam in unser Leben einzuführen. Zum Glück kennt Joe sie bereits aus dem Schwimmbad. Jeden Montagabend sind wir schwimmen gegangen. Joe war abends immer noch so sehr aufgedreht, deshalb hatte ich beschlossen, mit ihm schwimmen zu gehen, damit er Energie abbaut und müde wird. Und wie alles andere nahm Joe auch das sehr ernst. Er verließ das Becken nicht, bevor er nicht seine hundert Bahnen geschwommen war.

Dort habe ich Emily getroffen. Nach einer hässlichen Scheidung hatte sie mit dem Schwimmen angefangen, nicht nur, um fit zu werden, sondern auch, so hat sie mir später erklärt, um sich selbst etwas Gutes zu tun und wieder positiv zu denken. Ich schwamm ja auch, um meine Dämonen zu vertreiben. Im Schwimmbad konnte ich alles vergessen, konnte mich entspannen. Irgendwann war mir aufgefallen, dass auch die hübsche Brünette mit dem schwarzen Badeanzug und der roten Badekappe jede Woche da war und direkt neben mir ihre Bahnen schwamm. Im hinteren Teil des Beckens, wo das Wasser tiefer ist, sind wir dann beim Wassertreten an der Bande ins Gespräch gekommen, und so hat eines zum anderen geführt, auch wenn wir beide das nie geplant hatten.

Ein Windstoß fährt in den Kamin und lässt die Flammen auflodern, und ich fühle eine eiskalte wütende Energie, die mir direkt in die Magengrube schlägt. Die Lichter am Christbaum flackern. Die anderen beiden scheinen nichts davon zu bemerken, vermutlich, weil sie vollauf damit beschäftigt sind, die leeren Kartons zusammenzuräumen und wegzustellen. Ich gehe zur Steckdose und hantiere mit dem Stecker. Die Lichterkette brennt jetzt wieder normal.

Emily tritt einige Schritte zurück und begutachtet den Baum. „Das sieht doch richtig hübsch aus, findest du nicht auch?", sagt sie, und Joe lächelt.

„Ja, jetzt kann Weihnachten kommen", erwidert er.

Livvy

„Wie macht man das?", frage ich.

„Du bist ein Geist, und als solcher hast du gewisse Kräfte", klärt Malachi mich auf. „Probier's aus."

„Wie denn? So?", frage ich noch, bevor ich einen gellenden Schrei ausstoße. Es ist sehr befriedigend zu sehen, dass die Lichter am Christbaum zu flackern beginnen.

„Was zum …?", kommt es von Adam. Er geht zur Steckdose und rüttelt am Stecker.

Ha! Endlich also gehört mir ihre Aufmerksamkeit! Schreiend laufe ich durchs gesamte Haus, lasse Lampen aus- und wieder angehen. Doch Emily macht nur einen Scherz über die Schwankungen in der Stromversorgung, woraufhin Adam es sofort auf die alten Leitungen schiebt und laut überlegt, ob er nicht besser gleich morgen früh einen Elektriker bestellen soll, damit der das überprüft. „Das sollte noch vor dem Fest in Ordnung gebracht werden."

Mir geht die Luft aus. Geschlagen gehe ich hinaus in den Garten und starre trübsinnig zum Mond hinauf.

„Das war reine Zeitverschwendung", sage ich, als Malachi an meine Seite springt.

„Sehr geduldig bist du nicht, was?", meint er. „So etwas braucht seine Zeit."

„Wieso können sie mich nicht sehen?" Ich will doch so unbedingt, dass Adam und Joe wissen, ich bin hier. Ich lasse den Mond Mond sein und blicke durch das Fenster in das erleuchtete Wohnzimmer zurück. Joe sieht glücklich aus, zusammen mit Adam und dieser neuen Frau. Ich fühle mich ausgeschlossen und unnütz und bemitleide mich selbst. Was tue ich überhaupt noch hier, wenn sie mich nicht brauchen? Joe mag die Neue, denn sonst hätte er niemals den Baum mit ihr zusammen geschmückt. Da ist er sehr eigen. Ich hatte vermutet, dass ich wegen Joe noch hier bin, aber wie es aussieht, unterscheidet er sich noch mehr von den anderen als gedacht. Er scheint auch gut ohne mich zurechtzukommen. Ich muss an die unzähligen Male denken, in denen ich mir als Mutter so völlig nutzlos vorkam, obwohl ich mir immer solche Mühe gegeben habe, alles richtig zu machen und eine gute Mum zu sein. Jetzt, da ich tot bin, bin ich so viel weniger als nutzlos. Ich starre durch die Fenster, und die Erinnerungen überfallen mich.

Ich glaube, es war das erste Weihnachtsfest mit Joe, als mir endlich bewusst wurde, dass etwas mit ihm nicht stimmt. Er war nie ein pflegeleichtes Baby gewesen, aber mit fast einem

Jahr schlief er noch immer keine Nacht durch, und ich fand es schwierig, eine Bindung zu ihm aufzubauen. War er wach, dann war er oft mürrisch und quengelig, und es raubte mir viel Kraft und kostete Nerven, mich um ihn zu kümmern. Ich fühlte mich schuldig ... Sollte ich nach meinen beiden Fehlgeburten nicht überglücklich mit meinem Baby sein? Als ich es Adam gegenüber erwähnte, meinte er nur, ich bilde mir das ein.

„Babys quengeln und schreien eben", sagte er im Brustton der Überzeugung. Als wäre er Experte für Babys! Dabei bekam er doch überhaupt nichts davon mit. Er arbeitete sich krumm, um unsere drückende Hypothek jeden Monat bedienen zu können, kam abends erst spät nach Hause oder war häufig auf Geschäftsreisen. Es war nicht seine Schuld, dass er nicht miterlebte, wie schwer es für mich war.

„Schon, aber nicht so", beharrte ich.

Aber er hörte gar nicht mehr zu. Niemand hörte mir zu. Unsere wirklich nette, aber völlig überarbeitete Hausärztin, die ihrer Pensionierung bereits entgegenfieberte, hatte mich längst, da war ich mir sicher, als neurotische Mutter abgetan. Nicht verwunderlich, nachdem ich wochenlang nur geheult hatte und schließlich die Diagnose „postnatale Depression" erhielt. Meine Mutter ermahnte mich nur, ich solle doch lieber das halb volle statt des halb leeren Glases sehen, und meine Freundinnen bemitleideten mich, weil mein Baby eben ein schwieriges Baby sei.

Doch an diesem ersten Weihnachtsfest änderte sich alles, und zwar so drastisch, dass selbst Adam mir endlich glauben musste.

Denn während jener Weihnachtstage begann Joe damit, jede Nacht mit dem Kopf gegen die Stäbe seines Kinderbettchens zu schlagen. Wir brachten einen Schaumstoffschutz an, genau wie man uns geraten hatte, doch das änderte nichts. Jeden Abend, nachdem ich Joe in sein Bettchen gelegt hatte, fing es an. Bum, bum, bum! Ihm zuzusehen zerrte an meinen Nerven, aber wenn ich ihn auf den Arm nehmen und trösten wollte, begann er zu brüllen wie am Spieß. Ich hatte das Gefühl, dass meine Berührung wie Gift für ihn war.

Dann gab es Situationen, in denen er schlicht nicht mehr auf seinen Namen reagierte. Er lächelte auch fast nie. Ich war überzeugt, dass das nicht die normale Entwicklung eines Kindes war, also begann ich nachzuforschen und mich zu erkundigen. Adam behauptete ständig, ich würde nach etwas suchen, das gar nicht existierte.

Doch schließlich musste auch er zugeben, dass etwas nicht stimmte. Nach dem Weihnachtsessen packten wir die Geschenke aus, als Joe einen Anfall bekam. Er schrie und warf sich tretend und strampelnd zu Boden. Nichts und niemand konnte ihn beruhigen, weder Adam, der Joe eigentlich immer hatte trösten können, noch meine Mum, die ja immer so stolz davon berichtete, welches Händchen sie mit Babys hatte, und ich erst recht nicht. Wie also hätte ich mich da nicht nutzlos fühlen sollen?

Anfangs konnte mir niemand sagen, was nicht stimmte, aber ich hörte nicht auf, Fragen zu stellen. Alle kamen nur immer zu dem gleichen Ergebnis: Joe entwickelte sich nicht altersgemäß. Er begann gerade erst zu krabbeln, versuchte aber nicht, sich irgendwo festzuhalten und hochzuziehen. Je älter er wurde, desto heftiger reagierte er, wenn ich ihn berühren wollte. Es brach mir das Herz, wenn er zu schreien anfing, sobald ich ihn auf die Arme nehmen oder mit ihm schmusen wollte. Überall hatte ich blaue Flecke, weil er sich mit Händen und Füßen dagegen wehrte. Es war, als würde er in seiner eigenen kleinen Welt leben.

Zu der Spielgruppe ging ich gar nicht mehr mit ihm, weil nie vorauszusehen war, ob er mit den anderen Kinder spielen oder nicht doch nur mit Spielzeugen um sich werfen, die anderen Kinder schlagen und mit dem Kopf auf den Boden hauen würde. Denn während die anderen Babys aus meiner ehemaligen Schwangerschaftsgruppe heranwuchsen und Fortschritte machten, wurde immer deutlicher, dass Joe anders war. Meine ersten beiden Babys hatte ich verloren ... und jetzt das! Vielleicht war es mir einfach nicht vorbestimmt, Mutter zu sein.

Joe war schon fast drei, als wir nach Monaten mit unzähligen Arztterminen und Untersuchungen durch Spezialisten endlich den Grund herausfanden.

„Asperger? Was um alles ...?" Adam wurde mit einem Mal leichenblass.

Also erklärten sie es ihm so behutsam und geduldig wie nur möglich. Dass es schwierig für Joe sei, mit anderen zu interagieren, dass er nie die emotionalen und sozialen Fähigkeiten erlangen würde, die andere Menschen hatten, und dass er deshalb oft unfreundlich und gefühllos wirkte und nur schlecht Kontakt zu anderen Kindern knüpfte. Sie erklärten uns auch, wie unwahrscheinlich es sei, dass er im normalen Schulsystem bestehen würde.

„Oh Mist, Mist, Mist!", stöhnte Adam auf.

„Aber wieso? Wie kann so etwas passieren?" Ich wollte alles wissen.

Erst da erzählte Adam mir von seinem Bruder. Der, über den nie jemand sprach. Der, von dem ich bis dahin nicht gewusst hatte. Der, der in einer Klinik untergebracht war, weil Adams Eltern nicht mit der Schande umgehen konnten.

Ich fühlte mich völlig überrollt. Das hätte ich früher erfahren sollen, darüber hätte ich Bescheid wissen müssen.

„Es tut mir leid", wiederholte Adam unablässig mit bleichem Gesicht. „Ich hätte es dir sagen sollen, aber Mum und Dad ... Sie wollen nicht darüber reden. Und ich ... ich habe mich auch nie in der Lage dazu gefühlt."

Und hätte es überhaupt einen Unterschied gemacht? Ich hätte Joe trotzdem haben wollen. Adam war doch auch völlig normal. Das ist wie bei einer Lotterie. Und wir hatten verloren.

Malachi springt auf eine Mauer, sodass er auf Augenhöhe mit mir ist. „Du darfst nicht so schnell aufgeben." Da liegt unerwartetes Mitgefühl in seiner Stimme. „Wenn du auf mich hörst, wird sich alles zum Besseren wenden."

„Ich soll auf *dich* hören? Wozu?" Überzeugt bin ich nicht.

„Komm, lass uns zusammen eine Reise unternehmen", sagt er. „Du hast noch vieles zu lernen."

1. KAPITEL

Adam

Plötzlich gehen alle Lichter und Lampen im Haus an und aus, so als würde jemand hektisch sämtliche Schalter auf einmal betätigen. Ein seltsam mulmiges Gefühl macht sich in mir breit, ich gehe zum Sicherungskasten, um nachzusehen, doch keine einzige Sicherung ist herausgesprungen, und auch mit den Schaltern scheint alles in Ordnung zu sein.

„Stromschwankungen." Emily lacht. „Wahrscheinlich haben alle Häuser in der Nachbarschaft gleichzeitig die Lichter an ihren Weihnachtsbäumen eingeschaltet."

Überzeugt bin ich davon nicht.

„Vielleicht haben wir hier im Haus ein Problem mit den Leitungen", sage ich. „Gleich morgen früh rufe ich den Elektriker an. Das sollte noch vor dem Fest in Ordnung gebracht werden."

Das Flackern hat sich wieder gelegt, ebenso der pfeifende Wind. Ich beschließe, das mulmige Gefühl zu vergessen, und schiebe es auf eine überaktive Fantasie. Doch als ich später in die Küche gehe, um mit dem Kochen für das Abendessen anzufangen, reißt ein Windstoß die Hintertür auf. Ich gehe hin, um sie zu verschließen, schaue für einen Moment hinaus in die Nacht. Eine kalte, stürmische Nacht, der Wind verfängt sich heulend in den kahlen Bäumen. Unwillkürlich erschauere ich. In einer solchen Nacht jagt man keinen Hund vor die Tür, und doch habe ich das Gefühl, als wäre da draußen im Garten jemand. Jemand, der enorme negative Energie und Zorn ausströmt.

„Ist da jemand?", rufe ich, erhalte aber keine Antwort. Ich sehe nur eine magere schwarze Katze, die über den Gartenweg huscht.

Das muss der Stress sein, denke ich. Stress und Schuldgefühl bringen mich irgendwann noch um den Verstand. Mit einem letzten Blick in den Garten gehe ich wieder hinein und verschließe die Tür.

Das beklemmende Gefühl jedoch bleibt.

Emily

„Na, Joe, was denkst du? Gefällt es dir?" Emily lächelte Joe zu, während sie zusammen ihr Werk – nun, zum Großteil Joes Werk – begutachteten. In den letzten Monaten hatten sie und Adam nach und nach immer mehr Zeit miteinander verbracht, auch, damit Joe sich an sie gewöhnte. Dennoch machte sie sich Sorgen, dass es vielleicht zu schnell ging. Joe blieb ihr ein Rätsel, es fiel ihr schwer, sich vorzustellen, was der Junge dachte. Livvy war wohl die einzige Person gewesen, die den Jungen intuitiv verstanden hatte. Welche Fehler sie auch gehabt haben mochte, Joe hatte seiner Mum sehr nahegestanden. Auch heute noch fand Adam kleine Notizzettel überall im Haus, die der Junge für seine Mutter geschrieben hatte.

„Joe braucht seine Routine", sagte Adam immer wieder zu Emily. „Und er kennt dich schon vom Schwimmen. Das hilft sehr. Außerdem mag er dich."

Es war eine riesige Erleichterung, dass er das sagte. Zu erkennen war es nämlich nicht.

Schon komisch, aber es war Joe gewesen, der sie vor zwei Jahren mit Adam zusammengebracht hatte. Nachdem Emily ihren Mann Graham an eine junge Frau aus der Marketingabteilung seiner Firma verloren hatte, war sie am Boden zerstört gewesen. Ihre Freundin Lucy hatte ihr dringend geraten, umzuziehen, weil sie einen Tapetenwechsel brauche. Also hatte sie den Norden Londons verlassen und war in den Westen gezogen, um dort von vorn anzufangen. Dazu hatte auch das regelmäßige Montagsschwimmen gehört. Joe war ihr gleich am ersten Tag aufgefallen.

Die Bahnen rauf und runter, rauf und runter, unablässig mit den gleichen Bewegungen, wie getrieben von einem inneren Zwang, war er geschwommen. Emily kannte das. In gewisser Hinsicht schwamm sie genauso zwanghaft wie dieser Junge.

Adam bemerkte sie erst später. Nur vage nahm sie den Mann wahr, der neben ihr schwamm. Ab und zu kreuzten sie einander und schwammen dann mit gemurmelten Entschuldigungen weiter. Aus der Entschuldigung wurde irgendwann ein Lächeln, schließlich eine gelegentliche witzige Bemerkung, wie nass das Wasser doch sei und wie viel wärmer es sei, wenn man wieder trocken und angezogen aus dem kühlen Nass heraus war. Und dann eines Tages begegneten sie sich zufällig in einem nahe gelegenen Café, in dem Adam mit Joe saß. Das war jetzt fast genau zwei Jahre her, gegen Mitte Dezember. Emily war ein wenig durch die Fußgängerzone gebummelt und hatte sich die Schaufenster angesehen. Allein. Es hatte ihr ihren Single-Status mal wieder schmerzhaft bewusst gemacht. Sie war zu Lucys alljährlicher Weihnachtsfeier eingeladen und wusste, dass sie eine von den wenigen Gästen sein würde, die ohne Partner dort erschienen. Obwohl sie froh war, Graham los zu sein, wünschte sie sich doch manchmal, sie würde jemanden kennenlernen, mit dem sie ihre Zeit verbringen konnte.

Gleich beim Eintreten in das Café war Adam ihr aufgefallen. Er sah genauso verloren und bedrückt aus, wie sie sich fühlte. Auch wenn sie Joe nicht gleich erkannte, so registrierte sie doch sofort, wie steif der Junge dasaß und akribisch genau sein Besteck zurechtrückte.

„Hi", grüßte Adam. Das Lächeln, das auf sein Gesicht zog, vertrieb die düstere Trauer aus seinen Zügen innerhalb eines Wimpernschlags.

„Hi", grüßte Emily argwöhnisch zurück. Wieso sprach ein komplett Fremder sie in einem Café an?

„Ich bin's, Adam", fügte er hinzu. „Aus dem Schwimmbad."

„Oh." Endlich konnte Emily den Mann zuordnen. „Es ist immer wärmer, wenn wir aus dem Wasser heraus sind, nicht wahr?"

„Genau", bestätigte er mit einem entwaffnenden Lächeln, und ein warmes Prickeln überlief Emily.

Außer ihrer Freundin Lucy kannte sie niemanden hier in dem Stadtteil, es war eine nette Abwechslung, auf ein bekanntes Gesicht zu stoßen. Adam war sehr viel attraktiver, als ihr bisher aufgefallen war – blond mit ersten grauen Strähnen an den Schläfen, leuchtend blauen Augen, die richtig strahlten, wenn er lächelte und sich diese Lachfältchen an seinen Augenwinkeln bildeten. Er trug Jeans, war auch sonst lässig angezogen. Seinen durchtrainierten Körper hatte sie ja bereits im Schwimmbad gesehen, aber den Rest hatte sie irgendwie nie registriert. Schon seltsam, dass einem nicht auffiel, wie gut jemand aussah, wenn er praktisch nackt vor einem stand.

„Angezogen habe ich Sie gar nicht erkannt", sprudelte es aus Emily heraus, und prompt lief sie rot an. Der Mann musste sie ja für eine Idiotin halten. Aber Adam lachte nur und lud sie ein, sich zu ihnen an den Tisch zu setzen.

„Wer bist du?" Joe sah misstrauisch zu ihr hin.

„Du kennst die Lady doch schon", sagte Adam zu seinem Sohn. „Aus dem Schwimmbad. Das ist … Ich kenne Ihren Namen gar nicht", meinte er an sie gewandt.

„Ich heiße Emily."

„Adam", stellte er sich noch einmal vor und lächelte wieder dieses hinreißende Lächeln, sodass Emily ganz warm ums Herz wurde.

„Hallo, Emily aus dem Schwimmbad", sagte Joe und widmete sich wieder seinem Besteck.

„Ich habe dich gesehen, du bist ein guter Schwimmer", wagte Emily sich vor.

„Ich schwimme hundert Bahnen", verkündete Joe voller Stolz.

„Das ist toll. Ich schaffe nur sechzig."

„Ich schwimme hundert Bahnen", wiederholte Joe. „Jede Woche." Dann zog er sich in sich selbst zurück und faltete minutiös seine Serviette.

„Joe hat das Asperger-Syndrom", raunte Adam Emily zu.

„Oh." Sie wusste nicht so recht, was sie jetzt damit anfangen sollte. Sie kannte niemanden mit Asperger. Aber Joe schien ihr eigentlich sehr süß und lieb zu sein, wenn auch vielleicht ein wenig verschlossen. Also lächelte sie den Jungen herzlich an und hoffte, damit nichts falsch zu machen.

Für eine kleine Ewigkeit saßen sie in dem Café, tranken Kaffee um Kaffee und plauderten angeregt miteinander, als würden sie sich schon jahrelang kennen. Joe warf manchmal eine Bemerkung ein, ansonsten hörte er zu. Es waren schöne zwei Stunden, und Emily spürte die Wärme sich mehr und mehr in ihr ausbreiten, mit jeder Minute, die verging. Da saß sie hier, unterhielt sich mit einem Mann, der wirklich nett und freundlich zu sein schien und zudem auch an ihr interessiert. Und es war beinahe Weihnachten … vielleicht wendete sich ja jetzt alles zum Besseren.

Viel zu früh für Emily zupfte Joe an Adams Ärmel. „Es ist elf Uhr achtundvierzig, Dad", sagte er. „Wir treffen uns mit Mum um zwölf Uhr dreißig. Lunch ist dann um ein Uhr."

Oh. Mum. Natürlich, wie dumm von ihr. Adam und Joe immer nur allein zu zweit zu sehen hatte die Hoffnung in Emily aufleben lassen, dass es keine Mum gab.

„Du hast recht", sagte Adam. „Wir sollten gehen." Und das Strahlen in seinen Augen erlosch ein wenig. „Es war wirklich nett, Sie getroffen zu haben, Emily. Wir sehen uns ja bestimmt nächste Woche."

Die beiden gingen, und Emily fühlte sich mit einem Mal schrecklich verlassen. Sie kehrte ins Land der Singles zurück. Sie hatte eben kein Glück. Da traf sie nach dem Debakel mit Graham endlich einen wirklich netten Mann, und natürlich musste er verheiratet sein. Das waren sie ja alle. Nach dem, was sie selbst mit Graham erlebt hatte, würde sie ganz bestimmt keine Ehe zerstören.

Doch letztendlich hatte sie genau das getan. Sie hatte nie die Absicht gehabt, Adam zu verführen, genauso wenig wie er geplant hatte, etwas mit ihr anzufangen. Es war ein langsamer Prozess gewesen, war Schritt für Schritt vorangegangen. Unterhaltungen im Umkleidebereich, hin und wieder ein Drink nach dem Schwimmen ... bis Emily mehr oder weniger eines Abends vor ihrer Haustür über ihn stolperte, als sie von der Arbeit nach Hause kam. Er war völlig aufgelöst und in Panik. Joe war verschwunden, und Adam hatte nicht die geringste Ahnung, wo der Junge sein könnte. Automatisch bot Emily an, ihm bei der Suche zu helfen. Sie fanden ihn schließlich bei einem Schulfreund zu Hause, wo er sich auf einem Stuhl unablässig vor- und zurückwiegte und vor sich hin murmelte: „Mum wollte nicht mit mir reden." Damals erhielt Emily einen ersten Einblick in die Hölle, die Adam und Livvy durchmachten.

„Es ist genauso meine Schuld", erklärte Adam ihr später. „Ich wollte sie ja unterstützen, aber sie kam so gut mit Joe zurecht, als er noch klein war. Manchmal hatte ich das Gefühl, dass sie mich gar nicht brauchte. Joe kam bei ihr immer an erster Stelle, was ja normal ist, aber ich hatte den Eindruck, dass sie nichts weiter wollte als den Jungen. Irgendwann haben wir einfach aufgehört, miteinander zu reden. Ich glaube, mir war nie wirklich klar, was es ihr abverlangt hat, sich um den Jungen zu kümmern."

Nicht lange danach kam es zum ersten Kuss zwischen den beiden, und von da an entwickelte sich Emilys Beziehung zu Adam immer weiter und ging immer tiefer ... bis sie beide so tief drinsteckten, dass es unmöglich war, wieder herauszukommen, ohne jemanden zu verletzen. Das hatten sie beide nie gewollt.

Dann war Livvy vor einem Jahr gestorben ... und alles hatte sich schlagartig geändert. Adam stand unter Schock, und Emily hatte ihm nicht beistehen können. Als hilfloser Beobachter war sie außen vor geblieben und hatte sich mit der Frage gequält, ob sie ihn je wiedersehen würde oder ob das das endgültige Ende sein würde. Ob die Beziehung, die sie so wahnsinnig glücklich machte, mit Livvys Tod ebenfalls sterben würde.

Aber dann, einige Wochen nach Weihnachten, hatte Adam angerufen.

„Es tut mir leid, aber ich werde langsam verrückt. Ich muss mit jemandem reden. Und du bist die Einzige, die mich versteht."

Emily blieb zuerst vorsichtig. Sie war sich nicht sicher, ob Adam überhaupt wusste, was er wollte. Sie konnte nicht mit Gewissheit sagen, ob die Liebe, die sie für ihn empfand, auf Gegenseitigkeit beruhte. Ganz bewusst hatte sie das Schwimmen am Montagabend aufgegeben, ihn zu sehen wäre einfach zu schmerzhaft gewesen. Als sie jedoch eines stürmischen Februartages einen Spaziergang am Fluss entlang machte, stand Adam plötzlich vor ihr. All der Frust und die Zweifel der letzten Monate verpufften, lösten sich in Luft auf, und bevor sie es überhaupt realisierten, lagen sie sich in den Armen.

„Es tut mir so leid, dass wir uns so lange nicht gesehen haben", sagte Adam, als sie dann zusammen in einem kleinen Café saßen. „Ich habe mit Livvy alles so schrecklich verbockt, und mit dir will ich das auf gar keinen Fall. Ich muss an Joe denken. Das verstehst du doch, oder?"

„Natürlich verstehe ich das. Was passiert ist, ist passiert, damit müssen wir klarkommen. Lassen wir es einfach auf uns zukommen und sehen wir, wie es sich ab jetzt entwickelt."

Immerhin war nun klar, dass das, was sie miteinander begonnen hatten, nicht einfach verdorrt war, und so versuchten sie einen Neuanfang. Langsam und vorsichtig zuerst, Schritt für Schritt. Sie verabredeten sich, wenn Joe seine Großmutter besuchte. Einen ganzen wunderbaren Samstag lang, zum Beispiel, schlenderten sie durch die Stadt, unternahmen eine Fahrt mit dem Riesenrad, sahen sich einen Film im Kino an, gingen danach essen und verbrachten die Nacht in einem Hotel. Es war ein neuer Anfang, ein Beginn als richtiges Paar. Emily gewann an Zuversicht, dass sie sich vorwärtsbewegten. Dass es eine Chance gab, dass sie das, was zwischen ihnen war, in etwas Dauerhaftes verwandelten, so wie sie es sich immer gewünscht hatte. Nach einigen Monaten lud Adam sie öfter zu sich nach Hause ein, damit Joe sich an ihre Anwesenheit im Haus gewöhnte. Um Joes willen bemühten sie sich beide, die Dinge nicht zu überstürzen. Obwohl der Junge Livvy fast nie erwähnte, war überdeutlich, wie sehr er seine Mum vermisste. Aber immerhin, er tolerierte Emily. Das alles klappte immer besser, bis Adam es irgendwann wagte, Emily zu bitten, über Nacht zu bleiben.

Wenn Emily ehrlich war, hatte sie sich das anders vorgestellt. Adam hatte noch so viel zu verarbeiten, und sie hatte Angst vor der Verantwortung für Joe. Wie würde sie sich schlagen, wenn sie wirklich offiziell seine Stiefmutter werden würde. Joe war ein lieber Junge, er war ihr ans Herz gewachsen, und sie mochte ihn, trotzdem fühlte sie sich oft unsicher und überfordert. Sollten sie und Adam ein festes Paar werden, dann würde sie eine Lösung dafür finden und damit umgehen müssen. Sicherlich keine leichte Aufgabe, aber Adam machte sie glücklich. Und sie machte Adam glücklich. War das nicht Grund genug, etwas zu riskieren? Wenn doch nur nicht alles so kompliziert wäre …

Und jetzt hatte Joe die Bombe heute einfach nebenbei platzen lassen. Er hatte sie mehr oder weniger damit überfallen, als er sie völlig ruhig ansah und fragte: „Wirst du jetzt meine neue Mutter?" Für Livvy war diese Aufgabe so schwierig gewesen, dass es sie ihre Ehe gekostet hatte. Adam wollte Emily für immer, ja … aber was war mit Joe? War Emily bereit für diese Herausforderung?

Livvy

Mir ist noch immer nicht klar, wieso ich noch hier bin. Es verwirrt mich mehr und mehr. Malachi scheint der festen Überzeugung zu sein, dass ich schneller auf die andere Seite überwechseln kann, wenn er mir vor Augen führt, was zwischen mir und Adam falsch gelaufen ist. Zumindest glaube ich, dass es das ist, was er erreichen will. Er ist eben kein Kater vieler Worte. Aber war das wirklich alles? Ich meine, ich weiß, wir hatten unsere Probleme, aber ich bin sicher, wir hätten das zusammen in den Griff bekommen. Will Malachi einfach, dass ich loslasse? Das kann ich nicht. Wie soll Joe denn mit allem fertigwerden, wenn ich nicht hier bin? Adam tut sein Bestes, das weiß ich, so wie immer, aber Joe *braucht* mich. Ich will für ihn da sein, will ihm durch die Schule helfen, will sicher sein, dass es ihm gut geht. Es ist einfach nicht fair, dass ich das jetzt nicht mehr kann.

Und ich will, dass Adam mich sieht, mich hört, meinen Kummer spürt. Ich habe ihn geliebt, liebe ihn immer noch, aber er scheint mich bereits vergessen zu haben. Er ist so fest entschlossen, „glückliche Familie" mit dieser Neuen zu spielen. Und doch bin ich mir sicher, dass Adam mich, ganz tief in seinem Herzen, nicht vergessen kann. Das schließe ich aus seiner Reaktion auf meinen Tod und aus dem Schmerz, der bei meiner Beerdigung von ihm ausging. Diese Emily ist eindeutig nur ein Ausrutscher, ein Lückenbüßer. Jemand, der ihm hilft, diese schlimme Zeit zu überstehen.

Adam und ich ... das zwischen uns war etwas Besonderes, das wusste ich vom ersten Augenblick an, als wir zusammenkamen, nach dieser Nacht in der Bar in Manchester. Er war mir schon vorher aufgefallen, ein umwerfend gut aussehender Typ mit blondem Haar, der sich immer am Rand unserer Gruppe aufhielt, anscheinend zu schüchtern, um am Gespräch teilzunehmen. Also machte ich an jenem Abend den ersten Schritt.

Wir unterhielten uns, und seitdem haben wir mit dem Reden nicht mehr aufgehört. Damals hat er mich nach Hause gebracht, in mein winziges Studentenapartment. Es war eine wunderbar laue Sommernacht, wir setzten uns auf die kleine Rasenfläche vor dem Studentenheim, legten uns auf den Rücken und starrten zu den Sternen empor. Wir suchten uns jeder ein Sternbild aus. Er war Perseus, ich Kassiopeia. Das haben wir später auch mit Joe zusammen gemacht. Diese Nacht damals war magisch, und ich wusste, mit diesem Mann würde ich den Rest meines Lebens verbringen. Es war uns vorbestimmt, zusammen zu sein, zwei Hälften, die ein Ganzes ergaben.

Zugegeben, nicht alles ist so gekommen, wie wir es geplant hatten. Das Leben erwies sich als wesentlich schwieriger, als wir beide uns das an diesem wunderbaren, perfekten Abend hätten vorstellen können. Aber wir haben einander geliebt, waren über zwanzig Jahre zusammen. Wie also sollte diese Emily damit konkurrieren können? Doch wenn ich mir die Szene jetzt ansehe, dann ist es so, als hätte es mich nie gegeben. Das, was ich absolut nicht ertragen kann, ist, dass Joe sich anscheinend eine neue Mum wünscht. Eine harte Erkenntnis. Irgendwie muss ich einen Weg zurückfinden, damit sie beide erkennen, dass ich es bin, die sie brauchen und wollen. Malachi irrt sich. Ich bin noch nicht bereit, in die andere Welt überzuwechseln, weil mein Leben hier noch nicht zu Ende ist. Ich muss sicherstellen, dass es meinen Männern gut geht.

Und deshalb bin ich auch so entschlossen, mich bemerkbar zu machen. Adam kann doch nicht einfach weitermachen – mit einer anderen. Das darf er einfach nicht.

Zumindest bin ich endlich von diesem verdammten Parkplatz weg. Es ist befriedigend, sich an andere Orte bewegen zu können. Obwohl Malachi sich ständig auf diese angeblichen Regeln beruft. Ich kann jetzt durch Wände und Fenster gehen, habe das mit den Lichtschaltern kapiert und kann sogar Türen schlagen lassen, aber ich habe noch immer Schwierigkeiten damit, Dinge zu verrücken oder schweben zu lassen. Ehrlich gesagt, dafür braucht man ziemlich viel Energie. Überhaupt ist es anstrengend, lebende Menschen merken zu lassen, dass man anwesend ist, wenn man selbst tot ist. Malachi meint, es liege daran, dass die meisten Menschen nicht empfindsam genug seien, um mit Geistern zu kommunizieren. Selbst wenn sie etwas spüren, ignorieren sie es lieber. Ich wünschte, Adam wäre weniger nüchtern und skeptisch.

Am Tag nach meinem vergeblichen Versuch, in meinem Haus zu spuken, folge ich Joe, als er zum Einkaufen geht. Ich bin froh, dass Adam dem Jungen mehr Verantwortung überlässt, schließlich ist Joe inzwischen siebzehn. Das war ein Thema, über das wir oft gestritten haben. Adam sorgte sich immer, wie der Junge zurechtkommen sollte, wenn er älter wurde. Natürlich war das etwas, worüber auch ich mir Gedanken gemacht habe, aber ich sah es als meine Aufgabe, dafür zu sorgen, dass Joe ein unabhängiges Leben führen kann. Im Umgang mit Menschen hat er einige Schwächen, aber er ist intelligent. Er geht auf eine Schule, die sich auf Kinder mit seinem Problem spezialisiert hat. Zwar leidet Joe unter enormer Prüfungsangst, dennoch macht er ein Diplom an einer Fachhochschule für Astronomie, Physik und Mathematik. Ich wünsche mir so sehr, dass er ein Studium aufnimmt und einen Universitätsabschluss erlangt, ich weiß, er träumt davon, in Brian Cox' Fußstapfen zu treten. „Wer weiß, Joe", habe ich immer zu ihm gesagt. „Greif nach den Sternen. Alles ist möglich, wenn man nur fest genug daran glaubt."

Ich folge Joe in ein kleines Café auf der Hauptstraße, mein Herz ist schwer vor Sehnsucht. Ich wünschte, er könnte mich sehen, mich hören. Es bringt mich um, dass er es nicht kann. Dieses kleine Café habe ich immer geliebt, die Leute hier kennen Joe. Ohne dass er bestellen muss, bekommt er eine Tasse heiße Schokolade vor sich hin gestellt, genau wie er sie am liebsten mag – mit einem Klecks Sahne und ein paar Marshmallows darübergestreut. Wir sind oft zusammen hier gewesen, und ich freue mich darüber, dass das Personal sich noch immer um ihn kümmert. Es regt Joe immer sehr auf, wenn die Abläufe nicht einer genauen Routine folgen, auch wenn er sich jetzt, wo er älter ist, besser beherrschen kann. Trotzdem ist es schwer für ihn.

Er setzt sich an den Fenstertisch, und ich setze mich ihm gegenüber. Ich weiß nicht, ob er meine Anwesenheit spürt, ich auf jeden Fall bin glücklich, ihm so nahe sein zu können. Er sieht gut aus und relativ zufrieden, auch wenn das bei Joe schon immer schwer zu sagen war.

Ich kann nicht anders, ich beuge mich vor und lege meine Hand auf seine. Noch immer lässt er sich nur ungern berühren, aber mit zunehmendem Alter hat er gelegentlichen Körperkontakt immer besser über sich ergehen lassen, wofür ich sehr dankbar war. Jetzt zieht er seine Hand zurück und reibt sich über die Stelle, als irritiere ihn dort etwas. Er starrt direkt durch mich hindurch.

„Joe, kannst du mich sehen?", will ich ihn fragen, doch ich bringe es nicht über mich. Die Enttäuschung, falls er keine Reaktion zeigen sollte, würde ich nicht ertragen.

Irgendwie wird er jetzt immer unruhiger, beobachtet die Passanten vor dem Fenster mit Argusaugen, die unterwegs zu oder von ihren Weihnachtseinkäufen sind. Er sieht immer wieder auf seine Armbanduhr. Es ist ein kalter Wintertag, das Café voll besetzt, die Fenster sind beschlagen.

Joe sieht wieder auf seine Armbanduhr. „Elf Uhr zweiunddreißig und zehn Sekunden", murmelt er. „Oh Gott."

Seine Uhr ist ein unansehnliches klobiges Ding, das ich ihm vor zwei Jahren zu Weihnachten geschenkt habe. Er hatte sie sich so sehr gewünscht – wegen des Sekundenzeigers. Zeit ist eine unerlässliche Maßeinheit für Joe. Zuspätkommen ist für ihn unerträglich. Ich spüre seinen Stress, als der Minutenzeiger weiter vorrückt.

„Elf Uhr dreiunddreißig und fünf Sekunden."

Ganz offensichtlich wartet er auf jemanden, und wer immer es ist, derjenige kommt zu spät. Ich spüre die Panik in Joe anwachsen. Ohne nachzudenken, setze ich mich auf den Stuhl neben ihm. „Ist schon in Ordnung, Joe. Alles ist in Ordnung. Atme tief durch", flüstere ich ihm zu, als wäre ich noch am Leben und er könnte mich hören. Auch wenn es heute nur noch selten vorkommt, aber wenn Joe nervös ist, kann er sich sehr aufregen, wenn die Dinge nicht so laufen, wie sie seiner Vorstellung nach laufen sollten. Manchmal marschiert er dann unruhig auf und ab und murmelt vor sich hin, es kann aber auch vorkommen, dass er Dinge durch die Luft schleudert. Ich will nicht, dass er das hier im Café tut, wo ihn niemand versteht. Die Episoden aus der Vergangenheit sind mir noch gut in Erinnerung. „Du weißt doch, Joe, nicht jeder kann sich seine Zeit so gut einteilen wie du. Du musst geduldig sein."

„Geduldig", wiederholt er.

Was? Kann er mich etwa hören? Pure Freude schießt in mir auf. „Joe, ich bin's, Mum. Hörst du mich?"

Doch er kann mir keine Antwort geben, er wird abgelenkt, weil die Eingangstür des Cafés auffliegt und jemand auf seinen Tisch zueilt.

„Joe, es tut mir so leid. Ich bin aufgehalten worden."

Enttäuscht ziehe ich mich zurück. Ich war so sicher, ich hätte eine Verbindung zu ihm aufgebaut.

„Du kommst fünf Minuten und dreizehn Sekunden zu spät", sagt er vorwurfsvoll zu dem Mädchen, das sich ihm gegenüber auf den Stuhl setzt. Sie ist hübsch, hat lange blonde Haare. Ich schätze sie um die siebzehn. Sie trägt eine dicke Winterjacke mit Kapuze, Schal, Fäustlinge, Wollleggings und Stiefel …

Moment mal! Ein Mädchen?

Wann hat Joe angefangen, sich mit Mädchen zu verabreden? Was habe ich denn noch alles in diesem letzten Jahr verpasst? Ich verfluche mich für meine Dummheit, dass ich nicht eher auf Malachi gehört und deshalb die ganze Zeit über auf dem

Parkplatz festgesteckt habe. Damit habe ich so viel Zeit verschwendet.

„Ich hätte meine Uhr abstimmen sollen", sagt das Mädchen lächelnd und zieht ihre Fäustlinge aus. Sie hat ein nettes aufmunterndes Lächeln, und es scheint auszureichen, um Joe zu beruhigen.

„Ja, das hättest du", stimmt er zu, beugt sich vor und drückte ihr einen Kuss auf die Wange.

Das Lächeln des Mädchens wird noch strahlender. „Also, was steht auf dem Plan?"

„Ich muss Weihnachtsgeschenke besorgen." Joe lächelt dieses leicht schiefe Grinsen, das mich jedes Mal, wenn ich es miterleben durfte, so glücklich gemacht hat. „Sieh her, ich habe eine Liste aufgestellt." Stolz hält er ihr den Zettel hin, auf dem steht: *Dad, Emily, Caroline, Granny.*

„Ich darf mein Geschenk nicht sehen, das weißt du noch, oder?", sagt das Mädchen. Caroline? „Es soll doch eine Überraschung werden."

„Genau." Joe lächelt wieder. „Eine Überraschung für meine beste Freundin."

Das Mädchen errötet. „Oh Joe, danke", sagt sie und drückt seine Hand. Ich hätte geschworen, dass er zusammenzucken wird, doch nichts dergleichen geschieht, im Gegenteil.

„Gern geschehen", sagt er munter. „Es gefällt mir, eine beste Freundin zu haben."

Mein Sohn hat eine beste Freundin? Wie und wo, um alles in der Welt, haben die beiden sich kennengelernt?

Sie sitzen zusammen und unterhalten sich über Weihnachten. Ich sehe mir die beiden an und hätte das Mädchen am liebsten umarmt. Sie scheint wirklich nett zu sein, und ich freue mich unwahrscheinlich, dass Joe eine Freundin gefunden hat, die völlig normal mit ihm umgeht. Und dann sagt Joe: „Ich muss auch noch ein Geschenk für meine Mum kaufen."

„Joe", meint Caroline leise. „Du weißt doch …"

„Ja, ich weiß, Mum ist tot", sagt er nüchtern. „Aber ich kann es auf ihr Grab stellen. Wir haben Weihnachten. Meine Mum bekommt ein Weihnachtsgeschenk."

Ich kann nicht an mich halten und stoße einen gequälten Schrei aus. Ich kann unmöglich noch länger hier bleiben. In meiner panischen Hektik, von hier wegzukommen, stoße ich Joes Tasse um.

„Oh nein!" Sofort wird er fahrig und regt sich auf, aber Caroline beruhigt ihn und wischt die Pfütze auf.

„Wie ist das denn passiert?", fragt sie verwundert.

„Meine Mum", antwortet Joe ernst. „Zu Weihnachten braucht sie ein Geschenk."

Ich wirbele zum Fenster hinaus und auf die Straße. Ich stecke in einem Albtraum fest! Mein Sohn kann mich spüren, aber nicht sehen. Wie soll ich dafür je eine Lösung finden?

2. KAPITEL

Livvy

Kopfüber stürze ich mich in die Menge der mit Geschenken beladenen Passanten. Nur vage nehme ich wahr, dass manche von ihnen verdutzt stehen bleiben und sich verwirrt umsehen. Eine alte Dame lässt gar ihre Einkaufstasche fallen, die Äpfel rollen über den Bürgersteig. Ein kleines Mädchen schaut zu ihrer Mutter auf und fragt: „Mami, wer ist die Frau da?", aber ich stürme weiter, unfähig, etwas anderes wahrzunehmen als den unermesslichen Schmerz. Ich habe meinen Sohn verloren. Für immer. Irgendwann komme ich am Fluss an und lasse mich schluchzend auf eine Bank sinken.

„Was glaubst du, dass du da treibst?" Malachi schlenkert hinter dem Abfallkorb hervor. „Du fällst auf."

„Ich dachte, nur Menschen, die dafür empfänglich sind, können mich bemerken", gebe ich zur Antwort.

„Meist stimmt das auch." Malachi zieht vorwurfsvoll seine Nase kraus. „Aber du hast da eine ziemliche Szene veranstaltet, so etwas ist schwer zu ignorieren. Und dieses Mädchen hat dich definitiv gesehen. Sie ist noch jung und vorurteilsfrei. Du solltest wirklich besser aufpassen."

Trübsinnig starre ich auf den rauschenden Fluss. Wäre ich nicht schon tot, könnte ich versucht sein, mich hineinzustürzen. „Na und?", sagte ich schließlich. „Ich bin aufgewühlt. Wärst du das etwa nicht?"

Malachi versteht einfach nicht. Ich bin hier, tot, und mein Mann und mein Sohn leben ihr Leben ohne mich weiter. Bei Joe macht es mir nichts aus, im Gegenteil, ich freue mich für ihn. Ich vermisse ihn nur so schrecklich. Es tut weh, dass ich ihn nicht erreichen kann. Noch größer ist aber der Schmerz, dass Adam mich nicht zu brauchen scheint. Ist das nicht genug Grund für einen Anfall?

„Du musst endlich damit aufhören, dich selbst zu bemitleiden, und deinen Kopf einschalten", sagt Malachi jetzt. „Du sollst Dinge in Ordnung bringen, nicht noch mehr kaputt machen. Das versuche ich dir schon die ganze Zeit zu erklären. Auszurasten und jeden in deiner Nähe in Aufruhr zu versetzen, ist kontraproduktiv."

„Was ist denn da noch kaputt zu machen? Ich bin tot. Wie viel schlimmer kann es denn noch werden?"

„Oh, ich weiß nicht", meint Malachi. „Dein Leben war keineswegs immer großartig, oder?"

„Was, bitte, soll das denn heißen?", plustere ich mich auf. „Mein Leben war wunderbar. Wir waren eine Familie. Wir waren glücklich. Gerade mal ein Jahr bin ich tot, und schon hat mein Mann eine neue Freundin, und mein Sohn redet von einer neuen Mum. Mein Weihnachtsgeschenk will er auf mein Grab stellen. Würde dich das nicht ärgern?"

„Hm. Also, an deiner Stelle würde ich mir mein Leben genauer ansehen", hält Malachi dagegen. „War es wirklich so perfekt?"

Dieser Kater hat wirklich Nerven! „Auf wessen Seite stehst du eigentlich?", fauche ich ihn an. „Sagtest du nicht, du bist hier, um mir zu helfen?"

„Das tue ich ja auch", gibt er sich unbeeindruckt. „Aber du musst schon mitmachen. Und jetzt denk nach. Und zwar sehr genau."

Wenn auch nur unwillig, denke ich zurück und erinnere mich. Ich muss gestehen, dass es manchmal alles andere als perfekt war. Gerade in den Wochen vor meinem Tod haben Adam und ich uns oft gestritten. Er war mir wegen irgendetwas sehr böse, nur weiß ich nicht mehr, warum. Und Joe ... plötzlich sehe ich wieder vor mir, wie still und verschlossen Joe gewesen war, als hätte ich ihn traurig gemacht. Eine Ahnung nagt an mir, dass ich einen Fehler gemacht habe, doch ich kann mich nicht erinnern, *was* ich falsch gemacht habe. Vielleicht hat Malachi ja recht und mein Leben war gar nicht so vollkommen, wie ich glaube. Trotzdem … auf jeden Fall immer noch besser, als tot zu sein.

„Du kannst das alles in Ordnung bringen", ermuntert Malachi mich. „Du musst dich nur daran erinnern, wie. Du musst einen Weg zu ihnen finden, damit du ihnen sagen kannst, dass es dir leidtut. Nur dann wirst du weiterkommen."

„Aber sie können mich doch nicht sehen", halte ich dagegen. „Selbst Joe kann mich nur manchmal hören."

„Das ist doch schon ein guter Anfang."

„Ja, vermutlich", gebe ich nach.

Seit ich wieder zurück bin, setze ich darauf, dass ich an Joe herankomme. Er kann mich zumindest hören, das sollte mir Hoffnung geben.

„Es gibt viele Möglichkeiten, bemerkt zu werden", sagt Malachi. „Dazu muss man nicht mit Sachen um sich werfen oder Leute erschrecken, indem man Lampen an und aus schaltet und Türen schlägt", fährt er fort. „Geh zurück zum Haus. Sieh ihnen zu. Lerne aus dem, was du siehst."

„Na schön", stimme ich zögernd zu. Ehrlich, wie weit ist es schon mit mir gekommen, wenn das einzige Wesen, mit dem ich reden kann, ein struppiger alter Kater ist?

„He, das habe ich gehört", beschwert er sich eingeschnappt.

Na großartig – ein struppiger alter Kater, der dazu auch noch Gedanken lesen kann, als einzige Gesellschaft. Aber vielleicht hat er ja recht. Ich sollte Adam dazu bringen, meine Seite der Geschichte zu sehen, damit wir wieder eine Familie sein können.

Adam

Es ist Montagmorgen, und ich gähne, während ich vergeblich versuche, den Sinn der mir vorliegenden Tabelle zu begreifen. Letzte Nacht habe ich nicht besonders gut geschlafen. Ich habe von Livvy geträumt, von dem Beginn unserer Beziehung. Von der Zeit, die so voller Hoffnung und Heiterkeit war. Wie hatte alles so schieflaufen können? Als ich Livvy traf, da war sie voller Leben gewesen, wunderschön, atemberaubend. In unserem ersten Jahr an der Uni haben wir einen glorreichen Sommer zusammen verbracht. Und als der Sommer sich dann seinem Ende zuneigte, verband uns eine tiefe Liebe zueinander. Wir haben diese märchenhafte Reise quer durch Europa unternommen. Eigentlich wusste ich von Anfang an, dass wir heiraten würden. Also war es nur natürlich, dass wir das in unserem Abschlussjahr tatsächlich taten, nachdem sie schwanger worden war. Dieses erste Baby verlor sie, und wir haben beide sehr getrauert. Aber zusammen haben wir es verarbeitet, und alles war wieder in Ordnung. Mehr als nur in Ordnung, es war großartig. Ich liebte sie nur noch mehr, jetzt, da ich wusste, wie verletzlich sie war. Dieses Leid miteinander zu teilen hatte uns noch fester zusammengeschweißt.

Der Traum letzte Nacht hat mir so etwas wie Einsicht und Verständnis gebracht, aber die Szenen änderten sich ständig. Im einen Augenblick hielt ich lachend ihre Hand, und im nächsten Bild sah ich, wie sie starb, da draußen auf dem Asphalt, allein, ohne mich. In Wirklichkeit war sie bereits für tot erklärt worden, noch bevor ich im Krankenhaus ankam, aber in meinen Träumen versuche ich immer, rechtzeitig zu ihr zu gelangen. In der gestrigen Nacht war der Traum so lebendig: Ich hetze zum Parkplatz, und ich kann sie schon sehen, so schön und so traurig in dem hellen Licht, während sie direkt vor den Wagen läuft. Ihre letzten Worte brechen mir das Herz und hallen noch immer in meinen Ohren nach, als ich aufwache. *Warum, Adam? Warum?*

Danach konnte ich nicht wieder einschlafen. Ich stand also früh auf und ging nach unten, schaltete den Wasserkocher ein und machte mich an den Stapel Akten, der auf mich wartete. Die Marketingfirma, für die ich als Finanzdirektor arbeite, hat den Jahresabschluss für das Geschäftsjahr in den Dezember verlegt, sodass ich, während alle anderen zum Endspurt auf das Weihnachtsfest ansetzen, bis zum bitteren Ende durcharbeiten muss. Bis Emily und Joe aufstehen, bin ich schon wieder völlig erschöpft, aber für eine Pause ist keine Zeit. Nach dem Frühstück mit Pfannkuchen, das Emily für uns zubereitet, verlassen wir alle zusammen das Haus. Emily fährt mit der U-Bahn zu der angesagten Londoner IT-Firma, in der sie arbeitet, Joe macht sich auf den Weg zu seinem College. Ein Stück laufen Joe und ich zusammen, und als ich mich wie immer von ihm verabschiede, sagt er: „Was meinst du, wo Mum diese Weihnachten ist?"

Seit Livvys Tod stellt er ab und zu solche Fragen, und eigentlich habe ich mich inzwischen daran gewöhnt. Dennoch trifft es mich immer wieder. Ich persönlich glaube nicht an ein Leben nach dem Tod, aber das kann ich Joe nicht sagen. Also murmele ich etwas davon, dass sie immer bei uns sein wird, und wie immer hellt sich seine Miene prompt auf.

„Ja, ich denke, sie steht als Stern dort oben am Himmel und passt auf uns auf. Genau wie Granddad."

Joe war acht Jahre alt gewesen, als Livvys Vater starb. Großvater und Enkel hatten einander sehr nahegestanden, der Tod des Großvaters traf Joe schwer. Danach hatte er immer Angst gehabt, auch Livvy oder mich zu verlieren. Es war Livvys Idee gewesen, seine Liebe für die Astronomie zu nutzen, um ihm diese Angst zu nehmen. Sie hatte ihm erklärt, dass wir als Sterne am Himmel immer über ihn wachen würden, ganz egal was passieren würde. Diese Vorstellung hatte ihn offensichtlich beruhigt. Seit Jahren schon hat er kein Wort mehr darüber verloren, und als Erklärung war es so gut wie jede andere.

„Granddads Sternbild ist Orion", fährt Joe fort. „Granddad ging gern jagen, und Orion ist der Jäger. Meist kann man ihn wegen der Wolken nicht richtig sehen, nur die drei Sterne seines Gürtels. Aber manchmal sieht man die gesamte Konstellation, und das ist dann so cool, Dad. Dann sieht es wirklich aus wie ein Jäger, mit Pfeil und Bogen und allem. Und Mums Stern ist die Venus. Obwohl die Venus ja eigentlich ein Planet ist, aber trotzdem … Venus ist der Morgen- und Abendstern. Man sieht ihn als Erstes am Morgen und als Letztes in der Nacht. Genau wie Mum, wenn sie mich abends zu Bett gebracht und am Morgen geweckt hat, als ich noch klein war. Wenn ich zur Venus hinaufschaue, dann weiß ich, dass Mum zu mir hinunterschaut."

„Da bin ich ganz sicher, Joe", sage ich erleichtert, klopfe ihm auf die Schulter, und er macht sich auf den Weg zum College, während ich zur Firma gehe.

Um elf Uhr vormittags habe ich die dritte Tasse Kaffee intus und schlafe trotzdem fast am Schreibtisch ein. Schon seit Ewigkeiten starre ich auf den Bildschirm, ohne etwas zu erkennen oder etwas getan zu bekommen. Plötzlich habe ich das Gefühl, als stünde jemand hinter mir. Ich drehe den Kopf und blicke über die Schulter. Nichts. Wieso auch? Alle sprechen schon jetzt über die Weihnachtsfeier am Nachmittag, konzentriert arbeiten tut hier niemand mehr. Erwartungsvolle Vorfreude liegt in der Luft, die ich allerdings keineswegs teile. Ich habe zu viel zu tun, ich will gar nicht auf diese Party gehen. Irgendwie fühlt es sich falsch an, Weihnachten zu feiern. Ein Jahr ist es her, trotzdem hängt die Trauer um das, was Livvy zugestoßen ist, noch immer über mir. Um Joes willen halten Emily und ich die strikte Routine ein. Er braucht die geregelte Ordnung, die Stabilität. Zumindest hat Livvy das immer betont. Und seine Routine und Ordnung sind im letzten Jahr ganz fürchterlich durcheinandergeraten.

Hätte Livvy es nicht geschafft, dass er auf dieses College gehen konnte, würde es ihm sicher noch viel schlechter gehen. Das war ihr immer sehr wichtig gewesen. Vom ersten Moment an, als endlich Joes Diagnose vorlag, verwandte sie sämtliche ihrer Energien darauf, sicherzustellen, dass Joe die bestmögliche Schulbetreuung erhielt. Sie gab ihren Job in einer Werbeagentur auf, den sie so sehr geliebt hatte, um bei Joe zu Hause zu bleiben. Sie kämpfte sich durch den Behördendschungel und zähen Papierkram, damit Joe alles erhielt, was ihm zustand und was er brauchte. Ohne Livvy wäre Joe niemals so weit gekommen. Ich habe mir immer Sorgen gemacht, dass sie sich viel zu sehr auf Joe konzentrierte und ihr eigenes Leben vergaß, habe versucht, sie zu überreden, am Wochenende mit ihren Freundinnen auszugehen. Aber sie hat immer behauptet, ihr fiele es schwer, Joe allein zu lassen, und dass es ihr nichts ausmache, ihren Beruf aufzugeben, weil Joe sie schließlich brauche. Vielleicht hätte ich sie stärker drängen sollen. Manchmal war sie so bedrückt, schien komplett überlastet, aber sosehr ich mich auch bemühte, ich habe sie nie dazu bewegen können, mir ihre Gedanken mitzuteilen. Wenn ich jetzt zurückblicke, weiß ich, dass ich sie im Stich gelassen habe. Joe war zu ihrer Welt geworden. Vielleicht war genau das der Fehler. Sie hat Freundschaften versanden lassen, hat sämtliche anderen Interessen zurückgestellt, während ich meine weiterverfolgt habe. Ich hätte das erkennen und ihr mehr helfen müssen. Aber das habe ich nicht, und es tut mir unendlich leid.

Die längst vertraute Mischung aus Trauer, Schuldgefühl und Selbstverachtung überschwemmt mich. Ich will nur noch den Kopf in die Hände stützen und die Augen schließen, aber diese Tabellen müssen noch bearbeitet werden. Immerhin wird mich das ablenken. Also nehme ich mich zusammen und mache weiter. Und dann ...

... dann stockt mein Computer.

Als hätte jemand die Kontrolle über die Tastatur übernommen. Ein neues Fenster öffnet sich auf dem Bildschirm – Livvys Facebook-Seite. Was mich daran erinnert, dass ich das Profil nach ihrem Tod hätte löschen sollen, aber ich habe ja ihr Passwort nicht. Außerdem bringe ich es nicht über mich. So viele Menschen haben im Lauf des letzten Jahres noch Widmungen und Fotos eingestellt. Und ab und zu gehe ich tatsächlich auf die Seite und sehe mir die Fotos von uns an, wir beide, jünger, glücklich. Emily nennt mich deswegen morbide. Und vielleicht bin ich das ja.

Der Bildschirm scheint eingefroren zu sein, zeigt ein Foto von unserer ersten gemeinsamen Auslandsreise. Eine Tour mit dem Zug durch Europa. Ein Foto von Livvy in einem Café in Venedig, von der Sonne geküsst, lacht sie in die Kamera, der Wind spielt mit ihrem kupferroten Haar. Ich erinnere mich noch gut an jenen Tag. Wir hatten uns so viele Sehenswürdigkeiten angesehen wie nur möglich und waren völlig überwältigt. Wir schlenderten durch die Gassen, kauften Souvenirs, schleckten Eiscreme und beendeten den Tag dann schließlich in diesem kleinen Café, sahen den Gondeln nach, die über den Kanal schaukelten. Es war ein unglaublich traumhafter, absolut perfekter Tag gewesen, und jetzt steht ihr Foto auf meinem Bildschirm, eine Momentaufnahme unseres Glücks, für immer festgehalten in der Zeit.

Reglos starre ich auf das Foto, genieße den flüchtigen Augenblick der Freude. Mir kommt der Gedanke, dass nicht all meinen Erinnerungen ein Wermutstropfen beigemengt ist. Sofort folgt der schmerzhafte Stich. Livvy ist nicht mehr hier, ich kann es ihr nicht mehr sagen. Lange starre ich traurig auf das Bild, dann reiße ich mich davon los. Von Starren und Grübeln werden die Tabellen nicht fertig.

Doch der Bildschirm ist noch immer eingefroren. Ich drücke „Alt", „Strg", „Entf". Nichts passiert. Urplötzlich erscheint eine Nachricht.

Es tut mir leid.

Was? Mir wird eiskalt. Ist das irgendein schlechter Witz? Vielleicht will mir einer meiner Kollegen einen Streich spielen.

Ich sehe mich um, doch alle scheinen sich munter über die bevorstehende Party zu unterhalten. Und überhaupt ... warum sollte jemand hier so etwas tun?

Wer ist da?, gebe ich ein, erhalte aber keine Antwort. Nur ein kalter Hauch zieht über meinen Nacken, und ein Schauer läuft mir über den Rücken.

Emily

Emily arbeitete noch spät. In der IT-Branche musste man eben flexibel sein, und heute Abend wurde sie gebraucht, um den abgestürzten Zentralrechner der Firma wieder in Gang zu bringen. Adam hatte sie zu seiner Firmenfeier eingeladen, aber noch immer hatte sie sich nicht entschieden, ob sie hingehen sollte oder nicht. Einige von Adams Kollegen hatte Emily bereits getroffen, doch sie wusste auch, dass Livvy bei allen in der Firma beliebt gewesen war und ständig dort aus und ein ging, als Joe noch klein gewesen war. Emily wurde nervös, wenn sie sich vorstellte, wie die Leute über sie urteilen würden. Auch wenn Adam ihr immer wieder versichert hatte, dass sie sich deshalb keine Gedanken zu machen brauchte. Emily würde viel lieber allein mit Adam ausgehen, vor allem, da Joe den Abend mit seiner neuen Freundin Caroline verbrachte. Das Mädchen hatte er am College kennengelernt. Emily wusste, dass Adam eigentlich auch keine große Lust hatte, an der Feier teilzunehmen. Aber da seine Kollegen ihm nach Livvys Tod eine große Stütze gewesen waren, fühlte er sich verpflichtet, sich dort blicken zu lassen. Und Emily war der Meinung, dass sie ihm Gesellschaft leisten sollte.

„Komm, Ems, das reicht. Jetzt funktioniert's ja wieder", sagte ihr Chef, Daniel, gerade mal Anfang zwanzig mit einem hippen Bart. Er leitete die kleine Firma Digit AL, bei der sie seit ein paar Monaten eine Teilzeitstelle hatte. „Ein paar von uns gehen noch zusammen was trinken. Hast du Lust, mitzukommen?"

„Danke, Dan, aber ich habe schon was vor." Emily gefiel die Arbeitsatmosphäre. Die meisten hier in der Firma waren die typischen Computernerds, kaum dem Teenageralter entwachsen, aber auf jeden Fall machte es Spaß, mit ihnen zusammenzuarbeiten. Unter anderen Umständen wäre sie wahrscheinlich sogar mitgegangen, es wäre bestimmt lustig geworden. Aber schon jetzt kam sie zu spät zu Adams Firmenfeier, und so fuhr sie ihren Computer herunter und machte sich mit der überfüllten U-Bahn auf den Weg durch den frostigen Abend. Die Menschen um sie herum waren alle in fröhlicher Weihnachtslaune, doch Emily konnte sich dieses Jahr irgendwie nicht wirklich darauf einlassen. Vor dem großen Festtag gab es so viele heikle Situationen zu umschiffen, und sie war sich keineswegs sicher, dass Adam und sie es hinbekommen würden, dass Joe alles akzeptierte.

Emily klopfte das Herz bis in den Hals, als sie auf Adams Weihnachtsfeier ankam. Sie war nie besonders erpicht auf Firmenfeiern gewesen. Schließlich hatte Graham immer unmissverständlich durchblicken lassen, dass sie bei den Feiern in seiner Firma absolut überflüssig war. Und Adams Kollegenkreis war klein, man kannte sich gut untereinander, kannte auch die jeweiligen Familien. Jeder würde neugierig auf sie sein, auf die neue Frau in Adams Leben.

Über seine Probleme zu Hause hatte Adam sich in der Firma bedeckt gehalten, also wusste keiner seiner Kollegen wirklich, was auch vor Livvys Tod bereits alles geschehen war. Jetzt, da Livvy nicht mehr am Leben war, hatte sie praktisch Märtyrerstatus erlangt. Emily war „die Neue", was dazu führte, dass man ihr Argwohn oder sogar Misstrauen entgegenbrachte. Natürlich wünschte Adam jeder, dass er wieder glücklich wurde, trotzdem hätte man eigentlich eine adäquate Trauerperiode von ihm erwartet. Aber was war adäquat? Wie lange musste man trauern, bevor man sein Leben weiterleben durfte? Niemand wusste, dass Adam kurz davor gewesen war, Livvy zu verlassen, als sie starb. Und Emily hatte sich nicht in Adam verlieben wollen, hatte niemals eine Ehe zerstören wollen, und doch war genau das passiert. Nun, andererseits hatte die Ehe in Wirklichkeit schon in Scherben gelegen, als Emily auf die Bildfläche getreten war, und das hatten Adam und Livvy ganz allein geschafft. Dennoch konnte Emily dieses stetig nagende Schuldgefühl nicht unterdrücken.

Sie ließ den Blick über die Menge schweifen und erblickte Adam, der mit seinen Freunden Phil und Dave zusammenstand. Gut. Sie war erleichtert. Phil und Dave hatte sie schon mehrere Male getroffen, die beiden waren nett und umgänglich. Sie hatten Emily sofort akzeptiert.

„Hi", grüßte sie schüchtern. „Ich hab's doch noch geschafft."

„Na endlich!" Bei Adams herzlicher Umarmung wurde ihr ganz warm ums Herz. „Wir müssen nicht allzu lange bleiben, wenn du nicht möchtest."

Adam wusste, wie nervös Emily wegen heute Abend war. Vielleicht würde sich ihr Wunsch ja doch noch erfüllen, und sie konnten sich später für ein romantisches Dinner zu zweit absetzen. „Was möchtest du trinken? Für die nächste Stunde oder so gibt es noch Freigetränke an der Bar."

„Wodka-Cola. Doppelt", bestellte Emily, und Adam zog eine Augenbraue in die Höhe. Es war eigentlich völlig untypisch für sie, harte Sachen zu trinken, erst recht Doppelte. Aber sie war wirklich schrecklich nervös. Und der Alkohol würde hoffentlich ihre Nerven beruhigen.

„Die Party läuft doch ganz gut." Sie deutete mit dem Kopf zu dem Team aus dem Verkauf, das laut und falsch Weihnachtslieder vor dem brennenden Kamin sang, während bei den jüngeren Mitarbeitern so manche aussahen, als würden sie sich jeden Moment zu außerplanmäßigen Aktivitäten in private Nischen und dunkle Ecken zurückziehen. Es herrschte eine lockere, fröhliche Stimmung, und Emily bemühte sich, sich ebenfalls zu entspannen.

Sie nippte an ihrem Drink und hörte der lässigen Unterhaltung zwischen den Männern nur mit halbem Ohr zu. Sie frotzelten gerade über den Managing Director, der schamlos mit seiner Sekretärin flirtete, die jung genug war, um seine Tochter zu sein. Die junge Frau genoss die Aufmerksamkeit sichtbar.

„Und? Eifersüchtig, Dave?" Adam lachte. „Ich hatte immer den Eindruck, dass du da deine Ansprüche geltend machen wolltest."

Laut Adam war Dave nämlich der Frauenheld des Büros.

„Würde ich ja gerne", murrte Dave. „Aber sie ist die eine, die mir entwischt ist."

„Na, wenigstens eine ist immun gegen deinen Charme." Lachend bestellte Adam die nächste Runde.

Und so folgte ein Drink dem anderen, und langsam legte sich auch Emilys Nervosität. Sie stellte fest, dass sie sich prächtig amüsierte, und verwundert fragte sie sich, wieso sie überhaupt so nervös gewesen war. Zwei Wodka-Cola später flirtete sie sogar mit Phil und Dave, die wirklich unterhaltsame Gesellschaft waren. Selbst Marigold, Adams Vorzimmerdrachen, eine drakonische Mittvierzigerin, die sich allerdings gab wie Mitte sechzig, wünschte ihr, wenn auch nur mürrisch, frohe Weihnachten.

Adam stellte Emily dann auch dem Verkaufsteam vor, und es brauchte nur ein „Komm, Emily, mach mit", bevor Emily sich mitten in einer Gruppe wiederfand, die lautstark *Last Christmas* schmetterte. Abrupt stutzte sie. Letztes Weihnachten hatte alles noch ganz anders ausgesehen. Adam hatte Livvy verlassen wollen, und dann war Livvy gestorben. War es zu früh für Emily, Livvys Platz einzunehmen? Der Gedanke machte sie traurig und unruhig. Da der Wodka offensichtlich nicht mehr wirkte, bestellte Emily sich an der Bar lieber einen Rotwein.

Auf dem Weg von der Bar zurück zu Adam und den anderen hatte sie plötzlich das seltsame Gefühl, als hätte ihr jemand in den Magen geboxt. Das Glas glitt ihr aus den Fingern, der Wein ergoss sich über ihr Kleid – und einige Spritzer landeten auf Dave und Phil. Mist, Mist, Mist! Oh, warum hatte sie ausgerechnet heute ein cremefarbenes Kleid anziehen müssen?

„Oh …" Heiße Röte schoss ihr in die Wangen. „Das tut mir so leid! Ich weiß nicht, wie das passieren konnte …!"

Glücklicherweise lachten Phil und Dave nur, und Emily eilte in Richtung der Waschräume, um zu retten, was zu retten war. Sie war schrecklich verlegen – und verwirrt. Es hatte sich wirklich angefühlt, als hätte jemand sie gestoßen. Absichtlich. Was natürlich völliger Unsinn war.

„Jetzt geht deine Fantasie schon mit dir durch", tadelte sie streng ihr Spiegelbild, als sie Lippenstift nachzog. „Du hast eindeutig zu viel getrunken."

Sie ermahnte sich, Haltung zu wahren, und ging zurück zur Party. Dabei musste sie an Marigold und ihrer Clique vorbeilaufen – ein Spießrutenlauf. Alle Augenpaare lagen auf ihr, und dieses Mal war sie sicher, dass sie sich das nicht einbildete.

Sie hörte Marigold etwas murmeln, etwas, das klang wie: „Seht sie euch nur an, wie unverfroren sie hier herumstolziert", und eine von den anderen Frauen fügte hinzu: „Setzt sich in das gemachte Nest einer toten Frau." Normalerweise hätte Emily solche Bemerkungen ignoriert. Was kümmerte es sie, was diese Frauen über sie dachten? Doch sie war noch immer aufgewühlt wegen des Missgeschicks mit dem Wein, und sie war die bissigen Anspielungen einer Frau, die sie nicht einmal kannte, einfach leid.

Also drehte sie sich um und blieb direkt vor der Gruppe stehen. „Wenn Sie mir etwas zu sagen haben, dann bitte, nur zu."

Alle in der Gruppe sahen verlegen drein – bis auf Marigold.

„Sie haben ja nicht lange gewartet, um sich an den gedeckten Tisch zu setzen", kam es beißend von Marigold. „Die arme Frau ist gerade mal ein Jahr tot, und Sie nutzen seine Verletzlichkeit aus, um sich bei ihm einzuschmeicheln."

„Das geht Sie wohl kaum etwas an." Emily war wütend. Marigold steckte ihre Nase in Dinge, die nicht ihre Angelegenheit waren. „Und was das Einschmeicheln betrifft ... Adam und ich waren schon lange vor Livvys Tod gute Freunde."

„*Nur* ... gute Freunde?" Mit einem vielsagenden Blick zu ihren Kolleginnen betonte Marigold das Wort süffisant.

„Warum sagen Sie nicht offen, was Sie denken?", sprudelte es aus Emily heraus. Sie wusste genau, was Marigold damit andeuten wollte. Adam und sie waren immer sehr diskret gewesen, dennoch hatte Adam vermutet, dass Marigold etwas ahnte. „Das wollen Sie doch so unbedingt."

„Was sollte ich denn offen sagen?" Marigold gab sich so unschuldig, dass Emily sicher war, die andere wusste alles.

„Sie denken, dass Adam und ich schon die ganze Zeit eine Affäre hatten."

Für einen Augenblick schwiegen alle betreten, sogar Marigold. „Das habe ich nie behauptet", protestierte sie.

„Aber Sie haben es immer gedacht", fauchte Emily. „Und nur zu Ihrer Information ... Sie lagen richtig damit."

Die Frauenclique schnappte kollektiv nach Luft, und Emilys nächste Worte kamen viel lauter aus ihrem Mund, als sie beabsichtigt hatte. „An alle bösartigen Klatschmäuler da draußen ... ja, es stimmt, Adam und ich waren bereits letztes Jahr zusammen. Weil er Livvy nämlich verlassen wollte. Nur ist sie dann gestorben. Verdauen Sie das erst einmal."

Das Geplauder in der Bar verstummte, Emilys Worte durchschnitten klar und deutlich die Stille, die sich jäh über den Raum gelegt hatte.

Emily sah zu Adam hinüber, der sich mit Entsetzen auf der Miene und verkrampften Fingern an seinem Bierglas festhielt. Ach du lieber Himmel. Was hatte sie nur getan?

3. KAPITEL

Adam

Ich merke, wie mir das Blut aus dem Kopf sackt, als ich Emilys Eröffnung durch den Raum schweben höre. Phil und Dave wirken komplett geschockt. Sie hatten einige Sachen aus meinem Privatleben mitbekommen, wussten, dass mit Livvy lange nicht alles rosig lief, aber von Emily hatten sie nichts gewusst. Das hatte ich niemandem erzählt. Dadurch, dass ich zu Hause jahrelang Geheimnisse mit mir herumgetragen hatte, war es mir irgendwann auch nicht mehr möglich gewesen, mich meinen guten Freunden anzuvertrauen. Außerdem ... wie erzählt man anderen, dass die eigene Ehe nicht mehr funktioniert? Dass einem graust, nach Hause zu gehen, weil man nie weiß, was einen dort erwartet? Dass man hilflos zusehen muss, wie sich die eigene Frau ins Grab trinkt? Dass man in getrennten Betten schläft und kaum noch ein Wort miteinander wechselt? Ich habe die Probleme so lange in mich hineingefressen, dass ich gar nicht gewusst hätte, wo ich ansetzen sollte. Und da war ja auch noch stets die Hoffnung gewesen, dass es irgendwann wieder besser werden würde, so, wie es früher einmal gewesen war. Doch dann lernte ich Emily kennen, und sie hat mich von den Füßen gerissen. Ich hatte jemanden gefunden, der mich glücklich machte, jemanden, mit dem ich wieder lachen konnte, jemanden, der sich nicht ständig über mich ärgerte. Und da ich nicht wusste, wie ich einem anderen davon erzählen sollte, habe ich es eben niemandem erzählt. Nur ... jetzt starrt jeder der Kollegen mich an, sie alle wissen jetzt, dass ich meine Frau betrogen habe. Meine verstorbene Frau.

Nach den ersten Schrecksekunden stellt jemand hinter der Bar die Jukebox wieder an, die Gespräche werden wieder aufgenommen, als wäre nichts passiert. Da das hier eine Weihnachtsfeier ist, gehen wahrscheinlich schon viel skandalösere und sehr viel interessantere Dinge in den dunklen Ecken vor. Nehme ich an ...

„Davon hast du nie etwas gesagt", hält Phil mir anklagend vor.

„Sorry", erwidere ich zerknirscht. „Mit so etwas geht man nicht unbedingt hausieren, oder? Zu Hause stand längst nicht alles zum Besten."

„Du meine Güte", kommt es von Phil. „Also, dich hätte ich jetzt nicht für den Typ gehalten, der sich auswärts amüsiert. Ich dachte immer, das wäre mehr Daves Gebiet."

Dave grinst nur schief. Als Überlebender zweier gescheiterter Ehen und unzähliger kurzer Affären fiel ihm dazu kein geistreicher Kommentar ein.

„Bin ich ja auch nicht, überhaupt nicht. Es ist nur ... zu Hause war es echt schwierig, und dann ... dann tauchte Emily auf und ..."

„He, vor uns brauchst du dich nicht zu rechtfertigen." Dave klopft mir auf den Rücken. „Umso besser für dich, Kumpel. Emily ist in Ordnung. Hör nicht auf die Klatschmäuler, was wissen die schon?"

„Danke", sage ich. „Ich weiß das zu schätzen."

Ich sehe zu Emily. Sie scheint selbst schockiert und verwirrt über den Vorfall. Ich sollte sie schnellstens von hier wegbringen.

„Ich denke, es wird Zeit zu gehen", sage ich entschieden und fasse sie beim Arm, führe sie in Richtung Garderobe. Sie torkelt und stolpert über die eigenen Füße. Mist! Was ist los mit ihr? Sie trinkt nie so viel, sie weiß doch, wie sehr ich das hasse.

„Adam, es tut mir so leid." Sie sieht noch immer schockiert aus, als könnte sie nicht begreifen, was da passiert ist.

Genauso wenig wie ich. Sollte ich vorgehabt haben, noch länger zu bleiben, so habe ich meine Meinung soeben schlagartig geändert. Es war eine miserable Idee, hierherzukommen. Und eine noch miserablere, Emily mitzubringen. Aus welchem

Grund auch immer, aber Livvy hat immer starke Unterstützung von meinen Kollegen erhalten, und offensichtlich steht sie in der Firma noch immer hoch im Kurs. Keiner der Menschen hier weiß, wie sie wirklich gewesen war. Sie haben immer nur die glückliche Familie gesehen, haben unseren Zusammenhalt bewundert, trotz der Probleme mit Joe. Sie alle waren entsetzt über die Nachricht von Livvys Tod und haben mir wirklich sehr geholfen. Deshalb ist mir auch klar, dass es sie irritiert haben muss, wie verdächtig früh es doch war, dass Emily jetzt wie selbstverständlich an meiner Seite stand. Ich wünschte, sie alle würden sich ihre Verdächtigungen und intriganten Mutmaßungen sparen.

Nur bin ich jetzt sauer auf Emily, dass sie überhaupt gekommen ist. Dass sie sich betrunken hat. Dass sie den Abend ruiniert hat. Es ist unfair, ich weiß, aber zum ersten Mal fühle ich tatsächlich eine Spur Ärger, dass Emily nicht Livvy ist. Trotz allem, was zwischen mir und Livvy schiefgelaufen ist ... es ist einfach nicht fair, was Livvy zugestoßen ist. Ich hatte nicht länger mit ihr verheiratet bleiben wollen, aber so etwas hätte ihr niemals zustoßen dürfen. Seit ihrem Tod befinde ich mich in einer Art Schwebezustand, fühle mich ständig zerrissen: Ich vermisse sie, ich trauere um sie, um Joes willen versuche ich, stark zu sein, mache nur langsam den nächsten Schritt mit Emily und fühle mich schuldig, weil ich glücklich mit ihr bin, obwohl ich nicht weiß, ob ich eine zweite Chance überhaupt verdient habe. Die Schuld liegt weder bei Emily noch bei irgendjemand anderem. Es ist einfach so.

Immerhin scheint die kalte Luft Emily ein wenig zu ernüchtern. Sofort zeigt sie die für Betrunkene typische Reue, und für einen kurzen Moment erinnert sie mich damit so sehr an Livvy, dass mir regelrecht übel wird. „Es tut mir so leid", wiederholt sie ein ums andere Mal. „Ich habe viel zu viel getrunken. Oh, ich hoffe, ich habe dich nicht bei allen blamiert. Ich war nur so schrecklich nervös, und dann habe ich auch noch meinen Wein verschüttet ... und ich habe mir Marigolds bösartige Kommentare anhören müssen und ..." Mit ehrlicher Reue im Blick sieht sie mich an, und ich erinnere mich daran, dass sie natürlich *nicht* Livvy ist. Es ist das erste Mal, dass ich Emily betrunken erlebe. Sicher amüsiert sie sich gern, aber bei ihr geht das auch ohne Alkohol. Wir beide haben viel Spaß zusammen, ohne auch nur einen Tropfen Alkohol. Mit Livvy, selbst in unseren Anfangszeiten, war Alkohol ein ständiger Begleiter. Vermutlich hätte ich Emily nicht zu der Party einladen sollen. Es war einfach zu früh. Und genau das ist das Problem: Alles ist einfach zu früh.

Ich ziehe sie in die Arme und halte sie fest an mich gedrückt. „Schon in Ordnung", sage ich. „Die Kollegen haben mir in diesem Jahr alle unter die Arme gegriffen und waren ganz großartig, aber ehrlich gesagt ... mir reicht es, dass hinter meinem Rücken getuschelt wird. Du bist das einzig Gute, was mir in den letzten Jahren zugestoßen ist, sollen die anderen doch denken, was sie wollen. Zumindest ist die Wahrheit jetzt heraus. Komm, gehen wir etwas essen."

„Ich verspreche, nur noch Wasser zu trinken", sagt Emily, und so schlendern wir den Bürgersteig hinunter bis zu dem Italiener, den wir beide so mögen. Wie es aussieht, ist nicht viel Betrieb, und als wir auf die Tür zugehen, läuft uns eine schwarze Katze über den Weg.

„Oh, hoffentlich bringt sie uns Glück." Emily schmiegt sich an mich.

„Ja, das hoffe ich auch", murmele ich.

„Bist du auch ganz bestimmt nicht wütend auf mich?" Emily ist so kleinlaut, dass ich ihr unmöglich noch länger böse sein kann. Ich studiere ihr Gesicht und weiß, was immer in der Vergangenheit passiert sein mag, sie ist meine Zukunft.

„Nein, ehrlich nicht", bekräftige ich und ziehe sie in die Arme.

Weihnachten steht vor der Tür. Das Leben hat sich verändert, aber jetzt habe ich Emily an meiner Seite. Und im Moment fühle ich mich, als stünde mir die ganze Welt offen.

Livvy

Ich stehe eindeutig unter Schock. Meine Erinnerung an den Tag, an dem ich gestorben bin, steckt in einer zähen Nebelwolke fest, da ich so lange auf dem Parkplatz gesessen habe. Ich weiß, dass ich gerade dabei war, Adam eine wütende Nachricht zu schreiben, aber die genauen Worte waren in die hinterste Ecke meines Kopfes verdrängt worden. Vielleicht, weil ich mich nicht erinnern wollte? Jetzt allerdings wird mir klar, dass ich es wohl gewusst haben muss, von der ersten Sekunde an, als ich Emily in meinem Haus gesehen habe: Sie ist „die andere". Nur wollte ich nicht wahrhaben, dass Adam das mit ihr weiterführt, auch nachdem ich nicht mehr bin. Ich habe doch seinen Schmerz und seine Trauer gespürt. Ich weiß, dass er noch Gefühle für mich hat. Ich weiß es einfach. Und das macht mich umso entschlossener, ihn wieder zurückzugewinnen. Malachi hat recht, da sind noch viele lose Enden zu verknoten. Ich muss Adam bewusst machen, was er vermisst. Ich habe ihn schon einmal an Emily verloren, ein weiteres Mal lasse ich das nicht zu. Schon gar nicht, wenn es dabei auch um meinen Sohn geht.

Eigentlich hatte ich gar nicht vorgehabt, auf dieser Firmenparty zu erscheinen. Doch als ich dann gehört habe, was Marigold und die anderen Frauen klatschen, dachte ich mir, es könnte nichts schaden, ihnen noch einen kleinen Schubs in die richtige Richtung zu versetzen. Ich meine mich erinnern zu können, dass Marigold diejenige mit dem Hang zu Okkultem war, sie würde also empfänglich sein. Und ja, es war recht leicht, mich in ihre Gedanken zu schleichen. Emily und Adam sind da leider sehr viel skeptischer, bei ihnen ist es schwer, sie dazu zu bringen, auf mich zu hören. Aber bei Marigold … ich brauchte mich nur hinter sie zu stellen und ihr die Idee einzugeben, dass Adam und Emily nicht gerade viel Zeit vergeudet hatten, bevor sie etwas miteinander angefangen hatten, und prompt verkündet sie diesen Gedanken auch schon ihren Freundinnen.

„Man sollte annehmen, er hätte etwas länger warten können, nicht wahr?", erwiderte darauf eine Frau aus dem Verkaufsteam.

„Das ist ja regelrecht unanständig", schnaubte eine andere.

„Also, wenn ihr mich fragt, das geht schon länger, als wir alle ahnen", schlug Marigold weiter in die gleiche Kerbe, was ein allgemeines Nachluftschnappen rund um den Tisch auslöste – einschließlich von meiner Seite.

Es dauerte nicht lange, bis die Gerüchteküche mit den wildesten Vermutungen überbrodelte. Auf Marigold hat man sich schon immer verlassen können, wenn es darum ging, Klatsch und Tratsch zu verbreiten. Ich glaube, sie hat eine heimliche Schwäche für Adam, vermutlich hatte sie darauf gehofft, er würde in ihren Armen Trost suchen. Deshalb musste Emilys Auftreten ein echter Schock für sie gewesen sein, ich konnte die Antipathie ungehindert aus ihr herausströmen fühlen. Allerdings hatte ich nicht damit gerechnet, dass Emily lautstark ein öffentliches Geständnis ablegen würde. Wie konnte Adam mir das nur antun? Was habe ich getan, um das zu verdienen? Den Schock habe ich noch immer nicht verdaut. Ich werde sie auseinanderbringen, und Emily wird gefälligst ihre Griffel von ihm lassen. Adam gehört mir!

Doch meine Mission scheint keineswegs erfolgreich verlaufen zu sein. Ich hatte felsenfest damit gerechnet, er würde wütend auf sie sein, doch er ist widerwärtig schnell darüber hinweggegangen. Bei mir hat er sich immer schrecklich angestellt. Ich erinnere mich noch bestens an einen hitzigen Streit, bei dem er mir vorgeworfen hat, ihn in der Firma zum Narren zu machen, nur weil ich mit dem Managing Director eine kleine Tanzeinlage auf dem Tisch geboten hatte.

„Wir haben uns nur amüsiert", hatte ich damals versucht, mich zu wehren. „Du hast ja komplett vergessen, wie das geht."

Und er hatte mich mit diesem verständnislosen Blick angesehen. „Vielleicht habe ich einfach eine andere Vorstellung von Spaß als du", hatte er dann gesagt.

An jenem Abend schliefen wir in separaten Zimmern. Er hat nie wieder darüber gesprochen. Aber jetzt, wenn ich ihn so sehe ... Wie leicht er Emily vergeben hat, dabei hat sie ihn in wesentlich größere Verlegenheit gebracht, als ich es je getan habe. Es ist einfach nicht fair.

Ich folge den beiden bis zu einem italienischen Restaurant, sehe, wie sie hineingehen. Wie sie da sitzen, zusammen an dem Tisch, und sich gegenseitig anschmachten ... Mir wird übel davon, wenn ich mir das anschaue. Nein, das wird so nicht gehen!

„Und was hattest du dir von deiner kleinen Showeinlage erwartet?"

Malachi erscheint wie aus dem Nichts. Er wirkt extrem verärgert.

„Ich hatte darauf gehofft, dass Adam erkennt, wie sehr er sich irrt. Er soll sich daran erinnern, dass ich es bin, die er liebt, nicht Emily."

„Falls du es vergessen haben solltest, da gibt es einen kleinen Haken in deinem Plan."

„Ich weiß, ich weiß. Ich bin tot und kann ihn nicht zurückhaben", entgegne ich ungeduldig. „Aber es ist ja gerade so, als hätte Adam mich völlig vergessen, als hätte ich nie existiert. Er soll sich bewusst werden, dass ich es bin, die er liebt, nicht diese ... diese Emily. Ich will, dass er um mich trauert."

„Na, dann viel Glück mit deinem Plan." Malachi deutet mit dem Kopf zu dem Paar, das im Restaurant am Fenster sitzt. „Um ganz offen zu sein, aus diesem Grund bist du nicht hier. Wie ich schon oft genug betont habe ... du hast einige Dinge zurechtzurücken."

Ich bin nicht in der Stimmung, mir das anzuhören. Es ist mein Leben – nun, zumindest war es das –, nicht Malachis. „Ja, ja, ich weiß. Aber ich denke trotzdem, dass du dich irrst. Und ich werde es ihnen beweisen."

„Wie du meinst. Deine Entscheidung." Malachi zuckt nur mit einer Schulter, bevor er verschwindet und mich allein zurücklässt, mit meiner Nase an die Fensterscheibe gepresst, wie ein Kind, das mit sehnsüchtigen großen Augen von draußen in einen Süßwarenladen starrt.

Emily

„Das ist viel besser", sagte Emily, als sie sich an den Tisch beim Fenster setzten. Das „Carlo's" war ein Familienbetrieb, und sie und Adam kamen gern hierher.

Das Restaurant war gut besetzt und üppig geschmückt mit buntem Weihnachtsschmuck, ganz nach Carlos schrulligem Geschmack. Auf der Theke stand ein kleiner Weihnachtsbaum aus Plastik, die Lichter blinkten abwechselnd in allen Farben des Regenbogens. Ein kleiner Elf klammerte sich schief an der Spitze fest, als wäre er betrunken. Emily wusste genau, wie sich das anfühlte. Durch die Kombination aus Alkohol und dem Spaziergang durch die kalte frische Luft war ihr jetzt schrecklich schwindelig.

„Ein großes Wasser, bitte", bestellte sie, als der Kellner zu ihnen an den Tisch kam.

„Gute Idee." Adam bestellte sich allerdings ein Bier dazu.

Jetzt, wo sie hier saß, wurde Emily langsam etwas ruhiger. Allerdings kam damit auch das Entsetzen über sich, wenn sie an die peinliche Episode in der Bar dachte.

„Ich hoffe, ich habe dich in der Firma nicht in Schwierigkeiten gebracht." Sie streckte die Hand über den Tisch und legte sie auf Adams Finger.

„Das bezweifle ich", erwiderte er. „Eine kurze Sensation, mehr sind wir nicht. Da gibt es bestimmt schon morgen viel pikanteren Klatsch. Vermutlich hast du mir sogar einen Gefallen getan. Wie auch immer, es ist passiert ... Lass uns über etwas anderes reden."

Emily seufzte erleichtert. Eine von den wirklich netten Seiten an Adam war eben, dass er sich nicht an unangenehmen Dingen festbiss. Er war ziemlich ausgeglichen und gelassen. Musste er ja auch sein, so lange, wie er es mit Livvy ausgehalten hatte. Sicher wurde er auch wütend, aber das hielt nie lange an. Graham hätte ihr so etwas wochenlang unter die Nase gerieben, während Adams Lieblingsspruch lautete: „Durch Ärgerwolken sollte man sich nicht die Sonne verdunkeln lassen." Und er hielt sich an dieses Motto, zumindest mit ihr. Was einer der vielen Gründe war, weshalb Emily sich in diesen sanftmütigen, amüsanten Mann verliebt hatte. Er bemühte sich immer, das Richtige zu tun, auch, was Livvy anging. Nie verlor er ein böses Wort über sie.

„Sie war krank, Emily", würde er nur sagen. „Sie war nicht immer so. Vielleicht hätte ich mehr tun sollen ..."

Und jedes Mal, wenn er das sagte, sah er so maßlos traurig aus. Emily ahnte, dass es da einen Ort in ihm gab, der ausschließlich Livvy vorbehalten war und an den sie nie würde rühren können. Manchmal fragte sie sich auch, wie es mit ihnen weitergegangen wäre, würde Livvy noch leben. Ob Adam dann weiter versucht hätte, Livvy zu helfen? Davon ging Emily eigentlich aus.

„Womit habe ich so viel Glück verdient, dich gefunden zu haben?", sagte sie und verschränkte ihre Finger mit seinen. Es war ein gutes Gefühl.

„Dito", erwiderte Adam, und selig sahen sie einander in die Augen.

Plötzlich knallte etwas gegen die Fensterscheibe, sie beide zuckten zusammen ... Und dann lachten sie, weil sie sich unnötig erschreckt hatten, und Emily drückte Adams Hand.

„Ich hab nachgedacht", hob Adam an. „Über das, was Joe letztens gesagt hat."

„Was? Ob ich seine neue Mum werde? Ich will Livvy nicht ersetzen."

„So meinte er das auch nicht. Bei Joe ist alles immer wörtlich zu nehmen. Er hat keine Mum mehr, also kannst du seine neue Mum sein. Für ihn ist das nur logisch."

„Mag sein, aber ..." Emily zögerte.

„Ich weiß, es ist beängstigend", erwiderte Adam. „Das zwischen uns beiden ist etwas ganz Besonderes. Bis wir uns trafen, hatte ich vergessen, dass ich glücklich sein kann, und du machst mich glücklich, Emily. Mir ist klar, dass wir vielleicht nicht gerade unter den idealsten Umständen zusammengekommen sind, und ich hatte es ganz bestimmt nicht so geplant. Aus dem, was mit Livvy passiert ist, habe ich die Lehre gezogen, dass das Leben einfach zu kurz ist, um sich danach zu richten, was andere Leute denken. Wir beide haben genug durchgemacht, wir haben ein wenig Glück verdient. Ich meine, wenn du bereit bist, Joe zu akzeptieren."

Emilys Herz machte einen Hüpfer in ihrer Brust, ihr Mund wurde staubtrocken. „Adam, was genau willst du damit sagen?" Wollte er ihr etwa einen Heiratsantrag machen?

Adam schaute ihr tief in die Augen. „Nun, kurz gesagt ... willst du nicht zu uns ziehen?"

„Oh Adam." Die widersprüchlichsten Gefühle und Gedanken schwappten über Emily zusammen. „Ich würde so gerne, das weißt du doch. Aber ..."

„Du sorgst dich, dass es zu früh sein könnte?"

„Ja, ein wenig schon", antwortete sie. „Und wir müssen auch an Joe denken. Ich meine, ich möchte tun, was richtig für ihn ist."

„Ich weiß", sagte Adam. „Einfach wird es nicht werden. Aber wir lieben einander, und deshalb werden wir es schaffen."

Emily schluckte schwer. Nach der Trennung von Graham hatte sie hart darum gekämpft, ihre Unabhängigkeit wiederzuerlangen. Sie hatte sich geschworen, sich Zeit zu lassen, bevor sie sich erneut an einen Mann band. Aber Adam war nicht Graham und, wie er gesagt hatte, das Leben konnte so kurz sein. „Meinst du wirklich?"

„Ich weiß es", bekräftigte er entschieden. Die Fensterscheiben klirrten leicht, ließen sie beide zusammenzucken. Der Wind auf der Straße schien aufzufrischen. „Ich dachte, ich hätte meine Chance auf ein glückliches Leben bereits vertan, aber dann kamst du. Wir können jetzt natürlich noch mehr Zeit vergehen lassen ... verschwenden ... und uns den Kopf darüber zerbrechen, was alles passieren könnte, oder aber wir packen die Chance beim Schopf und werden glücklich. Mehr wünsche ich mir nicht."

„Ja, das wünsche ich mir auch." Emily war so bewegt, dass ihr die Tränen in die Augen stiegen. Ein Heiratsantrag war es nicht, aber so früh hatte sie damit auch nicht gerechnet. Sie drückte Adams Finger. „Ja", sagte sie. „Ja, ich würde wirklich gerne zu euch ziehen."

Da draußen auf der Straße fegte der Wind Blätter und Plastiktüten vor sich her, die Leute stellten die Mantelkrägen auf und beschleunigten ihre Schritte. Emily jedoch saß sicher und geschützt in einer warmen Glücksblase. Was immer von jetzt an geschah, Adam würde an ihrer Seite sein. Und das war alles, was zählte.

Joes Notizheft

Meine Mutter ist tot.
Ich habe sie im Krankenhaus liegen sehen.
Ich bin zu ihrer Beerdigung gegangen.
Das war sehr traurig.
Manchmal läuft Wasser aus meinen Augen, und ich weiß nicht, warum.
Aber wenn ich durch mein Teleskop zur Venus hinauf-

schaue, fühle ich mich besser. Ich weiß, dass meine Mum auf mich aufpasst.
Emily wird meine neue Mum werden.
Ich mag Emily.
Wenn es einen Stern für sie gibt, dann, so denke ich, wird der wohl im Sternbild der Waage stehen. Emily ist eine sehr ausgeglichene Person.
Es ist gut, dass sie meine Mum sein will.
Aber ... ich habe doch meinen Weihnachtswunsch ausgesprochen. Ich habe mir gewünscht, dass meine Mum zurückkommt, und ich glaube, der Wunsch ist in Erfüllung gegangen.
Man kann nur eine Mum haben.
Ich brauche keine zwei Mums.
Das wäre nicht richtig.

VERGANGENE WEIHNACHT

Livvy

Neiiin! Direkt vor dem Fenster des Restaurants tobe und heule ich, und ich habe das Gefühl, dass der Schneeregen heftiger fällt. Ich bin so frustriert. Wie soll ich mich Adam bemerkbar machen, wenn er Emily mit diesen Sternchen in den Augen anhimmelt? Emily, die jetzt mein Leben bekommt. Voller Rage stürme ich durch die Straßen, remple die Weihnachtspassanten an, von denen mehr als nur einer fragend in sich hineinmurmelt, wieso ihm plötzlich eine Gänsehaut über den Rücken läuft. Wieso passiert das? Wieso nur? Wie kann Adam mich so einfach vergessen?

„Du weißt, wieso." Malachi taucht auf, als ich mich erschöpft auf einer Parkbank niederlasse. Ich starre auf die wirbelnden Graupelkörnchen und sehe die Enten im Unterholz zittern.

„Nein, weiß ich nicht. Wirklich nicht", behaupte ich.

„Du musst endlich damit aufhören, den anderen den Schwarzen Peter zuzuschieben", kommt es von Malachi.

„Wieso?", frage ich trotzig. „Was geht dich das überhaupt an?"

„Ich werde es noch einmal zu erklären versuchen", setzt er geduldig an. „Du hast noch etwas mit Adam und Joe zu klären. Du musst das in Ordnung bringen. Anfangen solltest du damit, dass du die Verantwortung für das übernimmst, was du getan hast."

Was habe ich denn so Schlimmes angestellt? Ich habe nichts verkehrt gemacht. Zumindest bin ich mir keiner Schuld bewusst. Dieser Kater hat es nur darauf angelegt, mich zu verunsichern.

Mit einem Ruck bin ich wieder zurück in meinem Haus. Nur … das muss vor vierzehn Jahren sein, glaube ich. Es ist der erste

Weihnachtstag. Wir haben einen schönen Heiligen Abend zusammen verbracht, haben kichernd den Strumpf für unseren Dreijährigen gefüllt und sind in sein Zimmer geschlichen, um den Strumpf neben seinem Bett aufzuhängen. Dann sind wir wieder hinausgeschlüpft und sitzen jetzt gemütlich mit einer Flasche Wein vor dem Kaminfeuer. Es ist einfach perfekt, endlich sind wir eine richtige Familie. Der erste Schock über Joes Diagnose lässt langsam nach, wir haben auf Alltagsmodus umgestellt. Das Leben will schließlich gemeistert werden. Ich habe beschlossen, meinen Job zu kündigen und zu Hause zu bleiben, Joe braucht mich. Zudem ist der Kampf um das, was ihm zusteht, extrem zeitaufwendig. Es ist mir nicht leichtgefallen, meine Stelle als Werbetexterin in der großen Werbeagentur aufzugeben. Ich hatte schließlich lange und hart gearbeitet, um dorthin zu kommen. Ehrlich gesagt, habe ich es anfangs gehasst, den ganzen Tag zu Hause zu sitzen, aber … was hätte ich denn sonst tun sollen?

Der positive Effekt hat sich sehr bald eingestellt, Joe ist viel ruhiger, seit ich die ganze Zeit um ihn herum bin. Zwar lässt er sich noch immer nur ungern berühren, und dass er von allein zu mir kommen würde, um mit mir zu schmusen, ist absolut undenkbar, aber immerhin schreit er nicht mehr wie am Spieß, wenn ich ihn halte. Jetzt, da er älter wird, lässt sich auch vernünftiger mit ihm reden, ich kann ihm Dinge erklären. Alles läuft jetzt glatter, und ich bin begeistert, dass er sich bei dem Krippenspiel des Kindergartens für die Rolle eines der drei Weisen gemeldet hat. Ich hatte einen Kloß im Hals, als er bei der Aufführung, gemäß seiner Rolle, auf die Frage, was er dem Jesuskind denn darbiete, „Weihrauch" antwortete. So schwer es im Alltag auch oft ist … in solchen Momenten empfinde ich pure, ungetrübte Freude, die ich sicher in meinem Herzen bewahre.

Adam hat einen Job gefunden, für den er nicht so weit pendeln muss, deshalb ist er jetzt mehr zu Hause. Zwar verdient er weniger, aber wir beide sind froh, dass er mehr Zeit zu Hause verbringen kann. Joe und ich schauen öfter in seinem Büro vorbei, und seine Kollegen sind wirklich alle fantastisch nett und hilfsbereit. Ich bin erfüllt von dem Gefühl, dass Adam und ich jetzt endlich ein Team sind. Adam besteht darauf, dass ich mir auch mal eine Auszeit am Wochenende nehme. An einem Samstag ist er mit Joe ins Schwimmbad gegangen, damit ich mal etwas Zeit für mich habe. Wie glücklich ich mich schätzen kann, einen so wunderbaren Mann zu haben! Viele der Frauen, die ich in der Asperger-Gruppe treffe, zu der ich ab und zu gehe, klagen darüber, dass sie allein mit allem fertigwerden müssen. Ich weiß, Adam würde es nie dazu kommen lassen. Er betet Joe an, und ich hätte mir keinen besseren Dad für meinen Sohn wünschen können. Wir arrangieren uns, kommen zurecht, und ja, es wird funktionieren. Endlich, nach drei harten Jahren, haben wir es geschafft … denke ich. Haben es sogar so gut geschafft, dass ich dieses Mal nicht völlig ablehnend reagiere, als Adam das Thema eines Geschwisterchens für Joe aufbringt – ein Thema, dem ich mich bisher verweigert habe, weil ich einfach zu viel Angst habe.

Heute kommt die Familie zum Weihnachtslunch zusammen. Adams Eltern Mary und Anthony und meine Mum und mein Dad. Es ist das erste Mal, dass wir eine Einladung ausgesprochen haben. Gleich nach unserer Heirat sind wir in dieses Haus hier eingezogen. Mehr konnten wir uns damals nicht leisten. Es war schrecklich verwohnt und dringend renovierungsbedürftig, aber das war uns gleich. Wir waren einfach nur glücklich, zusammen zu sein und an unserer gemeinsamen Zukunft feilen zu können. Kurz nach dem Einzug hier wurde ich mit Joe schwanger, und auch, wenn es eine angespannte Zeit war, so war es doch auch faszinierend, zum ersten Mal zusammen mit Adam bei der Ultraschalluntersuchung Joes Herzschlag zu hören. Dieses Mal war ich voller Hoffnung, es durch die gesamte Länge der Schwangerschaft zu schaffen.

Im Haus sah es noch ziemlich chaotisch aus, als wir mit Joe aus dem Krankenhaus nach Hause kamen, aber Adam gab sich alle Mühe und arbeitete unermüdlich, um es für uns alle gemütlich zu machen. Natürlich muss noch immer viel getan werden, die Hintertür klappert, und wir könnten wirklich eine neue Küche gebrauchen, aber ich liebe unser Heim. Die Preise hier in der Gegend sind geradezu astronomisch, und das Cottage mit den drei Zimmern, Küche und Bad war alles, was wir finanzieren konnten. Auf jeden Fall ist es besser als die Mietwohnung, in der wir vorher gewohnt hatten. Ja, eindeutig die nächste Stufe auf dem Weg nach oben. Ich habe das Gefühl, dass wir endlich in der Welt der Erwachsenen angekommen sind (meine Mutter behauptet ja immer, ich würde nie erwachsen werden). Das hier ist unser Heim, in dem wir unseren Sohn aufziehen, trotz aller Schwierigkeiten, und ich bin fest entschlossen, unseren Eltern zu zeigen, wie prächtig wir zurechtkommen. Heute wird ein ganz großartiger Tag.

Anfangs läuft alles wie am Schnürchen. Joe zeigt sich von seiner besten Seite, benimmt sich vorbildlich, auch wenn ich sehe, wie er vor Marys Liebkosungen zurückzuckt. Meine Mum besitzt zumindest genügend Verständnis, ihn nicht zu berühren, solange er nicht von sich aus auf sie zukommt.

Der Festtagstruthahn, mit dessen Zubereitung ich heute Morgen um halb sieben begonnen habe – unser Backofen hat eben so seine Launen – ist perfekt gelungen, der Wein fließt, die Konversation verläuft entspannt und angeregt, und sogar die Wunderkerzen auf dem Christmas-Pudding fangen gleich Feuer und versprühen ihre Funken. Adam und ich sind ein eingespieltes Team, zusammen sorgen wir dafür, dass alle mit dem bedient werden, was sie brauchen. Mehr hätte ich mir nicht wünschen können. Ich schenke mir ein Glas Wein ein, das habe ich mir wirklich verdient.

Dann wird es Zeit für die Bescherung. Wir versammeln uns um die geschmückten Weihnachtsbäume, den kleinen, den Joe im Kindergarten gebastelt hat, und den großen, eher traditionellen, den Adam aufgestellt hat, um unser erstes Weihnachtsfest in unserem eigenen Heim zu feiern. Die Lichter blinken und blitzen, die Geschenke türmen sich, schließlich ist Joe das erste Enkelkind in beiden Familien, so ist es also verständlich, dass er von allen Seiten verwöhnt wird.

Wir beginnen damit, die Geschenke auszupacken … und dann bricht die Hölle los.

Ohne sich mit mir zu beraten, haben Mary und Anthony in ihrer unergründlichen Weisheit beschlossen, dass Joe unbedingt eines von diesen batteriebetriebenen Spielzeugen braucht, das Kindern beim Lernen des Alphabets helfen soll. Irgendwann hatte Adam ihnen wohl gesagt, dass Joe in seiner altersgemäßen Entwicklung hinterherhinkt. Nun, für ein normales Kind mochte ein solches Spielzeug ja eine gute Idee sein … Für Joe ist es die pure Folter.

„Ah." Ich sehe die Katastrophe heranrollen. „Ich denke, das bewahre ich besser für später auf." Still nehme ich mir vor, dieses Ding bei der ersten Gelegenheit bei der Wohlfahrt abzugeben. Joe reagiert überempfindlich auf Licht und Geräusche, und nach einem so vollen und anstrengenden Tag wie heute kann ich mir genau vorstellen, dass dieses Spielzeug nicht sehr gut ankommen wird.

Doch Mary ist schneller als ich. Ganz offensichtlich ist sie stolz auf ihre Wahl und will es mit allen teilen.

„Sieh her, Joe", sagt sie. „Sieh nur, was das alles kann."

Sie schaltete das Spielzeug ein, und prompt fängt es an zu blinken und zu pfeifen. Ich kann sehen, wie Joe immer unruhiger wird.

„Nicht, das ist zu hektisch", versuche ich einzugreifen. „Joe mag das nicht."

„Unsinn", widerspricht Mary, die grundsätzlich immer alles besser weiß. „Natürlich mag er es. Nicht wahr, Joe?"

Sie meint es sicher nur gut, aber sie liegt völlig falsch.

Und dann presst Joe sich auch schon die Händchen auf die Ohren, stößt einen gellenden Schrei aus und wirft sich wild strampelnd zu Boden.

„Es tut mir so leid", sage ich und bemühe mich, Joe ruhig zu halten. „Er reagiert empfindlich auf laute Geräusche."

„Empfindlich auf Geräusche? Einen solchen Unsinn habe ich ja noch nie gehört", mischt sich jetzt Anthony ein. „Mit dem Jungen ist nichts verkehrt, er braucht nur eine feste Hand."

„Nein, braucht er nicht", gebe ich ruhig zurück. „In seinem Zustand braucht er das genaue Gegenteil, nämlich Geduld und Verständnis."

„Natürlich ... du bestehst ja darauf, ihn zu verwöhnen."

Mit wachsendem Unmut sehe ich meine Schwiegereltern an. Wie können sie es wagen, über mich zu urteilen, wenn ihnen sogar der eigene Sohn zu viel war? Urplötzlich ist da nur noch Antipathie für die beiden. Adam und ich tun unser Bestes, kümmern uns um unseren Sohn. Vielleicht machen wir Fehler, ja, aber ganz bestimmt behandeln wir unseren Sohn besser als sie ihren. Joe ist sicherlich nicht einfach, aber wir beide lieben ihn. Ich werde nie verstehen, wie Eltern ihr Kind erst verstecken und dann einfach weggeben können, so wie Mary und Anthony es getan haben.

„Zumindest sperren wir ihn nicht weg, damit ihn niemand sieht", sprudelt es aus mir heraus, bevor mir überhaupt klar ist, was ich da von mir gebe. Vielleicht hätte ich besser auf das letzte Glas Wein verzichten sollen.

„Livvy!" Adam ist entsetzt.

„Wie bitte?" Anthony läuft puterrot an. „Wie kannst du es wagen ...?"

„Entschuldigung." Sofort rudere ich zurück, sehe, wie Adam mich schockiert anstarrt. „Das hätte ich nicht sagen dürfen. Ich weiß auch nicht, warum ich es gesagt habe."

„Du hast ja keine Ahnung, was wir mitgemacht haben."

Marys Wangen sind rot vor Ärger. „Du hast kein Recht, uns zu verurteilen."

Nein, das steht nur euch bei mir zu, nicht wahr, denke ich verbittert.

„Ich bin sicher, Livvy wollte niemanden verletzen." Dad tritt an meine Seite, und am liebsten hätte ich mich an seinen Hals geklammert. „Nicht wahr, Livvy?"

„Nein, natürlich nicht", versichere ich sofort. „Es tut mir wirklich schrecklich leid. Das war unmöglich von mir."

„Und ob!", zischelt Anthony wütend und lässt den Ärger in mir wieder aufwallen. Wären er und Mary nicht so verdammt rechthaberisch, hätte ich so etwas auch nicht gesagt.

Dad drückt warnend meine Schulter, vermutlich spürt er, wie es in mir brodelt. Für einen peinlichen Moment herrscht eisiges Schweigen, dann flötet Mum munter: „Mary, hilfst du mir in der Küche? Ich denke, wir alle freuen uns jetzt auf einen Tee und ein Stück vom Weihnachtskuchen." Dad verwickelt Anthony derweil in eine Diskussion über die Unzulänglichkeiten der Regierung Blair – ein großartiges Ablenkungsmanöver, schließlich liegt dieses Thema dem Mann sehr am Herzen. Es ist die typisch britische Reaktion, niemand ist willens, das heiße Eisen anzufassen. Zwar denke ich bei mir, wie lächerlich das Ganze ist, aber so ist Adams Familie nun mal.

Irgendwann sind meine Schwiegereltern wieder besänftigt, und mir gelingt es, Joe zu beruhigen. Der Nachmittag vergeht in einer Atmosphäre trügerischen Friedens. Mary und Anthony verabschieden sich bald, und meine Eltern bleiben auch nicht viel länger. Ich weiß, dieser Tag hat keineswegs den erhofften Erfolg gebracht.

Adam macht seinem Ärger Luft, sobald ich die Tür hinter meinen Eltern schließe. „Vielen Dank auch! Hast du nicht gesehen, wie aufgewühlt meine Mum war?"

„Und dass ich aufgewühlt bin, interessiert dich nicht? Ich war stinkwütend. Dein Dad wirft mir doch tatsächlich vor, zu nachsichtig mit Joe zu sein. Wenn sie ihm nicht dieses idiotische Spielzeug geschenkt hätten, wäre das alles nicht passiert."

„Ich weiß." Adam fühlt sich unwohl. „Du weißt doch, wie Dad ist. Er versteht das nicht."

„Wie könnte er auch, nicht wahr? Er konnte deinen Bruder ja nicht schnell genug loswerden", entgegne ich bitter.

„So war das nicht, Livvy", sagt Adam. „Harry hat lange bei ihnen gelebt, bevor sie nicht mehr mit ihm fertigwurden. Damals war das noch alles anders."

Harry. Das düstere Geheimnis in Adams Familie, über das nie jemand sprach. Ich bin nicht einmal sicher, ob Adam überhaupt weiß, wo sein Bruder jetzt ist, obwohl ich ihn immer wieder dränge, es herauszufinden, gerade wegen Joe. Er aber will seine Eltern nicht aufregen.

„So anders auch wieder nicht", halte ich dagegen. „Hätten sie deinen Bruder geliebt, hätten sie ihn niemals weggegeben. Das würde ich Joe nie antun."

„Und das würde ich auch nie von dir verlangen", sagt Adam sofort. „Ich muss mich entschuldigen für das, was Dad gesagt hat, aber bitte, urteile nicht zu hart über ihn. Er wollte dich ganz bestimmt nicht aufregen."

Dessen bin ich mir keineswegs sicher, aber ich sehe, wie sehr Adam sich bemüht, die Wogen zu glätten und die Dinge wieder ins rechte Lot zu rücken. Trotzdem kann ich ihm nicht vergeben, dass er sich auf die Seite seiner Eltern geschlagen hat. Er hätte zu mir halten müssen, und das hat er nicht.

„Ich bringe Joe zu Bett", sage ich, wohl wissend, dass das lange dauern kann, selbst an einem guten Tag. „Nach dem, was heute hier alles abgelaufen ist, braucht er seine Ruhe."

„Sicher." Adam sieht geschlagen aus, und fast wäre ich zu ihm gegangen, um ihm zu sagen, dass alles in Ordnung ist. Aber es ist nicht alles in Ordnung. Das Bild der glücklichen Familie, das ich mir ausgemalt hatte, ist heute in Fetzen zerrissen worden.

Als ich wieder nach unten komme, setze ich mich neben Adam und schlinge die Arme um ihn. „Diese Sache mit dem Geschwisterchen für Joe ...", hebe ich an. „Lass uns noch eine Weile damit warten, ja? Ich denke, wir beiden haben im Moment auch so schon genug Probleme, oder?"

„Vermutlich", murmelt Adam.

Und so schenke ich Wein für uns ein, und zusammen sehen wir uns das Festtagsprogramm im Fernsehen an. Das Feuer im Kamin brennt aus, und für den Rest des Abends wechseln wir kein einziges Wort mehr miteinander.

4. KAPITEL

Zwölf Tage bis Weihnachten

Emily

Emily wachte mit fürchterlichen Kopfschmerzen auf. Nur gut, dass sie sich den Tag heute freigenommen hatte, weil sie noch den Rest ihrer Weihnachtseinkäufe erledigen wollte.

Bevor Adam zur Arbeit ging, brachte er ihr eine Tasse Tee und drückte ihr einen Kuss auf die Lippen.

„Womit habe ich dich nur verdient?" Emily küsste ihn zurück.

Mit einer Umarmung verabschiedete sich Adam von ihr und verließ dann das Haus. Emily nutzte den freien Morgen und döste noch ein wenig länger, und nach einer ausgiebigen Dusche, die half, das dumpfe Pochen in ihrem Schädel auf ein erträgliches Maß zu mildern, zog sie sich an und machte sich auf zum Shoppen.

Trotz des flauen Gefühls im Magen vom Alkohol genoss sie den weihnachtlichen Einkaufsbummel. Der Trubel belebte sie, sie fühlte sich wohl, lauschte der schmalzigen Weihnachtsmusik, die aus den Lautsprechern in dem großen Kaufhaus auf sie einprasselte, und ließ die funkelnden bunten Lichter auf sich wirken. In solchen Momenten musste sie immer an ihre Kindheit zurückdenken, wenn ihre Mutter mit ihr in das große Einkaufszentrum zu Hause gegangen war, damit sie den Weihnachtsmann sehen konnte. Eines Tages, so hoffte sie, würde sie das auch mit ihren eigenen Kindern tun, obwohl mit Adam sicher noch vieles durchgestanden werden musste, bevor es so weit war. Nie hätte sie sich vorstellen können, einmal Mitte dreißig zu sein, geschieden und ohne eigene Kinder. Nun, sie hatte sich auch nicht unbedingt vorgestellt, einen siebzehnjährigen Stiefsohn zu bekommen, noch dazu einen Teenager mit Asperger, der eben erst seine Mutter verloren hatte. Zu ihrer Erleichterung schien Joe sie zu akzeptieren, er mochte sie. Obwohl er sie gefragt hatte, ob sie nun seine neue Mum wurde, machte Emily sich Sorgen, wie er reagieren würde, sollte sie tatsächlich bei Adam und Joe einziehen. Allerdings beschloss sie, dass sie sich heute darüber nicht den Kopf zerbrechen würde. Heute würde sie sich ausschließlich auf den vergnüglichen Weihnachtsbummel konzentrieren.

Emily liebte es zu stöbern und genoss die Vorfreude, wenn sie etwas fand, von dem sie genau wusste, dass es dem anderen gefallen würde. Für ihren Dad hatte sie bereits Gartenhandschuhe und eine weiche Matte gefunden, auf die er sich bei seiner Gartenarbeit knien konnte. Er war der jüngste Fünfundsechzigjährige, den Emily kannte, nur klagte er in letzter Zeit häufiger über Rückenschmerzen, wenn er aus dem Garten kam, und so hoffte sie, dass er gute Verwendung für ihre Geschenke haben würde. Sie suchte noch nach einem Buch über Militärgeschichte für ihn, denn sie wusste, das war sein absolut liebstes Steckenpferd.

Emily hatte sich bereit erklärt, dieses Jahr das Weihnachtsessen für Adam, Joe und Felicity vorzubereiten. Damit hatte sie auch gleichzeitig das Problem „Wie verhält man sich gegenüber der neuesten Gefährtin des Vaters?" gelöst. Emily hatte wirklich nichts gegen die Freundinnen ihres Vaters, er fristete schon lange genug sein Witwerdasein. Sie wusste, wie einsam er war, aber jedes Jahr eine neue Frau als Weihnachtsgast kennenzulernen und Small Talk zu halten, war recht anstrengend. Für beide Frauen konnte es auch ziemlich peinlich werden, wenn Emilys Vater sich wie ein liebeskranker Teenager aufführte, vor allem, da Emily, im Gegensatz zu der jeweils aktuellen Begleiterin, schon im Voraus wusste, dass die Beziehung nicht von langer Dauer sein würde. Das waren sie ja nie.

Und so, statt dass Emily zu ihrem Vater ging, kam ihr Dad am Wochenende für eine vorgezogene Weihnachtsfeier zu ihnen. Adam hatte vorgeschlagen, Felicity ebenfalls einzuladen, um das Eis zwischen ihr und Emily vor dem Weihnachtsfest zu brechen. Er schien der Meinung zu sein, dass ein weiterer Gast als Puffer wirken könne, sodass Felicity keine Möglichkeit erhielt, unhöflich zu Emily zu sein. Emily war weniger davon überzeugt, ob das wirklich eine so gute Idee war, vor allem, falls ihr Dad es sich in den Kopf setzen sollte, den Alters-Charme aufzudrehen, um Felicity zu bezirzen. Immerhin würde ihr das die Möglichkeit bieten, Felicity in dem sicheren Wissen kennenzulernen, einen Verbündeten an ihrer Seite zu haben.

Sie ging ins Waterstone's, wo eine Gruppe von kleineren Kindern auf Sitzsäcken saß und gebannt einem Vorleser lauschte, der ihnen Weihnachtsgeschichten erzählte. Hier fand sie, wonach sie suchte, unter anderem ein Buch über Astronomie für Joe, der von Sternen ja regelrecht besessen war. Mit ihm konnte man jeder Zeit ein langes Gespräch über Dunkle Materie führen, über die Urknall-Theorie oder darüber, ob es Leben auf fremden Planeten gab. Adam hatte dem Jungen eine kleine Sternwarte auf dem Speicher eingerichtet, und nicht selten zog Joe sie beide nach oben auf den Dachboden, damit sie sich durch das Teleskop irgendeinen Stern ansahen, von dem Emily noch nie gehört hatte und den sie auch kaum ausmachen konnte. Aber Joe war in diesen Momenten richtig glücklich, und Emily liebte Adam so sehr, dass sie gerne bereit war, das für seinen Sohn zu tun.

Sie stöberte durch die Buchhandlung, wählte einen Krimi für Adam und zwei Bilderbücher für Lucys drei- und fünfjährige Töchter aus. Lucy und sie waren seit der Teenagerzeit beste Freundinnen, und so hatte Emily nach der Trennung von Graham nicht lange überlegen müssen, um in Lucys Nähe umzuziehen. Und da sie hier in diesem Stadtteil auch Adam getroffen hatte, konnte Emily trotz aller Schwierigkeiten und Probleme behaupten, dass es die beste Entscheidung ihres Lebens gewesen war. In den langen einsamen Monaten nach Livvys Tod, als Emily nicht gewusst hatte, ob Adam und sie überhaupt eine

Zukunft hatten, war Lucy ihr eine unverzichtbare Stütze gewesen.

Für heute hatte Emily sich mit ihr auf einen Kaffee im Marks verabredet, da auch Lucy noch die letzten Kleinigkeiten besorgen wollte, solange ihre Töchter in Schule beziehungsweise Kindergarten waren. Es war schon eine Weile her, seit sie sich zuletzt getroffen hatten, und Emily freute sich auf den Schwatz mit der Freundin, bei dem sie ihre Neuigkeiten austauschen und sich wieder auf den neuesten Stand bringen würden. Lucy war einer der wenigen Menschen, denen Emily die volle Wahrheit über ihre Beziehung mit Adam anvertraut hatte.

Die Freundin stammte aus einer völlig kaputten Familie, in der jeder mit atemberaubendem Tempo die Partner zu wechseln schien – die Mutter hatte bereits drei Ehen hinter sich. Lucy lebte nach dem Motto: Füge niemandem Schaden zu (Emily fühlte sich schuldig, weil sie das von sich wohl kaum behaupten konnte), und: Man hat eben keinen Einfluss darauf, in wen man sich verliebt. Nun, das stimmte wohl. Emily hatte nie geplant, sich in Adam zu verlieben, im Gegenteil. Da sie das Risiko bereits früh erkannt hatte, hatte sie sich sogar bemüht, Adam aus dem Weg zu gehen. Doch dann hatten sie sich eines Abends in diesem Bistro getroffen, und aus dem harmlosen Gutenachtkuss, den Adam ihr gegeben hatte, war viel mehr geworden. Beide waren sie erschrocken auseinandergefahren, hatten sich verlegen entschuldigt und sich gegenseitig hektisch versichert, dass so etwas nie wieder vorkommen würde. Wochenlang war Emily nicht mehr zum Schwimmen gegangen. Aber sie lebten nun mal im gleichen Stadtteil, und da war es unvermeidlich, dass man sich ab und zu über den Weg lief. Sie beide fühlten sich zueinander hingezogen, trotz aller Bemühungen, diese Anziehungskraft zu ignorieren. Gefühle hatten sie mitgerissen, über die keiner von ihnen die Kontrolle besaß. Wirklich leid tat es Emily nicht, Adam war das Beste, was ihr in ihrem Leben bisher passiert war. Auch wenn Livvys Tod die Dinge verkompliziert hatte, so hoffte sie doch jetzt, da der erste Todestag vorüber war und Joe akzeptiert hatte, dass Emily zu Adams Leben gehörte, dass sie beide sich endlich eine gemeinsame Zukunft aufbauen konnten. Dass Adam den Vorschlag gemacht hatte zusammenzuziehen, war schon ein guter Anfang.

Lucy saß bereits an einem Tisch, als Emily das Café betrat. Amy, Lucys acht Monate altes Baby, schlief selig in ihrem Buggy. Lucy selbst sah frisch und fit aus wie immer. Das lange dunkle Haar trug sie zu einem straffen Pferdeschwanz zusammengebunden, die lässige Jeans, der raffinierte Pullover und die schicke Jacke hätten niemals vermuten lassen, dass Lucy sich den ganzen Tag um drei kleine Kinder kümmerte. Emily hatte nicht die geringste Ahnung, wie Lucy das schaffte, aber bei ihr wirkte es immer, als wäre es ein Klacks.

„Na? Was macht die Liebe?", grüßte Lucy die Freundin verschmitzt.

„Alles bestens." Emily stellte ihre Kaffeetasse ab und setzte sich. „Um genau zu sein, sogar noch besser. Adam hat mich gebeten, zu ihm zu ziehen."

„Das ist ja großartig!" Lucy umarmte die Freundin. „Ich freue mich so für dich."

„Ja, ich schwebe auch im siebten Himmel. Außer dass ich mich gestern Abend ziemlich danebenbenommen habe." Und dann begann sie, Lucy detailliert zu schildern, was am vergangenen Abend auf der Firmenweihnachtsfeier passiert war.

Lucy hielt sich den Bauch vor Lachen. „Das ist nicht dein Ernst! Oh Mann, da bist du aber mit Anlauf ins Fettnäpfchen gehüpft."

„Allerdings. Aber darüber wollte ich eigentlich gar nicht reden", winkte Emily ab. „Ich meine, die Sache mit Adam ist ..."

„Ganz einfach", fiel Lucy ihr ins Wort. „Du liebst ihn, und er liebt dich. Punkt."

Emily grinste. Lucy schaffte es immer wieder, ihr das Leben von der Sonnenseite zu zeigen.

„Also ziehst du demnächst bei ihm ein. Oh, das ist so aufregend. Wie steht Joe dazu?" Lucy wusste Bescheid über Joe. Früher hatte sie als Sozialarbeiterin gearbeitet und hatte Emily viele Fragen zu Joe beantworten können.

„Nun, er hat mich gefragt, ob ich seine neue Mum werde."

„Das ist toll. Höre ich da ein Aber …?"

„Aber … es ist eine so große Verantwortung. Entschuldige, das klingt schrecklich egoistisch, so meine ich das auch nicht, aber … wie kann ich Joe eine Mutter sein? Ich habe doch gar keine Erfahrung. Und was Adam so erzählt, war Livvy absolut fantastisch mit dem Jungen. Er hat schon so viel durchmachen müssen, und ich will es ihm nicht noch erschweren."

„Verständlich", erwiderte Lucy. „Es ist ein Riesenschritt, den du da tust. Ich an deiner Stelle würde es langsam angehen lassen. Und versuche auf gar keinen Fall, Joes beste Freundin zu werden." Sie schüttelte sich leicht. „Gott, erinnerst du dich noch an die Frau, mit der mein Vater ausging, als ich fünfzehn war? Kerry hieß sie, wenn ich mich recht entsinne. Sie wollte ständig mit mir shoppen gehen und unbedingt meine Vertraute werden. Es war die Hölle."

Emily grinste. „Ich glaube kaum, dass ich so etwas mit Joe unternehmen werde."

„Dann ist doch alles in Ordnung. Solange du Verständnis und Einfühlungsvermögen zeigst, wird es schon funktionieren. Und diesen Weihnachtslunch kannst du als Generalprobe ansehen. Wenn ihr gut miteinander zurechtkommt, dann wird er dich auch völlig entspannt akzeptieren."

„Oh richtig, der Weihnachtslunch." Emily schnitt eine Grimasse. „Ich wünsche mir nichts sehnlicher, als mit Adam zusammen zu sein, aber wie um alles in der Welt soll ich mit seiner ehemaligen Schwiegermutter umgehen?"

Was Weihnachten anging, hatte Emily gemischte Gefühle. Seit zwei Jahren waren sie und Adam jetzt zusammen, und natürlich verstand sie, weshalb sie das Weihnachtsfest bisher nicht mit ihm zusammen hatte feiern können, so sehr sie sich auch danach gesehnt hatte, Zeit mit ihm zu verbringen. Dieses Jahr war es endlich möglich, doch dafür war auch Felicity mit von der Partie. Emily freute sich darauf, sich zusammen mit Adam unter den Mistelzweig zu stellen und sich abends vor dem Weihnachtsbaum an ihn zu kuscheln, doch vorher musste sie erst einmal den Tag überstehen. Davor grauste ihr.

„Wirst schon sehen, alles läuft glatt." Lucy war Veteranin, wenn es darum ging, heikle Familienzusammenkünfte zu überstehen. „Achte einfach darauf, dass jeder genug zu trinken hat, um locker und fröhlich zu sein, aber auf keinen Fall zu viel, damit die Gefühle nicht hochkochen, dann wird es schon klappen."

„Dad kommt dieses Wochenende auch mit", berichtete Emily weiter. „Seine Anwesenheit wird hoffentlich dafür sorgen, dass jeder höflich bleibt."

„Dann sieh nur zu, dass er nicht bei Felicity sein Glück versucht." Lucy kannte Emilys Dad lange genug und wusste von seinen Schwächen.

„Oh, wahrscheinlich wird er das", meinte Emily. „Aber damit lenkt er dann die Aufmerksamkeit von mir ab."

„Himmel, wie schnell die Zeit verfliegt!" Lucy sah auf ihre Armbanduhr. „Ich muss Chloé vom Kindergarten abholen. Du kommst doch zu meiner Weihnachtspunschparty, oder?"

„Natürlich, die würde ich um nichts auf der Welt verpassen", versicherte Emily. Lucys Weihnachtspunschpartys waren legendär. Graham war nie gern hingegangen, aber einer von den Vorteilen, nicht mehr mit ihm verheiratet zu sein, war eben, dass Emily jetzt zu Lucys Partys gehen konnte, ohne vorher lange diskutieren zu müssen.

Die Freundinnen umarmten sich zum Abschied, und Emily sah Lucy nach, wie sie über die Hauptstraße davoneilte. Sie beneidete ihre Freundin um das quirlige Familienleben und fragte sich sehnsüchtig, wann es bei Adam und ihr so weit sein würde, dass sie eigene Kinder hatten.

Emily bummelte noch eine Zeit lang an den Schaufenstern vorbei und stöberte in den Geschäften, bevor sie sich auf den Weg nach Hause machte. Schneeregen hatte eingesetzt, und sie beeilte sich, aus der ungemütlichen Kälte zu kommen. Als sie in die Straße einbog, in der sie wohnte, fuhr ihr ein eisiger Windhauch ins Gesicht. Sie hatte das ungute Gefühl, dass ihr jemand folgte. Als sie sich umdrehen wollte, rutschte sie auf dem Bürgersteig aus und landete auf ihrem Allerwertesten. Atemlos, aber glücklicherweise unverletzt, rappelte sie sich wieder auf. Die seltsame Empfindung, dass da jemand in ihrem Rücken war, blieb, vor allem glaubte sie wirklich, dass jemand sie absichtlich zu Fall gebracht hatte. Doch als sie die Straße rauf und runter sah, war keine Menschenseele zu sehen.

Adam

Joe sitzt im Wohnzimmer und sieht fern, als ich einige Tage später von der Arbeit nach Hause komme. Ein köstlicher Duft aus der Küche erfüllt das gesamte Haus. Felicity, Livvys Mum, kocht mal wieder für uns. Zweimal in der Woche kommt sie herüber, um Joe Gesellschaft zu leisten, wie sie sagt, auch wenn ich mich des Öfteren frage, ob das der wahre Grund ist. Ich vermute viel eher, seit dem Tode ihres Mannes James ist sie schlicht einsam. Livvys Tod war zudem ein herber Schlag für sie. Ich ahne, dass es ihr hilft, wenn sie ein Auge auf uns haben und für uns sorgen kann, und ich bin auf jeden Fall dankbar dafür, vor allem an Tagen wie heute, wenn ich bis spätabends im Büro arbeiten muss.

„Hi, Dad", grüßt Joe knapp und wendet seine Aufmerksamkeit dann sofort wieder dem Fernsehschirm zu. „Ich sehe mir eine Sendung über schwarze Löcher an. Das ist sehr interessant." Ohne den Blick vom Bildschirm zu wenden, erklärt er mir alles über Supernovae, das sich ausbreitende Universum und andere Dinge, von denen ich absolut nichts verstehe. Aber ich höre ihm zu, freue mich über seine Begeisterung für das Weltall. Das Universum ist ihm Symbol für Stabilität, seit er ein kleines Kind gewesen war. Etwas an den Sternen, die sich stets verändern, aber dennoch einem stetigen Muster folgen, bietet ihm eine Sicherheit, die er in den vielen anderen Dingen auf dieser Welt nicht finden kann. Die Dunkelheit und unendliche Weite des Universums spenden ihm Trost, was immer ein großer Vorteil gewesen ist. „Du solltest dir das auch ansehen, Dad, es ist toll", beendet er seinen Monolog.

„Werde ich, gleich, Joe. Versprochen." Er ist längst wieder in das versunken, was ihn wirklich interessiert. „Ist Granny hier?"

„Ja." Joe schaut nicht einmal auf.

Ich gehe in die Küche, wappne mich für eine Gardinenpredigt. Erst kürzlich habe ich Felicity eröffnet, dass ich mich mit einer Frau treffe. Sie hat leicht pikiert reagiert, auch wenn sie sich schließlich einverstanden erklärt hat und es für eine gute Idee hält, Emily und deren Vater bei einem vorweihnachtlichen Lunch kennenzulernen. Ich verstehe, dass es schwer für sie sein muss, dass ich jemanden gefunden habe, der den Platz ihrer Tochter einnimmt, daher gehe ich auch nicht weiter auf ihre eher ablehnende Haltung ein. Ich mag Felicity sehr, sie war uns immer eine riesige Hilfe. Ich will sie nicht kränken, ich würde mir schäbig dabei vorkommen … und noch schäbiger, sollte sie je die Wahrheit herausfinden, wie Emily und ich zusammengekommen sind.

„Hi." Ich drücke ihr einen Kuss auf die Wange. „Das riecht gut."

„Ein kräftiger Hühnereintopf", erklärt sie lächelnd. Sie hat sich schon immer in unserer Küche zu Hause gefühlt, zudem kann sie ganz großartig kochen. „Ihr Männer müsst ein wenig aufgepäppelt werden."

Das ist ihr Lieblingsspruch, seit Livvy nicht mehr lebt. Dabei hat sie oft genug für uns gekocht, auch als Livvy noch lebte, ohne je den Grund dafür zu nennen. Ein- oder zweimal hat sie vielleicht etwas von „Livvys kleinem Problem" erwähnt, aber weiter ist sie nie gegangen. Manchmal wünschte ich, wir würden offen darüber reden, statt ständig um den heißen Brei herumzuschleichen. Wir wissen doch beide, was „Livvys kleines Problem" gewesen ist. Aber es schien immer leichter zu sein, es unter den Teppich zu kehren. Heute ist mir klar, wie falsch das war. Hätte ich es offen angesprochen, hätte ich darauf bestanden, dass Livvy Hilfe bekam, wäre vielleicht alles anders verlaufen. Allerdings sehe ich noch heute vor mir, wie Livvy bei den seltenen Gelegenheiten, in denen ich es zu erwähnen wagte, jedes Mal explodiert ist. Für eine Weile konnte ich sie überreden, zu den Sitzungen zu gehen, aber irgendwann behauptete sie, es sei reine Zeitverschwendung, und weigerte sich strikt, noch einmal über das Thema zu sprechen. Und so hielt ich den Mund, hoffte irrsinnigerweise, das Problem würde sich wie durch ein Wunder von allein lösen.

So vieles, das nicht ausgesprochen wurde ... so vieles, das versäumt wurde ... Es zerreißt mich innerlich, dass es nicht mehr zu ändern ist.

Felicity sieht fragend zu mir hin. „Tee? Oder ein Bier?"

„Tee, bitte", antworte ich. Schon den ganzen Tag brummt mir der Schädel von gestern Abend. Ich werde langsam zu alt, um so viel Alkohol zu trinken, noch dazu mitten in der Woche.

„Fein", sagt sie, „denn wir müssen uns unterhalten."

Ich ahne, was jetzt kommt.

„Über Joe", fährt sie fort und überrascht mich damit. Ich hatte mit Vorhaltungen gerechnet. Felicity drückt die Tür ins Schloss und brüht frischen Tee auf, bevor wir uns an den Küchentisch setzen. Der kalte Wind draußen rüttelt an der Hintertür. Demnächst muss ich mich wirklich daranmachen, das Haus anständig zu isolieren.

„Joe behauptet, seine Mum zu sehen", hebt Felicity an. Völlig nüchtern, keine Emotion, kein Urteil zu erkennen. Ich weiß, seit dem Tod ihrer Tochter hat sie kaum eine Träne vergossen. Bei der Beerdigung war sie ein Fels in der Brandung, während Joe und ich völlig am Boden zerstört gewesen waren. Felicity war schon immer so stoisch, sie hasst es, Schwäche zu zeigen. Jetzt, da ihr Mann und ihre Tochter nicht mehr lebten, waren Joe und ich die einzige Familie, die ihr blieb.

„Was? Was meinst du damit, er sieht sie?"

„Er behauptet, sie hätte neben ihm gesessen und mit ihm geredet, als er sich mit Caroline im Café traf."

Erstaunlich. Ich hätte nicht gedacht, dass Joe überhaupt genug Fantasie besitzt, um sich so etwas auszudenken.

„Vermutlich liegt es daran, dass es die Zeit um ihren Todestag ist", meint Felicity. „Vielleicht sollten wir noch einmal Livvys Grab besuchen. Ihm helfen, einen Abschluss zu finden. Er hat ja auch ein Geschenk für sie gekauft, das er auf ihr Grab stellen will. Das ist so lieb, aber ich mache mir Sorgen. Er hat wohl noch nicht richtig begriffen, dass sie nicht mehr hier ist und auch nicht mehr zurückkommt."

„Hast du eine Idee, was wir tun können?", frage ich. Felicity war schon immer gut darin, praktische Lösungen zu finden. Das hatte Livvy wohl von ihr geerbt.

„Vielleicht mehr Therapiesitzungen?" Felicity wirkt unruhig und nervös, was eigentlich völlig untypisch für sie ist. Sonst strahlt sie immer solche Ruhe und Gelassenheit aus. „Das hilft möglicherweise."

„Ja, vielleicht", stimme ich vorsichtig zu. Nach Livvys Tod hat Joe eine Therapie gemacht, aber ich bezweifle, dass es irgendetwas bewirkt hat. „Vielleicht sollte ich erst einmal mit ihm reden."

Ich bin ehrlich besorgt. Mit so etwas hatte ich überhaupt nicht gerechnet. Ich wünschte, es gäbe eine unkomplizierte Art, meinem Sohn zu helfen.

„Da ist noch etwas." Felicity verzieht leicht den Mund. „Es ist etwas heikel."

Aha, jetzt kommt's.

„Es geht um deine neue Freundin", druckst Felicity verlegen.

„Du meinst Emily."

„Genau. Joe hat mir erzählt, dass er sie gebeten hat, seine Mum zu sein."

„Ich weiß", sage ich. „Vermutlich denkst du, es ist noch zu früh. Weil Joe Livvy so sehr vermisst, befürchtest du, dass es zu viel für ihn ist. Aber ich versichere dir, wir gehen die Sache wirklich sehr, sehr langsam und behutsam an, das verspreche ich …"

„Meiner Meinung nach solltest du es mit Emily versuchen", unterbricht sie mich und überrascht mich damit völlig. „Möglicherweise hilft es Joe, die Realität zu akzeptieren. Ob Emily nun hier ist oder nicht, es wird Livvy nicht mehr zurückbringen. Und ich weiß, wie schwierig es für dich war." Ihre Züge werden nachsichtig. „Livvy war meine Tochter, aber sie hatte ihre Probleme. Du warst verständnisvoller, als viele andere Ehemänner es gewesen wären. Und ja, ich bin dankbar für die Chance, Emily und ihren Dad kennenzulernen. Vielen Dank, dass du mich zu dem Lunch eingeladen hast."

„Felicity, ich weiß gar nicht, was ich sagen soll." Was immer ich erwartet hatte … das ganz bestimmt nicht. Ich umarme sie herzlich. Die Beziehung zu meinen Eltern ist nicht gerade die beste, seit Livvys Tod haben sie sich kaum gemeldet, und jetzt zu Weihnachten sind sie auf einer Kreuzfahrt. In vieler Hinsicht ist Felicity mir mehr Mutter als meine eigene. Meine Stimme schwankt bewegt, als ich mich bei ihr bedanke. „Du bist so wunderbar großzügig. Mir ist klar, dass es nicht leicht für dich sein kann."

„Du brauchst nichts zu sagen." Auch Felicitys Stimme bebt leicht. „Ich hätte es mir anders gewünscht, aber so ist es nun einmal. Ich kann dir nicht versprechen, dass ich deine Emily mag, und sollte all das Joe aufwühlen, werde ich dir das nie verzeihen, aber … lassen wir es doch erst einmal auf uns zukommen und nehmen einen Schritt nach dem anderen."

Genau in diesem Moment stößt eine eisige Windböe die Hintertür auf. Schneeregen weht herein, und ich beeile mich, die Tür wieder zu verschließen. Jetzt fängt auch noch das Licht an zu flackern und erlischt, und Joe kommt vom Wohnzimmer in die Küche.

„Hallo, Mum", sagt er.

Livvy

„Joe", entfährt es mir, „kannst du mich sehen?" Er starrt mich direkt an, und ich meine, vor Freude explodieren zu müssen. So glücklich war ich nicht mehr, seit ich auf dem Parkplatz wieder zu mir gekommen bin.

„Wie meinst du das?", kommt es von Adam. „Joe, du weißt doch, dass Mum nicht mehr hier ist. Sie ist tot. Du weißt, was das bedeutet, oder?"

Er geht so liebevoll mit Joe um, ist so geduldig. Am liebsten hätte ich ihn umarmt. Ich gehe auf Adam zu, aber er sieht direkt durch mich hindurch. Wie sehr ich mir wünsche, er könnte mich sehen, würde mich bemerken! Ich sehne mich so sehr nach seiner Berührung, aber er weiß ja nicht einmal, dass ich hier bin.

„Mum hat das Licht ausgeschaltet", sagt Joe sachlich. „Ist aber kein Problem, sie schaltet es gleich wieder ein."

In diesem Moment komme ich mir völlig idiotisch vor. Inzwischen habe ich ausgeknobelt, wie ich den Hauptschalter nach Belieben ein- und ausschalten kann. Innerhalb von Sekunden flammt das Licht wieder auf, und Mum und Adam stehen verdattert da und starren einander an.

„Seht ihr, habe ich doch gesagt", meint Joe. Er schaut in

meine Richtung, scheint aber durch mich hindurchzusehen. „Ist schon in Ordnung, sie will einfach nur bei uns sein."

„Wäre sie hier", sagt Adam behutsam, „dann würde sie bestimmt nur an uns denken."

„Natürlich denke ich nur an euch", fauche ich gereizt. „An wen denn sonst?" Ich bin schrecklich frustriert. Was muss eine Frau hier denn alles anstellen, um bemerkt zu werden?

„Genau", sagt Joe fröhlich. „Sie will einfach nur Hallo sagen."

Ich komme mir lächerlich vor. Ich war so wütend, als ich hier hereingefegt bin. Wütend auf Mum, weil sie Emily ihren Segen gegeben hat, hier einzuziehen. Zu wem hält meine Mutter überhaupt? Zu mir auf jeden Fall nicht. Aber Joes Reaktion hat mir den Wind aus den Segeln genommen. Ich will nur noch mit ihm reden können, ihm sagen, wie sehr ich ihn liebe.

„Ich gehe wieder fernsehen", verkündet er jetzt. „Bye, Mum." Und damit verlässt er die Küche.

Adam und Mum tauschen vielsagende Blicke.

„Verstehst du jetzt, was ich sagen will?", meint Mum. „Ich denke wirklich, du solltest mit ihm noch einmal einen Therapeuten aufsuchen."

„Vermutlich hast du recht", stimmt Adam zögernd zu. „Ich hoffe nur, wir finden dieses Mal jemanden, der Joe versteht. Den letzten Arzt hat Joe angesehen, als säßen ihm zwei Köpfe auf den Schultern. Gleich morgen früh rufe ich unsere Hausärztin an, mal hören, was sie dazu sagt." Die Hausärztin kennt Joe schließlich schon sein ganzes Leben Das ist immerhin ein vernünftiger Ansatz?

„Er trauert nicht, weil er weiß, dass ich hier bin", sage ich, aber natürlich hört mich niemand. „Er ist übrigens der Einzige, der das weiß."

Seit ich wieder hier im Haus aufgetaucht bin, nutze ich jeden Moment, den Joe allein ist, um mit ihm zusammen zu sein. Er weiß, dass ich bei ihm bin, denn er erzählt mir von seinen

Astronomie-Projekten am College und redet über Caroline. Er überlegt, ob er sie zum Essen einladen soll. Meine Antworten scheint er nicht zu hören, aber ich weiß, er ist glücklich, dass ich wieder zurück bin. Würde doch nur jeder hier das merken!

Wie soll es mir denn je gelingen, mich bemerkbar zu machen? Ich muss einen Weg finden, um mit Adam und Joe zu kommunizieren. Ich will ihnen sagen, wie leid mir alles tut, will sie wissen lassen, wie sehr ich sie liebe. Ganz gleich, wie oft Malachi mir noch erzählt, dass ich die Dinge in Ordnung bringen soll … jetzt, da ich wieder hier bin, in meinem Haus, und meinen Mann und meinen Sohn sehe, da kann ich unmöglich zulassen, dass Ekel Emily Joes neue Mum wird. Das geht einfach nicht. Nur über meine Leiche!

Und was meine Mutter angeht … Ich ärgere mich maßlos über sie, weil sie einfach so bereit ist, Emily in der Familie aufzunehmen. „Das würdest du nicht tun, wenn du wüsstest, was ich weiß!", donnere ich zornig, aber natürlich hört sie mich nicht.

Malachi hat mir gezeigt, wie ich meine Kraft bündeln kann, um Sachen zu bewegen, aber besonders gut bin ich noch nicht darin. Allerdings ist es dringend nötig, die Kampagne „Ehemann heimsuchen" auf die nächste Stufe zu heben, damit Adam mich endlich wahrnimmt. Also konzentriere ich mich mit aller Macht darauf, die Obstschale vom Küchentisch zu schieben. Es kostet eindeutig mehr Energie als Licht ein- und auszuschalten, und ich verbrauche viel Kraft, bis die Schale über den Tischrand kippt.

Das Scheppern, als sie in tausend Scherben zerspringt, ist jedoch sehr befriedigend, die Äpfel und Mandarinen rollen hüpfend über den Boden.

„Was war das denn?" Adam erschreckt sich fürchterlich.

„Das, mein geliebter Gatte", triumphiere ich, „war erst der Anfang."

5. KAPITEL

Emily

Emily war bei Tesco, um die letzten Einkäufe für den Weihnachtslunch zu erledigen. Es war das erste Mal, dass sie die Zubereitung übernahm. Nach dem Tod ihrer Mutter hatte ihr Dad es immer irgendwie geschafft, eine seiner Freundinnen dazu zu bringen, für das Festmahl zu sorgen. Und als Emily dann geheiratet hatte, waren sie bei Grahams Familie zusammengekommen. Eine öde Angelegenheit, wohl hauptsächlich dazu gedacht, Emily vor Augen zu halten, dass sie dieser Aufgabe schlicht nicht gewachsen war. Sie fand es wunderbar, wie auch Adam seinen Beitrag in ihrer Beziehung leistete.

„Du regelst das am ersten Weihnachtstag", er wusste, wie viel es ihr bedeutete, „und ich koche für deinen Dad und Felicity."

Aufgeregte Vorfreude mischte sich in ihre Nervosität, als sie durch die Gänge des großen Supermarkts lief und alle nötigen Zutaten in den Einkaufswagen legte. Das erste Weihnachtsfest, das sie gemeinsam feierten. Emily konnte kaum glauben, dass es wirklich passierte, am liebsten hätte sie sich gekniffen, um zu testen, ob sie nicht doch träumte. Letztes Weihnachten noch hatte sie nicht einmal sicher sein können, ob sie Adam je wiedersehen würde. Bei der Fleischtheke angekommen, war sie von dem riesigen Angebot überwältigt. Wie sollte sie denn hier die richtige Wahl treffen? Sie kochte gerne, aber bisher hatten sich ihre Kochkünste auf Spaghetti bolognese und Pasta beschränkt, schließlich war Graham nur selten zum Abendessen zu Hause gewesen. Und wenn es dann tatsächlich einmal vorkam, hatten sie sich meist etwas beim Lieferservice bestellt oder Fertiggerichte aufgewärmt. Deshalb machte der Gedanke, ein komplettes Weihnachtsessen mit mehreren Gängen vorzubereiten, Emily so nervös. Sie hatte nicht die geringste Ahnung, wie groß so ein Truthahn sein musste und welchen sie nehmen sollte. Während sie die Auslagen betrachtete und zu entscheiden versuchte, bereute sie ihr eigensinniges Beharren, auf Adams Rat zu verzichten. Möglicherweise hatte sie sich hier zu viel vorgenommen. Aber sie wollte doch so unbedingt beweisen, dass sie ihren Platz in seiner Familie einnehmen und das Weihnachtsfest zu etwas Besonderem für sie alle machen konnte. Allerdings wurde ihr langsam bewusst, dass es vielleicht doch nicht so einfach war, wie sie sich das vorgestellt hatte.

Was absolut lächerlich war. Nur weil sie für das Kochen verantwortlich war, hieß das ja nicht, dass sie nicht einen Experten zurate ziehen konnte. Also rief sie Lucy an. Die hatte schließlich jahrelange Erfahrung mit Weihnachtsessen.

„Da es dein erstes Mal ist, würde ich vorschlagen, du versuchst es mit einer Truthahnkrone", riet Lucy.

„Ich würde es lieber richtig machen", wand Emily ein.

„Na gut. Da es wohl zu spät ist, einen frischen Truthahn beim Metzger zu bestellen, nimm einen tiefgefrorenen, und plane genügend Zeit zum Auftauen ein." Lucy erinnerte sich noch gut daran, dass sie das bei ihrem ersten Mal vergessen hatte und das Weihnachtsessen dann aus Chipolatas bestanden hatte. „Wenn du Spaß am Risiko hast, kannst du natürlich auch erst Heiligabend einkaufen gehen, aber glaub mir, das willst du ganz bestimmt nicht. Das habe ich schon hinter mir."

Trotz Lucys Rat stand Emily jetzt noch immer mit verwundert aufgerissenen Augen vor den Fleischtruhen. Schließlich entschied sie sich für einen Zehn-Pfund-Vogel. Besser, dass etwas übrig blieb, als dass zu wenig auf den Tisch kam, richtig? Und die Männer langten ja immer kräftig zu.

Als Nächstes suchte sie nach einem Christmas-Pudding. Sich ihrer begrenzten Fähigkeiten bewusst, wagte sie sich nicht daran, selbst einen zusammenzurühren. Auch hier hatte sie die Qual der Wahl: Orangengeschmack, Früchtefüllung, mit und ohne Alkohol. Es gab so viele verschiedene Geschmacksrichtungen. Welchen also sollte sie nehmen? Sie entschied sich für zwei verschiedene, nur für den Fall, dass niemand sonst den mit Marmelade mochte, der sie am meisten reizte. Um ganz sicherzugehen, legte sie zusätzlich noch eine Schachtel mit Mince Pie in den Einkaufswagen. Es gab da auch noch anderes Weihnachtsgebäck, dem sie nicht widerstehen konnte, und natürlich gehörte auch eine entsprechende Auswahl an Spirituosen zum Fest. Mit einem voll beladenen Wagen stellte sie sich schließlich bei der Kasse an.

Bei Tesco wimmelte es nur so von abgehetzten Kunden, die ihre Weihnachtseinkäufe tätigten, als würde es morgen nichts mehr geben, die Schlangen an den Kassen waren meterlang. Endlich kam auch Emily an die Reihe, und sie lud ihre Einkäufe auf das Laufband. Als sie den Truthahn hochhob, fühlte sie einen seltsam kalten Hauch, den sie vorher schon einmal empfunden hatte. Der gefrorene Vogel rutschte ihr aus den Händen und landete mit einem dumpfen Laut genau auf ihren Zehen.

Oh, wie weh das tat! Sie stieß einen Schrei aus und hüpfte auf dem unverletzten Fuß auf der Stelle.

Die Kassiererin kam hinter ihrer Kasse hervorgeeilt und geleitete Emily auf den Stuhl in dem Kassenabteil. „Sind Sie in Ordnung? Geht es wieder?" Die Frau rief den Abteilungsleiter hinzu, der darauf bestand, dass Emily ein Unfallformular ausfüllte.

„Mit mir ist alles in Ordnung, wirklich." Emily krümmte sich innerlich. Maßlos verlegen warf sie einen Blick auf die Schlange vor der Kasse, die Leute scherten bereits genervt aus und stellten sich woanders an. Emily versuchte aufzustehen, aber ein scharfer Schmerz schoss durch ihren Fuß, und sie musste sich wieder setzen.

Gute zwanzig Minuten später hatte der Schmerz sich zwar gelegt, aber auftreten konnte Emily noch immer nicht richtig, und so schob der Abteilungsleiter den Wagen mit ihren Einkäufen zu ihrem Auto. Am liebsten wäre Emily vor Scham im Boden versunken, ihre frohe Weihnachtslaune war auf jeden Fall dahin.

Schneeregen fiel vom Himmel, als sie die Einkäufe in den Kofferraum lud. Der Wetterdienst hatte weiße Weihnachten in Aussicht gestellt, aber richtig überzeugt war Emily davon nicht. Wahrscheinlich würden sie nur grauen Schneematsch bekommen.

Als Emily den Kofferraumdeckel zuschlug, lief ihr ein kalter Schauer über den Rücken. Sie hatte das seltsame Gefühl, dass jemand hinter ihr stand und sie beobachtete, jemand voller Wut und Zorn. Natürlich war das absolut lächerlich. Die vielen Leute hier auf dem Parkplatz waren mit ihren eigenen Plänen beschäftigt, niemanden kümmerte es, was Emily tat. Was immer sie da zu spüren meinte … sie bildete sich das bestimmt nur ein.

Adam

„Joe …", ich stecke den Kopf zu Joes Zimmertür hinein, nachdem Felicity nach Hause gegangen ist, „auf ein Wort …"

„Ein Wort? Was für ein Wort?" Verständnislos schaut er zu mir hin, und ich mache einen neuen Versuch. „Können wir einen Moment reden?"

Die jähe Anspannung in ihm lässt nach, er bedeutet mir, mich auf sein Bett zu setzen. Er baut gerade ein Modell des neuesten Spaceshuttles nach und geht völlig in der Aufgabe auf. Die Details faszinieren ihn, und eigentlich liebe ich es, ihm still bei seiner Arbeit zuzuschauen, aber heute muss ich ihn unterbrechen.

„Joe", hebe ich vorsichtig an, „möchtest du vielleicht mit mir über Mum reden?"

„Mum ist gestorben", erwiderte er aufgeräumt. Das bringt mich immer wieder aus dem Gleichgewicht. Es ist gerade so, als würde er die Tragweite dieser Tatsache nicht begreifen. Und doch ist er manchmal so niedergeschlagen, weil er sie wirklich vermisst.

„Genau", sage ich leise. „Gestern … Ich meine, du verstehst schon, dass sie nicht mehr hier ist und auch nicht mehr zurückkommt, oder? Du weißt, dass du sie nicht mehr sehen kannst."

„Ich sehe sie ja auch nicht", erwidert Joe. „Aber sie ist hier. Ich kann sie in meinem Kopf hören."

Das ist ja noch schlimmer als gedacht. Trauer um meinen wunderbaren Sohn zieht mir das Herz zusammen. Was für eine Katastrophe ist ihm da in so jungen Jahren passiert! Ich habe wirklich mein Bestes gegeben, aber mir war nie bewusst, wie sehr er seine Mutter vermisst.

„Hör zu, Joe, was du da sagst, kann nicht stimmen, und das weißt du auch. Ich meine, es ist ein schöner Gedanke, sich vorzustellen, dass Mum mit dir redet, aber du weißt, es ist nicht wahr. Es kann nicht wahr sein."

„Doch, es stimmt aber", beharrt er. „Mum ist nämlich noch nicht weg. Sie will immer noch bei uns sein. Sie vermisst uns."

„Joe", mir läuft ein unguter Schauer über den Rücken, „wie meinst du das?"

„Mum ist jetzt ein Geist", sagt er völlig nüchtern, „und sie ist ziemlich sauer auf dich."

Gut denkbar. Trotzdem ist es Wahnsinn.

Joe hat Livvys Tod relativ gut verarbeitet und kommt scheinbar auch damit zurecht, aber er reagiert eben nicht wie andere Menschen. Zusammen haben wir an ihrem Grab gestanden und geweint, und er hat sich sogar von mir umarmen lassen. Allerdings hat er sich jetzt wieder in sich selbst zurückgezogen, obwohl er vollkommen ausgeglichen und zufrieden zu sein scheint. Er bejaht das auch jedes Mal, wenn ich ihn frage. Nur fühle ich mich jetzt grässlich. Livvy wäre viel besser damit umgegangen als ich. Und plötzlich vermisse ich sie schrecklich.

„Sieh mal, Joe, ich denke, wir sollten noch mal zu Dr. Clarkson gehen, mit ihr über die Dinge reden, die du empfindest."

„Von mir aus." Joe zuckt mit den Schultern. „Ich bin nicht verrückt."

„Das habe ich auch nie behauptet", versichere ich ihm sofort.

„Aber du denkst es", entgegnet er ungerührt. „Ehrlich, ich bin nicht verrückt. Mum ist hier, und ich denke, sie hat auch vor zu bleiben."

Livvy

Ich bin sehr zufrieden mit mir, weil ich Emily dazu gebracht habe, sich den Truthahn auf den Fuß fallen zu lassen. Kleingeistig und gemein, ich weiß, trotzdem fühle ich mich jetzt viel besser, selbst wenn ich schon weiß, dass Malachi mir wieder eine Standpauke halten wird.

Jetzt jedoch, da ich Joe und Adam zuhöre, ist mir miserabel zumute. Adam will mit Joe zu einem Seelenklempner gehen, und so etwas stand niemals auf meinem Plan. Joe braucht keinen Psychiater, er braucht mich. Und noch weniger kann er es gebrauchen, dass Adam dieses Biest von Emily als festen Faktor in Joes Leben etabliert.

Ich gehe die (zugegebenermaßen beschränkten) Möglichkeiten durch, die mir zur Verfügung stehen, und beschließe, mich an meinen ursprünglichen Plan zu halten und das Spuken weiter aufzudrehen. Dann werden sie alle endlich merken, dass ich noch immer hier bin und Joe sich das nicht nur einbildet. Ja, bisher war ich viel zu zahm, ich muss so viel Chaos stiften wie nur möglich. Also beginne ich damit, Dinge zu verstellen. Inzwischen bin ich besser darin geworden. Außerdem muss ich zugeben, dass es mir diebischen Spaß bereitet, Adams verdatterte Miene zu sehen, wenn er Dinge an Plätzen findet, an denen sie eigentlich nichts zu suchen haben.

Ich verstecke sein Handy unter dem Sofa, das Ladekabel seines iPods in einem Topf, der ganz hinten im Schrank steht. Er findet das Kabel erst, als er am nächsten Tag das Abendessen zubereitet. Ganz bewusst verstecke ich nichts von Joes Sachen ...

... bis ich schließlich das Gespräch zwischen Adam und meiner Mutter mit anhöre.

„Ich mache mir Sorgen", sagt Adam zu ihr, „weil Joe jetzt alles Mögliche versteckt. Aber wenn ich ihn behutsam zur Rede stellen will, sieht er mich immer völlig verständnislos an. Ich bin mit meinem Latein am Ende, ich habe nicht die geringste Ahnung, was ich tun soll."

„Das sieht Joe doch gar nicht ähnlich", erwidert Mum. Genau, weil Joe das nicht macht, schreie ich die beiden an, aber natürlich hören sie mich nicht. Also ehrlich, wie begriffsstutzig kann man denn sein? Die beiden treiben mich noch in den Wahnsinn!

Also drehe ich diese Sache mit dem Poltergeist noch ein wenig auf. Mums Handtasche liegt jetzt in Adams Aktenkoffer, Joes Portemonnaie in Mums Handtasche. Es kostet mich eine Menge Kraft, so anstrengend hatte ich mir das nicht vorgestellt. Nachdem es vollbracht ist, bin ich völlig fertig. Malachi sagt ja auch immer, dass, obwohl wir tot sind, auch Geister einen Ort brauchen, an dem sie ihre Energien wieder aufladen können.

„Manchmal habe ich das Gefühl, als würde ich den Verstand verlieren", sagt Adam zu Ekel Emily. Es freut mich ungemein zu sehen, dass sie noch immer humpelt. „Ich verstehe nicht, was hier vorgeht. Ich finde nichts mehr dort, wo es eigentlich sein sollte. Würde ich an solche Dinge glauben, würde ich glatt behaupten, hier im Haus spukt ein Geist."

„Stimmt ja auch", kommt es von Joe, der ruhig am Küchentisch sitzt und zeichnet. „Das ist Mum, sie versucht, sich bemerkbar zu machen."

„Also gut, Joe", sagt Adam geduldig, „selbst wenn das stimmen sollte ... wieso sollte sie dann unsere Sachen verstecken?"

„Weil du sie nicht hörst, deshalb", antwortet er. „Sie will doch nur, dass du ihr zuhörst."

„Genau." Ich stelle mich zwischen Adam und Emily. „Bitte, kannst du mich denn nicht hören?" Und ich werfe eine Tasse zu Boden.

Adam jedoch sieht durch mich hindurch und sagt: „Sei bitte etwas vorsichtiger, Joe." Dann dreht er sich zu Emily und zuckt mit den Schultern, und das schmerzt mehr als alles andere. Was muss ich denn tun, damit er mich wahrnimmt?

Emily drückt Adams Hand, und mir ist, als würde ich von einem Spieß durchbohrt. Mir ist übel, so gefangen zwischen den beiden fühle ich die Liebe, die zwischen ihnen fließt. „Hast du schon einen Termin ausgemacht?", fragt sie.

„Ja, morgen gehen wir zu Dr. Clarkson."

„Es kommt bestimmt alles wieder in Ordnung", sagt Emily. „Es ist doch verständlich, dass Joe durch die ganzen Ereignisse aufgewühlt ist."

„Ich bin nicht aufgewühlt", kommt es sachlich von Joe. Er steht auf, um sich etwas zu trinken zu holen. „Aber Mum ist es."

Ja, das bin ich. Mir ist, als würde mir das Herz aus der Brust springen – nun, wenn ich denn noch eine Brust und ein Herz hätte.

Ich stoße einen gequälten Schrei aus, und die Weihnachtskarten, die Adam geöffnet hat, heben sich leicht vom Tisch. Moment, das ist neu. Ich wusste nicht, dass ich Dinge schweben lassen kann. Ich schreie erneut, doch nichts passiert. Dann hocke ich mich direkt vor den Tisch und lasse einen ohrenbetäubenden Schrei los, und Karten und Umschlägen flattern in alle Richtungen zu Boden.

„Also, du musst zugeben, dass das wirklich seltsam ist", sagt Emily.

6. KAPITEL

Adam

Ich habe mir den Vormittag freigenommen, um mit Joe zum Arzt zu gehen, was ich mir eigentlich nicht leisten kann. Ich hoffe, wir finden Antworten auf sein merkwürdiges Verhalten. Ich bin nervös. Es war immer Livvy, die sich um das Medizinische gekümmert hat, mir fehlt jegliche Erfahrung in dem Bereich. Was, wenn wirklich etwas nicht mit dem Jungen stimmt? Joe hat schon genug Probleme, der Gedanke, dass der Verlust seiner Mutter seinen Zustand verschlimmert hat und ihn noch mehr leiden lässt, ist mir unerträglich. Emily hat zugestimmt, uns zu begleiten, mehr zu meinem moralischen Beistand als für Joe. Ich denke, Joe ist es gleich, ob sie dabei ist oder nicht. Überhaupt scheint ihn das ganze Unterfangen nicht sonderlich zu interessieren.

Wir werden aufgerufen, und ich habe nicht die geringste Ahnung, was ich Dr. Clarkson nun sagen soll. Ich mag die Ärztin, sie ist sympathisch, man merkt gleich, dass ihr die Patienten am Herzen liegen, dabei bleibt sie immer sachlich und kompetent. In den ersten Wochen nach Livvys Tod bin ich auch zu ihr gegangen, weil ich komplett durcheinander war und keine Nacht Schlaf finden konnte. Damals hatte sie mir Tabletten verschrieben, die ich allerdings nicht eingenommen habe. Gleich die erste Pille hat mich derart umgehauen, dass ich nicht mehr funktionieren konnte, und so mies ich mich damals auch gefühlt habe ... das war immer noch besser als das, was das Medikament mit mir angestellt hat.

„Hallo zusammen. Was kann ich für Sie tun?", grüßt sie, eine Kombination aus Mitgefühl und Professionalität.

„Ähem", ich räuspere mich, aber Joe kommt mir zuvor. „Dad glaubt, ich sei verrückt."

„Joe", protestiere ich, „deshalb sind wir nicht gekommen."

„Und du denkst nicht, dass du verrückt bist, Joe, oder?", wendet sich Dr. Clarkson freundlich an Joe.

„Nein. Ich habe Asperger, das ist etwas anderes", gibt er nüchtern zur Antwort.

„Das stimmt." Dr. Clarkson lächelt. „Kannst du mir erzählen, was in letzter Zeit passiert ist?"

„Mum ist zurückgekommen", sagt er.

„Ah ja." Man muss Dr. Clarkson wohl zugutehalten, dass sie mit keiner Wimper zuckt. Vermutlich ist sie an solche Aussagen gewöhnt. „Und wieso denkst du das?"

„Sie war in dem Café und hat mich beruhigt", erzählt Joe bereitwillig. „Nur Mum kann das. Und sie kommt zu mir in mein Zimmer, und dann erzähle ich ihr von meinen Physikprojekten und von Caroline, meiner Freundin."

Ich stutze verdutzt. Aus Caroline ist also jetzt seine Freundin geworden. Nun, vermutlich ist es nicht verwunderlich, dass er mir nichts davon gesagt hat. Vielleicht ist das der Grund, weshalb er Livvy braucht. Dr. Clarkson scheint Ähnliches zu denken.

„Und du glaubst nicht, dass du in deiner Vorstellung mit deiner Mum redest, damit sie dir beisteht und um sie um Rat zu fragen?", fragt sie nämlich. „Du hast eine schwere Zeit hinter dir, da ist das wohl völlig natürlich."

„Mum ist hier", beharrt Joe starrsinnig. „Sie ist wütend auf Dad und Emily. Aber niemand sonst hört sie."

Emily und ich tauschen einen nervösen Blick. Gestern Abend, bevor wir zu Bett gegangen sind, haben wir uns noch über die Weihnachtskarten unterhalten, die vom Tisch geflattert sind. Emily fand den Vorfall extrem seltsam, während ich mir auch jetzt noch keinen anderen Grund denken kann, als dass irgendwo ein Windzug durch das zugige Haus gefahren sein muss.

Damit hatte Emily überhaupt nichts anfangen können. „Natürlich hört es sich verrückt an", hatte sie gesagt, „aber ich habe schon lange das komische Gefühl, dass mich ständig jemand beobachtet. Ich schwöre, jemand hat mich letztens auf der Straße angerempelt, sodass ich gestürzt bin. Und dann das mit dem Truthahn … und das Glas Wein auf der Firmenfeier. Das sind nicht einfach nur Missgeschicke von mir gewesen."

„So ein Unfug!", hatte ich sie angefaucht. „Du hast eben im Moment eine etwas tollpatschige Phase." Der Gedanke, dass Livvy zurückgekommen sein soll, macht mich nervös. Tot ist tot. Ich habe Livvy im Sarg liegen sehen, habe zugesehen, wie der Sarg in die Erde gesenkt wurde. Ich weigere mich, an Geister zu glauben.

„Was, wenn du dich irrst und Joe und ich recht haben?" Sehr zu meinem Ärger hat Emily auch heute Morgen noch darauf bestanden, bevor wir uns zu dem Arzttermin aufgemacht haben.

„Es gibt keine Geister", habe ich dann auch sofort erwidert. „Mit Sicherheit gibt es eine logische Erklärung für das, was dir zugestoßen ist. Und was Joe betrifft … ich mache mir Sorgen um ihn und hoffe, dass Dr. Clarkson ihm helfen kann."

Und so sitzen wir also jetzt hier in der Praxis, und alles, was Joe von sich gibt, klingt irrer denn je – weshalb ich mich umso mehr sorge.

Dr. Clarkson mustert uns alle drei. Sie weiß über meine Beziehung mit Emily Bescheid. Nach Livvys Tod war ich so am Boden zerstört, dass ich mich wegen Stress habe krankschreiben lassen, und da ist dann alles herausgekommen.

„Was denkst du denn über deinen Dad und Emily?", fragt Dr. Clarkson Joe jetzt.

„Emily ist nett", antwortet er, „aber sie ist nicht Mum."

Autsch.

„Ich verstehe", sagt Dr. Clarkson. „Joe, wärst du bitte so nett und setzt dich auf einen der braunen Stühle im Wartezimmer? Du kannst dir aussuchen, auf welchen du dich setzen möchtest. Ich würde gerne noch mit deinem Dad reden."

„Klar." Unbeeindruckt verlässt Joe das Sprechzimmer.

„Wie lange geht das schon so?", wendet sich Dr. Clarkson an mich, sobald wir allein sind.

„Schon ein paar Tage. Vielleicht hängt es mit dem Todestag zusammen, dass alles wieder in ihm aufkocht."

„Ist außerdem noch etwas Ungewöhnliches passiert?"

Was soll ich als Erstes erwähnen, denke ich, sage aber lieber nichts davon. Sonst hält Dr. Clarkson mich auch noch für verrückt. „Joe hat gefragt, ob Emily jetzt seine neue Mum wird. Wir beide waren mehr als überrascht."

„Hmm", kommt es nachdenklich von der Ärztin. „Joe scheint mir eigentlich sehr ausgeglichen, aber vielleicht setzt ihm wirklich der Todestag seiner Mutter zu. Und wenn er glaubt, dass Sie seine Mum jetzt mit einer anderen Frau ersetzen ... vielleicht hat das eine psychotische Episode ausgelöst. Es wäre besser, wenn ich noch eine zweite Meinung einhole."

„Ich bin nicht sicher, ob ein Psychiater helfen wird", wende ich ein. „Von dem letzten Arzt war Joe nicht gerade begeistert."

„Nein, das wiederholen wir auch nicht", versichert die Ärztin. „Ich denke, Joe sollte zu einem Spezialisten in Behandlung. Bis dahin verschreibe ich ihm ein Medikament, das ihn beruhigen wird."

Medikament? Sie will meinen Sohn mit Pillen ruhigstellen? Livvy würde mich umbringen, wäre sie hier. „Ist das wirklich nötig, Dr. Clarkson? Gibt es keine andere Möglichkeit?"

„Zumindest in der aktuellen Situation wird es helfen", sagt die Ärztin. „Ich verstehe Ihre Besorgnis. Aber was ich hier verschreibe, ist weder suchtgefährdend noch sonderlich hoch dosiert. Warten wir ab, wie er damit zurechtkommt. Auf jeden Fall sollte es Ihnen eine Beruhigung sein, dass Sie für den Notfall etwas im Haus haben, falls Joe sich zu sehr aufregt."

Sie setzt ihre Brille auf und wendet sich ihrem Computerbildschirm zu, beginnt zu tippen, doch als sie das Rezept ausdrucken will, runzelt sie die Stirn. „Tut mir leid, scheinbar hat der Drucker sich aufgehängt."

Erneut tippt sie und drückt die Enter-Taste … nichts passiert. Ich sehe auf meine Armbanduhr. So viel Zeit habe ich nicht, ich muss ins Büro …

Gute fünf Minuten versucht Dr. Clarkson es immer wieder, dann schließlich sagt sie: „Tut mir leid, aber es klappt heute wohl nicht. Ich lege das Rezept an den Empfang, Sie können es sich dann jederzeit abholen."

Es fühlt sich an, als hätte ich eine Galgenfrist erhalten.

„Ich werde Joe an Dr. Sabah in der Jugendklinik überweisen, nur fürchte ich, dass Sie erst nach Weihnachten einen Termin bekommen werden."

Nach Weihnachten. Das scheint noch eine Ewigkeit hin. Doch es sieht aus, als hätten wir keine andere Wahl.

„Danke für Ihre Hilfe, Dr. Clarkson", verabschiede ich mich.

Wir stehen auf, und mein Blick fällt auf ein lose auf dem Boden liegendes Kabel.

„Ich glaube, ich habe soeben den Grund für das Problem mit Ihrem Drucker entdeckt", sage ich. „Der Stecker ist gar nicht eingesteckt."

„Wirklich?" Dr. Clarkson runzelt die Stirn. „Ich hätte schwören können, dass heute früh noch alles in Ordnung war, als ich es kontrolliert habe."

Emily

Der arme Adam, dachte Emily, als er sich nach dem Arzttermin auf den Weg zu seiner Firma machte. Er sah so niedergeschlagen aus, regelrecht elend vor Sorge. Sie hatte angeboten, Joe ins Café auf eine Tasse heiße Schokolade einzuladen, vielleicht würde es ihr ja gelingen, dass der Junge sich ihr gegenüber ein wenig öffnete.

Adam hatte so erleichtert ausgesehen, als sie es vorschlug.

Sie drückte Adam einen Kuss auf die Wange und fragte Joe dann fröhlich: „Sollen wir in das Café am Fluss gehen?"

Joes Augen leuchteten auf. „Ja, bitte. Kann ich eine große Tasse heiße Schokolade mit Sahne und Marshmallows bekommen?"

„Natürlich. Dein Wunsch ist mir Befehl", sagte Emily lächelnd.

Es war ein verregneter grauer Tag, ein eisiger Ostwind blies ihnen ins Gesicht, als sie zum Fluss gingen. Zwar herrschte fröhliche Festtagsstimmung in dem Café, aber Emily war noch immer aufgewühlt durch das, was die Ärztin gesagt hatte. Was, wenn Joe ernsthaft krank war? Adam hatte sich zwar um Joes willen zusammengerissen und eine muntere Fassade aufgesetzt, aber Emily wusste genau, welche Sorgen er sich um den Jungen machte.

Joe dagegen schien völlig gelassen und unbeeindruckt von allem. Er genoss seine Schokolade und ratterte irgendwelche technischen Details des Teleskops herunter, das er sich zu Weihnachten wünschte. Zwar verstand Emily so gut wie gar nichts davon, aber es war einfach schön, die Freude des Jungen mitzuverfolgen. Dann wandte er sich dem Thema „Sternenkonstellationen" zu, und Emily musste zugeben, dass seine Begeisterung ansteckend war. Emily konnte gerade mal den Großen Wagen am Nachthimmel ausmachen, aber Joe war eine wandelnde Enzyklopädie. So oft plauderte er ja nicht mit ihr, und es war einfach schön, ihm zuzuhören, auch wenn Emily ihm nicht mehr ganz folgen konnte, als er begann, über irgendwelche weit entfernten Sternengruppierungen und Galaxien zu dozieren, von denen sie noch nie gehört hatte. Passend zum Thema ging er schließlich in einen Monolog über die Möglichkeit von Leben auf anderen Planeten über.

„Es muss auch auf anderen Planeten Leben geben", sagte er. „Da draußen gibt es so viele. Warum also sollten nicht auch woanders Bedingungen herrschen, die Leben ermöglichen? Es wäre komplett unlogisch, das von vornherein kategorisch von der Hand zu weisen."

Emily lachte. „Damit könntest du durchaus recht haben." Wie erleichtert sie war, dass die Unterhaltung sich um Leben auf fremden Planeten drehte und nicht um den Tod seiner Mutter, die aus ihrem Grab spukte.

„Und wenn man das akzeptieren kann", fuhr er fort, „ist es auch kein großer Schritt mehr bis dahin, dass man an die Existenz von Geistern glaubt. Wenn es Leben auf anderen Planeten gibt, warum sollte es nicht auch eine Welt geben, die von Astralgeistern bevölkert wird, die wir Menschen nicht sehen können?"

Oh Gott, nun waren sie also doch bei den Geistern angelangt! „Möglich ist alles", erwiderte Emily vorsichtig.

„Ich weiß jetzt, dass es so ist." Joe war richtig glücklich und zufrieden. „Sonst hätte Mum ja nicht zurückkommen können."

„Joe", setzte Emily behutsam an, „erklärst du mir, weshalb du so sicher bist, dass deine Mum zurück ist? Für das, was da in letzter Zeit im Haus vorgefallen ist, lassen sich auch logische Erklärungen finden, all das könnte reiner Zufall sein. Dein Dad redet schon lange davon, dass die Stromleitungen erneuert werden müssen. Und Dinge gehen immer wieder mal verloren. Du und dein Dad, ihr seid beide nicht sehr ordentlich, weshalb es mich nicht wundert, dass ihr nichts finden könnt. Und in dem Haus ist es generell so zugig, dass es bestimmt ein Luftzug war, der die Weihnachtskarten vom Tisch geweht hat."

Sie sagte das mit einer Überzeugung, die sie keineswegs wirklich verspürte. Denn trotz Adams vehementer Versicherung, dass absolut nichts Ungewöhnliches passiert sei, hatten die seltsamen Ereignisse der letzten Tage sie ziemlich mitgenommen. Vor allem, wenn sie allein war, musste sie ständig gegen dieses mulmige Gefühl angehen. Da Adam allerdings so besorgt wegen Joe war, hütete sie sich, das Thema noch einmal aufzubringen. Und obwohl sie dieses ungute Gefühl in sich verspürte …

sie wollte es nicht an Joe weitergeben und ihn auch noch in der Auffassung bestärken, seine Mum wäre als Geist wieder zurückgekommen und würde im Haus spuken. Insgeheim musste Emily nämlich gegen die Angst ankämpfen, dass es Livvy nur um schreckliche Rache an Adam und Emily ging, sollte sie tatsächlich wieder zurückgekehrt sein. Warum sonst sollte sie ausgerechnet diesen Zeitpunkt ausgewählt haben?

„Sicher, das sind die logischen Erklärungen", gab Joe jetzt zu. „Aber ich weiß, dass es Mum ist. Ich kann sie in meinem Kopf hören." Lächelnd tippte er sich an die Schläfe. „Und das habe ich euch doch schon gesagt – sie will nur mit uns reden, nur hört Dad nicht richtig hin. Deshalb stellt sie all diese Dinge an, das mit dem Licht und so."

„Aber wenn sie so unbedingt mit deinem Dad reden will, warum zeigt sie sich dann nicht einfach?"

Joe runzelte nachdenklich die Stirn. „Ich glaube, das kann sie nicht. Ich denke, wir müssen sie hereinlassen."

Er meinte das absolut ernst. Emily kroch ein Schauer über den Rücken. Was, wenn Joe tatsächlich recht haben sollte? Was würde dann noch alles passieren?

Livvy

Ich koche vor Wut, als wir die Praxis der Hausärztin verlassen. Ich fasse es nicht, dass Dr. Clarkson wirklich vorgeschlagen hat, Joe mit Medikamenten vollzustopfen. Und Adam denkt tatsächlich darüber nach, es zu tun! Mit Joe ist alles in bester Ordnung, aber anscheinend will das niemand glauben. Ich muss eine Möglichkeit finden, mit Adam zu kommunizieren, und zwar schnellstmöglich, sonst landet Joe noch in einer psychiatrischen Klinik, bevor wir es verhindern können.

Es war ein gutes Gefühl, den Stecker aus der Steckdose zu ziehen, sodass Dr. Clarkson das Rezept nicht ausdrucken konnte. Ich muss unbedingt später noch einmal in die Praxis zurück und dafür sorgen, dass dieses Rezept im System verschwindet. Falls Adam es wirklich abholen will, wird man ihn bitten, noch einmal wiederzukommen, und so kurz vor Weihnachten wird er hoffentlich nicht die Zeit dafür finden. Was mir dann die Möglichkeit offenlässt, mich anständig bemerkbar zu machen, und dann besteht auch keine Notwendigkeit mehr, dass mein Sohn irgendwelche Psychopharmaka schluckt.

Ich schwebe durch die Menge von Menschen, die ihre Weihnachtseinkäufe tätigen, alle sind sie so aufgeregt und voller Vorfreude auf das bevorstehende Fest, am Abend sind die Restaurants und Pubs voll mit glücklichen, fröhlichen Leuten, aber ich … ich fühle mich nur fehl am Platze und einsam. Es wäre schon irgendwie nett, Schicksalsgenossen zu treffen und das Elend mit ihnen zu teilen. Wer hätte auch ahnen können, dass tot sein so einsam ist? Bisher ist Joe der Einzige, der mich auch nur annähernd wahrnimmt und zu dem ich durchdringe, wobei ich auch nicht wirklich mit ihm reden kann. Außerdem habe ich damit alles nur noch verschlimmert.

Vielleicht sollte ich es bei Mum versuchen. Das wird auf jeden Fall eine harte Nuss. Als überzeugter Skeptiker – selbst das mit dem Weihnachtsmann ist ihr nicht sehr überzeugend gelungen, obwohl ich noch ein kleines Kind war – wird sie ihr Bestes geben, mir zu widerstehen, das weiß ich schon jetzt. Einen Versuch ist es zumindest wert, selbst wenn ich hinterher die Leviten gelesen bekomme – was wahrscheinlich der Fall sein wird. Mum hat sich nie zurückgehalten, mich zu ermahnen und mir meine Fehler deutlich vor Augen zu führen. Ich ahne, dass sie, genau wie Malachi, der Meinung sein wird, dass ich alles falsch angehe.

Mum lebt in einem zweistöckigen Haus gleich neben dem Park der Nachbarschaft. Ein kleines Häuschen, aber hübsch und gemütlich. Nach Dads Tod hat sie ganz bewusst Ballast abgeworfen und sich verkleinert, ich bin froh, dass sie sich wohlfühlt in ihrem Häuschen. Jetzt, da ich nicht mehr bin, bleibt nur noch Adam, der nach ihr sieht, möglich, dass es ihm auch bald zu viel wird. Adam und Emily. Ich brauche nur an die beiden zu denken, und schon beginne ich wieder zu kochen. Wie kann Mum nur zu ihnen halten? Was ist mit mir?

Ich bin deprimiert, wenn ich daran denke, dass selbst Mum einfach weitermacht. Sie kommt auch ohne mich zurecht. Auch wenn unsere Beziehung eher holprig war, solange ich noch lebte ... sie ist meine Mutter, und ich vermisse sie schrecklich. Niemand verrät einem vorher, dass die Toten um die Lebenden trauern, genau wie andersherum, aber es stimmt. Ich vermisse Mum, Adam und Joe ganz fürchterlich, es fühlt sich an, als hätte Mum mich völlig vergessen. Aber sie ist doch meine Mutter ... denkt sie denn gar nicht mehr an mich?

Als ich ankomme, sitzt sie am Klavier und übt Weihnachtslieder. Sie spielt gerade *O Little Town of Bethlehem*. Ich setze mich und höre ihr eine Weile zu. Es ist so schön, sie zum eigenen Klavierspiel singen zu hören. Sie stimmt sich auf die Festtage ein ...

Ein schmerzhafter Stich durchzuckt mich. In meiner Kindheit waren Weihnachtslieder immer von großer Bedeutung, ohne die Lieder wäre das Fest gar nicht denkbar gewesen. Auch das fehlt mir. Es ist Jahre her, dass wir uns zusammen hingesetzt und gesungen haben. Übermäßig religiös ist Mum nicht, aber sie liebt die festliche Musik – und, um fair zu bleiben, ich auch. Es ist eine solche Freude, ihr zu lauschen. Die Melodien führen mich zurück in meine Kindheit, als – von dem Problem mit dem Weihnachtsmann mal abgesehen – Weihnachten zwar schlichter war und dennoch eine so magische, märchenhafte Zeit. In allen Bildern meiner Erinnerung gibt es Schnee und nur lächelnde Gesichter, ich baue Schneemänner mit meinem Dad ... Obwohl das wahrscheinlich nur ein- oder zweimal tatsächlich vorgekommen ist, hält sich das Gefühl. Schon erstaunlich, wie lang die Schatten sind, die gute Erinnerungen werfen.

So sitze ich also hier und lausche auf die Melodien, und zum ersten Mal seit meinem Tod verspüre ich innere Ruhe und Zufriedenheit im Herzen. Mein anfänglicher Ärger verfliegt, und zögernd nähere ich mich dem Klavier.

„Mum? Kannst du mich hören?"

Ihre Finger halten über den Tasten inne, sie richtet ihre Brille und setzt dann zu *Stille Nacht* an. Das haben wir früher auch immer zusammen gesungen, Mum übernahm die Sopranstimme, ich den Alt. Um ihre helle reine Stimme habe ich sie immer beneidet. Manchmal hat Dad auch mitgesungen, obwohl er es eigentlich vorzog, uns zuzuhören. Damals waren wir glücklich, wir drei. Eine kleine Einheit, eng miteinander verbunden. Zu Dad habe ich diese enge Verbindung immer gehalten, zu Mum habe ich sie jedoch schrittweise verloren, als Dad dann starb. Das Gefühl von Verlust überwältigt mich. Mum ist direkt hier, aber ich komme nicht an sie heran, kann nicht mit ihr reden. Das war schon so, als ich noch lebte, und ich fühle mich unermesslich einsam.

Ich stelle mich hinter sie und singe mit ihr zusammen. Sie hört mich natürlich nicht, aber es ist tröstlich, so nahe bei ihr zu stehen. Sicher, früher, als ich noch lebte, ist sie mir manchmal fürchterlich auf die Nerven gegangen, aber sie ist meine Mum, und ich habe mich ihr gegenüber auch oft genug unmöglich benommen ...

Moment, woher kommt dieser Gedanke denn jetzt? So habe ich das bisher noch nie gesehen. Mum hat mir wegen Joe ständig in den Ohren gelegen, hat mich ständig genervt. Ich habe das damals als Einmischung angesehen, dabei hat sie nur helfen wollen.

Und erst jetzt wird mir mit einem Mal klar, dass ich vielleicht ihre Ratschläge und Hilfe hätte annehmen sollen.

Joes Notizheft

Gibt es Geister? Der Verstand sagt Nein. Wenn man tot ist, ist man tot.
Irrt sich der Verstand?
Wir wissen doch nicht, ob es Leben in anderen Welten und Universen gibt, warum also sollte es nicht auch ein Leben nach dem Tod geben?
Dad und Emily halten mich für verrückt, weil ich hören kann, wie Mum zu mir redet.
Ich weiß genau, dass ich nicht verrückt bin.
Mum war da, als ich mit Caroline im Café gesessen habe.
Mum verlegt auch die Dinge hier im Haus. Sie schaltet Licht ein und aus und lässt den kalten Wind herein.
Sie kommt zu mir in mein Zimmer und hört mir zu, wenn ich mit ihr rede.
Ich weiß, dass sie es ist.
Ich bin nicht verrückt.
Das bedeutet, dass Geister existieren.
Meine Mum ist noch immer hier.

VERGANGENE WEIHNACHT

„Aha, endlich machen wir Fortschritte." Malachi findet mich in dem kleinen Park bei Mums Haus, wie ich grübelnd den Leuten nachsehe, die durch die Kälte nach Hause eilen. „Langsam wird dir also klar, wie dein Verhalten auf andere gewirkt hat. Genau das musst du erkennen, bevor du weiterkommen kannst."

Ich fühle mich elend und niedergeschlagen und habe keine Lust, mich jetzt auch noch mit Malachi auseinanderzusetzen. Habe ich Mum denn wirklich so schlecht behandelt? Allein bei der Vorstellung, dass es möglich sein könnte, fühle ich mich noch miserabler.

„Nun, sicher nicht immer", sagt Malachi. „Aber du hast ihre Geduld schon des Öfteren auf eine harte Probe gestellt."

„Genau wie sie meine", fauche ich trotzig zurück. „Du hast ja keine Ahnung, wie es für mich war, dass sie mir ständig über die Schulter gesehen hat."

„Oh, ich denke, ich habe da schon eine Vorstellung, eine sehr genaue sogar, würde ich behaupten", hält er unerbittlich dagegen. „Und wenn du meine Meinung hören willst ... du hast verdammtes Glück gehabt, dass sie immer für dich da war."

Plötzlich bin ich wieder zurück im Haus, sitze zusammen mit einem fünfjährigen Joe auf dem Fußboden. Er baut mit Legosteinen, steckt die Steine akkurat einen auf den anderen und erschafft ein fantastisches Gebilde, wie nur er es fertigbringt. Mum ist auch da, sie schaut ihm zu, hilft ihm, wenn er Hilfe braucht.

Jäh durchzuckt es mich, ich erinnere mich so genau an jenen Moment. Es war eine schwierige Zeit, ich war damals ziemlich fertig, und ich spüre, wie die Panik und die Übelkeit von damals mich auch jetzt wieder überfallen.

Ich telefoniere mit Claire, Joes Klassenlehrerin. Joe geht jetzt zur Schule, aber es läuft nicht sehr gut. Sie haben sich wirklich alle Mühe gegeben, haben Briefe an die Eltern seiner Mitschüler verschickt, haben versucht zu erklären, dass Joes Hirn anders funktioniert als das der anderen Kinder und er deshalb die Dinge anders wahrnimmt, aber es hat nicht wirklich den erwünschten Erfolg gebracht. Die Klassenlehrerin ist überfordert, schließlich ist sie dafür nicht ausgebildet worden. Joe bereitet ihr nur Kopfschmerzen.

Eine Bezugsperson hat Joe jedoch, eine von den Müttern, die freiwillig an der Schule mithelfen. Die Frau lernt während der Arbeit mit ihm. Ideal ist das nicht gerade, außerdem habe ich gehört, dass sie oft weggerufen wird, um auch bei den anderen Kids mitzuhelfen, und dann bleibt Joe sich selbst überlassen. Die Kleineren erkennen den Unterschied zwischen sich selbst und Joe noch nicht, für sie sitzt er eben in der Pause in einer Ecke und sortiert seine Buntstifte, für sie ist es auch nichts Ungewöhnliches, wenn er Selbstgespräche führt und vor sich hin murmelt. Die älteren Kids jedoch hänseln und ärgern ihn. Gerade heute hat es einen Zwischenfall gegeben, und Joe hat einen anderen Jungen heftig geboxt, woraufhin die Mutter sich sofort beschwert hat. Vermutlich hätte ich das an ihrer Stelle auch getan, wenn mein Sohn kein Asperger hätte.

Meine Arme und Beine sind gezeichnet mit den Beweisen von Joes gewalttätigen Anfällen. Wenn er nicht verstehen kann, was um ihn herum geschieht, schlägt er wild um sich. Ich weiß, dass er das nicht so meint. Er ist in seiner eigenen Welt eingeschlossen, und unsere Welt erscheint ihm bedrohlich und flößt ihm Angst ein. Er wehrt sich nur. Wenn er hier so sitzt und mit seinen Legosteinen spielt, ist er der glücklichste und liebste Junge der Welt. Man muss eben nur richtig mit ihm umgehen.

„Was sie in der Schule aber nicht tun", erkläre ich Claire erneut. Es ist nämlich nicht das erste Mal, dass wir ein solches Gespräch führen. „Wenn er provoziert wird, wehrt er sich."

„Wofür ich vollstes Verständnis habe", erwidert Claire. „Allerdings glaube ich, dass wir seine Situation noch einmal genauer überdenken müssen. Auf lange Sicht wird eine öffentliche Schule wohl kaum seinen Bedürfnissen entsprechen."

Was mir den Wind aus den Segeln nimmt. „Sie meinen, er sollte auf eine Sonderschule gehen?", frage ich tonlos. Seit ich von Adams Bruder erfahren habe, sitzt mir das schon im Nacken.

„Es ist sicher das Beste", meint Claire milde. „Vor allem nach der Grundschule. Wenn Sie Hilfe bei Organisation und Planung brauchen, stehe ich Ihnen gerne zur Verfügung."

Sie redet und redet, aber ich höre gar nicht mehr zu. Ich will Joe nicht auf einer Sonderschule unterbringen, so wie Adams Eltern es mit Harry gemacht haben. So hat es angefangen, und dann haben sie ihn auf immer weggesperrt. Auch wenn Adam mit keinem Wort je eine solche Möglichkeit erwähnt hat, so nagt da doch der stete Zweifel an mir, ob er vielleicht nicht doch insgeheim der Meinung ist, wir sollten das auch tun. Weder besucht er seinen Bruder, noch redet er je über ihn. Ich habe Angst, dass sich die Geschichte hier wiederholen könnte, dass Adams Eltern ihn bearbeiten werden, Joe wegzuschicken. Deshalb habe ich alles darangesetzt, Joe im staatlichen Schulsystem unterzubringen, aber wie sich nach und nach herausstellt, ist das nicht das Richtige für den Jungen.

Nach dem Telefonat fühle ich mich wie erschlagen, richtig mies. „Alles in Ordnung?", fragt Mum mich, dabei kann doch wohl ein Blinder sehen, dass gar nichts in Ordnung ist. Ich wünschte, sie wäre jetzt nicht hier, um auch noch ihren Senf dazuzugeben. Ich wünschte, ich könnte mich irgendwo verkriechen und allein sein, wünschte, jemand würde mir diese Last von den Schultern nehmen. Sicher, Mum ist hier, und somit habe ich ein paar Minuten, ja sogar Stunden für mich, aber das ist nicht genug. Ich brauche Wochen ... Monate ohne das hier, um mich zu erholen, um meine Batterien aufzuladen. Dabei weiß ich doch, dass ich diese Zeit nie erhalten werde. An manchen Tagen ist es einfach besonders schlimm, und heute ist so ein Tag.

Ich gebe Mum keine Antwort, sondern gehe in die Küche und tue das, was ich an solchen Tagen tue, wenn mir alles zu viel wird. Zwar ist es erst halb fünf, aber trotzdem schon fast dunkel, die Sonne ist längst am Horizont untergegangen. Ich schenke mir einen großzügigen Drink ein und stelle mich mit dem Glas ans Fenster, starre hinaus in die sich schnell senkende Dunkelheit.

Mum kommt ebenfalls in die Küche. „Das ist keine Lösung, das weißt du." Betont sieht sie auf das Glas in meiner Hand.

„Komm mir jetzt nicht so", fauche ich sie unwirsch an. Mum hält mir ja schon lange vor, dass ich angeblich zu viel trinke, schon seit meiner Teenagerzeit. „Ein Drink, mehr nicht. Ich hatte einen wirklich miesen Tag."

„Tja, du wirst schon wissen, was du tust." Sie schürzt die Lippen, und es ist offensichtlich, dass sie das genaue Gegenteil denkt. Sie geht wieder zu Joe zurück, während ich in den dunklen Garten hinausstarre. Und bevor ich es noch merke, ist das Glas auch schon leer. Also schenke ich mir noch einmal nach.

Ein zweiter Drink wird sicher nicht schaden.

7. KAPITEL

Zehn Tage bis Weihnachten

Emily

„Ich komme mir vor wie eine Zuchtstute, die zur Begutachtung vor die Jury geführt wird", jammerte Emily, als sie und ihr Dad sich zusammen auf den Weg zu Adams Haus machten. Vor diesem ersten Treffen mit Felicity waren ihre Nerven zum Zerreißen gespannt, und sie war ihrem Dad endlos dankbar, dass er sich die Mühe gemacht hatte und früh bei ihr angekommen war, sodass ihnen noch gemeinsame Zeit vor dem vorgezogenen Weihnachtslunch geblieben war.

„Nun, natürlich wird sie neugierig sein", sagte ihr Dad.

„Und wenn sie mich hasst?"

„Wie sollte irgendjemand dich hassen können?" Das war mal wieder typisch für ihren Dad, immer sofort bereit, seiner Tochter die Unsicherheit zu nehmen und sie zu unterstützen. „Sie wird froh für Adam sein, dass er eine so nette Freundin gefunden hat. Du solltest daran denken, dass es Adam ist, mit dem du zusammen sein willst, nicht Felicity. Du sorgst dich zu viel."

Doch Emily war nicht zu beruhigen. „Was, wenn ich sie nicht mag? Ich meine, nach allem, was ich über Livvy gehört habe, muss sie der pure Albtraum gewesen sein, und von irgendwoher muss das ja kommen, oder?"

„Ja, und vielleicht fällt dir gleich der Himmel auf den Kopf", lautete die Entgegnung ihres Vaters. „Ehrlich, du machst dir viel zu viele Gedanken. Und jetzt lass uns gehen, sonst kommen wir noch zu spät. Du willst doch sicher keinen schlechten ersten Eindruck machen, indem du zu spät kommst, oder?"

„Danke, dass du mitkommst, Dad, das hilft mir unheimlich viel", sagte Emily. Sie hakte sich bei ihm unter, und Seite an Seite gingen sie die Straße hinunter. „Ich hoffe, du nimmst es uns nicht übel, dass wir am Weihnachtstag nicht zu dir kommen."

„Nein, natürlich nicht", versicherte er sofort. „Du kennst mich doch, ich amüsiere mich gern zu Weihnachten. Wenn ihr da wärt, würde ich nur hektisch um euch herumflattern, damit es euch allen gut geht."

Dad hatte noch nicht entschieden, welcher der infrage kommenden Damen aus seinem Städtchen dieses Jahr die Ehre zukommen sollte, das Weihnachtsfest für ihn auszurichten, aber ... „Drei Angebote habe ich bereits", hatte er Emily mit einem pfiffigen Augenzwinkern anvertraut, woraufhin sie laut aufgelacht hatte.

„Und ich nehme mal an, dass keine der drei auch nur von den anderen ahnt, oder? Ich hätte gute Lust, die Damen entsprechend in Kenntnis zu setzen."

„Wage das ja nicht, junge Lady! Ich habe mich auch nie in dein Privatleben eingemischt."

Damit hatte er recht. Nach der Scheidung von Graham hatte ihr Vater keine einzige Frage gestellt, sondern hatte ihr einfach nur beigestanden. Letzte Weihnachten, während die aktuelle Herzensdame ihn mit frischen Erdbeeren fütterte, hatte ihr Dad Emily mitfühlend Ratschläge gegeben, wie sie mit ihrer Situation besser fertigwerden konnte. So dankbar sie ihm auch für seine Unterstützung und Hilfe war, so war sie doch auch erleichtert, sich dieses Jahr nicht wie das fünfte Rad am Wagen fühlen zu müssen, sondern ihren Dad jetzt auf eigenem Territorium begrüßen zu können.

Dad war keineswegs so einsam, dass er das Weihnachtsfest unbedingt mit seiner Tochter feiern musste. Ganz offensichtlich bot Little Bisset ihm mehr Abwechslung als alles, was ein Besuch bei der Tochter für ihn bereithalten könnte. Wenn sie doch nur über ihre Nervosität wegen des ersten Treffens mit Felicity hinwegkommen könnte, dann würde sie sich sogar auf das erste gemeinsame Weihnachten mit Adam freuen.

Emily hatte Adam bereits wissen lassen, dass er Felicity besser vorwarnen sollte, weil ihr Vater ein unverbesserlicher Charmeur sei, aber er hatte nur dagegengehalten, Felicity habe seit dem Tode ihres James keinen Mann mehr auch nur angesehen. Vielleicht war sie ja eine der wenigen Frauen, die dem Charme ihres Vaters widerstehen konnten.

„Wie geht es dir denn, Liebes?", fragte Dad jetzt, als sie die Hauptstraße hinuntergingen.

Emily drückte seinen Arm. Trotz der Flatterhaftigkeit in seinem Privatleben hatte ihr Vater eigentlich immer erstaunliches Feingefühl besessen. „Ehrlich gesagt, habe ich leichte Panik. Ich verstehe ja völlig, weshalb Felicity sich die Frau ansehen will, die jetzt die Stelle ihre Tochter einnehmen soll, und irgendwann muss ich sie ja auch kennenlernen ... Ich wünschte nur, ich hätte es bereits hinter mir."

„Du solltest dir nicht so viele Gedanken machen." Ihr Dad versuchte erneut sein Bestes, ihr die Nervosität zu nehmen. „Sollte es zu knifflig werden, drehe ich eben einfach den Charme auf."

„Untersteh dich!" Emily lachte. Sie fühlte sich tatsächlich ein wenig besser.

Auch Adam hatte ihr gesagt, dass ihre Unruhe unnötig sei, nur konnte Emily ihm nicht so recht glauben. Es war so deutlich zu sehen, wie viel ihm an Felicity lag, die Frau war Adam und Joe schon immer eine große Stütze gewesen. In den ersten Monaten nach Livvys Tod hatte Emily sich natürlich diskret zurückgehalten und war auf Distanz geblieben, und Felicity, obwohl sie gewusst hatte, dass die Dinge zwischen ihrer Tochter und Adam nicht zum Besten standen, hatte den beiden Männern viel geholfen.

„Sie war der Fels in der Brandung", hatte Adam Emily erzählt. „Das werde ich ihr niemals vergessen. Für mich wird sie immer zur Familie gehören."

In diesem Moment hatte Emily sich vorgenommen, Felicity ebenfalls zu mögen.

Nur hatte sich ihre Nervosität noch immer nicht gelegt, als sie und ihr Dad bei Adams Haus ankamen. Als Mitbringsel hielt Emily die Flasche Pinot noir und ihr Dad den Portwein in der Hand. Emily kam sich vor, als würde sie zu einem Bewerbungsgespräch antreten.

Es war ein stürmischer kalter Abend, glücklicherweise regnete es aber nicht. Eine abgemagerte schwarze Katze huschte vor ihnen über den Weg, als sie auf die Haustür zugingen.

Seit der Unterhaltung mit Joe nagte diese verrückte Vorstellung an Emily, dass Livvy aus dem Reich der Toten zurückgekehrt sein könnte, um sich an ihr zu rächen. Normalerweise war sie überhaupt nicht anfällig für solche Hirngespinste, aber sie bildete sich ja sonst auch nicht ein, dass jemand sie angerempelt hatte, sodass sie ihren Wein verschüttete ... oder ihr ein Bein stellte, damit sie stürzte ... oder dass ihr schwere Dinge aus den Fingern glitten und auf den Fuß fielen. Ihre Zehen waren noch immer nicht richtig geheilt.

Natürlich war ihr klar, wie irre das klang – so irre, dass sie es niemals laut aussprechen würde, nicht einmal vor Adam –, aber sie hatte tatsächlich das Gefühl, dass da ständig eine bedrohliche Energie um sie herumwaberte. Vermutlich lag es einfach daran, dass sie so unsicher war, ob Joe und Felicity sie akzeptieren würden, und an dem Schuldgefühl, dass der einzige Mensch, der ihrem und Adams Glück im Wege gestanden hatte, nicht mehr lebte. Wäre ihr das widerfahren, dann würde sie wahrscheinlich auch zurückkehren und die „andere Frau" heimsuchen.

Adam öffnete die Tür für die Neuankömmlinge, begrüßte Emily mit einem Kuss auf die Wange und schüttelte ihrem Vater die Hand. Auch er wirkte nervös. Hinter seinem Rücken stand jemand.

„Das ist Felicity", stellte er die lächelnde Endsechzigerin vor, die jetzt einen Schritt nach vorn trat. Blond, schlank und sehr elegant, wirkte sie überhaupt nicht einschüchternd.

„Herzlich willkommen, Emily", sagte sie. „Es ist schön, Sie kennenzulernen."

Und mit diesen Worten umarmte sie Emily. Die Frau, deren Tochter sie hier im Haus ersetzen würde, die Frau, deren Tochter nicht mehr lebte, zog sie in die Arme! So viel Herzlichkeit und Großzügigkeit verschlug Emily die Sprache, sie war nicht sicher, ob sie das überhaupt verdient hatte.

„Adam, Sie haben mit keinem Wort erwähnt, dass Sie eine so hübsche junge Schwiegermutter haben", meldete sich Emilys Vater zu Wort. Oh nein! Schon legte er los, der Mann, der das mit den Komplimenten zur Kunstform erhoben hatte.

„Adam hat ja auch nichts davon gesagt, dass Emilys Vater ein solcher Charmeur ist", gab Felicity spitz zurück, aber sie konnte nicht verhindern, dass ihr die Röte in die Wangen stieg. „Ich bin Felicity, und Sie müssen Kenneth sein."

„Stets ein Vergnügen, Ihnen zu Diensten zu sein." Dad nahm die dargebotene Hand und begrüßte Felicity mit Handkuss.

„Irgendjemand muss den Mann aufhalten." Emily lachte. „Sonst wird mir noch übel von dem Gesäusel."

„Man stelle sich vor, Adam übernimmt heute das Kochen", sagte Felicity jetzt.

„Als wäre das so verwunderlich. Ich bin ja nicht völlig unfähig in der Küche", protestierte er gespielt pikiert.

„Nein, natürlich nicht, mein Lieber." Mit einem vielsagenden Blick zu Emily tätschelte Felicity seinen Arm. „Deshalb leben du und Joe ja auch hauptsächlich von Fertiggerichten oder dem Lieferservice, wenn ich nicht für euch koche."

Emily biss sich auf die Zunge. Genau das taten die beiden, wenn sie nicht im Haus war und für das Essen sorgte. Es gefiel ihr, dass Felicity ihn durchschaut hatte und auch nicht zögerte, es auszusprechen. Die beiden Frauen tauschten einen verschwörerischen Blick.

„Ich hoffe doch sehr, dass Sie uns armseligen Männern vergeben", warf Dad lächelnd ein. "Wir wissen die feinen Kochkünste der Frauen eben zu schätzen."

"Dass du die Stirn hast, das auch noch – ohne mit der Wimper zu zucken – auszusprechen." Emily grinste ihren Vater an. "Ich verwette meinen Kopf darauf, dass du schon ewig nicht mehr für dich selbst gekocht hast, im Dorf gibt es doch immer eine gutgläubige Seele, die dir etwas zu essen bringt."

Felicity zog eine Augenbraue in die Höhe. "Sie sehen mir tatsächlich recht gut genährt aus", sagte sie, und Emily lachte. Dads Verehrerinnen im Dorf taten das alles freiwillig und gerne, ohne etwas von ihm zu verlangen. Ja, vielleicht würde Felicity Dad in seine Schranken verweisen, das konnte ihm nur guttun.

Und in diesem Moment wusste Emily, dass sie Felicity sympathisch fand, ja sogar mochte. Vielleicht wurde Weihnachten ja doch noch ein schönes Fest.

Livvy

Ich schäume vor Ärger und stapfe wütend durchs Haus, wische Weihnachtskarten vom Regal und rüttle am geschmückten Weihnachtsbaum. Und was nützt mir das? Nichts! Die kleine Gesellschaft hier amüsiert sich so prächtig miteinander, dass niemand es bemerkt. Was zieht Mum hier eigentlich ab? Sie ist ja unerträglich herzlich zu Emily und deren Dad, scherzt und frotzelt über Adam. Das war früher uns vorbehalten! Bin ich ihr denn überhaupt nicht mehr wichtig?

Du fehlst ihr. Der Gedanke schießt mir in den Kopf. Es klingt nach Malachi, nicht nach mir. Nun, schon möglich, aber wenn das wirklich der Fall sein sollte, dann kaschiert sie es perfekt. Sie spielt die Gastgeberin und führt alle ins Wohnzimmer, und nicht lange, da biedert sie sich Emilys Dad an. Er überschüttet sie mit Komplimenten, und sie gibt zwar spitze Erwiderungen und wehrt alles ab, aber gleichzeitig errötet sie auch neckisch und lächelt kokett. Seit wann flirtet meine Mum so schamlos? Und wenn sie schon flirten muss, warum wählt sie sich dann verdammt noch mal ausgerechnet diesen Kerl da aus?

Ich nehme mir fest vor, dass dieser Abend nicht zu Ende gehen wird, ohne dass nicht jeder hier meine Präsenz wahrnimmt!

Schritt eins: Ich werde die Soße überkochen lassen. Adam kann eigentlich ziemlich gut kochen, aber für heute hat er sich an ein kompliziertes Rezept mit Lammnüsschen herangewagt. Typisch Adam. Wenn er sich schon an den Herd stellt, dann muss es immer etwas Besonderes sein. Während er also jeden mit Drinks versorgt, drehe ich die Gasflamme unter dem Soßentopf auf die höchste Stufe. Eigentlich soll diese Preiselbeersoße bei niedriger Temperatur eine Weile köcheln und andicken. In den letzten Tagen habe ich gelernt, wie ich Dinge tatsächlich berühren kann, also ist es mir ein Leichtes, den Knopf zu drehen, und prompt beginnt die Soße auch schon brodelnd zu kochen und brennt ganz wunderbar an.

„Mist!" Adam eilt in die Küche und kommt gerade rechtzeitig an, um seine kostbare Soße überlaufen zu sehen.

„Alles in Ordnung bei dir?", ruft Felicity aus dem Wohnzimmer.

Tja, somit hat Adam die anderen drei also ganz clever im Wohnzimmer zurückgelassen, damit sie sich besser kennenlernen. Herrgott! Ich mag ja tot sein, aber meinen Mann kenne ich noch immer in- und auswendig.

„Ja klar", ruft er zurück, auch wenn ich seine Panik spüren kann. Hektisch kratzt er den Soßenbrei mit einem Löffel vom Herd und gibt ihn wieder in den Topf zurück. Es ist amüsant, wie er da so zappelt, und ich lache in mich hinein, bis ... Hoppla! Es trifft mich wie ein Schlag. Dieses Gefühl ... Adam leidet wirklich, und plötzlich will ich nichts anderes, als meine Arme um ihn schlingen und ihn trösten, will ihm versichern, dass alles in Ordnung kommen wird.

Seine Verzweiflung überwältigt mich. Er starrt auf seine Reflexion in der dunklen Fensterscheibe. Die Trauer und das Schuldgefühl strömen in großen Wellen von ihm aus. Er ist sich keineswegs sicher, bei dem, was er da tut. Er vermisst mich, und da wohnt noch immer Liebe für mich in ihm, ich kann es fühlen. Was mich nur in meinem Entschluss festigt. Wenn er mich doch nur sehen oder wenigstens hören könnte! Ich weiß, dann würde ihm bewusst werden, welchen Fehler er da begeht.

Adam

Ich starre mit leerem Blick in die Dunkelheit und frage mich, ob ich das Richtige tue. Es ist mir unglaublich wichtig, dass meine Freundin und meine Schwiegermutter miteinander klarkommen. Ich bin froh über Kenneths Anwesenheit, die Rolle als Puffer erfüllt er perfekt. Will man von dem lauten Lachen schließen, das von Felicity zu hören ist, dann ist er auf jeden Fall ein Riesenerfolg. Mir ist klar, dass Felicity sich alle Mühe gibt, damit das hier funktioniert … für uns alle. Trotzdem mache ich mir Sorgen. Das Ganze ist noch immer ein so fragiles Konstrukt, und die Möglichkeiten, dass es sich wegen einer Kleinigkeit von jetzt auf gleich in eine Katastrophe wandelt, sind endlos.

Ich frage mich ernsthaft, ob ich heute ein trauernder Witwer wäre, selbst wenn ich Emily nicht kennengelernt hätte. Die Beziehung zwischen Livvy und mir war auf dem Nullpunkt angekommen, war so kompliziert geworden, dass ich keineswegs sicher sagen kann, ob überhaupt noch etwas von unserem Leben übrig geblieben war. Es stimmt mich traurig, dass es uns nicht gelungen ist, das zu erhalten. Wir waren so jung, als wir zusammenkamen, und Livvy war so großartig und lebenslustig. Wahrscheinlich haben wir zu früh geheiratet, gleich nachdem Livvy herausfand, dass sie schwanger geworden war. Ich wollte doch so unbedingt das Richtige, das Ehrenhafte tun. Wenn ich heute zurückblicke, so denke ich, dass das vermutlich unser erster Fehler war. Unser erstes Baby haben wir verloren, das nächste auch, und plötzlich lagen eine Trauer und ein Leid auf den Schultern meiner einst so lebenslustigen und vor Energie sprühenden Ehefrau, die ich ihr nicht mehr nehmen konnte. Damals sind Freude und Leichtigkeit aus unserer Beziehung verschwunden, nur habe ich es nicht erkannt. Zu der Zeit hat Livvy dann auch mit dem Trinken angefangen. Natürlich hatte sie immer gern gefeiert, und Alkohol gehörte auf jeden Fall mit dazu, aber das war der Punkt, an dem sie begonnen hat, fast reflexartig die harten Sachen hinunterzukippen. Und ich war nicht in der Lage, sie aufzuhalten.

Wir waren so glücklich über Joes Ankunft. Endlich das Wunschkind! Wir zogen in dieses Haus hier ein, und für eine Weile hörte Livvy mit dem Trinken auf. Ich glaubte wirklich, wir hätten es endlich geschafft und ein neues Kapitel aufgeschlagen. Wir beide malten uns aus, wie wunderbar es sein würde, dieses Haus mit Joes Geschwistern zu füllen ... Nur ist es dazu nie gekommen.

Irgendwie, irgendwo haben wir uns über die Jahre verloren. Der Kummer hat an Livvy genagt, hat sie zerstört. Ich habe zu helfen versucht, aber sie hat mich nicht an sich herangelassen. Sie hat sich in einer Welt aus Schmerz und Leid eingeschlossen, und ich konnte ihr nicht helfen. Es hat mich schier umgebracht, sie so zu sehen, aber letztendlich hat sie mich so oft zurückgestoßen, dass ich mich in meine Arbeit gestürzt habe, um mich abzulenken. Ich habe so viel Zeit wie möglich mit Joe verbracht, um ihr Zeit für sich selbst zu geben. Und schließlich hatten wir nichts anderes mehr gemein als Joe. Sicher trauere ich auch heute noch darüber, auch über die Art und Weise, wie Livvy sterben musste ... Aber selbst wenn ich Emily nicht hätte ... würde ich anders über meine Ehe mit Livvy denken? Wahrscheinlich nicht.

Abrupt wird es kalt in der Küche, ein kalter Luftzug zieht nicht nur durch den Raum, sondern ich habe das lächerliche Gefühl, dass er direkt durch mich hindurchfährt. Erdrückende Trauer überwältigt mich, Bedauern über das, was wir verloren haben, über das, was Joe nicht mehr hat. Livvy war ihm eine großartige Mutter. Wäre ich mit ihm allein gewesen, wäre er nie so weit gekommen. Dafür habe ich sie immer bewundert, selbst zu unseren schlimmsten Zeiten. Ich hätte es nie geschafft, davon bin ich überzeugt. Und ich weiß auch nicht, ob ich ihre Stelle bei ihm füllen kann, aber ich werde auf jeden Fall mein Bestes geben. Sie hat ihm den Platz am College verschafft, sie hat bereits alles im Voraus geplant, damit er ein unabhängiges Leben führen kann. „Oh Livvy", flüstere ich, „ich weiß nicht, ob ich ohne dich für Joe alles so perfekt arrangieren kann."

Wieder rollt diese enorme Trauer heran, es tut fast körperlich weh. Das Seltsame daran ist jedoch, dass es sich, obwohl ich gebeugt über dem Spülbecken stehe und innerlich vor Schmerz wie ein verwundetes Tier aufheule, nicht wie *mein* Schmerz anfühlt. Ich richte mich auf und starre auf mein gespiegeltes Konterfei im dunklen Fenster.

„Du hast einen Nervenzusammenbruch", sage ich zu mir selbst, und für einen flüchtigen Moment bilde ich mir tatsächlich ein, Livvy würde hinter mir stehen.

„Reiß dich zusammen, Adam, sonst klappst du wirklich noch zusammen", ermahne ich mich laut. Das ist ja lächerlich. Joes neueste Hirngespinste verlangen scheinbar ihren Tribut. So ein Unsinn, hier im Haus spukt es nicht. Zu wenig Schlaf und zu viel Stress wegen der Ereignisse in letzter Zeit, mehr ist es nicht.

Dennoch wünschte ich, ich könnte noch einmal mit Livvy reden. Um sie um Verzeihung zu bitten. Damit Emily und ich nach einem sauberen Schlussstrich endlich unserer neuen gemeinsamen Zukunft entgegensehen können.

8. KAPITEL

Livvy

Adams tiefer Schmerz rollt in Wellen über mich hinweg. Für den hoffnungsvollen Bruchteil einer Sekunde glaube ich tatsächlich, dass er mich sieht, doch dann bricht die Verbindung ab, und er fasst sich wieder. Joe kommt in die Küche, um Besteck zu holen und das Tischdecken zu übernehmen. Selig sehe ich ihnen zu, wie sie zusammen hantieren. Adam ist so geduldig mit Joe, immer bereit, dem Jungen genügend Raum und Zeit zu lassen. Das ist eines der vielen Dinge, die ich so an ihm liebe. Meine beiden Männer ... wie sehr sie mir fehlen!

Kenneth stößt zu ihnen, fragt, ob er noch ein Bier haben kann, und die drei unterhalten sich über Fußball. Joe scheint entschieden zu haben, dass Kenneth in Ordnung ist, denn sonst würde er sich niemals an diesem Gespräch beteiligen. Wenn er neue Leute kennenlernt, kann er manchmal sehr distanziert sein. Er zieht sich dann in seine Welt zurück und bleibt komplett verschlossen, aber Kenneth hat den Test wohl bestanden.

„Soll ich Ihnen mein Astronomielabor zeigen?", fragt Joe jetzt, und das ist der endgültige Beweis, dass er Kenneth akzeptiert hat.

„Später vielleicht, Joe", kommt es automatisch von Adam. Joe will Dinge immer sofort erledigen, selbst wenn es überhaupt nicht in den Plan passt, aber Kenneth antwortet dem Jungen: „Gern, es wäre mir eine Ehre", und dafür hätte ich ihn am liebsten umarmt. Bis ich mir wieder in Erinnerung rufe, dass er zur gegnerischen Seite gehört.

Ich verschwinde lieber aus der Küche, will nicht riskieren, dass Joe wieder damit anfängt, er würde mich hören. Also gehe ich nachsehen, was Ekel Emily und Mum so treiben – und wünsche sofort, ich hätte es nicht getan.

„Also, Sie und Adam …", sagt Mum gerade. „Wie haben Sie sich eigentlich kennengelernt?"

Emily wird rot. Na, das sollte sie wohl auch, das ist das Mindeste!

„Ich hoffe, die Situation ist nicht zu schwierig für Sie, Felicity", sagt sie.

„Schwierig?" Mum seufzt. „Schwierig ist es, mich damit abzufinden, dass Livvy nicht mehr da ist … trotz aller Meinungsverschiedenheiten, die wir hatten. Schwierig ist es, sich ständig wegen Joe sorgen zu müssen. Ich hätte es mir anders gewünscht, aber so ist es nun mal. Ich möchte nicht, dass Adam noch länger unglücklich ist …" – Das versetzt mir einen Stich, ich hatte ja nicht geahnt, dass Mum so scharfsinnig ist. Für einen Moment bin ich auch von Dankbarkeit erfüllt, weil sie mich offensichtlich doch vermisst. – „… und ich kann sehen, wie glücklich Sie ihn machen. Um offen zu sein … in den letzten Jahren mit Livvy habe ich ihn nicht oft lächeln sehen, aber Sie haben das Lächeln wieder auf seine Lippen gezaubert, Emily. Vielleicht war es ja schon immer so vorbestimmt."

Ha! Glücklich mit Emily, aber nicht mit mir? Mutter, auf wessen Seite stehst du? Meine Dankbarkeit wandelt sich prompt in rasenden Ärger. Ich fege durch den Kamin im Wohnzimmer, Flammen stieben auf, ein Holzscheit rollt gegen den Funkenfänger.

Mum schnalzt mit der Zunge und steht auf, um sich um das brennende Feuer zu kümmern.

Verräterin!, zischle ich ihr zu, aber wie immer hört sie natürlich nichts und sieht durch mich hindurch. Ich habe ja nie geahnt, wie schwer das Spuken ist!

„Wie auch immer …" Mum geht zu ihrem Platz zurück und setzt sich wieder neben Emily. „Ich bin froh, dass Adam jemanden gefunden hat." Sie tätschelt doch tatsächlich Emilys Hand! „Und ich glaube, dass Sie auch Joe guttun. Überlegen Sie sich nur genau, auf was Sie sich da einlassen."

„Ich glaube, ich habe da eine sehr gute Vorstellung", erwidert Emily.

Hast du also, ja? Glaubst du wirklich?, denke ich verbittert. Du hast nicht die geringste Ahnung, wie schwer es war. Niemand hat eine Ahnung. Ich habe schließlich den Weg freigemacht, und du fährst jetzt die Früchte meiner harten Arbeit ein. Das ist nicht fair!

Joe, Adam und Kenneth kommen aus der Küche, jeder von ihnen trägt Teller voll mit dampfendem Essen. Also ziehe ich mich vorerst zurück. Ich will, dass sie mich wahrnehmen, aber ich werde den richtigen Zeitpunkt abwarten.

Adam

Als Joe, Kenneth und ich mit den vollen Tellern aus der Küche zurückkommen, bin ich unendlich erleichtert zu sehen, dass Emily und Felicity sich so prächtig verstehen. Sie schwärmen gerade von Benedict Cumberbatch („So ein netter Mann", sagt Felicity mit einem verträumten Lächeln) und George Clooney („Amal kann man nur um ihr Glück beneiden", seufzt Emily), und ich räuspere mich, um die beiden wissen zu lassen, dass wir wieder da sind.

„Dad wird oft nachgesagt, dass er George Clooney ähnelt, nicht wahr, Dad?" Mit einem vielsagenden Grinsen sieht Emily zu ihrem Vater hinüber.

Kenneth ist schon seit Jahren Witwer, und Emily hat oft davon gesprochen, wie einsam er ist.

„Ach, Unsinn ...", tut Kenneth bescheiden ab. Doch Emily lässt nicht locker: „Zumindest habe ich das oft von deinem Fanclub im Städtchen gehört."

„Ah, Sie haben sogar einen eigenen Fanclub?" Felicity zwinkert Kenneth zu. Ich habe Felicity noch nie zwinkern gesehen. Da zieht sich auch eindeutig eine leichte Röte über ihre Wangen und ihren Hals. Du meine Güte, flirtet sie etwa mit Kenneth?

„Könnte sein, dass so was mal erwähnt worden ist", gibt Kenneth zögernd zu. „Aber … hat Ihnen schon mal jemand gesagt, dass Sie das Spiegelbild der jungen Helen Mirren sind, Felicity?"

„Diese Woche noch nicht", gibt Felicity trocken zurück. „Wissen Sie, bis jetzt hatten Sie eigentlich einen guten Eindruck gemacht."

Emily und ich tauschen einen Blick. Das ist wirklich mehr als bizarr. Aber wenn es hilft, das Ganze nicht nur gut zu überstehen, sondern vielleicht sogar angenehm zu gestalten … mir soll's recht sein!

Der erste Gang verläuft ohne Probleme. Und sollte beim Hauptgang jemand schmecken, dass meine Soße leicht angebrannt ist, so sind sie alle viel zu höflich, um auch nur ein Wort darüber zu verlieren. Kenneth ist ein amüsanter Gesellschafter, er unterhält uns mit seinen Geschichten über die Frauen in seinem Dorf, die ihm ständig nachstellen. So, wie er es beschreibt, scheint es ja eine grässliche Tortur für ihn zu sein.

„Jetzt tu doch nicht so leidend, Dad", wirft Emily ein. „Du isst doch gerne die Kuchen, die sie für dich backen. Also, entweder du akzeptierst es, dass du so begehrt bist, oder du lebst wieder als Single."

„Ihr ahnt ja nicht, wie anstrengend es sein kann, wenn jeder etwas von einem will", klagt Kenneth gequält.

„Nun, wie auch immer … das reicht jetzt aber. Inzwischen haben wohl alle eine ziemlich genaue Vorstellung davon." Felicitys Augen funkeln verschmitzt, sie scheint ihren Spaß daran zu haben, Kenneth ein wenig zurechtzustutzen und auf seinen Platz zu verweisen. Was auch für uns durchaus unterhaltsam ist, und so herrscht eine lockere Atmosphäre am Tisch. Ich fühle mich richtig entspannt, als Joe und ich uns zusammen daranmachen, das Geschirr abzuräumen und Dessert aufzutragen.

„Leider nicht selbst gemacht, sondern nur selbst gekauft", sage ich, als ich die Dessertteller hinstelle. „Pudding mit Dreifach-Schokolade. Joes Lieblingsdessert."

„Und deines auch", fügt Joe hinzu.

„Du hast recht, auch meines", gestehe ich.

„Nur gut, dass ihr regelmäßig schwimmen geht, sonst wärt ihr beide ganz schnell richtig dick." Felicity lacht.

Felicity hat noch nie ein Blatt vor den Mund genommen. Manche Dinge ändern sich eben nie.

Doch als das Wort „schwimmen" fällt, hätte ich schwören mögen, dass der Tisch sich zu einer Seite neigt. Unwillkürlich greife ich nach meinem Glas, bevor es zu Boden rutscht.

Felicity runzelt die Stirn.

„Mum hat mit dem Tisch gewackelt", sagt Joe völlig ungerührt. Kenneth sieht verdutzt drein, hält sich aber aus reiner Höflichkeit mit jeder Bemerkung zurück. Ich gehe nicht auf Joe ein und ignoriere ihn, will ihn nicht noch ermuntern.

„Auch noch Wein?", biete ich Kenneth an und schenke mein eigenes Glas nach.

Es ist eine gelungene Zusammenkunft, und ich werde mir die Laune nicht verderben lassen.

Emily

Dieses Essen war viel besser verlaufen, als Emily erwartet hatte. Felicity war richtig nett, und auch, wenn es etwas seltsam war, sie mit ihrem Dad flirten zu sehen, nahm es doch auch den Druck von Emily. Ab und zu hielt sie verstohlen unter dem Tisch den aufgerichteten Daumen in Adams Richtung. Felicity gab Dad Paroli, was schon seit Langem niemand mehr getan hatte. Trotzdem hatte er die Frau bis zum Dessert längst um den kleinen Finger gewickelt. Emilys Mum hatte es schon damals immer seinen „Midas-Touch" genannt. Normalerweise krümmte Emily sich innerlich vor Verlegenheit, wenn sie ihren Dad in Aktion sah, aber heute war sie sogar froh darum. Es war deutlich zu merken, dass Felicity die männliche Aufmerksamkeit genoss, und so war eigentlich jeder zufrieden.

Emily fand Felicity sehr sympathisch, ihr tat es leid, was die Frau alles hatte mitmachen müssen. Wie schwer musste es sein, die einzige Tochter zu verlieren! Emily konnte das ungefähr nachempfinden. Ihre Mum war kurz vor Emilys dreißigstem Geburtstag gestorben, gerade, als sie auf dem besten Wege gewesen waren, Freundinnen zu werden. Die weisen Ratschläge, die von purer Lebenserfahrung herrührten, fehlten Emily auch heute noch, vor allem im letzten Jahr hätte sie die Unterstützung ihrer Mutter gut gebrauchen können. Vielleicht konnten Felicity und sie ja eine gute Beziehung aufbauen und sich gegenseitig etwas geben, das sie beide vermissten. Emily hoffte es.

Adam wirkte irgendwie fahrig, was Emily darauf schob, dass er wegen dieses Treffens ebenso nervös war wie sie. Irgendwann hätte er sogar fast sein Glas vom Tisch gewischt, doch bis Emily aufstand, um frischen Kaffee aufzubrühen, hatte er sich wieder entspannt. Joe schien auch zufrieden mit sich und der Welt zu sein, und bisher hatte er seine Mum nur ein einziges Mal erwähnt.

Ja, Emily konnte endlich durchatmen. Der Abend hatte alle ihre Befürchtungen verscheucht und sämtliche Erwartungen übertroffen. Vielleicht hatten Adam und sie ja wirklich eine reelle Chance, sich das Leben aufzubauen, von dem sie immer geträumt hatte.

Emily kam mit dem Kaffee aus der Küche zurück und schenkte gerade die Tassen ein, als das Feuer im Kamin plötzlich erlosch und ein eiskalter Wind ins Zimmer fuhr. Ein Schauer lief Emily über den Rücken, dieses ungute Gefühl war zurück, und zwar mit aller Macht. Was ging hier vor?

Adam stand auf und machte sich daran, das Feuer wieder zu entzünden. Plötzlich flog in der Küche die Hintertür auf, und Emily hatte das Gefühl, als würde jemand ihren Arm mit eisigen Fingern festhalten. Jäh wurde ihr kalt, Gänsehaut überkam sie am ganzen Körper, ihr wurde angst und bange.

Die Tassen auf dem Tisch begannen auf den Untertellern zu tanzen, und plötzlich schien sich der Tisch wie von allein zu bewegen. Dann bewegte sich der Tisch nicht nur, sondern er hob sich vom Boden, stieg immer höher, bis er fast unter der Decke mitten in der Luft hing. Sie alle waren von ihren Stühlen aufgesprungen und starrten fassungslos und mit offenen Mündern auf den schwebenden Tisch.

„Ist das irgendein Zaubertrick?" Eine Mischung aus Faszination und Bestürzung war auf der Miene ihres Dads zu lesen. Emily hatte ihm nichts von den seltsamen Ereignissen erzählt, die in letzter Zeit passiert waren, weil es sich einfach zu verrückt anhörte. Jetzt allerdings wünschte sie, sie hätte ihn eingeweiht.

„Nein, kein Trick." Das kam von Adam, und Emily konnte die Panik in seiner Stimme hören. „Joe, bist du dafür verantwortlich?"

„Nein", erwiderte Joe. „Ich sage doch schon die ganze Zeit, dass Mum das alles macht."

Felicity wurde aschfahl. Wie alle anderen konnte auch sie nicht glauben, was hier geschah. „Livvy?", wisperte sie mit Tränen in den Augen. „Bist du das?"

Und in diesem Moment fiel der Tisch krachend zurück zu Boden, Geschirr und Kaffeetassen flogen in alle Richtungen. Das Feuer im Kamin loderte auf, und die Lampen, die die ganze Zeit geflackert hatten, brannten wieder normal. In der Küche klickte die Hintertür leise ins Schloss zurück.

Für einen langen Moment sagte keiner ein Wort, dann begannen sie alle gleichzeitig zu reden.

„Was zum Teufel …?"

„Warst du das …?"

„Haben Sie das …?"

„Was geht hier eigentlich vor?"

Und dann ertönte Joes Stimme klar und deutlich: „Also, glaubt ihr mir jetzt endlich?"

9. KAPITEL

Emily

„Ich wünschte, Mum würde bleiben", meinte Joe traurig, als jeder sich schockiert schweigend wieder gesetzt hatte. „Ich würde sie gern sehen."

„Joe, wir wissen doch noch gar nicht, wie das passiert ist", wandte Adam sofort ein. „Es muss eine rationale Erklärung dafür geben. Du weißt selbst, wie alt die Elektroleitungen in dem Haus sind. Und draußen stürmt es, da ist der Wind in den Kamin gefahren und hat das Feuer gelöscht."

„Der Wind hat aber nicht den Tisch in die Luft gehoben", beharrte Joe eigensinnig. „Das war Mum."

„Was geht denn hier überhaupt vor?" Kenneth schien mehr als verwirrt, und das zu Recht.

„Willst du es ihm erzählen ... oder soll ich?" Adam schaute zu Emily hin, und damit begannen sie beide abwechselnd, die seltsamen Ereignisse aufzulisten, die sich in letzter Zeit zugetragen hatten.

„Weißt du, dein Dad hat recht, Joe", wandte Kenneth sich schließlich an den Jungen. „Selbst wenn es tatsächlich ein Geist sein sollte, steht noch immer nicht fest, dass es deine Mum ist."

Emily wünschte, sie könnte ebenso denken. Hier passierte etwas höchst Seltsames, und falls es im Haus wirklich spuken sollte ... wer außer Livvy sollte es denn sonst sein? Sie bildete sich das alles nicht nur ein, sie fühlte eine Präsenz, und zwar eine, die voller Wut und Bösartigkeit war. Trotz ihrer anfänglichen Skepsis war sie inzwischen überzeugt, dass Livvy zurückgekehrt war, um sich zu rächen. Musste sie jetzt Angst haben? Was konnte Livvy ihnen antun? Ihr antun?

Der Abend endete in eher bedrückter Stimmung. Emilys Dad suchte weiter nach vernünftigen Erklärungen, aber Felicity war sehr still geworden. Und selbst Adam schienen alle logischen Argumente ausgegangen zu sein.

Auf dem Rückweg zu ihrer Wohnung hakte Emily sich bei ihrem Dad unter. Es war eine stürmische Nacht, sie mussten sich in die Windböen legen, um voranzukommen. Aber war der Wind auch stark genug, um einen Tisch in einem Haus in die Luft zu heben? Das schien doch sehr unwahrscheinlich. Nur war auch nicht zu bestreiten, dass irgendetwas da im Haus passiert war.

„Glaubst du daran, dass die Toten wieder zurückkommen und mit uns zu kommunizieren versuchen?", fragte Emily, als sie schließlich wieder bei ihr zu Hause waren, vom Wind durchgepustet und durchgefroren bis ins Mark. Emily schenkte zwei Gläser Cognac für sie ein, und zusammen setzten sie sich vor das brennende Feuer im Kamin.

„Ich weiß es nicht", antwortete Dad nachdenklich, „aber ich habe mir oft gewünscht, ich könnte mich mit deiner Mum unterhalten. Ich meine, richtig unterhalten. Reden tue ich ohnehin mit ihr, wenn ich im Schrebergarten bin."

Das hatte er ihr noch nie erzählt. Der Schrebergarten war immer der ganze Stolz ihrer Eltern gewesen, die beiden hatten viel Zeit dort verbracht. Emily freute sich, dass ihr Dad noch an ihre Mum dachte. Manchmal hatte sie das Gefühl, als hätte er seine Frau komplett vergessen.

„Ja, das wünschte ich auch", murmelte sie, und ihr Dad umarmte sie fest.

Wie oft hatte sie sich nicht danach gesehnt, ihre Mum noch einmal zu sehen. Mit dreißig war sie einfach noch zu jung gewesen, um die Mutter zu verlieren. Da gab es noch so vieles, was sie hätte fragen wollen, so vieles, von dem sie wünschte, sie hätte es ihrer Mum gesagt. In den ersten Monaten nach dem Tode ihrer Mutter, als die Trauer sie hatte erdrücken wollen, hatte sie sogar ein Medium aufgesucht, um noch einmal eine Verbindung zu ihrer Mum herzustellen. Doch alles, was dieses

Medium von sich gegeben hatte, waren vage Plattitüden über das Leben nach dem Tod und dass ihre Mum jetzt glücklich war und immer bei Emily sein würde. Das hatte weder neu noch sehr überzeugend geklungen. Falls überhaupt, war Emily nach dieser Erfahrung viel eher zu der Meinung gelangt, dass mit dem Tod alles vorbei war und es eben kein Leben danach gab. Allerdings war diese Überzeugung heute Abend bis in die Grundfesten erschüttert worden.

Als Emily am nächsten Morgen nach einer unruhigen Nacht nach unten kam, stand ihr Dad in der Küche und bereitete Pfannkuchen fürs Frühstück vor. Er sah ausgeruht aus und schien bester Laune zu sein, ganz im Gegensatz zu Emily, die sich die ganze Nacht im Bett gewälzt hatte und sich heute dementsprechend zerschlagen fühlte.

„Kannst du nicht noch eine Weile bleiben?", fragte sie. Es kam so selten vor, dass ihr Dad bei ihr übernachtete, und nach dem gestrigen Abend könnte sie seinen gesunden Menschenverstand und seine pragmatische Art wirklich gut gebrauchen, es würde ihr helfen, nicht die Bodenhaftung zu verlieren.

„Nein, ich sollte wieder nach Hause zurück. Ich denke, heute Abend könnte noch etwas los sein."

„Du meinst, du hast eine interessantere Einladung als meine?" Emily lachte. „Wer ist denn die Glückliche?"

„Kennst du nicht", behauptete Dad, besaß aber immerhin so viel Anstand, verlegen dreinzuschauen. „Ich muss auch gleich los, ich habe Felicity versprochen, noch auf einen Sprung bei ihr vorbeizuschauen."

„Das ging ja fix, selbst für deine Verhältnisse", meinte Emily verblüfft. „Wann hat sie dir denn ihre Adresse gegeben?"

„Oh, sie hat mir gestern ein Buch empfohlen, das sie mir leihen wollte", erwiderte Dad vage. Ja, sicher. Er umarmte Emily. „Zerbrich dir nicht den Kopf wegen dieses Unsinns mit Livvy. Mit dem Todestag und Weihnachten … da ist jeder überspannt. Trauer stellt manchmal komische Dinge mit den

Menschen an. Ich bin überzeugt, es gibt eine logische Erklärung für alles."

„Du hast sicher recht", erwiderte Emily, auch wenn sie davon keineswegs so überzeugt war. Sie winkte ihrem Vater zum Abschied nach und setzte sich dann auf das Sofa, um sich vor dem Fernseher zu entspannen. Nur war sie eine knappe halbe Stunde später so rastlos und unruhig, dass sie beschloss, einen Spaziergang zu machen. Es stürmte noch immer. Sie zog den Kopf gegen den kalten Wind ein, der ihr einige lose Flugblätter um die Füße wirbelte, gerade als eine schwarze Katze ihren Weg kreuzte. Sie bückte sich, um die Papiere einzusammeln und in den nächsten Abfalleimer zu werfen. Doch dann stutzte sie, als sie die große Überschrift sah.

Medium Zandra, bekannt aus dem Fernsehen!, stand da. *Einmalige Extravorstellung – in Ihrem Theater!*

Einmalige Extravorstellung. Und zwar morgen Abend. Emily kam das wie ein Zeichen vor. Eines der Flugblätter behielt sie und steckte es nachdenklich in ihre Manteltasche. Normalerweise hätte sie sicher nicht an so etwas gedacht, nach ihrer Erfahrung mit diesem Medium damals betrachtete sie das Ganze mit mehr als nur einem Hauch Zynismus, aber unter den aktuellen Umständen ... Sollte Livvy wirklich hier spuken und sollte es ihnen möglich sein, über das Medium eine Verbindung zu ihr aufzunehmen und mit ihr zu kommunizieren, dann würde Emily vernünftig mit ihr reden. Und vielleicht konnte sie der Frau so den Frieden geben, damit sie sie endlich in Ruhe ließ. Vielleicht. Viel Hoffnung hatte Emily nicht. Falls Livvy ein Geist war, dann war sie ein zorniger und verbitterter Geist, und ihren Ehemann dann einer anderen zu überlassen wäre sicher das Letzte, wozu sie bereit war. Aber einen Versuch war es auf jeden Fall wert.

Emily beschloss, sich auf den Nachhauseweg zu machen. Als sie sich umdrehte, lief ihr eine schwarze Katze zwischen den Beinen hindurch. Es schien dieselbe Katze zu sein, die ihr eben schon begegnet war, schnurrend schmiegte sie sich an Emilys Wade und stolzierte dann davon, drehte aber noch einmal den Kopf und sah zu Emily zurück.

Emily hätte schwören können, dass die Katze ihr zuzwinkerte.

Adam

„Ein Medium? Was soll dieser Unsinn denn?"

Emily ruft mich am Montagmorgen im Büro an und erzählt mir von ihrem Vorhaben. Auf meinem Schreibtisch stapelt sich die Arbeit, die bis Weihnachten noch zu erledigen ist. Die meisten in der Firma arbeiten in diesem Jahr nur noch eine Woche, ich jedoch muss praktisch bis zur letzten Minute anwesend sein. Vor diesen ganzen Ereignissen hatte ich mich eigentlich auf Weihnachten gefreut, obwohl mich Livvys Todestag doch sehr mitnimmt. Es ist schließlich das erste Jahr, dass Emily und ich Weihnachten zusammen feiern können. Ich kann es kaum erwarten, bis ich endlich Urlaub habe, ich freue mich darauf, zu Hause zu faulenzen, lange entspannte Spaziergänge zu machen und nur vielleicht ab und zu mal joggen zu gehen. Inzwischen jedoch, da Joe nicht von der Idee ablässt, seine Mutter würde als Geist um uns herum spuken, und er anscheinend auch Emily damit infiziert hat, und dann auch noch dieser seltsame Abend, den wir gerade hinter uns haben, liegt mir ein Stein im Magen. Ich glaube weder an Geister noch an ein Leben nach dem Tod, aber es ist nicht zu bestreiten, dass etwas sehr, sehr Ungewöhnliches in meinem Haus vonstattengeht, etwas, über das ich keine Kontrolle habe. Und das ist ein höchst unangenehmes Gefühl.

„Normalerweise würde ich an so etwas auch nicht denken", dringt es jetzt von Emily durch die Leitung, „aber selbst du, Mr. Super-Sachlich, musst zugeben, dass in den letzten Tagen so einiges passiert ist, was mehr als seltsam ist. Wahrscheinlich gibt es für alles einen vernünftigen Grund, aber ... schaden kann es doch auch nichts."

Überzeugt bin ich noch immer nicht, doch ich habe Emily auch noch nie so aufgewühlt erlebt, und daher stimme ich schließlich zu, mit ihr dorthin zu gehen, nur um sie zu beruhigen. Wir entscheiden, Joe nicht mitzunehmen, das würde ihn nur noch mehr aufregen. Wie es sich ergibt, hat er sich sowieso mit Caroline verabredet. „Sie kocht Weihnachtsessen für mich", sagt er glücklich. Ich bin einigermaßen überrascht. Caroline ist eine von den neuen Freunden, die Joe kennengelernt hat, seit er im September ans College gekommen ist. Sie macht einen netten Eindruck, und ich freue mich für meinen Sohn, dass sie ihn so akzeptiert, wie er ist. Natürlich frage ich mich manchmal, ob da auch etwas Romantisches zwischen den beiden abläuft, obwohl Joe bisher nichts in dieser Richtung angedeutet hat. Die große Gemeinsamkeit der beiden scheint wohl die Physik zu sein.

Ich hätte erwartet, Joe würde Caroline darauf hinweisen, dass man ein Weihnachtsessen eben nur an Weihnachten kochen kann, aber offensichtlich versteht das Mädchen es, ihn an neue Dinge heranzuführen. Sie scheint vollstes Verständnis für Joes Eigenheiten zu haben, behandelt ihn aber, als wäre er wie alle anderen. Das bringen nur wenige seiner Altersgenossen fertig, und ich bin dem Mädchen sehr dankbar dafür.

Die Mittagspause nutze ich dazu, um zum Theater hinüberzulaufen und mir anzusehen, worum sich die ganze Aufregung überhaupt dreht. Neben dem Eingang hängt ein riesiges Poster, Zandra in Großaufnahme, ganz vertrauenerweckende Miene und blitzende Zähne, und darunter die Worte: *Ich stelle den Kontakt zwischen Ihnen und Ihren Lieben her.*

Im Foyer liegen Broschüren und Flugblätter aus, eine Gruppe freudig aufgeregter älterer Damen kauft Eintrittskarten für den Abend. Generell eine Menge Papier, auf dem sich darüber ausgelassen wird, wie Zandra helfen kann, offene Probleme mit den

„lieben Vermissten" oder „denen, die zu früh von uns gegangen sind" zu lösen. Mir fällt auf, dass nirgends das Wort „tot" zu finden ist. Das klang vermutlich zu brutal. Nein, stattdessen erwecken die Texte den Eindruck, als wären die geliebten Menschen schlicht auf eine kleine Urlaubsreise gegangen, als säßen sie im sonnigen Spanien und als könne man sie via Skype jederzeit erreichen.

Die „lieben Vermissten" scheinen einfach auf der anderen Seite der Tür zu stehen und auf die Chance zu warten, mit uns zu reden. Und natürlich ist Zandra das auserkorene Sprachrohr für die zu früh von uns Gegangenen. Ja klar. Ich sehe sie geradezu vor mir, die lieben Vermissten, wie sie von der anderen Seite gegen die Tür hämmern und darum betteln, hereingelassen zu werden. Bei Livvy kann ich mir richtig gut vorstellen, wie sie gegen die Tür tritt ... Obwohl, bei all den bizarren Vorkommnissen in letzter Zeit ... vielleicht ist es ja wirklich genau das, was sie tut. Vielleicht hat Joe ja recht, und wir haben einfach nicht aufmerksam genug hingehört ... Nein. Ich weigere mich, an einen solchen Unsinn zu glauben. Das ist ja komplett verrückt. Es muss eine andere Erklärung geben.

Trotzdem nehme ich mir ein Flugblatt mit und schlendere durch den sanft rieselnden Schnee wieder zurück zu meinem Büro. Ganz sicher bin ich mir wegen dieses Mediums noch immer nicht, aber als ich bei meiner Firma ankomme, sitzt eine schwarze Katze auf der kleinen Mauer und starrt mich durchdringend an. Ich nehme das als ein Omen und beschließe, dass ich es einfach versuchen werde.

Livvy

„Na, wie läuft's?" Malachi stößt zu mir, während ich draußen vor dem Café stehe und Joe mit seiner Caroline durch das Fenster beobachte. Ich habe das Gefühl, schon ewig hier zu stehen, wobei ich die ganze Zeit über darauf geachtet habe, nicht zu nah zu kommen, damit Joe mich nicht bemerkt und dann das Gefühl bekommt, ich würde mich neugierig aufdrängen. Er sieht richtig glücklich aus, wenn er mit Caroline zusammen ist, und das wiederum macht auch mich glücklich. Ich freue mich so für ihn, dass er eine Freundin gefunden hat, die ihn versteht.

Wenn ich ehrlich sein will, muss ich eingestehen, dass ich ziemlich erschöpft bin. Diese Sache mit dem Tisch hat mich ausgelaugt. Das werde ich vor Malachi aber ganz bestimmt nicht zugeben.

„Bestens", behaupte ich also. „Endlich nehmen sie mich wahr, wenn ich im Haus bin."

„Aha", kommt es von dem Kater zurück. „Und was genau hast du jetzt damit erreicht? Ich meine, außer dass du Emily halb zu Tode erschreckt hast?"

Verdammt, natürlich hat er wie immer recht. Warum muss ich ausgerechnet mit einem so besserwisserischen Geisterführer gestraft sein? „Viel noch nicht, aber ich arbeite daran."

„Sieh zu, dass du heute Abend im Theater auftauchst." Er nickt knapp, und ein Flugblatt landet in meiner Hand.

„Zandra, das Medium?" Verächtlich lese ich das Reklamezettelchen. „Ist das nicht erstens erniedrigend, und sind diese Leute zweitens nicht alle nur Scharlatane?"

„Natürlich ist Zandra eine Schwindlerin. Obwohl sie tatsächlich eine Spur dieses Talents besitzt, wobei sie das selbst nicht einmal ahnt. Was ihr allerdings ab und an erlaubt, sich mit einem der höherstehenden spirituellen Führer in Verbindung zu setzen. Alle Geister umlagern ihn, warten auf ihre Chance, wieder einmal mit der anderen Seite zu kommunizieren."

Was denn? Es gibt noch andere Geister? Viele? Wieso hat Malachi das nicht schon vorher erwähnt? Es wäre nett, sich mit anderen Leidensgenossen unterhalten zu können.

„Diese Geisterführer besitzen die Gabe, den Kontakt zwischen den Toten und ihren lebenden Freunden und Verwandten herzustellen", fährt Malachi fort. „Zandras Intuition ist gerade noch offen genug, um das zu erlauben, sodass manchmal tatsächlich jemand durchkommt."

„Es gibt also auch ein Medium für Geister? Das soll wohl ein Witz sein."

„Keineswegs", versichert Malachi mir ernst. „Geh und sieh es dir selbst an. Du findest ihn in der Unterwelt-Bar. Da hängen diejenigen herum, die bisher auch noch nicht überwechseln konnten. Man kann ja nie wissen, vielleicht triffst du ein paar Gleichgesinnte."

„Gleichgesinnte? Soll das heißen, es gibt noch mehrere wie mich?" Das haut mich glatt um. Da habe ich mich an die grausige Vorstellung gewöhnt, völlig allein zu sein, und jetzt erzählt dieser Kater mir, dass es sogar eine Bar gibt, wo sich die Toten treffen?

„Genau", bestätigt er auch prompt. „Hast du wirklich geglaubt, du wärst die Einzige?"

Nun, um genau zu sein … ja. Ich bin ehrlich eingeschnappt. „Da hänge ich seit fast einem Jahr allein hier herum, und jetzt eröffnen Sie mir, dass ich die ganze Zeit über Gesellschaft hätte haben können?"

„Du warst noch nicht bereit, sie zu treffen", sagt er.

„Sind Sie eigentlich bei allen Geistern, die Sie betreuen, ein solcher Fiesling?", murmele ich angesäuert.

„Vermutlich", entgegnet Malachi ungerührt. „Vergiss nicht, es war deine Entscheidung, auf dem Parkplatz zu bleiben. Du wolltest mir ja nicht zuhören. Wärst du nicht so stur gewesen, hätten wir das Ganze schon vor Monaten hinter uns haben können."

Ich setze schon zum Protest an ... bis mir abrupt klar wird, dass dieser Punkt an ihn geht.

„Also. Das Theater, heute Abend", erinnert er mich noch einmal. „Ich denke, es wird eine Erleuchtung für dich sein. Nur sei vorsichtig. Einige von denen, die dort verkehren, sind ... nun, sie haben teils gänzlich andere Ansichten. Lass dich nicht von ihnen in irgendwas reinziehen."

Na bravo, die nächste mysteriöse Warnung. Kann dieser Malachi sich nicht ein Mal klar und deutlich ausdrücken? Sein Vorschlag reizt mich natürlich, aber ich werde den Teufel tun und mich zu irgendetwas drängen lassen. „Vielleicht gehe ich hin, wir werden sehen", sage ich, und er streckt sich nur gähnend.

„Deine Entscheidung."

Damit schlenkert er über den Bürgersteig davon, bleibt stehen und dreht sich noch einmal um. „Übrigens ... Adam und Emily werden heute auch im Publikum sitzen."

Mist! Jetzt muss ich natürlich hin.

Joes Notizheft

Ich habe eine neue Freundin.
Sie heißt Caroline.
Sie ist sehr hübsch.
Ich habe noch nie eine Freundin gehabt.
Ich finde es schön, eine Freundin zu haben.
Wäre Caroline ein Stern, würde sie in der Konstellation der Jungfrau stehen, denn Caroline ist rein und perfekt und gut.
Caroline versteht das mit Mum. Sie weiß, dass ich nicht verrückt bin.
Dad tut das nicht, glaube ich.
Ich bin nicht sicher, ob Dad überhaupt will, dass Mum zurückkommt.

Das macht mich traurig.
Ich hoffe, er ändert seine Meinung noch.
Ich wünschte, Mum würde zu Weihnachten zurückkommen.
Das wäre wirklich schön.

VERGANGENE WEIHNACHT

Livvy

Verärgert folge ich Malachi zum Theater. Er gibt sich so verdammt überlegen ... als wüsste er etwas, das ich nicht weiß.

Als wir ankommen, sagt er: „Denk daran, weshalb du hier bist. Du musst einen Abschluss finden, was dir aber nicht gelingen wird, wenn du wieder einen Wutanfall bekommst. Wenn der Kontakt zu Adam steht, höre ihm zu, was er dir zu sagen hat."

Was weiß denn dieser Kater schon davon? Adam hat mich betrogen. Punkt. Und wie oft habe ich mich allein gelassen gefühlt, als Joe noch klein war. Es besserte sich erst, als Joe älter wurde, dann hat Adam die Wochenenden übernommen, um mir zu helfen. Als Familie haben wir nie etwas zusammen unternommen, was mich noch heute maßlos traurig stimmt. Ich denke, ich habe jedes Recht, wütend zu sein.

„So, meinst du also, ja?", sagt Malachi. „Dann erinnere dich mal an das hier."

Ich will ihn schon anzischeln, dass er aufhören soll, ständig meine Gedanken zu lesen, doch da hat er es schon wieder getan ...

Es ist ein kalter Novembertag, und ich lehne mich völlig verzweifelt ans Schultor.

Düstere Wolken ziehen über den Himmel, ein schneidender Wind fegt über den Pausenhof. Gerade komme ich aus einem Meeting mit dem Schulvorstand. Nächstes Jahr wird Joe keinen Platz in der Grundschule mehr haben, ich muss ihn woanders unterbringen. Man hat mir einen ganzen Stapel von Formularen mitgegeben – Anmeldungen für die verschiedenen Sonderschulen in der Stadt. Sonderschule ... allein die Bezeichnung erfüllt mich mit Grauen. Dabei weiß ich, dass sie recht haben. Joe kommt einfach nicht mehr mit, und die Hänseleien werden auch immer schlimmer. Seine Mitschüler haben inzwischen mitbekommen, dass er anders ist, und ein, zwei Kinder aus seiner Klasse nutzen das immer stärker aus. Man ärgert ihn auf dem Pausenhof, lacht ihn aus, wenn er etwas tut, was für die anderen Kinder komisch und unverständlich ist. Die Schule versucht sicher ihr Bestes, aber sie wird damit nicht fertig, und wenn ich es mir recht überlege, will ich auch gar nicht, dass Joe noch länger auf dieser Schule bleibt. Nur ist mir schon jetzt mulmig, wenn ich daran denke, was für ein Kampf das werden wird. Die Schule, die Claire empfohlen hat, ist weit von unserem Zuhause weg und die Warteliste zudem hoffnungslos lang. Was, wenn Joe auch dort keinen Platz bekommt? Was soll ich dann machen?

„Du siehst aus, als läge die Last der Welt auf deinen Schultern."

Miranda, eine von den Müttern, die ich näher kenne, kommt aus dem Gebäude, wo sie ein Mal pro Woche ehrenamtlich Lesestunden mit den Zweitklässlern abhält. Wir verstehen uns ganz gut, und sie hat immer Verständnis für Joes Situation gezeigt, was mehr ist als bei den meisten anderen.

Ich erzähle ihr, was passiert ist, und zu meinem Entsetzen schießen mir die Tränen in die Augen. Dicke fette Tropfen rollen unaufhörlich über meine Wangen. Am liebsten wäre ich im Boden versunken, normalerweise habe ich wesentlich stärkere Nerven. Aber dieses Gespräch dadrinnen mit dem Lehrerkollegium hat mich fertiggemacht, ich bin geschlagen.

„Du brauchst dringend eine Aufmunterung", sagt Miranda und hakt sich bei mir unter. „Komm, schwänzen wir unsere Pflichten und probieren dieses neue Bistro aus, das gerade in der City eröffnet hat."

Ich habe es mir eigentlich zur Regel gemacht, tagsüber nichts mit den anderen Müttern zu unternehmen. Zu Hause gibt es immer so viel zu tun. Sosehr ich mich auch anstrenge, mit der Hausarbeit hinke ich immer hinterher. Zwar beschwert Adam sich nie, aber manchmal kann ich spüren, wie genervt er davon ist, dann höre ich den unausgesprochenen Vorwurf in seinem Tonfall mitschwingen, nach dem Motto: „Was treibst du eigentlich den ganzen Tag?" Er arbeitet so hart und hilft dann auch noch mit, wenn er aus dem Büro nach Hause kommt. Ich kann es ihm wirklich nicht verübeln, dass er keine Lust hat, jeden Abend von der Arbeit in ein chaotisches Haus zurückzukommen. Ich möchte ihm so gern ein gemütliches Heim bieten, aber irgendwie erdrückt mich alles. Mir ist klar, dass ich nach Hause gehen, die Wäsche sortieren und die Küche aufräumen sollte, was Unmassen an Zeit in Anspruch nimmt, aber dieses Mal lasse ich einfach fünf gerade sein. Mirandas Mitgefühl rührt mich, und es wird guttun, mal mit jemandem reden zu können.

Und so finden wir uns schon bald in einer Nische in dem übervollen In-Café wieder, zusammen mit all den anderen schicken Frauen, die hier ihre Mittagspause verbringen. Wir bestellen Hamburger mit Pommes frites zu astronomischen Preisen, und zu meiner Überraschung bestellt Miranda sich ein Glas Sauvignon. Tagsüber trinke ich prinzipiell nie. Und da ich in letzter Zeit abends auch häufig zu viel getrunken habe, hatte ich mir fest vorgenommen, mich einzuschränken.

„Oh nein, du trinkst jetzt keine Cola", beschließt Miranda, als ich bei der Bedienung den Softdrink bestellen will. „Nach diesem Morgen brauchst du unbedingt etwas zur Stärkung." Und so bestellt sie statt eines Glases eine Flasche Wein.

„Ist es dafür nicht noch etwas zu früh?", protestiere ich.

„Die allererste Regel für eine Mutter ..." Miranda zwinkert mir zu. „Dafür ist es niemals zu früh."

Als die Flasche leer ist, geht es mir schon viel besser. Der Wein hat mir geholfen, mich zu entspannen. Viel zu spät bestelle ich mir ein Glas Mineralwasser, schließlich will ich nicht betrunken vor der Schule erscheinen.

Miranda besteht darauf, dass wir auch noch Kaffee und Kuchen nehmen. Ihrer Meinung nach brauche ich dringend Nervennahrung, und das ist Kuchen ja garantiert. Mir schwindelt leicht, ich bin beschwipst, hoffe aber, dass ich es ziemlich gut kaschiere. Nur ... als wir endlich gehen, schwanke ich und stolpere über die eigenen Füße. Miranda kichert, sie scheint nicht im Mindesten angetrunken. Ich vermute, dass ich mehr Wein getrunken habe als sie. Nun, es ist ein Ausnahmenachmittag, so oft kommt das schließlich nicht vor.

„Du meine Güte, wie schnell die Zeit vergangen ist." Miranda schaut auf ihre Armbanduhr. „Ich habe noch so viel zu erledigen, bevor ich die Kinder aus der Schule abholen muss."

„Ja, ich auch." Ich umarme sie zum Abschied. „Danke, Miranda, mir geht es schon viel besser. Du hast recht, das sollte ich mir öfter gönnen."

Als ich nach Hause komme, sehe ich mich um und entscheide, dass ich mir den restlichen Tag auch noch freinehme. Jetzt wo ich meine Pflichten ohnehin vernachlässigt habe, lässt sich in der kurzen Zeit auch nicht mehr viel erledigen. Ich schenke mir noch ein Glas Wein ein und mache es mir auf dem Sofa gemütlich, schalte den Fernseher ein und sehe mir irgendeine stumpfsinnige Soap-Opera an. Es ist warm und so gemütlich im Haus, und ich werde schläfrig. Ich rolle mich auf der Couch zusammen und döse vor mich hin.

Zwei Stunden später werde ich vom Geräusch des Schlüssels in der Haustür wach. Es ist kalt und dunkel geworden, überhaupt nicht mehr warm und gemütlich. Mein Schädel will schier zerspringen, und meine Kehle ist staubtrocken.

Adam steht urplötzlich im Wohnzimmer, mit Joe an seiner Seite. Verständnislos sieht er mit gerunzelter Stirn zu mir hin. Abrupt setze ich mich auf.

Mist! Joe. Ich hätte ihn abholen müssen. Stattdessen bin ich eingeschlafen.

„Wo warst du?", fragt Adam. „Die Schule hat mich angerufen, weil du nicht ans Telefon gegangen bist. Ich bin vor Sorge halb umgekommen."

Schuldgefühl und Scham schwappen über mir zusammen, als ich zurück in die Gegenwart gezogen werde. Ich kann Malachi nicht ansehen, ich schäme mich zu sehr.
„Also gut", stimme ich schließlich zögernd zu. „Ich werde zuhören."

10. KAPITEL

DIE WEIHNACHT DER GEGENWART

Acht Tage bis Weihnachten

Livvy

Da ich mich elend fühle und mir absolut schäbig vorkomme, lasse ich Malachi beim Theater stehen und renne zum Fluss hinunter. Hier am Ufer fühle ich mich besser. Das war einer der Gründe, weshalb Adam und ich damals hierhergezogen sind, weil wir beide den Fluss so liebten. Während ich grüblerisch hier unten herumlungere und auf die frierenden Enten starre, die sich auf dem Wasser treiben lassen und alles andere als zufrieden aussehen, versuche ich, mich an glücklichere Zeiten zu erinnern. Wir hatten doch glückliche Zeiten zusammen. Ich weiß, dass wir die hatten. Nur sind sie in dem Mischmasch aus Kummer und Streitigkeiten untergegangen, die für die letzten Jahre mein Leben bestimmt haben.

Aber dann denke ich: Nun, da habe ich also ein Mal vergessen, Joe von der Schule abzuholen. Na und? Ein einziges Mal. An allen anderen Tagen war ich immer für ihn da. So intensiv, wie die Erinnerung ist, muss ich damals wirklich komplett depressiv gewesen sein. Ich habe immer vollen Einsatz gezeigt, um Joe alle Wege zu ebnen und alles für ihn zu organisieren. Und selbst wenn Adam zu helfen versucht hat … ich habe mich immer allein gelassen gefühlt. Ich glaube, Adam hat nie wirklich begriffen, wie viel Energie es kostete, für Joe zu kämpfen, auch wenn er mich stets zu den unzähligen Terminen mit Lehrern, Psychologen, Ärzten und Sozialarbeitern begleitet hat. Immerhin hatte er seine Arbeit, die ihm Abwechslung bot, ich hatte nichts dergleichen. Ich fand es erschöpfend, es laugte mich aus. Kein Wunder, dass ich ab und zu ein Glas zur Entspannung trank, wer täte das nicht? Und es ist damals ja auch nichts passiert, oder? Ich bin auf dem Sofa eingeschlafen und habe vergessen, Joe von der Schule abzuholen ... was Adam schließlich übernommen hat. Was war denn so schlimm daran? Malachi übertreibt einfach mal wieder.

Ich stehe kurz davor, mich sowohl gegen die Bar als auch gegen das Theater zu entscheiden. Diese ganze Geschichte mit der Verbindung zu den Toten funktioniert wahrscheinlich sowieso nicht. Medium Zandra klingt mir eher nach einer Betrügerin, der Typ, über den ich mich zu Lebzeiten lustig gemacht habe. Allerdings reicht es mir auch, immer allein zu sein und nur einen ständig krittelnden Kater als Gesprächspartner zu haben. Wenn es da draußen wirklich noch mehr Geister gibt, dann würde ich sie gerne kennenlernen. Ich begreife nicht, wieso ich ihnen nicht schon längst über den Weg gelaufen bin. Was für ein Spiel spielt Malachi da eigentlich? Ich würde wirklich gerne wissen, ob die anderen auch solche Schwierigkeiten damit haben, tot zu sein.

Letztendlich schwebe ich also gegen sieben Uhr abends in das Theaterfoyer. Zuerst kann ich nicht ausmachen, wo diese Unterwelt-Bar sein soll. Die Bar hier im Foyer sieht aus wie jede Bar in jedem Theater, ich kann mir nicht vorstellen, dass hier Geister verkehren, im Gegenteil. Ein ganz normales Theater mit ganz normalen Leuten. Früher bin ich mal mit Joe zu einer Kindervorstellung hier gewesen, als er noch kleiner war. Hier gibt es keine Unterwelt-Bar. Das Ganze ist Blödsinn ...

„Psst!", höre ich da hinter meinem Rücken.

„Entschuldigung?" Ich drehe mich um und stehe einem korpulenten kleinen Mann mit Halbglatze und Nickelbrille gegenüber. Er trägt einen karierten Pyjama, darüber einen abgewetzten braunen Bademantel, zerfetzte Hausschuhe ... und er raucht Pfeife.

„Sie dürfen mir das nicht übel nehmen", rechtfertigt er sich, als er meine verdutzte Miene sieht. „In diesem Aufzug bin ich gestorben."

„Ich wollte auch gar nicht …", lüge ich. Er ist der erste Geist, dem ich seit meinem Tod begegne. „Darf ich Sie fragen, wie Sie gestorben sind?"

„Herzinfarkt, direkt vor meiner Haustür. Als ich morgens die Milch reinholen wollte", antwortet er bereitwillig. „Und Sie?"

„Von einem Auto angefahren." Ist das der übliche Small Talk unter Geistern? Man erzählt sich, wie man zu Tode gekommen ist? Immerhin ist das eine Gemeinsamkeit, nicht wahr?

„Sind Sie zum ersten Mal hier?", fragt er. „Es fällt nicht gleich auf, aber … der Eingang zur Unterwelt ist hier."

Er verschwindet durch eine Tür, die für mich wie die Tür einer Besenkammer ausgesehen hat, und ich folge ihm, als würde ich in *Narnia* eintauchen. An der hinteren Wand, gleich neben den Schrubbern und Eimern, erkenne ich einen kleinen leuchtenden Punkt. Ich steuere darauf zu und merke, dass die Wand gar keine Wand ist, sondern eine schimmernde fließende Masse. Vorsichtig stecke ich meine Hand dahinein, ziehe meine Finger wieder zurück und bestaune sie. Das ist ja so irre! Entschlossen folgte ich dem kleinen Mann. Erst fühlt es sich an, als würde ich durch Wasser gehen, und dann werde ich auch schon eine Treppe hintergezogen und lande in einer lauten dunklen Bar. Nein, das hier ist definitiv nicht *Narnia*. Hunderte von Leuten stehen herum, Musik plärrt aus Lautsprechern, die Bässe pumpen und violette Spots blinken im harten Rhythmus. Irgendein Witzbold hat die Wände mit Postern von Skeletten und schwebenden Geistern dekoriert, über der Theke hängt ein Schild.

Willkommen in der Unterwelt, wo die Toten feiern, als gäbe es kein Morgen mehr!

Irgendjemand hier hat einen wirklich schrägen Sinn für Humor.

„Und? Wie ist Ihr erster Eindruck?", fragt mich mein neuer Freund im braunen Bademantel.

Ich bin völlig verdattert. Ich hatte ja keine Ahnung, dass so etwas existiert. Ich wünschte, ich hätte das früher gewusst. Warum hat Malachi mir das bisher verschwiegen? Hier irgendwo in dieser Menge gibt es doch bestimmt noch andere, mit denen ich mich anfreunden kann.

„Kommen Sie, besorgen wir Ihnen erst einmal einen Drink", schlägt mein neuer Freund vor, der sich als Robert vorstellt.

„Was denn, hier kann man auch trinken?" Ich bin mehr als verblüfft. Normale Dinge wie Essen und Trinken kann ich doch gar nicht mehr tun. Wie soll das denn funktionieren?

„Ist doch ein Club für Geister." Jovial grinst er mich an und stößt mir den Ellbogen in die Rippen. „Kapiert?"

Der Mann fängt an, mir auf die Nerven zu gehen, aber ich verkneife mir den Kommentar.

„Hier in diesem Raum können wir alle trinken", fährt er fort. „Hier sind wir alle gleich. Es ist so eine Art Raststätte auf dem Weg zu dem Ort, wo wir als Nächstes hinmüssen." Plötzlich sieht er traurig aus. „Falls wir je dort ankommen."

Trotz allem werde ich neugierig. „Wie lange sind Sie denn schon hier?"

„Viel zu lange", sagt er bedrückt. „Mein Problem ist, dass ich mich mit meinem Sohn zerstritten hatte. Schlimm zerstritten. Ich hatte immer vor, mich mit ihm zu versöhnen, aber dann bin ich ja gestorben. Ich hab's mit Spuken versucht, aber er hat sich als extrem widerstandsfähig erwiesen."

Na großartig. Jetzt tut es mir leid, dass ich schlecht über Robert gedacht habe. „Kann Ihr spiritueller Führer Ihnen denn nicht helfen?"

„Nun, äh ..." Er richtet umständlich seine Brille. „Wir hatten ebenfalls eine kleinere Meinungsverschiedenheit."

„Und es gibt nichts mehr, was Sie noch tun können? Wissen

Sie, ich habe nämlich auch ein paar Probleme, auf die andere Seite zu gelangen." Das klingt ja wirklich nicht sehr vielversprechend. Wenn Adam sich weiterhin weigert, mich wahrzunehmen ... widerfährt mir dann das gleiche Schicksal wie Robert?

Roberts Miene wirkt plötzlich irgendwie listig und verschlagen. „Nun, ich habe da noch etwas anderes versucht, aber ... das kann ich nicht empfehlen."

„Was denn?"

Er antwortet nicht, zieht mich zur Theke, murmelt etwas davon, dass er Letitia – wer immer das sein mag – suchen sollte, und verschwindet.

Obwohl Robert sicher nicht der ideale Gesellschafter war, fühle ich mich ohne ihn verlassen, als ich mich an die Theke stelle. Der Barmann, ein großer, umwerfend aussehender Schwarzer, grinst mich breit an. „Zum ersten Mal hier?"

Ich nicke stumm. Das Ganze ist so surreal. Ich stehe in einer Bar an der Theke, und um mich herum amüsieren sich Hunderte von Leuten. Nur dass wir eben alle tot sind.

„Ich bin Lenny", stellte sich der Barmann vor und schenkt mir einen Drink ein. Wie soll ich denn dafür bezahlen? Ich habe doch kein Geld bei mir. Lenny bemerkt meine Verlegenheit und blinzelt mir zu. „Geht aufs Haus", sagt er und lacht lauthals los. „Ist ja nicht so, als würdest du die Zeche prellen und abhauen können."

Ich nehme das Glas auf und nippe daran. Ich kann tatsächlich trinken! Und es schmeckt wie Wodka. Da ist auch das Brennen in meiner Kehle, das ich immer so genossen habe, und ja, ich merke den Alkohol sofort, schließlich ist das mein erster Drink nach einem Jahr.

„Du solltest zum Übersinnlichen Steve gehen", meint Lenny, obwohl ich nichts gesagt habe.

„Sollte ich?" Fragend sehe ich ihn an.

„Du hast diesen komplett verwirrten Ausdruck auf dem Gesicht stehen, den alle haben, wenn sie zum ersten Mal hier hereinkommen. Du fragst dich doch, was, zur Hölle, du hier überhaupt treibst, oder nicht? Ich vermute mal, dass du versuchst, mit jemandem von drüben Kontakt aufzunehmen?"

„Ja."

„Dann ist der Übersinnliche Steve genau der Richtige für dich", entscheidet Lenny.

„Der Übersinnliche Steve?" So also nennt sich Malachis höherer Geisterführer? Oh Mann, selbst im Jenseits gibt es also Hochstapler.

„Sieh nicht so skeptisch drein", rügt Lenny mich. „Er hat schon vielen geholfen, die mit ihren Hinterbliebenen sprechen wollten. Er ist berühmt dafür, sie alle stehen Schlange bei ihm. Du wirst warten müssen, bis du an die Reihe kommst."

Ich drehe mich um und sehe in die Richtung, in die Lenny zeigt. Ein großer, dürrer Mann mit langen Dreadlocks wird von einer Menge umrundet. Er trägt schwarze Jeans und ein T-Shirt mit dem Schriftzug: *Tot und stolz darauf.* Leute jeden Alters und jeder Nationalität scharen sich um ihn und versuchen, seine Aufmerksamkeit auf sich zu ziehen. Und ganz augenscheinlich genießt er es auch, so begehrt zu sein.

Es ist lächerlich, wie nervös ich bin, aber ich gehe zu der Gruppe und stelle mich an.

Emily

Die weihnachtlichen Lichterdekorationen in den Straßen funkelten über ihnen, als Emily und Adam zu dem Theater gingen. Emily liebte diese Lichter und das warme Gefühl, das sich normalerweise immer weiter in ihr ausbreitete, je näher Weihnachten rückte, aber in diesem Jahr wollte der Zauber sich nicht einstellen. Die Restaurants und Pubs waren voll besetzt mit Menschen in fröhlicher Feiertagsstimmung, die ihre Sorgen und Nöte bewusst für eine Weile hintangestellt hatten, um die festliche Saison genießen zu können. Nur gehörte Emily in diesem Jahr keineswegs dazu, sosehr sie sich auch wünschte, sie könnte alles vergessen und bräuchte sich über nichts anderes den Kopf zu zerbrechen als über die Zubereitung des Weihnachtsmenüs. Überall wäre sie jetzt lieber als auf dem Weg zu Medium Zandra.

„Ich bin mir nicht sicher, ob wir das wirklich tun sollen", sagte sie, als sie sich dem Eingang näherten.

„Und das fällt dir jetzt ein?", stieß Adam entnervt aus. „He, es war doch deine Idee."

„Ich weiß, ich weiß. Aber es muss sich eine vernünftige Erklärung für all das, was passiert ist, finden lassen. Vielleicht sind wir ja alle Opfer irgendeiner seltsamen Massenhalluzination geworden." Die ganze Nacht hatte Emily die Ereignisse noch einmal in ihrem Kopf ablaufen lassen, hatte verzweifelt nach einer logischen Erklärung gesucht – und keine gefunden.

„Ist es das, was du glaubst?", fragte Adam zweifelnd.

„Nein", gab sie zu. „Es ist nur … ich habe Angst, Adam. Was, wenn Livvy im Haus spukt und uns heimsucht? Was sollen wir dann machen?"

„Und was, wenn es gar nichts mit Livvy zu tun hat?" Adam zog Emily beruhigend in seine Arme. „Wahrscheinlich erweist es sich als reine Zeitverschwendung, aber jetzt sind wir hier … Also lass uns reingehen."

„Wahrscheinlich sitzen dadrinnen nur drei alte Damen und ein Mops, mehr nicht", sagte Emily gezwungen munter.

„Da wäre ich mir nicht so sicher." Mitten im nächsten Schritt blieb Adam stehen und pfiff leise durch die Zähne. Die Schlange von wartenden Menschen staute sich bis auf die Straße. „Gott, sieh dir nur all diese armen Tölpel an."

„Und wir sind zwei davon", gab Emily zurück. „Dann los. Wer nicht wagt, der nicht gewinnt, wie es so schön heißt."

Kaum dass sie das Foyer betraten, kamen zwei von Zandras Mitarbeitern auf sie zu und überreichten ihnen Fragebögen mit Fragen über die „lieben Vermissten", die sie ausfüllen sollten.

„Gib bloß nicht zu viel preis", zischelte Adam ihr zu. „So arbeiten diese Scharlatane, damit holen sie sich alle notwendigen Informationen."

Die Fragen schienen tatsächlich ziemlich direkt: Details über die eigene Herkunft und die Familie, zu wem man im Jenseits Kontakt aufnehmen wollte. Emily bemühte sich, sich so knapp wie möglich auszudrücken und nichts Genaueres zu Papier zu bringen, was eventuell benutzt werden könnte. Als sie dann bei der Frage ankam, mit wem aus dem Jenseits sie reden wollte, schoss es ihr in den Kopf, dass, sollte es wirklich ein Leben nach dem Tod geben, sie nur mit einer Person kommunizieren wollte, und das war ihre Mum. Da sie aber Zandra nicht mit mehr Munition als unbedingt nötig ausstatten wollte, setzte sie Livvys Namen in die Spalte.

Nachdem sie die ausgefüllten Fragebögen wieder abgegeben hatten, wurden sie in die Theaterbar geführt, wo man ihnen ein Glas nicht besonders guten Weins offerierte. Die Bar hier war voller Menschen jeden Alters, die sich darauf freuten, noch einmal mit Granddad oder Großtante Jessie zu reden. Eine Frau beschwerte sich unüberhörbar darüber, dass ihr verstorbener Gatte, egoistisch, wie er schon immer gewesen war, ihr vor seinem Tod nicht verraten hatte, wo er seine Aktienpapiere deponiert hatte.

„Ich komme nicht weiter", sagte sie zu ihrer Nachbarin, „ehe ich nicht weiß, was der alte Geizkragen damit gemacht hat. Das ist mal wieder typisch für ihn, lässt mich ohne einen Penny zurück."

Die Frau war eine äußerst elegante Erscheinung und behängt mit Juwelen. Und die Unterhaltung mit ihrer Freundin drehte sich auch schon bald um den nächsten Shoppingtrip bei Liberty in der Regent Street.

„Sie sieht mir keineswegs danach aus, als würde sie am Hungertuch nagen", flüsterte Emily Adam zu.

Der breit grinste. „Vorsicht", flüsterte er zurück, „ich wette, die haben hier überall ihre Spione postiert. Sag nichts, was als Information dienen könnte."

„Also, das grenzt jetzt aber an Verfolgungswahn." Emily lachte, dennoch achtete sie darauf, die Unterhaltung harmlos zu halten und nichts zu verraten. So erzählte sie von ihrem Arbeitstag in der IT-Firma.

Gute zehn Minuten später ertönte ein Gong, und das Publikum wurde über die Lautsprecher aufgefordert, die Plätze im Saal einzunehmen. „Wir sind zuversichtlich, dass Zandra Ihnen allen den Kontakt zu Ihren Lieben ermöglicht."

Emily und Adam ließen sich von der Menge in den Saal treiben und suchten nach ihren Plätzen. Das Licht wurde heruntergedreht und die Ouvertüre aus *Das Phantom der Oper* erklang. „Gott, ist das abgeschmackt", brummte Adam, aber dann wurde der erste Applaus laut, als Spannung und Erwartungshaltung im Publikum anschwollen.

„Wie sind wir nur hier gelandet?" Emily verzog abfällig den Mund. „Das ist ja wie eine Art Sekten-Happening."

Doch der donnernde Applaus, der losbrach, zeigte, dass sie die Einzigen zu sein schienen, die so dachten. Das Licht erlosch jetzt ganz, ehrfürchtige Stille legte sich über den Saal, und dann stand urplötzlich wie aus dem Nichts Zandra auf der Bühne. Wie um alles in der Welt war sie da hingekommen? Vor einer Sekunde noch war die Bühne leer gewesen, aber jetzt sprang das Publikum von den Sitzen auf, um Zandra mit stehenden Ovationen zu begrüßen. Sicher gab es da irgendwo einen versenkbaren Aufzug in der Bühne.

„Wie haben sie das wohl gemacht?", wisperte Emily Adam zu, der jedoch gab nur ein „Sch" zurück.

Wieder wurde es still, während Zandra nur reglos abwartend da oben auf der Bühne stand. Ein unguter Schauer lief Emily über den Rücken. Waren sie tatsächlich hergekommen, um mit Adams verstorbener Ehefrau Kontakt aufzunehmen? Vielleicht hätten sie dieses Unterfangen lieber aufgeben und Livvy in Frieden ruhen lassen sollen.

Dann hob Zandra zu sprechen an.

Adam

Unwillkürlich blinzle ich verblüfft, als Medium Zandra auf der Bühne erscheint. Sie sieht überhaupt nicht aus wie auf den Postern. Eine zierliche kleine Frau mit einer wilden braunen Lockenmähne, die nicht einmal eine Fliege erschrecken könnte. Sie trägt einen schimmernden Hosenanzug in Pink, dazu Lack-High-Heels, ebenfalls in Pink. Sie zieht die Worte träge in die Länge, wie man es im Süden Amerikas hört, aber dieser Akzent scheint mir eher einstudiert.

„Wie geht es euch allen?", ruft sie laut ins Publikum und wird dafür mit donnerndem Applaus belohnt. Ich bekomme mehr und mehr den Eindruck, dass Emily und ich die Einzigen in der Menge hier sind, die in dem Medium Zandra *keine* spirituelle Heilige sehen.

„Sind Leute anwesend, die heute zum ersten Mal dabei sind?"

Emily und ich schauen uns an. Wenn wir das ernst meinen, dass wir zu Livvy durchdringen wollen, müssen wir uns wohl einbringen. Zögernd heben wir die Hände. Und dann bin ich zumindest etwas erleichtert, dass gut die Hälfte des Publikums mit uns im selben Boot sitzt. Sehr schön. Somit gibt es keinen Grund für Zandra, ausgerechnet uns auszuwählen.

Medium Zandra listet jetzt auf, was von dieser Show zu erwarten sei. Und natürlich gibt sie auch sofort eine Erklärung dafür ab, falls es nicht so laufen sollte wie geplant: Ihr spiritueller Führer, natürlich ein amerikanischer Ureinwohner mit dem bedeutungsschwangeren Namen Flying Spirit, kann leider nicht immer die Verbindung mit der anderen Seite herstellen. Offenbar ist es seinem Filter nicht immer möglich, sich auf die genau richtige Wellenlänge einzustellen.

„Aha", flüstere ich Emily spöttisch zu, „so nennt man das also. Ich wusste doch, dass das alles nur Schwachsinn ist."

Nichtsdestoweniger geht eine Welle aufgeregter Erwartung

durch das Publikum. Selbst ich werde davon erfasst, obwohl meine Skepsis gleich von Zandras erstem Versuch noch verstärkt wird.

„Ich erhalte soeben ein J ... Jamie? John? Ja, da möchte jemand Kontakt mit John aufnehmen."

Aus dem Publikum erfolgt keine Reaktion.

„Ich bin sicher, dass der Name mit J anfängt." Zandra lässt den Blick über die Menge schweifen, und eine junge Frau in einer der vorderen Reihen springt auf.

„Ich heiße Jane", verkündet sie aufgeregt.

„Jane, natürlich!" Zandra schnippt mit den Fingern. „Ich konnte doch fühlen, dass da etwas nicht ganz richtig war. Jane, ich habe hier Ihren Bruder."

Jane schluckt und wird bleich.

„Ich erhalte ... Er ist eines gewaltsamen Todes gestorben ... ein Motorradunfall ... habe ich recht?" Zandra sieht Jane triumphierend an ... doch die schüttelt den Kopf.

„Nein, er hat Selbstmord begangen", flüstert sie.

„Mit dem Motorrad", beharrt Zandra.

Man merkt Jane an, dass sie die Geduld verliert. „Er hat Schlaftabletten genommen."

Zandra spürt, dass sie ihr Publikum verliert. Sie winkt ab. „Wie er umgekommen ist, ist auch zweitrangig. Wichtig ist nur die Botschaft, die ich erhalte." Sie schließt die Augen, konzentriert sich theatralisch. „Jane, Ihr Bruder bittet Sie um Verzeihung. Für all den Schmerz und Kummer, den er Ihnen zugefügt hat. Das war nie seine Absicht. Er liebt Sie sehr."

Jane schnüffelt bewegt. „Ich liebe ihn auch", murmelt sie. „Und ich verzeihe ihm."

Was weiteren Applaus vom Publikum hervorruft. Als Jane sich schließlich setzt, beruhigt und zufrieden, dass ihr Bruder Jimmy endlich in Frieden an einem besseren Ort als auf dieser Welt hier ruhen kann, scheinen alle im Saal die Startschwierigkeiten der Show vergessen zu haben.

Zandras nächster Versuch überzeugt etwas mehr. Sie fordert einen Mann namens Andy auf, sich zu erheben, und nach den ersten Fehlanläufen erfährt der ganze Saal, dass es Andys Mum gut geht und sie glücklich ist und er sich keine Sorgen um sie zu machen braucht.

Danach läuft es relativ gut, die Leute treten in Verbindung mit ihren vermissten Lieben. Es folgt eine Litanei von ständig gleichen Themen, da zeigt sich definitiv eine gewisse Monotonie bei dem, worüber gesprochen wird, die mehr und mehr mein Misstrauen erregt.

Bis zur Pause ist in mir die Überzeugung gereift, dass wir umsonst hergekommen sind. Für uns gibt es hier nichts. Zandra bietet verzweifelten Menschen das, was sie hören wollen, mehr nicht. Emily und ich verbringen die Halbzeitpause in der Theaterbar und versuchen auszuknobeln, wie es Zandra gelingt, zumindest so viel über die Leute, die sie aufruft, in Erfahrung zu bringen, dass sie tatsächlich damit durchkommt.

Ich höre eine Stimme, die mir seltsam bekannt vorkommt, und drehe mich um. Eine völlig betrunkene Frau stolpert durch die Bar und stößt dabei Gläser um.

„Sie kannte meinen Dad", lallt die Frau immer wieder.

Ein Bild, das mich schmerzhaft an Livvy erinnert. Großer Gott, wie oft sie mir das in der Öffentlichkeit vor allen Augen angetan hat. Wie oft ich mir Ausreden für sie habe einfallen lassen müssen: Livvy geht es nicht gut. Das Wetter macht ihr zu schaffen ... die unzähligen Umschreibungen, die ich genutzt habe. Es ist wie ein Schlag in die Magengrube, und dann habe ich das bestimmte Gefühl, dass Livvy genau in diesem Moment hier ist. Ein Prickeln läuft mir über den Rücken. Dann ist dieser seltsame Moment vorbei, genau wie die Pause, und wir kehren in den Saal und zu unseren Plätzen zurück.

Wenn man es genau nimmt, verläuft die zweite Hälfte der Show nach dem gleichen Muster wie die erste. Amüsiert höre ich mir an, wie Mrs. Der-Geizkragen-hat-die-Aktienpaketeversteckt von ihrem verblichenen Gatten rüde abgekanzelt wird, aber im Großen und Ganzen sind die Leute zufrieden mit dem, was sie geboten bekommen haben. Anscheinend haben hier alle anstandslos geschluckt, was ihnen erzählt wurde. Ich muss wohl der einzige Zyniker im Saal sein.

Die Vorstellung nähert sich ihrem Ende, als mit einem Mal etwas Ungewöhnliches passiert. Die Vorhänge bauschen sich, obwohl es nirgendwo hier im Theater zieht, und dann beginnt Zandra urplötzlich am ganzen Leib zu beben. Ich befürchte schon, dass sie irgendeinen Anfall hat, als sie sich jäh stocksteif aufrichtet und mit leerem Blick geradeaus starrt. Sie öffnet den Mund und spricht mit einer männlichen Stimme, zumindest klingt es überhaupt nicht nach ihr. Das wird wohl aus einem versteckten Lautsprecher kommen … Auf jeden Fall verstummt das Publikum wieder, nachdem sich einige bereits zum Gehen bereit gemacht hatten.

Auf der Bühne dreht Zandra sich leicht, sieht in unsere Richtung. „Ich erhalte einen Namen. Einen weiblichen Namen, der mit E anfängt. Jemand möchte mit … Emma? … reden … Nein, nicht Emma – Emily."

Alle Farbe weicht aus Emilys Gesicht, sie steht auf. „Ich heiße Emily."

„Hier ist jemand, der mit Ihnen reden möchte", sagt Zandra mit der männlichen Stimme. „Sie scheint übrigens ziemlich verärgert zu sein."

Emily schnappt nach Luft, und ich verdränge die jäh aufkeimende Furcht. Sollte das etwa tatsächlich Livvy sein?

Zandras Stimme ändert sich, als sie weiterspricht, jetzt ist es wieder eine weibliche Stimme – aber nicht Livvys.

Langsam lasse ich die Luft aus den Lungen entweichen, die ich angehalten habe. Natürlich ist Livvy nicht hier, das Ganze ist nur Show.

Und dann sagt Zandra: „Hallo, Emily, ich bin's, Mum."

11. KAPITEL

Emily

Ungläubig und fassungslos stand Emily auf, als Zandra ihren Namen nannte. Irgendwo im Publikum musste es bestimmt noch eine andere Emily geben, oder? Sie konnte sich nicht vorstellen, dass Livvy tatsächlich hier sein sollte und mit ihr reden wollte. Das Ganze musste ein cleverer Trick sein. Mit wild hämmerndem Herzen redete sie sich ein, dass nichts passieren würde, solange dieser Scheinwerfer auf sie gerichtet war. Aber ... die Stimme, die sie da gehört hatte, gehörte auch nicht Livvy, sondern das war eindeutig die Stimme ihrer Mum gewesen. Hilflos schnappte Emily nach Luft. Unmöglich. Nach all der Zeit sollte sie wieder mit ihrer Mum reden können?

Emily stützte sich mit beiden Händen auf die Rückenlehne des Vordersitzes, klammerte sich daran fest, kämpfte gegen Schwindel und eine drohende Ohnmacht an. „Mum?"

Fünf Jahre schon vermisste sie den leuchtenden Stern, der ihr den Weg durchs Leben erhellt hatte. So oft hatte Emily sich gewünscht, sie könnte noch einmal mit ihrer Mutter reden, sie um Rat bitten, sich ihr nah fühlen. Und jetzt sah es aus, als wäre ihre Mum hier, als würde sie mit der einzigen Tochter reden wollen.

„Bist du das wirklich?", fragte sie zögernd.

„Natürlich bin ich es." Mum klang tatsächlich verärgert. „Hattest du jemand anders erwartet?"

Tausende von Fragen schossen Emily durch den Kopf. Ging es ihrer Mum gut, dort, wo sie war? Wo war sie überhaupt? Vermisste sie ihre Familie? Nur bekam Emily keinen Ton heraus, sie war wie gelähmt. Dafür war es Mum – falls es denn Mum war –, die wieder sprach.

„Viel Zeit habe ich nicht, ich schaue nur eben vorbei. Ich sitze nämlich gerade im Schrebergarten und trinke eine schöne Tasse

Tee mit meinen Freunden, und ich muss wieder zurück. Ich bin nur gekommen, um dir zu sagen, dass es da Dinge gibt, die du dringend ins rechte Lot rücken musst."

„Äh …" Die erste Unterhaltung nach fünf Jahren mit der toten Mutter, und Emily bekam die Leviten gelesen. So hatte sie sich das nicht vorgestellt. Sie kam sich wieder wie dreizehn vor, als Mum sie beim Rauchen im Park erwischt hatte.

„Ich muss sagen, ich bin doch schon enttäuscht von dir. Ich hätte gedacht, du besitzt mehr Verstand, als dich mit einem verheirateten Mann einzulassen. Auch wenn ich ein gewisses Verständnis für die Umstände habe."

So peinlich es auch war, eine Standpauke vor Hunderten von Menschen zu erhalten … Emily musste lächeln. Das war typisch Mum. Nie hatte sie mit ihrer Meinung zu Emilys Liebesleben zurückgehalten, immer hatte sie der Tochter genau die Fehler ihrer Freunde vor Augen geführt. Von Graham war sie auch keineswegs begeistert gewesen.

Mums Stimme nahm einen milderen Ton an. „Liebes, ich mache mir Sorgen um dich. Das ist kein guter Anfang für eine glückliche Beziehung. Du hast einem anderen Menschen großes Unrecht zugefügt."

„Ich weiß", flüsterte Emily erstickt. „Wie also können wir das wieder in Ordnung bringen?"

„Ihr müsst Livvy zuhören …", sagte Mum, „… oder die Konsequenzen tragen."

Genau das hatte Emily schon die ganze Zeit über selbst gedacht. Sie musste sich zusammennehmen, um nicht auf die Bühne zu rennen und Zandra zu umarmen.

„Livvy also", murmelte Emily. Ihr war plötzlich eiskalt. Livvy hatte die Macht, ihr und Adam zu schaden, das spürte sie genau.

„Ja, Livvy", bestätigte Mum. „Sie hat mehr als genug eigene Probleme, die sie in Ordnung bringen muss, aber du musst ihr helfen. Ignoriere sie nicht, wenn sie vorbeischaut."

„Wieso ist sie jetzt nicht hier?", wollte Emily wissen.

„Sie ist … nun, indisponiert." Das klang geradezu verlegen. „Tut mir leid, Liebes, ich muss jetzt wieder gehen, muss zurück zum Schrebergarten. Pass auf dich auf, Emily."

„Mum, warte …" Emily wollte die Verbindung so unbedingt noch länger aufrechterhalten, aber ihre Mum war bereits weg, und Zandra stand blinzelnd und desorientiert im Scheinwerferlicht. Sie schien nicht zu wissen, was da soeben mit ihr passiert war, aber sie erholte sich schnell und wandte sich an den Nächsten im Publikum.

„Ich erhalte eine Nachricht für eine … Imelda?", sagte sie.

„Das bin ich!" Im hinteren Teil des Saals sprang eine Frau auf.

Emily jedoch hörte gar nicht mehr hin. Zitternd ließ sie sich auf ihren Sitz fallen und starrte Adam an.

„Was war das gerade?", wisperte sie.

Adam

Emily ist weiß wie ein Laken, als sie sich setzt. Oft redet sie nicht über ihre Mum, aber ich weiß, wie sehr sie sie vermisst. Und ich kann sehen, wie aufgelöst sie ist.

„Woher kann Zandra das alles wissen?", flüstert sie fassungslos.

„Irgendein cleverer Trick", versuche ich sie zu beruhigen. „Vielleicht hast du ja etwas in diesen Fragebogen eingetragen." Aber eigentlich glaube ich das selbst nicht. Diese Szene war verdammt überzeugend.

„Nein, sicher nicht. Mum weiß von Livvy. Und sie hat immer gesagt, dass sie in den Schrebergarten geht. Das war ihr Standardspruch. Woher, um alles in der Welt, weiß Zandra das?"

Ich muss zugeben, dass das höchst ungewöhnlich ist. Und dass mir dabei mulmig wird. Ich war doch absolut davon überzeugt, dass diese Show hier reiner Schwachsinn sein würde, mitgegangen bin ich nur, um Emily den Gefallen zu tun und ihr zur Seite zu stehen. Doch ich konnte spüren, wie die Temperatur im Raum plötzlich abgesackt ist, als Emily mit ihrer „Mum" geredet hat. Natürlich kann auch das irgendein Special Effect gewesen sein, den die Theatercrew eingebaut hat, aber es war bei keinem der vorherigen Kommunikationen passiert, nur bei Emily. Und warum sollte Zandra sich ausgerechnet Emily aussuchen, um bei ihr so verwirrt und desorientiert zu tun? Auch das war bei keinem anderen aus dem Publikum passiert. Wenn sie das vorgetäuscht hat, dann war sie definitiv gut darin.

Plötzlich macht sich so etwas wie Enttäuschung in mir breit. Wenn es da draußen tatsächlich so etwas wie Geister gibt, Livvy einer von ihnen ist und Zandra die Gabe besitzt, mit ihnen Kontakt aufzunehmen … warum hat Livvy sich dann nicht gemeldet? Sicher, ob ich mir wirklich wünschen sollte, dass Livvy als Geist existiert, bin ich mir durchaus nicht. Vor allem nicht, wenn sie tatsächlich bei uns im Haus herumspukt. Aber sollte sie noch hier sein, dann möchte ich sie wissen lassen, wie sehr ich bereue, wie die Dinge geendet sind. Das ganze letzte Jahr bin ich häufig allein auf den Friedhof gegangen und habe an ihrem Grab gestanden, um ihr das zu sagen. Aber tot ist tot, und Vergebung erhält man eben nicht von einem Grabstein.

Der verbleibende Teil der Vorstellung vergeht ohne große Zwischenfälle, und langsam gewinnt in mir wieder die Meinung Oberhand, dass das alles nur Schwindel ist. Emily muss irgendwie ausgetrickst worden sein, mehr private Informationen preiszugeben, als ihr bewusst ist.

Zandra steht jetzt da vorn auf der Bühne und hält ihre kleine Abschlussrede, als sie plötzlich zusammensackt und zu zittern beginnt. Eine männliche Stimme ertönt laut: „He Leute, hier ist DJ Steve. Gekommen, um euch zu zeigen, dass auch die Toten eine richtig gute Party feiern!"

Laute Rap-Musik wummert durch den Saal, die Lichter flackern, gehen im Rhythmus an und aus, und ich habe den bestimmten Verdacht, dass Zandra nicht mehr allein auf der Bühne ist ...

Livvy

Party! Party! Party!

Ich hatte ganz vergessen, wie viel Spaß man auf so einer Party hat. Ich habe auch festgestellt, dass diese Unterwelt-Drinks die gleiche Wirkung haben wie ihre Pendants in der Welt der Lebenden. Um genau zu sein, der Wodka hat nie so gut geschmeckt, als ich noch lebte. Dass hier so viele Leute um mich herum sind, verleiht mir Energie. Alle amüsieren sich ganz prächtig. Gott, hätte ich doch nur früher von dieser Bar erfahren, dann hätte ich nicht ein ganzes Jahr mit Jammern zubringen müssen und wäre nicht in Selbstmitleid ertrunken.

Meine neuen besten Freunde, mit denen Lenny mich bekannt gemacht hat, heißen Sanjay und Keona. Die beiden müssen ungefähr Anfang zwanzig sein und hatten wohl einen Selbstmordpakt miteinander geschlossen. Auf jeden Fall ... die beiden animieren mich dazu, einen Drink nach dem anderen hinunterzukippen, und dann stehen wir auch schon auf der Tanzfläche und legen so richtig los.

Ab und zu meldet sich der Übersinnliche Steve oder DJ Steve, wie er sich auch gerne nennt, und ruft jemanden aus: „Da oben verlangt man nach Albert. Albert, deine Frau will wissen, wo du die Aktien versteckt hast." Und Albert schwankt ans Mikro und lallt: „Du dumme Kuh, als ob ich dir das verraten würde!" Danach taucht er wieder in der Menge auf der Tanzfläche ab.

Steve macht sich tatsächlich die Mühe und stellt eine Verbindung zu den Leuten da oben im Theater her. Hier können wir nur seine Seite der Unterhaltung hören. Eine kleine alte Dame in einem Sari, die kaum ein Wort Englisch spricht, weint dicke Glückstränen, weil sie mit ihrer lang verloren geglaubten Tochter geredet hat. Eine andere Frau ruft erleichtert aus: „Endlich bin ich frei!", nachdem sie ihrem Ex anständig die Meinung gegeigt hat. Jeder hier freut sich für sie und umarmt sie herzlich zum Abschied. Sie dreht sich um und geht auf ein Licht zu, sieht noch einmal zu uns zurück und lächelt uns zu, und dann verblasst sie ganz langsam.

Ich habe so viele Kurze getrunken, dass ich mich nicht mehr erinnern kann, weshalb ich ursprünglich hergekommen bin. Ich entscheide, dass ich eine Pause vom Tanzen brauche und schlendere zu DJ Steve hinüber, der mir zuzwinkert.

„Hey, Baby, was geht ab?"

„Alles ganz prima", antworte ich. „Um genau zu sein, besser als prima. Ich fasse noch immer nicht, dass Malachi mir nichts von der Bar erzählt hat."

„Nun, Malachi steht nicht gerade in dem Ruf, der große Partylöwe zu sein." Steve zuckt mit den Schultern.

„Das kannst du laut sagen." Steve spricht mir aus dem Herzen. „Ständig nörgelt er an mir herum."

Nachdenklich mustert Steve mich jetzt. „Solltest du irgendwann genug von dem alten Langweiler haben, dann komm zu mir", bietet er an. „Man muss sich nicht unbedingt an die Regeln halten, weißt du, und du siehst mir aus wie jemand, der damit umgehen kann."

Er blinzelt mir vielsagend zu, wird dann aber abgelenkt, als jemand sich an ihn wendet, der unbedingt mit seinem Onkel auf der anderen Seite sprechen will.

Ich ziehe also los, um Keona und Sanjay zu finden, aber die sind anscheinend irgendwo in der Menge verschwunden. Ich setze mich für einen Moment. All diese neuen Leute kennenzulernen ist anstrengend, ich bin hundemüde.

Wie leicht es doch ist, in einem Nachtclub für Geister einzuschlafen, wenn man ein paar Drinks hatte. Ein kleines Nickerchen kann wohl nichts schaden, denke ich mir. Seit ich gestorben bin, habe ich ja auch kaum noch geschlafen ...

Jemand rüttelt mich an der Schulter, unwirsch zucke ich zurück. Eine dunkelhaarige Frau mittleren Alters mit einem freundlichen Lächeln steht vor mir. Sie erinnert mich an jemanden, mir fällt aber nicht ein, an wen.

„Du hast deinen Einsatz verpasst", sagt sie zu mir aus einer Nebelwolke. „Deshalb habe ich ihn wahrgenommen. Aber jetzt muss ich wieder zurück."

Vor meinen Augen löst sie sich auf.

Ich habe meinen Einsatz verpasst? Was heißt das? Und dann fällt es mir siedend heiß wieder ein. Emily und Adam. Verdammt! Ich hatte ihnen doch beweisen wollen, dass ich noch immer hier bin – und nicht mich betrinken wollen. Oh Mist. Den Kommentar von Malachi höre ich schon jetzt.

Die Party geht in vollem Schwung weiter, die Leute hier tanzen wie wild und schütteln sich zuckend im Rhythmus der Musik. DJ Steve dreht die Lautstärke bis zum Anschlag auf. Nur gut, dass die Lebenden taub und blind für Geister sind, sonst würde wohl gleich die Polizei wegen nächtlicher Ruhestörung auf der Schwelle erscheinen.

Ich stehe auf und gehe zu Steve. „Ich weiß, ich habe meinen Einsatz verpasst, aber gibt es nicht irgendeine Möglichkeit, denen auf der anderen Seite einen kurzen Blick auf uns zu gestatten, sodass auch die letzten Skeptiker im Publikum überzeugt werden?"

„Tut mir leid, Süße, gehört nicht zu meinem Aufgabengebiet", sagt er knapp und dreht sich wieder zu seinem Mischpult um.

Im letzten Moment muss er die maßlose Enttäuschung in meinem Gesicht gesehen haben.

„Obwohl ... ich meine, eigentlich sollte ich das ja nicht, aber ich hätte auch nichts dagegen, mich mal wieder so richtig zu amüsieren", sagt er dann. „Und für eine schnuckelige Schönheit wie dich würde ich alles tun."

Mir wird ganz warm im Bauch, und ich erröte. Der Typ sieht schon irgendwie ziemlich cool aus. „Kannst du das denn? Ist das auch nicht gegen irgendwelche Regeln oder so?"

Steve grinst nur schief. „Um Regeln habe ich mich noch nie viel geschert." Vielleicht wirkt er deshalb so lässig und leicht lädiert. Ich wünschte, *er* wäre mein spiritueller Führer. Mit ihm hätte ich bestimmt viel mehr Spaß als mit Malachi.

Jetzt hebt er eine Hand. „Hey, Leute, hört mal her. Was haltet ihr davon, wenn wir das Theater aufmischen?"

12. KAPITEL

Livvy

Oh, und wie wir das Theater aufmischen! Einige schwingen sich von Kronleuchter zu Kronleuchter, andere klettern an den Bühnenvorhängen hoch, und eine ganz kühne Truppe bemächtigt sich der Scheinwerfer und schwenkt sie rasant durch den Saal und über das Publikum. Die Lebenden wissen nicht, ob sie lachen oder vor Angst schreien sollen. Ich höre mehrere Leute laut nach Luft schnappen, während die Scheinwerfer hektisch aufflammen wie Discokugeln auf Speed.

Bühnenhelfer eilen auf die Bühne, um Zandra zum Seitenausgang zu ziehen ... oder besser gesagt, Steve, der in sie gefahren ist und sie kontrolliert. Der ist es nämlich auch, der einen Schwinger am Kinn einer der Männer platziert und damit die anderen in die Flucht schlägt. Mehrere von uns Geistern fangen an, mit allem, was ihnen in die Finger gerät, um sich zu werfen, und Hunderte von uns stürmen von der Bühne hinunter in den Saal und ins Publikum, das erst jetzt zu registrieren scheint, dass das hier nicht mit zu der Show gehört, für die sie bezahlt haben. Überall wird hysterisches Geschrei laut. Unsere Beleuchtercrew dimmt das Licht, während wir uns unter die Zuschauer mischen, den Leuten in den Nacken blasen und auf die Schultern tippen. So viel Spaß hatte ich nicht mehr, seit ich gestorben bin, ich habe ja nicht geahnt, dass tot sein ein solcher Wahnsinnskracher sein kann.

Dann aber erblicke ich Emily und Adam mitten in der panischen Menge und erstarre abrupt. Die beiden wirken mehr als mitgenommen und klammern sich aneinander fest. Na, das hast du ja prima hingekriegt, Livvy, sage ich mir stumm. Da hast du die beiden nur noch enger zusammengebracht. Ich bin doch mit einem Plan hergekommen, und die Chance dazu habe ich mir durch die Finger gleiten lassen. Wie soll ich denn jetzt noch mit Adam reden können?

Ich renne zu Steve, der noch immer vollauf damit beschäftigt ist, Zandras Bühnenhelfer abzuwehren. Über das chaotische Handgemenge rufe ich ihm zu: „Bitte, kann ich eine Verbindung zur anderen Seite haben? Hier im Saal ist jemand, mit dem ich unbedingt sprechen muss."

Steve befördert den nächsten Bühnenhelfer mit einem rechten Haken hinter die Vorhänge und zuckt mit den Schultern. „Sicher, warum nicht!", antwortet er mir.

„Kriegst du deswegen jetzt Ärger?", frage ich ihn. Ich stelle mir vor, was Malachi zu dieser Angelegenheit zu sagen haben wird.

„Schon möglich", meint er, „aber das ist die Sache wert. Das hat doch Spaß gemacht, oder nicht? Du solltest öfter in der Unterwelt vorbeischauen. Du hast richtig Leben in die Bude gebracht."

Er blinzelt mir zu, und ich kann nicht anders, ich zwinkere zurück, spüre sofort den Energiefluss zwischen uns. Dann jedoch werde ich weggezogen, und mir wird klar, dass ich jetzt in Zandras Körper auf der Bühne stehe. Ich lasse meinen Blick über die Menge wandern, suche nach Adam. Es ist ein seltsames Gefühl, wieder einen Körper zu haben. Verwundert starre ich auf Zandras Hände. Hände ... was für seltsames Gebilde sie doch sind! Dann aber fällt mir wieder ein, was ich vorhabe.

„Adam!", rufe ich verzweifelt über den Tumult hinweg. Mist, bei dem Lärm hier hört er mich nie. Da unten im Saal herrscht totales Chaos. Steve versucht, unsere Leute zu beruhigen, aber bei dem höllischen Durcheinander hat er kaum eine Chance. In panischer Angst klettern die Lebenden über die Sitze und drängen sich zum Ausgang, um schnellstmöglich aus dem Theater wegzukommen.

„Adam!" Ich schreie, so laut ich kann, aber bei dem Tohuwabohu hört er mich noch immer nicht. Jetzt nimmt dieser

Hexentanz auch noch an Tempo auf, die Scheinwerfer drehen sich wild. Ich renne vorn an den Bühnenrand und rufe ein letztes Mal Adams Namen, und dieses Mal kommt es bei ihm an. Er dreht sich zu mir um, ist weiß wie ein Laken.

„Livvy?", bringt er ungläubig hervor. „Was zum Teufel geht hier vor?"

Ich fasse es nicht. Nach all der Zeit steht endlich eine Verbindung zu Adam, er begreift, dass ich hier bin. Für einen Moment will die Freude mich mitreißen. Endlich können wir miteinander reden. Ich will ihm alles Mögliche sagen, aber ich bin so überwältigt, dass es mir die Sprache verschlagen hat. Ich finde keine Worte. Da steht er also, mein wunderbarer Adam. Er hat sich überhaupt nicht verändert, sieht keinen Tag älter aus als vor zwanzig Jahren, als wir uns zum ersten Mal begegnet sind. Seine Präsenz überwältigt mich, ich weiß nicht, was ich tun soll. Mir ist klar, dass ich mich bei ihm entschuldigen sollte, aber mir kommt kein Wort über die Lippen. Ich bin so auf ihn konzentriert, dass ich Emily anfangs gar nicht registriere. Doch dann schnappt sie nach Luft, und ich verfolge mit, wie Adam sie fest an seine Seite zieht. Ein schrecklicher Schmerz durchfährt mich, Verbitterung und Wut über Emily brodeln auf. Weiter, als dass ich mit Adam reden wollte, hatte ich nicht geplant, doch jetzt sehe ich nur Emily, die mir im Weg steht. Die Erkenntnis schwappt über mich: Ihretwegen hat Adam mich verlassen. Er hat mich verlassen. Wie konnte er nur?

„Adam, du Mistkerl!", stoße ich aus.

Und dann halte ich es nicht mehr aus, ich kann das nicht mehr. Ich verlasse Zandras Körper und stolpere von der Bühne, fliehe aus dem Theater, zusammen mit den anderen Geistern, denen inzwischen langweilig geworden ist und die jetzt alle zurück in die Unterwelt-Bar strömen.

Der heutige Abend hat sich als komplettes Desaster erwiesen, und es ist allein meine Schuld.

Adam

Adam, du Mistkerl!

Zum ersten Mal glaube ich, dass Livvy zurück ist. Das hat auf jeden Fall nach ihr geklungen, das waren auch damals ihre letzten Worte an mich gewesen. Es sollte mich nicht wundern, dass sie wütend ist. Ich stehe unter Schock, genau wie das restliche Publikum. Ich könnte nicht beschreiben, was genau hier heute Abend vorgefallen ist, ich weiß nur, es war Furcht einflößend. Sollte das alles nur von Zandra und ihren Leuten inszeniert worden sein, dann ist es wirklich sehr, sehr überzeugend.

„Livvy", bringe ich erstickt heraus, „es tut mir so leid." Ich bekomme keine Antwort. Ein Beben läuft durch Zandra, und als sie spricht, ist es wieder ihre eigene Stimme.

„Die Show ist vorbei. Runter von der Bühne! Alle!"

Die Luft scheint zu vibrieren, man hört zischelnde Laute, dann beruhigen sich die Bühnenvorhänge wieder und hängen reglos herunter. Die Scheinwerfer leuchten auf, und Totenstille legt sich über den Saal. Zandra bemüht sich sichtbar um Fassung, und dann brandet stürmischer Applaus auf. Gerade so, als wollte niemand wahrhaben, was hier soeben abgelaufen ist, sie alle tun so, als gehöre das mit zur Vorstellung.

Zandra sonnt sich in der Bewunderung, spaziert die Bühne auf und ab und wirft Kusshändchen ins Publikum. „Sie müssen entschuldigen, aber da haben uns einige recht übermütige Geister heimgesucht. Aber es ist ja schließlich Weihnachten, nicht wahr, und auch auf der anderen Seite wollen die Leute sich gut amüsieren."

Aus dem Saal erfolgt allgemeines Lachen und uneingeschränkte Zustimmung. Sie alle schlucken Zandras Version der Abläufe bedingungslos und ohne auch nur eine einzige Frage. Emily und ich sehen einander sprachlos an.

„Sind die denn alle blind?", haucht Emily fassungslos. „Sind wir die Einzigen, die heute hier etwas Ungewöhnliches erlebt haben?"

„Sieht so aus", erwidere ich. Das Publikum hat sich nach und nach wieder beruhigt. Zandra dankt uns allen noch einmal für unser Kommen und zählt dabei auch gleich auf, wo nach Weihnachten die nächsten Vorstellungen stattfinden werden.

„Als ob jemand mit auch nur einem Funken Verstand so etwas noch einmal durchmachen will", murmele ich in mich hinein. Ich auf jeden Fall nicht. Noch nie im Leben habe ich etwas so Unheimliches erlebt.

Zusammen mit den anderen strömen wir dem Ausgang zu. Die Leute unterhalten sich begeistert über das, was sie heute Abend gesehen haben. Als wäre es ein Witz, nur gute Unterhaltung. Ich dagegen ... ich fühle mich wie erschlagen, als hätte mir jemand sämtliche Energie entzogen. Sollte das da vorhin wirklich Livvy gewesen sein, dann hat mich ihre Wut schwer getroffen und komplett ausgelaugt. Was habe ich ihr nur getan? Sie ist tot, der Gedanke, dass sie meinetwegen noch immer leidet, ist mir unerträglich. Trotz allem, was zwischen uns schiefgelaufen ist.

Emily

„Ich weiß ja nicht, wie es dir ergeht, aber ich könnte jetzt einen Drink gebrauchen", sagte Emily zu Adam, als sie vor dem Theater auf der Straße standen.

Adam nickte nur wortlos. Seit dem Ende der Show war er sehr schweigsam geworden. Emily konnte spüren, dass er sich von ihr zurückgezogen hatte. Sie wünschte, sie wüsste, was jetzt in seinem Kopf vorging. Alles, was sie im Moment sicher sagen konnte, war, dass sie als Zweiflerin in diese Vorstellung gegangen und als Bekehrte wieder herausgekommen war. Erst Mum, dann Livvy. Das konnte kein Zufall sein. Und ganz gleich, was die anderen Besucher sich jetzt einredeten und behaupteten, erlebt zu haben ... die hektisch schwenkenden Scheinwerfer, die laute Musik, der sich bewegende Bühnenvorhang und dieser kalte Hauch im Nacken ... das alles war zu echt gewesen. Und nach allem, was Emily vorab über Zandra gelesen hatte, gehörten solche übertriebenen Special Effects nie zu ihrer Show.

Nur ... wenn das Ganze tatsächlich real gewesen war ... wo standen sie dann jetzt? Joe hatte also recht: Livvy wollte unbedingt mit ihnen in Kontakt treten. Aus dem, was sie zu Adam gesagt hatte, konnte man nur schließen, dass sie ziemlich wütend sein musste. Natürlich hatte Emily Verständnis, dass Livvy verletzt war. Sie hatte jedes Recht dazu. Andererseits war Emily aber auch der Ansicht, dass das nicht fair war. Livvy hatte Adam lange bevor er und Emily sich kennengelernt hatten von sich gestoßen. Und weshalb sollten sie sich diese Chance auf Glück versagen, nur weil Livvy gestorben war?

„So ...", hob Emily vorsichtig an, als sie im Pub saßen und Adam den bestellten Wodka Tonic in großen Schlucken hinunterstürzte (dass er sich für Wodka entschieden hatte, war beunruhigend genug, denn Adam rührte harte Spirituosen normalerweise nicht an), „... ich glaube, wir müssen uns der Tatsache stellen, dass wir von Geistern heimgesucht werden. Und wer sollte es sonst sein, wenn nicht Livvy? Mir fällt auf jeden Fall niemand anderes ein."

Adam schwieg. Sein Gesicht war aschfahl, seine Wangen wirkten eingefallen. Er sah genauso miserabel aus wie damals in den ersten schrecklichen Wochen nach Livvys Tod. Und genau das machte Emily zornig.

„Ich weiß, Livvy ist tot, und ich sollte Mitgefühl zeigen", sagte sie, „aber ... hat sie denn nicht schon genug angerichtet? Hat sie dir nicht schon zu Lebzeiten genug Kummer bereitet? Muss sie dich jetzt auch noch aus dem Grab heraus quälen? Wieso kann sie nicht endlich loslassen?"

„Ich glaube, ich brauche noch einmal das Gleiche", war alles, was von Adam als Erwiderung kam.

„Na schön." Emily legte die Hand auf seine Finger. „Aber das ist keine Lösung."

„Mir musst du das bestimmt nicht sagen." Adam klang so verbittert.

„Ich weiß, ich weiß." Emily drückte einen Kuss auf seine Wange und stand auf, um zur Theke zu gehen und noch zwei Drinks zu bestellen. Plötzlich drängte sich jemand an ihre Seite. „Oh, Sie sind es", meinte sie überrascht. „Sagen Sie, was ist da in dem Theatersaal vorhin passiert?"

Zandra stand neben ihr, in ihrem Rücken ihr Helferteam. Sie alle sahen mitgenommen aus, als hätten sie einen wirklich schwierigen Abend hinter sich.

„Ich brauche noch einen Moment." Zandra war ziemlich blass. „Wo sitzen Sie?"

„Da drüben." Emily zeigte zu dem Tisch, an dem Adam allein saß und trübsinnig in die Leere starrte.

„Flying Spirit ist nach der Vorstellung zu mir in die Garderobe gekommen", sagte Zandra. „Ich muss mit Ihnen beiden reden. Geben Sie mir nur eine Minute, ich komme gleich zu Ihnen an den Tisch."

Emily nickte, nahm die Gläser und ging zu ihrem Tisch zurück. Dankbar nahm Adam den Drink, den sie ihm reichte, an.

„Das brauche ich jetzt. Zur Hölle", stieß er dann aus, „was für ein Abend!"

„Das können Sie laut sagen." Zandra schob sich auf den freien Stuhl neben Adam. Amüsiert bemerkte Emily, dass Zandras amerikanischer Südstaaten-Singsang durch einen breiten Essex-Akzent ersetzt worden war. „Ihre Frau veranstaltet ziemlichen Ärger."

„Aber …", setzte Adam zu Protest an. Ein Teil von ihm wollte noch immer nicht so recht glauben, was sich da heute Abend zugetragen hatte.

„Ich war das nicht da oben auf der Bühne", warf Zandra sofort ein. „Welche Meinung auch immer Sie über mich haben mögen ... ich habe eine Verbindung zu der anderen Seite, und bisher hat noch niemand für ein solches Chaos gesorgt. Mein spiritueller Führer hat mir alles über Ihre Frau erzählt."

„Sie glauben wirklich, das war Livvy?"

„Ja, ganz sicher", bestätigte Zandra. „Und ich spüre da eine Seele, die mehr leidet als andere. Sie möchte auf die andere Seite, aber sie kann nicht. Ganz eindeutig gibt es noch einige Dinge, die sie erst zu einem Abschluss bringen muss."

Emily sah zu Adam hinüber, fragte sich, wie er das aufnehmen würde.

„Stimmt", murmelte er. „Es gab da ... nun, einige Sachen waren ungeklärt, als sie starb."

Emily gab sich alle Mühe, bei seinen Worten nicht zusammenzuzucken. Adam hatte Angst davor gehabt, Livvy mitzuteilen, dass er sie verlassen wollte, und dann hatte Livvy es selbst herausgefunden. Gerade als sie Adam diese wütende SMS geschickt hatte, hatte sie – rums! – das Auto erwischt. Und im nächsten Augenblick war sie tot. Zwar hatte er nie etwas in der Richtung erwähnt, aber Emily wusste, dass er sich dafür die Schuld gab. Hätten sie und Adam keine Affäre begonnen, dann wäre Livvy nicht so wütend gewesen und hätte besser achtgegeben. Vermutlich hätten sie sich dann auf eine vielleicht nicht unbedingt freundschaftliche, aber auf jeden Fall ruhige Art getrennt, allein schon um Joes willen. Aber sie beide hatten nun mal eine Affäre begonnen, und Livvy hatte aus lauter Wut nicht aufgepasst. Niemanden traf die Schuld, es war einfach eine höchst unglückliche Verkettung von Umständen gewesen – ausgesprochenes Pech.

„Hören Sie, ich möchte Ihnen einen Vorschlag machen", fuhr Zandra jetzt fort. „Ich tue so etwas eigentlich nicht, aber Ihre Livvy hat mir heute schreckliche Kopfschmerzen bereitet. Ich kann es mir nicht leisten, dass sie meine Show noch einmal so durcheinanderwirbelt. Deshalb erkläre ich mich bereit, gegen ein kleines Entgelt eine private Seance abzuhalten, damit Sie Frieden mit Ihrer Frau schließen können. Was halten Sie davon?"

„Ich halte das für keine gute Idee", sprudelte es aus Emily heraus. Wer konnte schon wissen, was Livvy anstellte oder ob sie sie nicht mit einem Fluch belegen würde, wenn sie erst Adams ungeteilte Aufmerksamkeit hatte? Obwohl ... vielleicht ergab sich dann auch noch einmal eine Möglichkeit, mit ihrer Mum zu reden? „Was sagst du dazu, Adam?", fragte sie vorsichtig.

Adams Augen blickten völlig leer, als er aufsah. „Doch", sagte er. „Ich denke, wir sollten es tun."

Joes Notizheft

Dad und Emily sind heute Abend ausgegangen, deshalb besuche ich Caroline zu Hause.
Es ist schön, eine Freundin zu haben.
Vielleicht ist Dad deshalb mit Emily zusammen.
Mum ist gestorben, und er brauchte eine Freundin.
Ich glaube, Mum hat Dad manchmal sehr traurig gemacht.
Dad war oft traurig
Ich mag es nicht, wenn Dad traurig ist.
Emily muntert ihn wieder auf und macht ihn glücklich.
Das ist gut.
Wäre Dad ein Stern, dann, so glaube ich, wäre er Polaris.
Das ist nämlich der Stern, der die Leute nach Hause führt.
Jetzt, da Mum nicht mehr hier ist, bringt Dad mich nach Hause.
Ich frage mich, ob er auch sie nach Hause bringen kann.

VERGANGENE WEIHNACHT

Livvy

„Sieh einer an."

Malachi taucht aus den Schatten auf, als ich auf einer Bank sitze und mir den Kopf halte. Mein Schädel zerplatzt schier. Mir war nicht klar, dass man selbst als Tote einen Kater bekommt. Wie kann das überhaupt funktionieren? Nimmt man etwa auch zu, wenn man zu viel Süßigkeiten nascht?

„Hat da jemand etwa ein schlechtes Gewissen?" Er springt zu mir auf die Bank. Ich schwöre, der Kater schnurrt zufrieden.

„Lass mich in Ruhe", brumme ich bärbeißig. Die Kopfschmerzen sind unerträglich, ich habe jetzt wirklich keine Lust auf diese Art Konversation.

„Du bist stolz auf die kleine Show, die du da abgezogen hast, was?", meint er spöttisch.

„Es ist ... nun ... es ist ein wenig außer Kontrolle geraten."

Er schnaubt abfällig. „Es gibt immer Ärger, sobald DJ Steve seine Finger im Spiel hat ... ganz egal wie und wo."

„Ich dachte, er gehört zu eurer Truppe", wende ich ein.

„Freiberufler." Malachi sieht regelrecht angewidert aus. „Bildet sich ein, die Regeln gelten nicht für ihn."

„Warum haben Sie mich dann zu ihm geschickt?", will ich entnervt wissen.

„Weil ich doch tatsächlich dachte, du würdest dich verantwortungsbewusst verhalten." Der Vorwurf ist nicht zu überhören. „Du bist zwar keine einfache Klientin, aber ich setze doch große Hoffnungen in dich, dass du eines Tages alles in Ordnung bringen wirst."

„Na, vielen Dank auch für so viel Vertrauen. Wer hat diese Regeln überhaupt aufgestellt?", frage ich angriffslustig. „Woher soll ich wissen, ob Steve nicht vielleicht sogar richtigliegt?"

„Gänzlich verkehrt liegt er vielleicht nicht", gesteht Malachi zu, um sofort einzuschränken: „Nur sind seine Methoden höchst unorthodox … und das kann ich nicht gutheißen. Jeder braucht Regeln, an die er sich halten kann, besonders wenn man tot ist. Wenn du endlich auf mich hören würdest, könnten wir das sehr viel schneller hinter uns bringen."

Bla, bla, bla. „Zumindest weiß Adam jetzt, dass ich hier bin", füge ich an.

„Schon", gesteht Malachi zu. „Aber ich denke, du hast es noch immer nicht begriffen."

„Was soll ich denn begreifen?", brause ich frustriert auf. Es reicht mir mit diesen ewigen Rätseln!

„Du hast dir noch immer nicht eingestanden, ab wann und warum alles schiefgelaufen ist. Es hat weder Sinn noch Zweck, Adam die alleinige Schuld zuzuschieben."

„Er ist derjenige, der mich betrogen hat, nicht umgekehrt", fauche ich.

„Erinnerst du dich wirklich nicht?", fragt er. „Dann lass mich dir auf die Sprünge helfen."

Es ist Heiligabend, und der achtjährige Joe ist bereits ins Bett gebracht worden. Dieses Jahr sind Adams Eltern wieder bei uns. Adam hat mich angefleht, mich anständig zu benehmen, und ich gebe mir die größte Mühe, wirklich. Nur sitzen seine Eltern mir ständig mit ihren Ratschlägen bezüglich Joe im Nacken, so als wären sie die Experten. Ausgerechnet sie, die sich nicht einmal im selben Raum mit ihrem autistischen Sohn aufhalten können.

Ich spreche rege dem Glühwein zu, als wäre es der letzte auf der ganzen Welt, und bis jetzt habe ich meine Zunge im Zaum halten können. Aber es ist eine Erleichterung, als die beiden beschließen, früh zu Bett zu gehen. Da hatte ich gedacht, die Vorbereitungen für das Weihnachtsfest alle erledigt zu haben, als mir siedend heiß einfällt, dass ich noch die Geschenke verpacken muss.

„Soll ich dir helfen?", bietet Adam an. Ach ja, auf einmal. Geschenke einpacken war schon immer meine Aufgabe, und überhaupt ... ich kann doch sehen, wie geschlaucht er ist. Und jetzt, da seine Eltern im Bett sind, hebt sich meine Laune auch sofort wieder. Ich freue mich darauf, in Ruhe vor dem brennenden Kamin zu sitzen und alle Geschenke hübsch einzupacken und zu verzieren.

„Nein, nicht nötig", sage ich also. „Geh ruhig schlafen." Ich werde mir noch ein Glas Wein einschenken und mich damit aufs Sofa setzen. Und ich werde *Kevin – Allein zu Haus* in den DVD-Spieler legen, der Film bringt mich immer in Weihnachtsstimmung.

„Und du hängst auch Joes Weihnachtsstrumpf auf, oder?", fragt Adam.

„Natürlich." Ich scheuche ihn mit einer knappen Handbewegung fort. Jetzt bin ich doch eingeschnappt. Wann hätte ich Joes Weihnachtsstrumpf jemals *nicht* aufgehängt?

Das Einpacken dauert länger, als ich vorausgesehen hatte. Das mit dem Tesafilm ist nervige Geduldsarbeit, und das Geschenkpapier reißt mir auch des Öfteren. Das Geschenk für Adams Mutter – ein Fußbad, dieses Jahr der absolute Renner – sieht aus, als hätte der Weihnachtsmann es an einem Seil hinter sich hergeschleift, aber daran werde ich jetzt nichts mehr ändern. Und Joe wird es so oder so nicht auffallen, wenn seine Päckchen eine etwas seltsame Form haben.

Um zwei Uhr nachts bin ich schließlich fertig mit allem. Ich sammle die Geschenke ein und legte sie unter den Weihnachtsbaum, wobei ich noch immer das Glas Wein in der Hand halte. Und natürlich kleckere ich Wein über das verdammte Fußbad. Mist, jetzt muss ich es doch neu verpacken.

Ich weiß auch nicht mehr, welche von Joes Geschenken in den Strumpf gehören und welche unter den Baum, ich erinnere mich einfach nicht mehr. Nun, das fällt mir bestimmt gleich wieder ein ...

„Livvy, Livvy!" Adam rüttelt mich an der Schulter wach. „Joe ist wach und fragt, wo der Weihnachtsmann mit dem Strumpf bleibt."

Oh verdammt! Es ist fünf Uhr morgens. Ich muss eingeschlafen sein.

Ich glaube, ich bin noch immer betrunken, denn ich fange an zu kichern und kann nicht aufhören. Adam scheint ziemlich sauer zu sein, was ich noch lustiger finde.

„Oh, geh ins Bett und schlaf deinen Rausch aus", meint er angewidert. „Ich kümmere mich um alles."

Ich stolpere nach oben ins Schlafzimmer, und das Nächste, was ich weiß, ist, dass mir helles Tageslicht ins Gesicht strahlt. Mit trübem Blick starre ich auf den Wecker. Es ist zehn Uhr, und ich liege allein im Bett. Ich bin komplett angezogen. Wieso das? Und wo ist Adam mit meinem Weihnachtsfrühstück? Oh …

Der Truthahn. Abrupt setze ich mich auf. Wenn das in dem Stil weitergeht, wird Weihnachten dieses Jahr eine Katastrophe.

Hektisch ziehe ich mich um und renne nach unten. In der Küche finde ich Adam mit seinen Eltern und Joe zusammensitzen. Truthahnduft hängt in der Luft, und Adam sieht völlig übermüdet aus.

„Es tut mir so leid", murmele ich. „Ich muss wohl verschlafen haben."

„Ja, hast du wohl." Adam wirft mir einen vernichtenden Blick zu. „Ist schon okay. Mum hat mir mit dem Truthahn geholfen."

„Danke." Am liebsten wäre ich vor Verlegenheit im Boden versunken. Das hätte nie passieren dürfen, Adams Eltern halten sowieso nicht viel von mir, und ich will sie doch so unbedingt beeindrucken.

Wir wünschen einander frohe Weihnachten, und Joe zeigt mir stolz die Geschenke, die der Weihnachtsmann in seinen

Strumpf gesteckt hat. Dann übernehme ich so nonchalant, als wäre das von Anfang an alles so abgesprochen worden.

„Nutze du nur die Zeit mit deinen Eltern", lehne ich übertrieben munter Adams Hilfsangebot ab. „Ihr seht euch ja nicht so oft."

Kaum bin ich allein in der Küche, überfällt mich das Tief. Was letzte Nacht angeht, so habe ich einen Filmriss. Natürlich habe ich gemerkt, dass Adam böse auf mich ist, aber ich kann beim besten Willen nicht sagen, warum. Ich hatte doch nur ein, zwei Gläser, und schließlich ist Weihnachten. Da trinkt doch jeder gern ein Gläschen. Warum also sollte ich das nicht dürfen?

Urplötzlich habe ich das Bedürfnis nach einem Glas Champagner. Es heißt ja, einen Kater am nächsten Morgen bekämpft man am besten mit dem, mit dem man abends aufgehört hat, nicht wahr? Genau, das ist es, was ich jetzt brauche. Beim Gemüseputzen höre ich mir *Carols from Kings* an. Eigentlich müssten die Weihnachtslieder mich beruhigen, dennoch fühle ich mich angespannt und gereizt. Dabei ist es doch nicht das Ende der Welt, wenn ich am Weihnachtstag lange geschlafen habe, oder? Ich schenke mir also erst einmal ein Glas Champagner ein, damit ich mich besser fühle. Am Weihnachtstag ist es nie zu früh, um mit dem Champagner anzufangen.

„Was ist denn hier los?" Adam kommt in die Küche, aus irgendeinem Grund scheint er übelster Laune zu sein, richtig wütend. Was ist denn heute nur los mit ihm?

Benommen hebe ich den Kopf vom Küchentisch. Ich muss tatsächlich wieder eingeschlafen sein. Die Küche ist das reine Chaos. Anscheinend muss ich wohl beim Anschneiden des Rosenkohls eingedöst sein. Vom Herd weht der Geruch nach Angebranntem zu mir herüber ... die Kartoffeln sind komplett trocken gekocht.

„Wenn du mir das Weihnachtsfest verderben willst ... fein", zischelt Adam zornig. „Aber vielleicht versuchst du wenigstens, an unseren Sohn zu denken."

Noch nie habe ich ihn so wütend gesehen. Ich versuche es mit einem Lachen zu übergehen und muss feststellen, dass es mir nicht gelingt. Stattdessen breche ich in Tränen aus. Es ist Weihnachten ... und Adam ist wütend auf mich ... und ich weiß beim besten Willen nicht, warum.

„Herrgott, Livvy, du bist einfach nur noch peinlich", knurrt er. „Geh nach oben, und werde wieder nüchtern. Ich rufe dich, wenn das Essen fertig ist."

Ich wanke zur Küche hinaus und pralle im Flur mit Joe zusammen.

„Mum?" Mit großen Augen sieht er mich an, er wirkt so unsicher und verloren, dass ich mich miserabler fühle denn je.

„Tut mir leid, Kleiner, aber Mummy geht es nicht sehr gut", lalle ich. Ich bin eine unmögliche Mutter und eine noch unmöglichere Ehefrau. Selbst in meinem betrunkenen Zustand wird mir klar, dass ich es dieses Mal übertrieben habe und es sich auch nicht mehr geradebiegen lässt.

Abrupt werde ich in die Gegenwart zurückgezogen. Der Schock über das, was ich da gesehen habe, sitzt mir tief in den Knochen. So elendig habe ich mich also benommen? Das scheine ich komplett aus meiner Erinnerung verdrängt zu haben.

„Oh", entfährt es mir kleinlaut. Mir war wirklich nicht klar, wie abstoßend und jämmerlich ich im betrunkenen Zustand sein konnte.

„Oh, allerdings", kommt es von Malachi. „Verstehst du jetzt endlich? Dein Leben war schon ein Chaos, bevor du gestorben bist. Ich weiß, dass du dich ganz tief in deinem Innern dafür schämst. Du kannst nicht auf die andere Seite weiterreisen, bevor du diese Dinge mit den Menschen, die du liebst, in Ordnung gebracht hast. Und genau das ist der Grund, weshalb du noch hier bist."

ZWEITER TEIL

VERGANGENE WEIHNACHT

Joes Notizheft

Was genau ist eine Mutter?
Eine Mutter ist jemand, der schon am Nachmittag trinkt, nur darf das niemand wissen, das ist nämlich ein Geheimnis.
Eine Mutter vergisst einen manchmal.
Eine Mutter ist jemand, der Nachmittagsschlaf hält.
Eine Mutter ist nicht immer für einen da.

Livvy

Mir fallen die Notizhefte wieder ein, die Joe überall im Haus hat liegen lassen. In ihnen hat er stets seine Gedanken niedergeschrieben, von jedermann nachzulesen. Wie habe ich das nur vergessen können? Jeder seiner Sätze ist wie ein Messerstich in mein Herz, jeder davon führt mir unerbittlich vor Augen, dass ich Joe im Stich gelassen habe. Kein Wunder, dass Adam sich Emily zugewandt hat. Für ihn war ich ja auch nicht da.

Gäbe es doch nur einen Weg zurück, wäre ich doch nur nicht auf diesem vermaledeiten Parkplatz gestorben … dann könnte ich ihnen beiden zeigen, wie unermesslich leid mir das alles tut.

„Genau das ist es, was ich dir die ganze Zeit über klarzumachen versuche", sagt Malachi. „Du musst zu Adam und Joe gehen und ihnen sagen, dass es dir leidtut. Ich weiß, es ist schlimm, dass du gestorben bist, bevor du dazu bereit warst, aber es wird Zeit, dass du loslässt und das mit Adam und Emily akzeptierst und endlich selbst weiterkommst."

„Das kann ich nicht", begehre ich auf. „Adam hat mich betrogen. Es ist nicht alles allein meine Schuld. Und außerdem will ich nicht, dass Emily ihn bekommt. Ich will ihn wieder zurückhaben."

Malachi reißt die Augen auf. „Livvy", setzt er geduldig an, „so funktioniert das aber nicht. Du bist tot. Du kannst nicht einfach in dein altes Leben zurück. Du musst akzeptieren, dass es vorbei ist."

„Gibt es denn nicht irgendeinen Weg, wie es doch geht?", frage ich. „David Niven in *Irrtum im Jenseits* hat es auch geschafft."

„Das ist ein Film, Livvy." Malachi verdreht die Augen.

„Aber verstehst du denn nicht?", sage ich. „Ich brauche nur eine zweite Chance, dann kann ich wieder mit Adam zusammen sein und alles wiedergutmachen. Dieses Mal wird es klappen."

„Nein." Malachi bleibt hart. „Das wird unter keinen Umständen passieren."

Ich habe das Gefühl, dass es da etwas gibt, das er mir verschweigt, doch er scheint fest entschlossen, es mir nicht zu verraten. „Nehmen wir doch mal einfach an, ich wäre nicht gestorben … was dann? Ich will einfach nicht glauben, dass ich keine zweite Chance mehr erhalten soll, dass alles vorbei sein soll."

„Also gut", gibt er nach. „Vielleicht wird das deine Meinung ändern. Sehen wir uns an, wie es weitergegangen wäre, wärst du nicht gestorben …"

Ich bin zurück auf dem Parkplatz, tippe fahrig die SMS an Adam. Ich schäume vor Wut, achte nicht darauf, was um mich herum vor sich geht. Wie kann er mir und Joe so etwas antun? Wie nur? Ich trete zwischen den Autos hervor auf die Fahrspur, ohne auf den Verkehr zu achten. Viel zu spät sehe ich den Wagen auf mich zukommen. Dieses Mal spüre ich die volle Wucht des Stoßes, als der Wagen mich rammt und durch die Luft schleudert. Vor Schmerzen schreie ich gellend, als ich auf die Reihe der Einkaufswagen falle. Gott, wie weh das tut!

Jetzt liege ich auf dem Asphalt, umrundet von entsetzten Gesichtern. Der junge Fahrer sieht völlig mitgenommen aus, Tränen strömen ihm über die Wangen, und immer wieder beteuert er: „Ich habe sie nicht gesehen, Dad! Ich habe sie nicht gesehen!"

Himmel, die Schmerzen sind unerträglich. Zuerst ist mir gar nicht klar, dass ich es bin, die diese schrecklichen Schreie ausstößt, die mir in den Ohren gellen. Alles an meinem Körper tut weh, überall pocht es brennend, und ich kann nur an Adam und Joe denken. Was soll denn aus den beiden werden? Ich muss weiterleben, muss das hier unbedingt überleben.

„Jemand muss einen Notarzt rufen, wir brauchen einen Notarzt!", höre ich jemanden brüllen.

„Schon auf dem Weg", sagt eine andere Stimme.

Ich verliere immer wieder das Bewusstsein, aber durch das Dunkel dringt die Sirene zu mir, irgendwie wird mir sogar bewusst, dass sie meinetwegen unterwegs sind. Sie kommen mich holen. Wenn ich nur noch ein bisschen länger durchhalten kann ... Doch ich kann spüren, wie die Dunkelheit mich ganz verschlingen will. Irgendwie ist es auch sehr verlockend. Für einen Moment überlege ich, ob ich jetzt sterbe, und dann höre ich eine freundliche Stimme ganz ruhig sagen: „Bleiben Sie bei mir, Livvy, bleiben Sie bei mir." Ich spüre, wie an mir gestupst und gezerrt wird, vor Schmerzen schreie ich auf. Aber ich bleibe bei ihnen. Und dann liege ich auf einer Trage, die in den Rettungswagen gehoben wird. Jemand stülpt mir eine Sauerstoffmaske übers Gesicht und injiziert mir etwas in meinen Arm. Der Schmerz lässt nach, Gott sei Dank. Ich sehe noch das blinkende Martinshorn und denke absurderweise daran, wie verärgert Joe sein wird, dass er die Fahrt im Notarztwagen verpasst hat, bevor ich in die Bewusstlosigkeit abtauche.

In einem Krankenhausbett komme ich wieder zu mir. Licht scheint mir in die Augen, blendet mich. Schmerzen empfinde ich nicht, vermutlich aufgrund der Tropfnadel, die in meinem

Arm steckt und mir irgendwelche Medikamente in die Adern pumpt. Ich fühle mich, als wäre ich verprügelt worden. Ein freundliches Gesicht erscheint in meinem Sichtfeld, und eine fröhliche Stimme sagt: „Sie haben uns ganz schöne Sorgen bereitet. Hier sind übrigens zwei Menschen, die sehr glücklich sind, dass Sie wieder bei uns sind."

Angestrengt bemühe ich mich, die Augen weiter zu öffnen, und erkenne Adam und Joe. Adam laufen die Tränen übers Gesicht, er hält meine Hand und drückt behutsam meine Finger: „Es tut mir so leid", sagt er immer wieder, und Joe fragt jetzt laut: „Wird Mum sterben?"

„Nein, sie wird nicht sterben", antwortet Adam entschieden. Ich sehe in seine Augen und erkenne die Liebe in seinem Blick, die mir so gefehlt hat. Wieder drückt er meine Finger, diesmal fester. „Oh Livvy." Seine Stimme droht zu brechen. „Fast hätte ich dich verloren. Mir tut alles so leid."

Nein, ich werde nicht sterben. Ich bin nicht tot. Zwar weiß ich, dass wir noch immer mit dem fertigwerden müssen, was Adam getan hat, aber das ist mir gleich. Meine beiden Männer sind wieder bei mir. Sie sind da, wo sie hingehören.

13. KAPITEL

DIE WEIHNACHT DER GEGENWART

Noch eine Woche bis Weihnachten

Adam

Emily und ich bereiten uns auf die Seance vor. Das Ganze fühlt sich so surreal an. Ich werde also an einer Seance teilnehmen und versuchen, mit meiner *toten* Frau eine Unterhaltung zu führen. Noch vor zwei Wochen hätte ich eine solche Idee als komplett hirnrissig abgetan, doch inzwischen ... Immer und immer wieder sind Emily und ich die Ereignisse bei dieser Show im Theater durchgegangen, und keiner von uns hat eine logische Erklärung dafür finden können. Ich bin immer noch skeptisch, ob Zandra in der Lage sein wird, Livvy überhaupt zu erreichen, oder, falls Livvy wirklich hier ist, ob ich dann auch so mit ihr reden kann, wie ich es mir wünsche, ob sie überhaupt bereit ist, mir zuzuhören. Ich muss mich bei ihr für das, was passiert ist, entschuldigen, und ich werde um ihre Vergebung bitten. Sie muss mir verzeihen.

Ob und falls ... Zu Lebzeiten war Livvy immer schrecklich nachtragend. Der Himmel allein weiß, wie sie jetzt wäre, da sie ein Jahr tot ist. Aber wenn das der einzige Weg ist, wie wir sie dazu bringen können, keinen Ärger mehr zu machen ... dann soll es so sein. Außerdem wünsche ich ihr wirklich, dass sie endlich Frieden findet und glücklich ist, trotz allem, was passiert ist. Es hat mich innerlich zerrissen, wenn ich sah, wie unglücklich sie war. Ich habe versucht, ihr zu helfen, aber sie konnte sich nicht eingestehen, dass sie ein Problem hatte. Weder anderen gegenüber noch sich selbst. Ihre konstante Zurückweisung und Verweigerung waren auf Dauer so verletzend, dass ich irgendwann aufgegeben habe. Wie soll man damit fertigwerden, wenn man Tag für Tag mit ansehen muss, wie der Mensch, den man liebt, sich selbst zerstört? Wie soll man mit dem Wissen umgehen, dass man nicht helfen kann, weil dieser Mensch auf nichts von dem, was man sagt, hören wird? Das war die rationale Rechtfertigung, die ich mir damals selbst gegeben habe. Heute jedoch frage ich mich, ob ich es nicht weiter hätte versuchen sollen, können, müssen.

Den Tisch haben wir bereits in die Mitte des Raumes gerückt.

„Denkst du, wir brauchen Kerzen?", fragt Emily.

Prompt fällt mir jeder Film ein, den ich je gesehen habe, in dem ein Geist erscheint und die Kerzen ausbläst. Sollte so etwas auch hier bei uns passieren, würden wir wahrscheinlich beide in Panik geraten. „Besser nicht", sage ich also.

Joe übernachtet heute bei Felicity. Weder ihr noch Joe habe ich davon erzählt, was wir heute vorhaben. Emily hat ihrem Dad auch nichts gesagt. Ich will verhindern, dass Joe sich zu sehr aufregt, und Felicity und Kenneth würden denken, dass wir den Verstand verloren haben. Obwohl die beiden dasselbe erlebt haben wie Emily und ich, warten sie seit jenem Abend mit immer neuen Erklärungen auf. Felicity hat sich inzwischen davon überzeugt, dass der Tisch niemals in die Luft gestiegen ist, und Kenneth hat sich darauf versteift, dass wir alle uns das nur eingebildet haben. Glücklicherweise hat Joe nichts dagegen, bei Felicity zu übernachten, die Atmosphäre bei seiner Großmutter ist immer ruhig und geordnet. Alle zwei Wochen besucht er sie ohnehin.

„Das ist verrückt", murmelt Emily, als sie die Stühle noch einmal gerade rückt.

„Ich weiß." Ich drücke einen Kuss auf ihr Haar. „Trotzdem müssen wir es wenigstens versuchen."

Es klingelt an der Haustür, und Zandra rauscht herein, als ich öffne, im Schlepptau einen kleinen dicklichen Mann in einem schlecht sitzenden Anzug. Ich nehme zuerst an, dass es sich bei ihm um ihren Manager handelt, wie sich dann jedoch herausstellt, ist es ihr Ehemann.

„Sandy, bist du dir wirklich sicher, dass du das durchziehen willst?", sagt er zu ihr. „Ich fürchte, du könntest dir hier zu viel zumuten. Nach dem Vorfall in der Show warst du völlig ausgelaugt."

„Das entscheide ich, Norman", erwidert Zandra knapp und verweist ihren Mann damit auf seinen Platz, wo, wie ich vermute, der gute Norman wohl die meiste Zeit verbringt.

Zandra kommt ins Wohnzimmer und begutachtet zufrieden unsere Vorbereitungen. „Wir sollten das Licht herunterdrehen." Den angebotenen Drink lehnt sie dankend ab. Ich spüre die von ihr ausgehende Nervosität, ich kann mir denken, dass sie es schnellstmöglich hinter sich bringen will.

Sie besteht darauf, vorab die Tarotkarten zu legen.

„Ich muss ein Gefühl dafür bekommen, was hier überhaupt vorgeht", verkündet sie. „Livvy scheint eine sehr unglückliche Seele zu sein, und es muss einen Grund geben, der sie daran hindert, auf die andere Seite überzuwechseln. Vielleicht geben uns die Tarotkarten einen Hinweis."

Ich werfe Emily einen Blick zu. Eine Seance kann ich gerade noch verarbeiten, aber Tarot legen? Ehrlich? Ich tue mein Bestes, um mir Spott und Zweifel zu verkneifen.

Wir setzen uns Zandra gegenüber, die mir Fragen über Livvy stellt. Ich gebe ihr die redigierte Version, habe nicht vor, sämtliche meiner privaten Angelegenheiten vor ihr auszubreiten.

„Dann lassen Sie uns mal sehen." Sie mischt die Karten, legt drei davon aus und deckt sie eine nach der anderen auf.

Die erste zeigt „Die Liebenden".

„Ah", sagt sie. „Es werden einige schwierige Entscheidungen nötig. Und es gibt Streit."

Ich sehe zu Emily und verziehe abfällig den Mund. Das kann

Zandra genauso gut dem wenigen entnommen haben, was ich gerade erzählt habe.

Die nächste Karte ist „Das Glücksrad". Zandra erklärt, dass das Rad Glück und Erfolg symbolisiert, doch als sie die Karte dreht, schränkt sie ein: „In diesem Fall jedoch kann es ebenso bedeuten, dass Schlimmes passieren wird."

Die Warnung kommt wohl zu spät. Die schlimmen Dinge passieren ja bereits.

Als sie die dritte Karte dreht, wird sie blass und sammelt hastig die Karten ein, um neu zu mischen.

„Irgendetwas stimmt hier nicht ganz", murmelt sie und legt erneut die Karten aus. Als erste Karte deckt sie „Die Kaiserin" auf, die Ehe und Fruchtbarkeit symbolisiert, wie sie mit einem erleichterten Seufzer erklärt. Dann dreht sie die zweite Karte um, und es ist „Der Tod". Ich krümme mich leicht, doch Zandra lächelt nur. „Der Tod muss nicht unbedingt etwas Schlimmes bedeuten, er kündigt auch Veränderung an." Sie dreht die dritte Karte um und schnappt nach Luft.

„Was ist?", will ich wissen.

„‚Der Gehängte'", wispert sie. „Die Karte ist vorhin schon aufgetaucht, deshalb dachte ich, dass etwas nicht stimmen kann."

„Wieso?", fragt Emily.

Zandra wirkt ziemlich aufgewühlt, was uns wiederum nervös macht.

„‚Der Gehängte' bedeutet Opfer", sagt sie. „Sie werden möglicherweise das eine aufgeben müssen, um das andere zu erlangen."

Innerlich erschauere ich. Ich versuche mich damit zu beruhigen, dass das alles purer Unsinn ist, doch da liegt etwas in Zandras Stimme, das mir eine Gänsehaut beschert. Zandra mischt inzwischen schon wieder die Karten.

„Das Tarot ergibt heute kein klares Bild", sagt sie nachdenklich. „Als ob etwas die Karten blockiert."

Sie legt eine Runde für Emily und zieht „Die Liebenden", „Das Glücksrad" und „Die Kaiserin", was sie sichtbar ruhiger werden lässt. So sagt sie Emily und mir eine glückliche Zukunft voraus, wenn wir die in der Vergangenheit liegenden Probleme aus dem Weg räumen.

„Na, das ist aber ein riesengroßes Wenn", murmele ich in mich hinein.

Ich weiß nicht, aber Zandra scheint mir hier in meinem Wohnzimmer mehr Scharlatanin als an dem Abend im Theater. Wäre ich ein Geist, würde ich es mir zweimal überlegen, ob ich sie als Kanal zur Seite der Lebenden nutzen würde. Allerdings … ihre Unruhe, als sie die ersten Tarotrunden gelegt hat, war echt. Das stimmt mich nachdenklich und macht mich nervös.

Sie legt jetzt den Kartenstapel ab und sieht auf. „Sind Sie beide bereit?", fragt sie.

Ich sehe zu Emily, die mich anlächelt. „Ja, wir sind bereit", antworte ich Zandra dann.

„Wir müssen uns an den Händen halten und die Augen schließen", instruiert sie. „Wenn wir unseren Geist öffnen, wird Livvy zu uns kommen können."

Ich fasse Emilys Hand auf meiner einen und Normans Hand auf meiner anderen Seite, und dann spricht Zandra mit düsterer Grabesstimme: „Livvy, bist du bei uns? Adam möchte mit dir reden."

Emily

Emily hatte keine genaue Vorstellung gehabt, was sie von dieser Seance erwarten sollte, aber die ersten zehn Minuten waren … nun, schlicht langweilig. Da saßen sie hier also still im Halbdunkel mit geschlossenen Augen und hielten sich an den Händen. Sie rechnete jeden Augenblick damit, dass Zandra ein „Om …" anstimmte.

Emily öffnete die Augen zu einem schmalen Schlitz und sah sich unauffällig im Raum um. Zandra schien in eine Art Trance verfallen zu sein. Den Kopf hatte sie leicht in den Nacken gelegt, ihre Augen waren weit aufgerissen, aber sie schien nichts zu sehen. Sie atmete nur flach und langsam, und von ihrem Gesicht schien ein grünliches Schimmern auszustrahlen ... was ziemlich beunruhigend war. Emily hielt es nicht länger aus, sie konnte Zandra nicht länger ansehen und sah aus den Augenwinkeln zu Norman hin. Der Mann schaffte es, ängstlich und ehrfürchtig zugleich auszusehen, während Adams Züge konzentriert und streng wirkten. Außer Normans schweren Atemzügen herrschte absolute Stille im Raum.

Lächerlich. Bei dieser Seance würde nichts herauskommen. Emily musste ein Kichern zurückhalten. Was taten sie hier eigentlich? Ihre anfänglichen Zweifel kehrten mit Wucht zurück. Hatten sie tatsächlich geglaubt, Livvy würde aus dem Reich der Toten mit ihnen Kontakt aufnehmen?

„Livvy, bist du bei uns?", hob Zandra jetzt an.

Nichts, nur Stille ... und das Heulen des Windes im Kamin.

Norman drückte ihre Finger viel zu fest, zudem war seine Hand warm und feucht, und Emily wünschte, sie könnte sie endlich loslassen. Das hysterische Kichern arbeitete sich weiter und weiter in ihrer Kehle empor. Sie hatten sich von den sicherlich bizarren Vorfällen mitreißen lassen und waren doch tatsächlich dem Irrglauben verfallen, es gäbe Geister. Als ob! Und Zandra und Norman hatten diese Schwäche ausgenutzt, schließlich verdienten sie sich damit ihren Lebensunterhalt. Die beiden mussten sich ja herzhaft ins Fäustchen lachen, dass ihnen mal wieder ein paar Trottel auf den Leim gegangen waren. Das Ganze war himmelschreiender Blödsinn!

Und dann hörte sie es. Eine Stimme flüsterte harsch direkt an ihrem Ohr: „Ich werde dir schon zeigen, was Blödsinn ist!" Als Nächstes fühlte Emily wieder diese schreckliche Kälte und diese überwältigende boshafte Präsenz. Großer Gott! Es war real. Livvy war hier! Jeder klare Gedanke verflüchtigte sich aus ihrem Kopf, blanke Panik bemächtigte sich ihrer.

Emily schrie auf, als sie eine Ohrfeige erhielt, und sprang von ihrem Stuhl auf, genau in dem Moment, als über ihr eine der Glühbirnen in der Lampe über dem Tisch klirrend explodierte. Glassplitter regneten auf den Stuhl, auf dem sie eben noch gesessen hatte.

„Was, um alles in der Welt …?" Mit aschfahlem Gesicht sah Emily zu Zandra, deren Stimme plötzlich völlig anders klang. Auch Zandra stand auf und starrte Emily mit diesen unheimlichen leeren Augen an. Sie sah kaum noch menschlich aus.

„Verschwinde aus meinem Haus!", zischelte Zandra bösartig, dann fiel sie wie leblos auf ihren Stuhl zurück und sackte zusammen.

Jetzt stand es endgültig fest: Emily hatte nicht einfach nur Angst, sie fürchtete sich zu Tode!

Livvy

Zandra ist eine einzige riesengroße Enttäuschung. Ich hatte wirklich gedacht, sie könnte die Verbindung herstellen, aber sie kann mich ja kaum hören, obwohl ich ihr seit guten zehn Minuten direkt ins Ohr brülle. Vielleicht braucht sie ja den Übersinnlichen Steve an ihrer Seite. Nur weiß ich aus sicherer Quelle, sprich von Malachi, dass Steve sich erst von einer durchzechten Nacht erholen muss. Er steht also im Moment nicht zur Verfügung. Außerdem glaube ich, Malachi will, dass ich das allein durchziehe. Er will, dass ich eine gemeinsame Basis mit Adam aufbaue. Aber mal ehrlich … ich bin doch schon ewig hier, lange bevor Zandra aufgetaucht ist. Und wenn ich sehe, wie Ekel Emily sich bei Adam einschmeichelt, wie sie die Hand auf seinen Arm legt, ihn fragt, wie er sich fühlt und ob alles in Ordnung mit ihm sei … davon wird mir speiübel. Das ist doch alles nur geheuchelt, erkennt er denn nicht, was für eine Frau sie ist? Eine Frau mit Torschlusspanik, die einer anderen den Mann wegschnappen muss, weil sie selbst keinen findet. Und bevor er sich versieht, wird sie ihm ein quengelndes Baby nach dem anderen in den Arm legen, und Joe wird dann an den Rand gedrängt und vergessen.

Malachi hat mir eine andere Version der Gegenwart gezeigt und durchblicken lassen, dass es da gewisse Möglichkeiten geben könnte, nur scheint er nicht zu wollen, dass ich diesen Weg einschlage. Und was, wenn er irrt? Was, wenn ich, anstatt mein Schicksal zu akzeptieren, wieder zurückkehre und Emily aus meinem Haus verjage? Ich fühle es so intensiv, dass ich mit einer zweiten Chance ein besseres Leben führen werde, zusammen mit Adam und Joe. Keinen Alkohol mehr. Dieses Mal werde ich Hilfe in Anspruch nehmen, und Adam wird sich neu in mich verlieben. Ich weiß doch, dass er noch immer tief für mich empfindet, so wie er meine Hand gehalten hat in der Szene, die Malachi mir gezeigt hat ... das war nicht vorgespielt. Er liebt mich noch immer, ich muss ihm das nur in Erinnerung rufen.

Deshalb habe ich Emily geohrfeigt und die Glühbirne über ihrem Kopf explodieren lassen. Ich meine, ich will ihr nicht wehtun, ich will sie nur erschrecken. Damit sie von allein begreift, dass das Zusammensein mit Adam zu viel für sie ist. Dann wird sie ihn verlassen, und ich bekomme ihn zurück.

Ich hatte gehofft, mich klar verständlich machen zu können, doch dazu hätte Zandra ihren Geist weiter öffnen müssen. Wenn man bedenkt, wie hochtrabend sie Reklame für sich macht – „Ich kann mit den Toten reden!" –, ist sie geradezu erschreckend engstirnig, was Spiritualismus betrifft. Ich denke, sie glaubt selbst nicht so recht daran. Und deshalb erreiche ich trotz all meiner Anstrengungen nicht mehr, als Emily anzuschreien, bevor ich zu einem zitternden Bündel zusammenfalle. Die gute Zandra scheint es ebenfalls völlig ausgelaugt zu haben, erst nach ein paar Minuten kommt sie wieder zu sich und schaut sich verwirrt um.

„Hat das mit dem Kontakt zu Livvy geklappt?", fragt sie benommen.

„Nicht so richtig", antwortet Adam mit grimmiger Miene. „Aber sie hat eine Botschaft geschickt."

Er zeigt zu der zerplatzten Glühbirne und den Scherben auf dem Tisch, und Zandra wird weiß wie ein Laken.

„Oje, oje, oje", sprudelt es entsetzt aus ihr heraus.

„Was ist?", fragt Adam.

„Ihr habt hier einen wirklich bösen und wütenden Geist", sagt Zandra. „Ich glaube nicht, dass ich euch noch helfen kann."

„Und was schlagen Sie jetzt vor?", meint Adam genervt. „Sollen wir uns jetzt damit abfinden und alles so belassen?"

Zandra sieht ihn mit ernster Miene eindringlich an. „Ich denke nicht, dass Livvy gewillt ist, Vernunft anzunehmen", sagt sie. „Normalerweise würde ich so etwas nie vorschlagen, aber … ich an Ihrer Stelle würde ernsthaft einen Exorzismus in Betracht ziehen."

14. KAPITEL

Emily

Exorzismus? Das klang doch sehr drastisch, oder?

„Ich glaube nicht, dass das nötig sein wird", sagte Emily. „Ich bin sicher, Livvy hat bestimmt nichts Böses im Sinn. Sie wollte mir wahrscheinlich einfach nur Angst einjagen." Und das war ihr definitiv gelungen.

„Sie ist sehr, sehr wütend", bekräftigte Zandra ernst. „Und es kann nur noch schlimmer werden. Ich würde diese Möglichkeit wirklich überdenken, wenn ich Sie wäre."

Sie und Norman sammelten hastig ihre Habseligkeiten zusammen und verabschiedeten sich überstürzt. Es war deutlich zu erkennen, dass die beiden nicht schnell genug aus dem Haus herauskommen konnten. Zandra verzichtete sogar auf ihr Honorar.

„Unter diesen Umständen kann ich unmöglich Geld von Ihnen verlangen. Das wäre nicht richtig", beteuerte sie.

Das Paar stürzte übereilt zur Haustür hinaus, Adam und Emily blieben allein zurück und sahen einander beunruhigt und fassungslos an.

„Alles in Ordnung mit dir?", fragte Adam schließlich. „Ich kann nicht glauben, was hier eben passiert ist."

Er zog Emily in die Arme und küsste sie. In seiner Umarmung fühlte sie sich sicher und geborgen. Fast meinte sie, alles wäre normal und in bester Ordnung, was man unter den gegebenen Umständen nun wirklich nicht behaupten konnte.

„So richtig begreife ich es auch noch nicht, aber ja, mir geht es gut." Letzteres war eine glatte Lüge. Sie hatte eine Heidenangst, aber es würde Adam nicht helfen, wenn er das wusste. „Vielleicht ein bisschen durcheinander, aber in Ordnung."

„Ich würde es nicht ertragen, wenn dir etwas zustößt", meinte Adam besorgt. „Falls Livvy dir etwas antun sollte …"

„Mir wird schon nichts zustoßen." Emily sagte das mit einer Überzeugung in der Stimme, die sie überhaupt nicht fühlte. „Wahrscheinlich wollte Livvy einfach nur etwas beweisen."

In Wahrheit glaubte Emily das selbst nicht. In den verschiedenen Situationen, jedes Mal, wenn sie geglaubt hatte, dass Livvy in der Nähe sein könnte, hatte sie diese mächtigen Wellen enorm negativer Energie verspürt. Zudem hatte Livvy die Glühbirne direkt über ihrem Kopf explodieren lassen. Das war, egal was sie damit hatte erreichen wollen, schon ziemlich heftig.

Wie zur Bestätigung loderte das Feuer im Kamin auf. War Livvy noch immer hier und beobachtete sie? Die Vorstellung ließ Emily erschauern.

Adam war ganz offensichtlich genauso erschüttert von der ganzen Angelegenheit. „Das ist ein Albtraum. Ich hätte nicht genau sagen können, was ich erwartet habe, aber ich hatte gehofft, wir könnten mit Livvy reden. Jetzt weiß ich nicht, was wir tun sollen. Livvy scheint entschlossen, dich zu verjagen."

Zerknirscht fiel Emily auf, dass Adam nicht mehr versuchte, mit vernünftigen Erklärungen für die Ereignisse aufzuwarten, genau wie sie schien auch er jetzt echte Angst zu haben.

„Soll sie es ruhig versuchen." Sie drückte ihm einen festen Kuss auf die Lippen. „Aber da hast du Pech, so leicht wirst du mich nicht los."

„Mach keine Witze darüber." Adam erwiderte den Kuss leidenschaftlich … was Emily jäh klarmachte, dass sie lebendig war – im Gegensatz zu Livvy. Und Adam hatte sie gewählt und nicht Livvy. Sie würde den Teufel tun und sich von einem eifersüchtigen Gespenst vertreiben lassen.

„Komm schon, die Nacht ist noch jung. Joe ist ausgegangen, Weihnachten steht vor der Tür … lass uns etwas unternehmen", schlug Emily vor. „Gehen wir auf einen Drink in den Pub."

Livvy

Aha. Emily bettelt also um die harte Tour, was? Ich weiß, dass ich nur noch hier bin, um Adam und Joe zurückzubekommen. Der Fehdehandschuh ist also geworfen. Ich werde Emily eine Lektion erteilen müssen, bevor ich irgendwelche anderen Schritte unternehme. Jetzt geht es um Adam, und ich bin fest entschlossen, diese Schlacht zu gewinnen. Und was das Nichts-Zustoßen angeht ... Emily ist scheinbar naiver, als ich angenommen hatte. Hätte ich echte Finger, so hätte ich keine Hemmungen, sie ihr um den dürren Hals zu legen und zuzudrücken. Nun, das wäre vielleicht eine etwas brachiale Aktion, aber ich kann mir vorstellen, dass es bestimmt sehr befreiend wäre. Allein bei dem Gedanken geht es mir besser.

Ich folge Adam und Emily zum Pub, achte dabei aber auf genügend Abstand. Graupelschauer fallen vom Himmel, ein kalter Wind fegt über die Straßen, und die beiden kuscheln sich eng aneinander, um sich warm zu halten. Es macht mich so wütend, wenn ich sie zusammen sehe. Ich bin entschlossener denn je, sie auseinanderzubringen, und frage mich, wie mein nächster Schritt auszusehen hat. Vielleicht sollte ich ständig um die beiden herum bleiben. Wenn Emily erst klar wird, dass sie niemals Ruhe vor mir bekommt, vielleicht tut sie dann das Richtige und geht.

Vielleicht.

Ich glaube, Malachi irgendwo dahinten gesehen zu haben, aber ich brauche jetzt wirklich keine Standpauke wegen meines Benehmens, deshalb schließe ich zu Adam und Emily auf, die jetzt vor dem „Fox and Grapes" stehen. Das war früher immer unser Lieblings-Pub. Bitte, bring sie da nicht hin, denke ich noch. Kannst du nicht etwas anderes finden?

„Oh, sieh nur, heute spielt eine Live-Band", höre ich Emily ausrufen. „Komm, das wird bestimmt gut."

„Alles ist gut, wenn es als Ablenkung dient", erwidert Adam.

Ich habe den Eindruck, dass er nicht so erpicht darauf ist wie Emily, vorzugeben, es wäre alles in bester Ordnung. Gut. Vielleicht kann ich da ansetzen. Auch die kleinste Meinungsverschiedenheit zwischen den beiden wird mir in die Hände spielen.

Ich gehe zusammen mit ihnen in den Pub hinein, der so voll ist, dass er aus allen Nähten platzt. Die Leute hier sind alle fest entschlossen, sich so gut, wie es nur geht, zu amüsieren, schließlich ist es die Vorweihnachtszeit. Die Band ist wirklich gut, vor allem der Gitarrist, sie spielen Coverversionen von Songs, die ich alle mag, bieten einen abwechslungsreichen Mix aus Blues, Rock und Weihnachtshits. Für eine Weile erlaube ich es mir, mich in der Musik zu verlieren und einfach nur zuzuhören. Adam und Emily vergesse ich für einen Moment, erinnere mich stattdessen an die glückliche Zeit mit Adam, als wir beide noch jünger waren. Sonntags sind wir zum Brunch hergekommen, Joe haben wir im Kinderwagen mitgenommen. Das war, bevor wir wussten, dass etwas mit ihm nicht stimmt. Wir waren so glücklich und so verliebt ... Ich kann nicht fassen, wie das alles einfach verblasst ist, verschüttet von den Problemen, mit denen wir über die Jahre immer wieder zu kämpfen hatten. Ich muss Adam die von Anfang an zwischen uns bestehende starke Anziehungskraft in Erinnerung rufen, die Gründe, weshalb wir uns ineinander verliebt haben. Dann wird alles wieder in Ordnung kommen.

Ich fühle mich eigentlich richtig wohl, bis die Band *Fairytale of New York* spielt und Adam und Emily auf die Tanzfläche gehen.

Neiiin! Wie kann er nur? Erinnert er sich denn an überhaupt nichts mehr? Das war unser Weihnachtssong. Oh nein, das werde ich nicht zulassen!

Adam

Ich bin selbst überrascht, wie prächtig Emily und ich uns amüsieren. Es tut gut, für einen Moment einfach zu vergessen, dass meine tote Ehefrau zu Hause bei mir spukt. Ich denke daran, dass bald Weihnachten ist und ich mit Emily zusammen bin, die ich wirklich sehr liebe. Ich glaube, ich habe mich schon in sie verliebt, als sie damals in das Café kam und so nett zu Joe war. Doch, Emily ist ein ganz besonderer Mensch. Sie sieht nicht nur gut aus, sie ist auch warmherzig und fröhlich und süß. Es hat nicht lange gedauert, bis ich bis über beide Ohren drinsteckte. Erst habe ich versucht, es zu ignorieren, habe mich zu überzeugen versucht, dass es nicht passiert. Schließlich bin ich kein Ehebrecher. Aber dann, eines Tages, in einer besonders schlimmen Phase mit Livvy, bin ich freitagabends allein in den Pub gegangen. Emily war eigentlich mit ihrer Freundin Lucy verabredet gewesen, aber im letzten Augenblick hatte Lucy wohl abgesagt, weil eines ihrer Kinder krank geworden war. Somit saß Emily ebenfalls allein in dem Pub. Wir kamen ins Gespräch, und bevor der Abend zu Ende war, hatte ich ihr mein Herz ausgeschüttet. Emily hörte zu, ohne ein Urteil zu fällen, und dafür liebte ich sie noch ein bisschen mehr. Als es Zeit wurde zu gehen, verabschiedete ich mich von ihr mit einem Kuss auf die Wange. Und plötzlich riss mich ein Gefühl mit, über das ich keine Kontrolle hatte. Aus dem freundschaftlichen Küsschen wurde plötzlich ein inniger Kuss, angefüllt mit einer Leidenschaft, von der ich längst vergessen hatte, dass ich dazu fähig war. Nur wurde diese Leidenschaft auch von Schuldgefühl und Verlegenheit begleitet, übrigens auch von Emilys Seite. Wir beide versicherten uns gegenseitig, dass das nie wieder vorkommen würde. Und der Himmel ist unser Zeuge, wir haben uns wirklich alle Mühe gegeben, um der Versuchung zu widerstehen, aber wir konnten einander nicht fernbleiben. Mein Leben zu Hause war so trübe und erdrückend, dass ich mich verzweifelt nach dem

Scheibchen Glück sehnte, das Emily mir gab. Das sie mir noch immer gibt.

Ehrlich gesagt, ich bin gut angeheitert, als die Band zu *Fairytale of New York* aufspielt, und so schnappe ich mir Emily und ziehe sie auf die Tanzfläche – was höchst ungewöhnlich für mich ist. Livvy hat sich stets darüber beschwert, dass man mir erst Feuer unter dem Hintern machen müsse, bevor ich mich zu einem Tanz aufraffe.

Emily schmettert lauthals mit, genau wie auch der Rest der Gäste hier im Pub. Es herrscht ausgelassene Feierstimmung, genau wie es so kurz vor dem Weihnachtsfest sein sollte. Ich entspanne mich langsam, der Stress der letzten Tage fällt mehr und mehr von mir ab …

Und dann passiert es.

Ein lauter Knall, ein gleißender Blitz … und die Lichter am geschmückten Weihnachtsbaum gehen aus, dann erlöschen der Reihe nach im ganzen Pub alle Lampen, eine nach der anderen. Die Band hört auf zu spielen, die elektrische Gitarre gibt einen Zischlaut von sich, als die Sicherung durchbrennt, und jäh wird es kalt im Raum.

Protestrufe werden laut, Unruhe entsteht unter den Gästen, der Barmann jedoch ruft: „Keine Panik! Ich schalte die Sicherungen sofort wieder ein."

Er verschwindet im Keller, wo wohl der Sicherungskasten hängt, Emily und ich jedoch schauen uns besorgt an. Oh nein … Ich drücke ihre Finger und bemühe mich, die düsteren Gedanken in Schach zu halten. Der Barmann kommt zurück mit einer ganzen Batterie von Teelichtern. „Die Sicherungen sind alle in Ordnung, an uns liegt's also nicht", meint er verwirrt. Ich jedoch weiß genau, was los ist. Das ist Livvy. Das muss sie sein.

Mit dem Kerzenlicht entsteht sofort eine weichere Stimmung, die Band spielt wieder auf. Der Gitarrist ist auf seine Akustikgitarre umgestiegen. Sie spielen jetzt eher traditionelle

Folkmusik, was bestens zur Atmosphäre passt, und die Gäste entspannen sich wieder, begrüßen das geänderte Tempo sogar.

Die Band ist mit dem Corrs-Song halb durch, als die Tür des Notausgangs an der hinteren Seite des Pubs auffliegt und der hereinfahrende Wind alle Kerzen ausbläst. Das Ganze wiederholt sich mehrere Male, bis der Barmann schließlich aufgibt und Taschenlampen holt. Das Publikum beschwert sich, mehrere Leute stehen auf, um zu gehen.

Um seine Gäste zu halten, ruft der Barmann: „Die Drinks gehen aufs Haus, bis wir wieder Strom haben!" Er erreicht damit sein Ziel: Die Leute stürmen zur Theke, um ihre Bestellungen aufzugeben, die, die gehen wollten, setzen sich wieder.

Emily und ich wissen jedoch, was hier abläuft.

„Livvy ist wirklich unmöglich", murmelt sie. „Was bezweckt sie damit?", und dann – autsch! – fällt sie direkt gegen mich.

„Sie hat mich gestoßen!", entrüstet sie sich. „Livvy hat mich gestoßen!"

Nervös blicke ich mich um, frage mich, wo Livvy sein könnte. Ich wünschte, ich könnte sie sehen. „Livvy, wenn das du bist, dann ... lass uns in Ruhe, ja? Wir wollen einfach nur einen gemütlichen Abend genießen."

Das Feuer im offenen Kamin lodert auf, und von Emily kommen ein gepeinigter kleiner Aufschrei und ein empörtes „Sie hat mich doch tatsächlich gekniffen! Also ... so langsam reicht's mir aber!" Dann flammen die Lampen wieder auf, und die Band beginnt erneut zu spielen.

„Was, um alles in der Welt, sollen wir jetzt mit ihr anfangen?", frage ich ratlos.

15. KAPITEL

Eine Woche bis Weihnachten

Adam

Ich überlege mir gerade, was ich wohl mit dem freien Sonntag anfangen soll, als Felicity anruft und mich daran erinnert, dass ich zugesagt hatte, zusammen mit Joe zur Messe zu kommen, weil heute der Kirchenchor auftritt, in dem sie auch mitsingt. Das ist nicht unbedingt mein Ding, aber Livvy ist auch immer mit Joe hingegangen, und Joe gefällt es. Da Livvy nicht mehr hier ist, liegt es also jetzt bei mir. Es ist schwer, Vater und Mutter zugleich zu sein. Aber ich tue mein Bestes, um beide Rollen auszufüllen.

Joe und ich kommen rechtzeitig bei der Kirche an. St. Mary ist eine große viktorianische Kirche und liegt versteckt in einer dunklen Seitenstraße mit dem Friedhof gleich nebenan. Früher bin ich sogar gerne durch die Gräberreihen spaziert und habe mir überlegt, welches Leben die dort Begrabenen wohl geführt haben mögen.

Die Glocken beginnen zu läuten, neben dem Kirchenportal steht eine große Tanne mit unzähligen Weihnachtslichtern – was meine Stimmung hebt. Das Licht, das aus der Kirche scheint, vertreibt alle düsteren Gedanken.

Pater Matthew steht in seinem Chorhemd vor dem Portal und begrüßt die Mitglieder seiner Gemeinde mit seiner gutmütigen, freundlichen Art. Ich erinnere mich an ihn von Livvys Beerdigung, obwohl ich ihn nicht sehr gut kenne. Im vergangenen Jahr war er wirklich sehr nett zu uns. Überhaupt ist der Grad, wie nett und mitfühlend Menschen sind, zu der Messlatte geworden, an die ich die Leute halte. So viele von ihnen waren verlegen und wussten nicht, was sie sagen sollten, und es gab auch genügend andere, die nicht einmal eine Beileidskarte geschickt haben. Mit vielen aus der Gemeinde ist der Kontakt im Lauf des letzten Jahres abgebrochen. In schwierigen Zeiten stellt sich eben sehr schnell heraus, wer ein Freund ist und wer nicht.

„Adam, Joe." Pater Matthew schüttelt begeistert meine Hand. „Wie schön, euch beide hier zu sehen."

Fast tut er mir leid. Glaubt er tatsächlich, sein herzliches Willkommen würde uns wieder in den Schoß der Kirche zurückholen? Er weiß, dass ich überzeugter Atheist bin, ich glaube nicht an den ganzen fantastischen Unsinn vom Leben nach dem Tod. Das habe ich ihn letztes Jahr unmissverständlich wissen lassen. Aber der gute Mann versucht es eben. Und ich werde mich hüten, ihn wissen zu lassen, dass ich meine Meinung, was ein Leben nach dem Tod angeht, gerade erst kürzlich habe revidieren müssen.

Auf Joes Vorschlag hin gehen wir bis zu den vorderen Reihen – „Damit wir Granny auch gut sehen können" – und setzen uns in die Bank. „Lass Platz für Mum", fügt er noch hinzu.

„Was meinst du damit?" Oh bitte, nicht hier auch noch, ist alles, was ich denken kann. Joe weiß nicht, dass Zandra für eine Seance zu uns gekommen ist, auch nicht, dass wir in ihrer Vorstellung waren. Ich wüsste gar nicht, wie ich es formulieren sollte, um es ihm begreiflich zu machen.

„Mum wird auch kommen", sagt Joe mit einem kleinen Lächeln. „Sie kommt immer. Sie mag Weihnachtslieder."

Ich bezweifle eigentlich, dass Geister, die es bisher nicht geschafft haben, auf die andere Seite zu gelangen, überhaupt in Kirchen auftauchen können – vermutlich hat das etwas mit geheiligtem Boden oder so ähnlich zu tun –, aber ich lasse Joes Bemerkung ohne Erwiderung vorbeiziehen. Wenn Joe mit der Vorstellung, Livvy sei hier, glücklich ist ... wie könnte ich ihn da enttäuschen? Und selbst wenn sie es tatsächlich auf Emily abgesehen haben sollte ... Joe würde Livvy niemals verletzen oder erschrecken, da bin ich mir hundertprozentig sicher.

Dieser Gedankengang verflüchtigt sich, als die Messe beginnt. Für jemanden, der nicht gläubig ist, kann so eine Messe eine Qual sein. Endlos lang ist die Bibellesung, wie der Erzengel Gabriel der Jungfrau Maria erscheint bis hin zu den Heiligen Drei Königen, die dem Messias in der Krippe ihre Gaben darbringen. Die Qualität der sich abwechselnden Lektoren ist sehr unterschiedlich, aber die Frau, die die Passage über die Geburt des Jesuskindes liest, hat eine so schöne Stimme, dass mir ein Kloß in der Kehle sitzt. Selbst für einen Ungläubigen wie mich hat die Geschichte, wie Maria ein Kind in einem Stall zur Welt bringt, etwas Anrührendes. Bei dem älteren Herrn jedoch, der den Teil mit den Hirten übernommen hat, schlafe ich fast ein, während ich mir bei der Frau, die theatralisch davon liest, wie Maria und Josef verzweifelt eine Herberge suchen, das Grinsen verkneifen muss. Aber die Weihnachtslieder, die der Chor singt, sind wirklich schön, und Joe singt mit solch großer Begeisterung mit (wenn auch ziemlich falsch), dass sich automatisch ein bisschen Weihnachtsstimmung in mir breitmacht.

Als die ganze Gemeinde aufsteht, um *Stille Nacht* zu singen, sagt Joe leise: „Hi, Mum", und plötzlich habe ich das Gefühl, als stünde Livvy direkt neben mir. Die Härchen in meinem Nacken richten sich auf. Ist sie wirklich hier? Es ist seltsam, aber ich meine tatsächlich, sie würde sich an mich lehnen. Sie ist nicht zornig, sondern ganz ruhig und zufrieden. Ich verspüre Trost … einen Moment lang fühlt es sich an, als wären wir wieder eine Familie, zusammen an Weihnachten, so, wie es sein sollte. So, wie wir es vor vielen Jahren waren. Urplötzlich überkommt mich unermesslicher Kummer. Als *Stille Nacht* ausklingt, stelle ich fest, dass mir die Tränen übers Gesicht laufen. Ich weine um den Verlust und um die Liebe und um all die Dinge, die wir nicht mehr zurückhaben können.

„Oh Livvy, es tut mir so leid", flüstere ich.

Livvy

Ich war mir nicht sicher, ob ich überhaupt in die Kirche hineinkommen würde. Ich hatte erwartet, an der Tür irgendwie aufgehalten zu werden. Doch während ich mit der Menge der sonntäglichen Kirchgänger durch die große Tür gehe, sehe ich nicht nur Pater Matthew dort stehen, sondern auch einen zweiten, greisen Vikar in einer altmodischen Soutane gleich neben ihm. Der Gute ist genauso tot wie ich.

„Willkommen, willkommen, mein Kind", grüßt er freundlich.

„Sie meinen, ich darf rein?", frage ich zweifelnd.

Natürlich will ich in die Kirche hinein, aber ich hatte eher damit gerechnet, dass mir der Eintritt verwehrt werden würde. Gibt es denn nicht irgendeine Regel oder so? Joe und ich sind früher immer zusammen hergekommen, um Mum singen zu hören. Ich liebe Weihnachtslieder, und ich möchte den beiden nahe sein.

„Aber natürlich darfst du hinein", sagt der Vikar. „Es ist doch das Haus Gottes. Hier ist jeder willkommen. Siehst du?" Er zeigt auf eine Gruppe Geister, die sich im hinteren Teil der Kirche zusammengeschart haben. Schön zu wissen, dass ich nicht die Einzige bin.

„Aber hier wird kein Ärger gemacht, verstanden?", schickt er mir nach, als ich die Kirche betrete.

Das hatte ich gar nicht vor. Es ist weder der richtige Ort noch die richtige Gelegenheit. Außerdem habe ich Adam und Joe erblickt – ohne Emily. Perfekt. Und Mum kommt gerade mit dem gesamten Chor in der Tracht durch den Mittelgang. Ich fühle einen Stich. Mum hat sich nach Dads Tod richtig gut gehalten, hat sich ein eigenes Leben aufgebaut. Ich habe ihr nie gesagt, wie sehr ich sie dafür bewundere, wie stolz ich auf sie bin. Erst jetzt, da ich nicht mehr lebe, erkenne ich, dass ich sie immer als selbstverständlich angesehen habe. Wieso habe ich das getan? Weil sie im Hintergrund immer da war, weil sie immer anstandslos geholfen hat? Ich habe nicht nur mein Leben verloren, sondern auch die Menschen, die dazugehört haben. Ich bin traurig und fühle mich einsam, wie jemand, der nur von draußen hineinschauen kann.

Bevor ich mich zu Adam und Joe setze, stelle ich mich noch eine Zeit lang neben Mum. Ich weiß nicht, ob sie meine Anwesenheit spürt, mir spendet es auf jeden Fall enormen Trost, ihr so nahe zu sein. Jetzt singen sie *Once in Royal David's City*. Dieses Lied habe ich immer geliebt. Tiefer Frieden strömt in mich, während ich Mum zuhöre. Ich sage ihr, wie schön ihre Stimme klingt.

Dann sehe ich zu Adam und Joe hinüber. Die beiden bedeuten mir alles, ich muss bei ihnen sein. Also gehe ich zu ihnen und setze mich dazu, denn da gehöre ich hin.

Ich weiß, dass Joe mich spüren kann. Er grinst leicht und sagt: „Hi, Mum."

Bei Adam bin ich mir da nicht so sicher. Ich lehne mich an ihn, lege meinen Kopf an seine Schulter. Er merkt es wahrscheinlich gar nicht, aber er strahlt eine solche Wärme und Zärtlichkeit aus, und seine Nähe tröstet mich. Und als ich ihn dann flüstern höre: „Oh Livvy, es tut mir so leid", da weiß ich, dass auch er meine Anwesenheit fühlt.

Das hier war mein Leben, und das sollte es immer noch sein. Ich ertrage den Gedanken nicht, dass Emily meinen Platz einnimmt …

Abrupt setze ich mich auf. Das werde ich verdammt noch mal nicht zulassen. Mit dieser dummen Glühbirne hatte ich sie wirklich nicht verletzen wollen. Aber vielleicht kann ich ihr solche Angst einjagen, dass sie zu der Überzeugung gelangt, ich *würde* ihr etwas antun wollen.

Emily

Emily saß in ihrer Wohnung und packte Weihnachtsgeschenke ein. Sie hatte sich ein Glas Wein eingeschenkt und hörte schmalzige Weihnachtsmusik. Im Moment telefonierte sie mit ihrem Dad, der gerade von einer kleinen Weinprobe mit Portwein und Käse aus seinem Stamm-Pub zurückgekommen war.

„Ich habe einen ganz großartigen Abend verbracht, Emily." Der arme Kerl hatte doch tatsächlich Schluckauf. „Und rate mal, wer mich demnächst zum Dinner zu sich eingeladen hat?"

„Keine Ahnung." Emily lachte. „Es soll ja genügend verrückte Frauen auf der Welt geben."

„Sherry Matthews", trumpfte ihr Dad auf. „Und nein, sie ist keineswegs verrückt, im Gegenteil. Sie ist sogar richtig nett."

„Verschone mich mit den Details über deine neueste Eroberung, Dad." Das Telefon zwischen Kinn und Schulter geklemmt, kämpfte Emily mit dem Tesafilm.

„Natürlich ist sie nicht so hübsch wie die göttliche Felicity", fuhr er ungerührt fort. „Du richtest ihr doch bitte meine besten Grüße aus, ja?"

„Die Frau spielt weit außerhalb deiner Liga, Dad. Außerdem bin ich überzeugt, dass sie dich längst durchschaut hat."

„Ach, ein Mann darf doch noch träumen, oder?", seufzte ihr Dad theatralisch, dann wurde sein Ton ernster. „Und wie sieht es bei euch aus? Noch irgendwelche seltsamen Vorkommnisse?"

Emily hatte ihrem Vater nur eine knappe, zudem redigierte Version von allem erzählt, teils, weil sie ihn nicht aufregen wollte, teils, weil er sie nicht für verrückt halten sollte. Erstaunlicherweise schien ihr Dad die Idee, dass seine Tochter von der toten Ehefrau ihres Freundes heimgesucht wird, gar nicht so abwegig zu finden.

„Es gibt mehr Dinge zwischen Himmel und Erde, als der Mensch ahnt", hatte er weise gesagt. Emily hätte nie vermutet, dass ihr pragmatischer Dad eine philosophische Ader besaß, aber er hatte ihr gestanden, dass er nach Mums Tod seine Meinung geändert hatte.

„Weißt du, es war gerade so, als würde sie versuchen, sich bemerkbar zu machen", hatte er seiner Tochter erzählt. „Manchmal ging ich ins Schlafzimmer, und plötzlich hing der Duft ihres Lieblingsparfüms in der Luft. Oder … genau an ihrem Geburtstag öffnete sich die erste Rosenknospe. Als wollte sie mir auf diese Art mitteilen, dass mit ihr alles in Ordnung ist. Und deshalb denke ich inzwischen eher, wer kann schon sagen, was alles möglich ist? Ich auf jeden Fall nicht." Jetzt sagte er: „Ich hoffe, dass nicht noch mehr Ungewöhnliches passiert ist."

Emily wünschte, er wäre jetzt hier, dann könnte sie die Arme um ihn schlingen. Es half zu wissen, dass sie mit jemandem außer Adam darüber reden konnte. Sie hatte es gar nicht erst gewagt, Lucy davon zu erzählen. Sicher, sie waren beste Freundinnen, aber Lucy würde entweder nur schallend lachen oder ihr raten, einen Termin beim Psychiater zu vereinbaren.

„Keine Angst, Dad, es gibt keinen Grund, sich Sorgen zu machen, ehrlich nicht." Ganz bewusst verschwieg sie ihm die Episode in dem Pub letztens, um ihn nicht aufzuregen. „Ich rufe dich vor Weihnachten noch mal an … Das heißt, falls ich überhaupt das Glück habe, dich zu erwischen."

„Hab dich lieb, Kleines", verabschiedete sich ihr Dad und unterbrach die Verbindung, und damit war Emily wieder allein mit den Bergen von Geschenken.

Es war entspannend und erholsam, auch mal einen Tag nicht in Adams Haus zu verbringen. Er hatte sie eingeladen, mit ihm und Joe zur Messe zu gehen, in der der Chor heute Weihnachtslieder vortrug, aber sie hatte sich entschuldigt. Das war etwas, dass die beiden allein tun sollen. Auf keinen Fall sollte Joe denken, sie würde sich mit aller Macht an Livvys Platz drängen wollen.

Die letzten Tage waren, gelinde gesagt, wirklich intensiv gewesen, und deshalb genoss Emily es, hier allein in aller Ruhe zu sitzen, Geschenke einzupacken und zwischendurch lauthals eines der Lieder mitzusingen. Es war warm und gemütlich in ihrer Wohnung, und still fragte sie sich, ob sie überhaupt schon bereit war, ihr hübsches Apartment aufzugeben. Selbst ohne den ganzen Humbug mit Livvy hätte sie Bedenken gehabt. Nachdem Graham sie hatte fallen lassen wie eine heiße Kartoffel, hatte sie hart gekämpft, um wieder auf die Füße zu kommen und ihre Unabhängigkeit zurückzugewinnen. Es war die pure Hölle gewesen, das gemeinsame Haus im Norden Londons zu verkaufen und dann allein eine Hypothek für diese Wohnung hier zu erhalten. Emily fühlte sich wohl hier, das Leben, in dem sie nur die Verantwortung für sich allein trug, gefiel ihr. Wollte sie wirklich ihre neu gewonnene Freiheit aufgeben und gleich noch einen Stiefsohn bekommen? Selbst wenn es für Adam war? Vielleicht sollten sie noch eine Weile warten ...

Sie verpackte gerade sorgfältig Felicitys Weihnachtsgeschenk – einen wunderschönen Gartenkorb und eine Rosenschere. Von Adam wusste Emily, dass Felicity ihre Rosen über alles liebte –, als ein lauter Knall ertönte. Vor Schreck blieb Emily fast das Herz stehen. Sie ging in den Flur und sah, dass die Wohnungstür aufgeflogen war. Hatte sie die denn nicht richtig verschlossen?

Oh nein. Livvy würde es doch wohl nicht wagen hierherzukommen, oder? Jähe Wut flammte in Emily auf. Was diese Frau sich erlaubte! Jetzt drängte sie sich also tatsächlich in Emilys persönliches Refugium?

Der nächste Knall ertönte – diesmal aus dem Bad. Emily hörte Wasserrauschen. Erst verschloss sie sorgfältig die Wohnungstür, dann rannte sie ins Badezimmer und drehte die Wasserhähne wieder zu. Der Spiegel über dem Waschbecken war beschlagen, und voller Entsetzen verfolgte sie mit, wie sich

Worte auf dem Glas bildeten. Livvy schickte ihr eine Nachricht.

Lass ihn in Ruhe, er gehört mir.

„Oh, werd endlich erwachsen, Livvy", zischelte Emily verärgert. „Er kann nicht dir gehören. Du bist tot, schon vergessen?"

Hinter ihr schlug die Tür ins Schloss und ließ sie zusammenzucken. Noch während sie die Nachricht vom Spiegel wischte, kam das nächste Poltern aus ihrem Schlafzimmer. Sie rannte sofort hinüber, und dieses Mal stand eine Nachricht mit Lippenstift auf den Spiegel geschrieben.

Such dir deinen eigenen Kerl!

Emilys Zorn wandelte sich rasant in Angst. Was hatte Livvy vor? Was wollte sie?

Jetzt wurden Zettel von dem Notizblock, den sie neben dem Telefon aufbewahrte, abgerissen und flatterten durch die Luft.

Lass ... ihn ... in ... Ruhe.

Emily sammelte die Zettel vom Boden auf und warf sie zerknüllt in den Papierkorb. „Du machst mir keine Angst, Livvy!", sagte sie mit einer Zuversicht, die sie keineswegs verspürte, und sie meinte, Livvys Antwort in ihrem Kopf zu hören: „Ach ja?" Denn in Wahrheit fürchtete Emily sich halb zu Tode. Sie war allein in ihrer Wohnung mit einem sehr, sehr wütenden Geist, aber sie konnte ja wohl kaum die Polizei rufen.

Und dann fand sie noch eine weitere Nachricht auf dem Spiegel im Wohnzimmer.

Ich gehe nicht eher, als bis du verschwunden bist.

Bebend vor Angst ließ Emily sich auf das Sofa sinken.

Oh Gott. Livvy würde sie nicht in Frieden lassen. Was plante sie sonst noch alles?

Joes Notizheft

Wir sind mit Granny in die Kirche gegangen.
Ich höre gerne Weihnachtslieder.
Mum mag die Weihnachtslieder auch.
Deshalb ist sie zu uns in die Kirche gekommen.
Und dort saßen wir dann alle zusammen, Mum, Dad und ich.
Ich glaube, sogar Dad hat dieses Mal gemerkt, dass sie da ist.
Und Granny vielleicht auch.
Das hoffe ich.
Granny ist oft traurig wegen Mum.
Ich will nicht, dass Granny traurig ist.
Vielleicht können die Weihnachtslieder sie heute ja aufmuntern.
Ich weiß, Mum haben sie immer froh gemacht.
Und das ist gut.

DIE WEIHNACHT DER GEGENWART

Livvy

„Das war sowohl niederträchtig als auch unnötig", faucht Malachi mich von unter einem Busch vor Emilys Apartmenthaus hervor an. Sein Fell ist aufgestellt, er hat einen richtig dicken Katzenbuckel. Oh, oh, ich glaube, dieses Mal ist er wirklich wütend auf mich.

„Also, ich bin sogar stolz auf mich", gebe ich trotzig zurück. „Das war ein Riesenspaß."

„Emily halb zu Tode zu erschrecken ist ein Spaß?", knurrt er ungnädig. „Für solchen Unfug bist du nicht hier, das ist nicht das, was du zu erledigen hast."

„Mir ist ziemlich schnuppe, was ich deiner Meinung nach zu erledigen habe", erwidere ich. Mir reicht es mit seiner ewigen Nörgelei. „Ich will, dass Emily aus Adams Leben verschwindet, und ich lasse mich da von dir nicht aufhalten."

„Also gut, du wolltest es nicht anders", meint er. „Hier, sieh dir an, wie großartig das Leben ist, das du so unbedingt zurückhaben willst. Viel Spaß dabei." Und damit stolziert er hoheitsvoll in die Nacht.

Ich bin wieder zurück in dem, was Malachis Ansicht nach die Gegenwart ist, die mit meiner Vorstellung davon allerdings nicht viel zu tun hat. Der Wagen fährt vor unserem Haus vor. Es müssen wohl einige Monate vergangen sein, es ist ein kalter Apriltag, ein schneidender Wind weht. Ich will aus dem Wagen aussteigen, doch Adam hält mich zurück.

„Immer schön langsam. Ich weiß, du freust dich, wieder zu Hause zu sein, aber noch kannst du das nicht allein."

Ich mühe mir ein Lachen ab, aber eigentlich bin ich nur verwirrt. Was geht hier vor? Ich muss wohl lange im Krankenhaus gelegen haben … Mit Entsetzen sehe ich, wie Adam einen Rollstuhl aus dem Kofferraum holt und ihn bis vor die Beifahrertür bringt.

„Ich setze mich nicht darein", sage ich tonlos.

„Livvy." Adam klingt so geduldig. „Du musst es akzeptieren. Im Moment brauchst du den noch. Bitte, mach jetzt keine Szene."

Er sieht richtig verzweifelt aus, erst jetzt fallen mir auch die dunklen Ringe unter seinen Augen auf. Ich benehme mich wirklich unmöglich. Es ist ja nicht seine Schuld. Aber … ich im Rollstuhl? Soll das etwa für immer sein?

Trotzdem lasse ich mir von Adam in den Stuhl helfen, ohne ein weiteres Wort zu verlieren, und er schiebt mich die Rampe zur Haustür hinauf. Diese Rampe … die ist neu. Über der Tür hängt ein Banner. *Willkommen zu Hause, Mum.* Joe hat es gebastelt.

„Gefällt es dir, Mum?", fragt er mich. – Ich lächle und sage: „Es ist ganz großartig. Natürlich gefällt es mir."

Adams Nervosität ist nahezu greifbar, als er mich durchs Haus rollt und mir all die Änderungen zeigt. Vermutlich wartet er angespannt auf meine Reaktion. Überall an den Wänden sind Geländer angebracht, und die Abstellkammer im Erdgeschoss ist zu einer Nasszelle umgebaut worden. Vor Wut explodiere ich fast. Da habe ich diesen Unfall überlebt, nur um im Rollstuhl zu enden? So kann das nicht ausgehen! Ich will mir so unbedingt Luft machen, will alles herausschreien, was mir durch den Kopf schwirrt, doch ein Blick auf Adams Gesicht hält mich zurück. Mein Herz blutet für ihn. Er gibt sich solche Mühe. Alle geben sich solche Mühe.

„Ist ja nicht für immer", meint meine Mum mit diesem gekünstelt munteren Lächeln und vorgetäuschtem Optimismus. „Wirst schon sehen, in null Komma nichts bist du wieder auf den Beinen."

Selbst Adams Eltern sind hier, gehören mit zum Willkommenskomitee. Sie sind so nett zu mir ... das macht mir am meisten Angst.

Joe ist der Einzige, der absolut ehrlich ist.

„Wirst du denn überhaupt wieder laufen können?", fragt er mich, als Adam mich ins Wohnzimmer schiebt. Mit Ohs und Ahs bestaune ich die vielen Grußkarten und Blumen und den Kuchen, den Mum gebacken hat. Sie alle haben solche Anstrengungen unternommen. Es ist mies von mir, so undankbar zu sein.

„Joe!", rügt Adam den Jungen streng. „Natürlich wird Mum wieder laufen können."

Ich funkle Adam böse an. Den Jungen anzulügen bringt uns auch nicht weiter. „Ich weiß es nicht, Kleiner", sage ich zu Joe. „Es wird sich erst mit der Zeit zeigen, ob und wie weit mein Zustand sich verbessern kann."

„Livvy!"

Jetzt habe ich Adam schockiert. Offensichtlich wird von mir erwartet, dass ich gute Miene zum bösen Spiel mache und positiv denke, aber das kann ich nicht. Nicht, wo ich gerade im Rollstuhl nach Hause gekommen bin, in ein Haus, das für Behinderte umgebaut worden ist.

„Das ist nicht die richtige Einstellung, junge Dame", schaltet sich jetzt auch Mary ein. „Du hast Glück, wieder hier zu sein. Es hätte auch ganz anders ausgehen können." Na bravo. Jetzt wird also die gute Mary, gesund und im Vollbesitz all ihrer Kräfte und nicht an den Rollstuhl gefesselt, auch noch ihren Sermon abgeben, wie froh und dankbar ich doch für alles sein muss. Es wird bestimmt lustig, sich das anzuhören ...

Glücklicherweise schiebt Adam dem einen Riegel vor. „Mum hat schon recht", sagt er. „Wärst du nur Zentimeter höher aufgeschlagen, dann wärst du jetzt nicht mehr hier. Ein unerträglicher Gedanke."

Um seinetwillen, nicht wegen Mary, sage ich: „Ich weiß, ich weiß, ich habe Glück gehabt. Ich bin einfach nur überwältigt, das ist alles." Ich drücke seine Hand und gebe mein Bestes, ein frohes Lächeln aufzusetzen. Doch während ich mich in meinem Zuhause umsehe, im Kreise meiner liebenden und besorgten Familie, kann ich nicht wirklich behaupten, besonders glücklich zu sein ...

Und genau in dem Moment, als ich das denke, bin ich wieder zurück an Malachis Seite ... erschüttert bis ins Mark.

16. KAPITEL

Sechs Tage bis Weihnachten

Emily

Emily packte ihre Sachen zusammen und beeilte sich, zu Adams Haus zu kommen. Keine Minute länger würde sie allein hier in ihrer Wohnung bleiben. Aber … was, wenn Livvy schon bei Adam auf sie wartete? Ihr grauste davor, aber das war immer noch besser, als allein zu sein.

Adam war vom Gottesdienst zurück, und da Joe zu Caroline gegangen war, konnte Emily offen alle Details berichten, ohne Angst haben zu müssen, dass Joe etwas davon mitbekam. Sie war so fahrig und aufgewühlt, dass ihr die Worte kaum über die Lippen wollten.

„Adam, sie hasst mich. Sie will mich loswerden. Ich halte das nicht mehr aus. Wir müssen etwas unternehmen."

Adam hielt Emily fest an sich gedrückt. „Es tut mir so leid … so unendlich leid, dass dir das alles passiert. Dass Livvy dir das antut. Ich sollte es sein, den sie bestraft, nicht du."

„Du kannst doch nichts dafür." Bebend rang Emily sich ein schwaches Lächeln ab. „Schließlich hast du nicht um eine psychopathische tote Ehefrau gebeten."

„Das wird immer schlimmer." Nachdenklich starrte er vor sich hin, dann ging er in die Küche, zog eine Schublade auf und wühlte darin.

„Wonach suchst du denn?" Emily runzelte die Stirn.

„Warte … ah ja, hier ist es. Zandra hat mir diese Karte gegeben … falls wir das brauchen sollten. Ich denke, inzwischen ist es tatsächlich so weit gekommen, dass wir es brauchen." Er reichte Emily die Visitenkarte, und sie las.

Pater Dave, Spezialist für Exorzismen
Suchen Geister Sie heim? Spukt es bei Ihnen im Haus?
Finden Sie tatkräftigen Rat bei Pater Dave, Ihrem Exor-
zismusexperten.

„Was hältst du davon?", fragte Adam. „Vielleicht ist es ja einen Versuch wert."

„Wäre das nicht ein bisschen übertrieben? Rachsüchtig?" Obwohl ... sollte es funktionieren, dann wäre ihr Problem wohl gelöst.

„So kann es nicht weitergehen", meinte Adam. „Sieh dich doch nur an, du bist ja ein nervliches Wrack. Und was, wenn Livvy noch aggressiver wird und dir etwas antut?"

Natürlich hatte er recht, nie zuvor in ihrem ganzen Leben hatte Emily solche Angst gehabt. Livvy hatte sie komplett hysterisch gemacht. „Vielleicht will sie mich einfach nur einschüchtern."

„Darauf sollten wir uns aber nicht verlassen", gab Adam zu bedenken.

„Und was ist mit Joe? Er wird nicht froh darüber sein. Du musst auch an ihn denken", sagte sie.

„Ist mir schon klar." Adam seufzte schwer. „Ich weiß ehrlich nicht mehr, was wir noch tun können. Aber Livvy lässt uns ja praktisch keine andere Wahl. Wenn ich es Joe erklären kann ..."

Hilf- und ratlos sahen sie einander an.

„Wir sitzen hier wirklich zwischen zwei Stühlen", murmelte Emily schließlich irgendwann.

„Also gut, lass es uns versuchen."

Livvy

Was? Die wollen mich austreiben? Ich wollte Emily doch nur ein wenig erschrecken. Und ich muss auch noch immer mit Adam reden. Also wirklich, manche Leute nehmen das viel zu ernst! Ich will Emily doch nichts antun, sie soll nur aus meiner Familie verschwinden. Ich komme mir schon vor wie Dolly Parton – *Please don't take my man*. Nur weil du es kannst, dank des höchst unglücklichen Umstands, dass du lebst und ich nicht.

Emily ist jung und immerhin hübsch genug, dass sie jeden haben kann. Warum muss sie sich ausgerechnet meinen Adam aussuchen?

Weil du ihn im Stich gelassen hast. Na, das ist ja wohl ein hinterhältiger Gedanke, Malachis würdig. Sofort verdränge ich das. Ich will nicht einmal daran denken, dass ich vielleicht Fehler gemacht und auch einen Anteil an Schuld haben könnte. Adam hat *mich* betrogen, nicht andersherum. Und ich bin diejenige, die tot ist. Ich bin hier also das Opfer.

Malachi zu fragen, wie ich einen Exorzismus verhindern kann, hat wohl wenig Sinn, wahrscheinlich wird er mir nur sagen, dass ich mir das selbst zuzuschreiben habe. Aber irgendjemand in der Unterwelt wird bestimmt wissen, was sich dagegen unternehmen lässt.

Also mache ich mich auf den Weg in die Bar. Ich bin mir sicher, dass ich dort mit meinem Problem auf offene Ohren stoße. Nach dem, was ich da während der Vorstellung mit diesem Medium, dieser Zandra, beobachten konnte, habe ich den Eindruck gewonnen, dass die Geister eine ziemlich eng verflochtene Gemeinschaft sind. Die Toten passen eben aufeinander auf. Ich brauche Hilfe, und zwar schnell, denn das Letzte, was ich mir wünsche, ist, für immer aus Adams Leben ausgeschlossen zu werden. Zudem weiß ich nicht, was mit einem passiert, wenn man ausgetrieben wird, vor allem, wenn man seine Aufgabe –

der Grund, weshalb man überhaupt noch hier herumgeistert – noch nicht erledigt hat. Kommt man dann in die Hölle? Auf jeden Fall klingt das Ganze nicht besonders angenehm.

Viele sind heute nicht in Bar. DJ Steve lungert schlaff herum, er sieht aus, als hätte er eine anstrengende Nacht hinter sich. Mit rot geränderten Augen pafft er eine Zigarette.

„He, du bist ein Lichtblick für trübe Augen", begrüßt er mich. „Und glaube mir, nach letzter Nacht sind meine Augen heute extrem trübe."

„Stets gern zu Diensten." Ich lache. DJ Steve findet immer einen Weg, mich aufzuheitern. Ich zeige auf seine Zigarette. „Darf man das hier drinnen?"

Er sieht auf den Glimmstängel, schüttelt sich die Dreadlocks über die Schulter. „Wer sollte mich denn aufhalten? Und überhaupt … es ist doch eher unwahrscheinlich, dass ich an Lungenkrebs sterbe, oder?"

So hatte ich das noch gar nicht gesehen.

„Na, was geht ab? Lust auf einen Drink?"

„Heute nicht", lehne ich ab. „Ich brauche einen Rat. Mein Mann will mich austreiben lassen."

„Das ist ein Tiefschlag", brummt er. „So ein Trottel. Würdest du zu mir gehören, würde ich mein Leben geben, um dich wieder zurückzuhaben … ich meine, wenn ich nicht schon tot wäre."

„Nun, leider gehöre ich aber nicht zu dir, und mein Mann will mich loswerden."

Gott, wie grässlich sich das anhört. Adam will mich also unbedingt aus seinem Leben streichen, er will, dass ich verschwinde. Zum ersten Mal, seit ich mit dem Spuken angefangen habe, schießt mir die Frage durch den Kopf, ob ich den richtigen Ansatz gewählt habe. Statt einen Keil zwischen Adam und Emily zu treiben, scheine ich die beiden nur enger zusammengeschweißt und Emily direkt in seine Arme getrieben zu haben.

„Steve", setze ich vorsichtig an, „gibt es eventuell eine Möglichkeit, wieder so zurückzugehen, dass sie mich sehen können? Malachi hat das Thema geschickt umrundet, als ich ihm die Frage stellte. Ich meine, wenn mein Mann mich tatsächlich sehen könnte, dann würde er sicher anders denken, davon bin ich überzeugt."

„Nun", druckst Steve herum, „es ist ziemlich heikel, und auch nicht ohne ... äh ... Komplikationen, aber ... ich kenne da jemanden, der dir vielleicht helfen könnte. Obwohl dir das Endresultat möglicherweise nicht gefallen wird."

„Und wer ist das?" Ich weigere mich, mich auch von Steve abwimmeln zu lassen, genau wie Malachi es getan hat. „Komm schon, spuck's aus."

„Sie heißt Letitia", sagt Steve schließlich. „Aber bei ihr musst du vorsichtig sein. Sie redet viel, wenn der Tag lang ist, und verspricht dir das Blaue vom Himmel, aber sie kann auch sehr ... hinterhältig sein."

„Hinterhältig? Was meinst du damit?" Ist das irgendein Komplott? Selbst der Rebell unter den Geisterführern versucht, mich davon abzuhalten?

„Na, das wirst du schon merken", sagt er. „Pass auf jeden Fall auf, was du dir wünschst. Letitia erfüllt deine Wünsche oft auf eine Art, wie du es dir nie vorgestellt hättest. Es gibt durchaus den einen oder anderen hier, der dir so einige Geschichten erzählen könnte ..."

Ich bin nicht an den Geschichten der anderen interessiert, ich will diese Letitia treffen. „Aber sie kann mir helfen?", will ich wissen. Was ist das bloß mit diesen Unterwelttypen und ihren düsteren Andeutungen? Wir sind doch alle tot! Wie viel schlimmer sollte es denn schon noch werden können?

„Ich sage ja nicht, dass sie nicht helfen kann", verteidigt sich Steve. „Ich warne dich nur, dass die Dinge sich vielleicht nicht so ergeben, wie du es dir vorgestellt hast."

„Das ist mir egal. So kann ich nicht weitermachen", stöhne ich.

„Nun, ich werde sehen, was ich tun kann", stimmt Steve zu. „Mehr kann ich dir im Moment nicht versprechen, du wirst dich damit zufriedengeben müssen."

Adam

Ich sitze im Büro am Schreibtisch und starre nachdenklich auf die Visitenkarte von Pater Dave. *Mein Spezialgebiet: Exorzismus.* Wie unglaublich albern und abgeschmackt das klingt. Werben Priester tatsächlich damit, dass sie Geister austreiben konnten? Die Berichte türmen sich auf meinem Schreibtisch, jeder will noch seinen Abschluss einreichen, bevor er am Ende der Woche in Urlaub geht. Mir ist klar, dass ich die alle eigentlich bearbeiten müsste, aber ich kann mich nicht konzentrieren.

Das hier ist eine schwere Entscheidung. Emily habe ich versichert, dass ich Pater Dave anrufe und einen Termin vereinbare, damit er ins Haus kommt. Ich will nicht, dass ihr etwas zustößt, und so scheint es der logische nächste Schritt zu sein. Trotzdem schwanke ich. Will ich wirklich diesen Weg einschlagen? Livvy für immer loswerden? Mir kommt der Gedanke, dass uns hier vielleicht eine zweite Chance geboten wird – Livvy und mir. Ich meine, wenn ich sie erreichen könnte, mit ihr reden und herausfinden könnte, was mit uns und unserer Ehe schiefgelaufen ist ... wenn ich sie dazu bringen könnte zu akzeptieren, dass es besser für alle Beteiligten ist, wenn wir Frieden schließen ... Vielleicht kann sie dann endlich ins ... nun, dahin gehen, wo Tote eben so hingehen, und Emily und ich können endlich mit unserem Leben weitermachen und unsere Zukunft planen.

Natürlich ist da auch noch Joe. Ich mache mir Sorgen um ihn. In den letzten Tagen hat er viel Zeit allein mit seinem Teleskop oben auf dem Speicher verbracht. Er scheint sich noch mehr in sich zurückzuziehen. Er behauptet, dass Livvy immer zu ihm kommt. Seit dieser ganze Unsinn angefangen hat, scheint er von der Idee besessen zu sein, dass er seine Mum sehen kann. Wie wird er es aufnehmen, wenn ich seine Mum endgültig wegschicke? Wenn ich ihm das nicht vernünftig erklären kann, dann verliert er sie ein zweites Mal. Wie wütend er dann auf mich sein wird, kann ich mir genauestens vorstellen. Aber wenn ich das mit dem Exorzismus nicht durchziehe, werden Emily und ich niemals richtig glücklich werden, wir werden auf ewig in diesem unmöglichen Schwebezustand feststecken, zusammen mit meinen Schuldgefühlen wegen Livvy und Livvys idiotischen Possen, die unsere Zukunft vergiften.

Dabei ist doch alles schon vergiftet. Ich muss daran denken, dass Livvy sich bisher nur als verbitterter und bösartiger Geist erwiesen hat. Schon zu Lebzeiten hat sie selten mit sich reden lassen, und jetzt scheint sie ebenfalls nicht die Absicht zu haben. Sie gefällt sich in der Opferrolle, sie will gar nichts klären. Ich werde mich dem wohl stellen müssen: Zwischen uns hat es nicht funktioniert, als Livvy noch lebte, wieso also sollte sich das geändert haben, nur weil sie jetzt tot ist?

Ich nehme die Visitenkarte wieder zur Hand. Pater Dave. Exorzismus. Schlussstrich ziehen. Austreiben. Zeit für den nächsten Schritt.

Ich wähle seine Nummer.

17. KAPITEL

Livvy

DJ Steve führt mich in ein Hinterzimmer der Unterwelt-Bar, wo eine schlanke schwarze Schönheit vor ihren Akolythen Hof hält, anders kann man es nicht nennen. Sie sieht umwerfend aus – schwarzes, eng anliegendes Kleid, eine dicke Silberkette um den Hals, schlichte Perlohrringe in den Ohren, die langen Beine in schimmernden Seidenstrümpfen, das beeindruckende Bild abgerundet durch High Heels mit Leopardenmuster.

„Ich darf dir Letitia vorstellen", sagt DJ Steve zu mir. „Sie kann dir helfen, das zu bekommen, was du dir wünschst. Aber sei gewarnt ... es ist vielleicht nicht das, was du brauchst."

Letitia ... ich bin sicher, das war der Name, den Robert genannt hat, als ich das erste Mal in die Unterwelt gekommen bin. Sie scheint sehr viel Gewicht hier zu besitzen, sogar DJ Steve zeigt Ehrfurcht in ihrer Gegenwart, und als mich ihr Blick aus den dunkelbraunen Augen trifft, spüre ich instinktiv so etwas wie Gefahr. Jeder hier scheint enormen Respekt vor ihr zu haben. Ich schlucke schwer. Was tue ich hier überhaupt? Ich gehe jede Wette ein, dass Letitia für Malachi in den Bereich „unangemessen" und „ungeeignet" fällt. Aber dann entschließe ich mich, dass mir gar keine andere Wahl bleibt. Ich muss schnell handeln.

Letitia lächelt mir zu. Eigentlich ein freundliches Lächeln, aber ich entdecke darin auch etwas Lauerndes, Heimtückisches. Nein, ihr möchte ich auf gar keinen Fall in die Quere kommen.

„So ... wie ich höre, hast du ein paar Probleme, Süße", spricht sie mich jetzt an.

„So könnte man es wohl nennen", erwidere ich. „Mein Mann will mich austreiben."

„Oh, das ist ja regelrecht bösartig!", kommt es von Letitia. „Diese Lebenden verstehen einfach gar nichts." Ihre Stimme trieft süß und zäh wie Honig, es ist hypnotisierend.

„Mit meinem Leben habe ich wohl nicht viel angefangen", sage ich bedrückt, „aber seit ich tot bin, scheine ich endgültig alles zu verbocken. Nie bekomme ich etwas richtig hin."

„Sag niemals nie." Letitias Lächeln ist erstaunlich ansteckend. „Du musst positiv denken, Mädchen."

„Was soll ich denn tun? Wenn ich jetzt zum Haus zurückkehre, werden sie versuchen, mich hinauszuwerfen, und zwar für immer."

„Überlass das nur mir, Süße", winkt Letitia ab. „Ich kann dir helfen … wenn es das ist, was du willst."

„Und ob ich das will!", bekräftige ich. „Ich meine, solange es – Sie wissen schon – legal ist."

Sie lacht, ein tiefer rollender Laut. „Für Tote gibt es keine Gesetze." Ihre Behauptung steht in krassem Widerspruch zu allem, was Malachi mir je erzählt hat. „Oder zumindest nicht so, wie du es aus der Welt der Lebenden in Erinnerung hast. Nun, wir werden deinem Mann etwas vorgaukeln und ihn glauben lassen, er hätte dich ausgetrieben, und dann kommen wir sofort wieder zurück und verpassen ihm eins – kabumm! – mitten zwischen die Augen."

„Genau, mitten zwischen die Augen", wiederholt Steve nickend.

Letitia bedenkt ihn mit einem mitleidigen Blick. „Und jetzt lass uns allein, Steve. Du hast doch keine Ahnung, wovon du da redest. Livvy und ich werden uns in Ruhe unterhalten. Es gibt da ein paar winzige Geheimnisse, die nur für ihre Ohren bestimmt sind."

Letitia führt mich in einen kleinen Anbau hinter der Bar. Eher spärlich eingerichtet, aber sehr schick. So wie sie.

„Einen Drink, Süße?", bietet sie mir an, während sie ein Glas Wein einschenkt.

Warum nicht, denke ich mir. Vielleicht ist es nicht ideal, aber wahrscheinlich immer noch besser als das, wo ich vielleicht schon bald sein werde. Und dann kann ich mir auch noch einen Drink gönnen … solange ich noch kann, nicht wahr?

„So …", hebt sie an, „… und jetzt erzähle mir alles. Warum will dein Mann dich so unbedingt loswerden?"

Und die ganze Geschichte sprudelt aus mir heraus, bis ins kleinste Detail. Wie Adam und ich uns immer mehr entfremdet haben. „Zum Teil wohl auch meine Schuld." Ich überrasche mich selbst mit diesem Geständnis – dass ich das vor Letitia tatsächlich aussprechen kann, während es mir bei Malachi unmöglich war, es zuzugeben –, erzähle ihr von Emily und Joe. Am meisten von Joe.

„Das ist wirklich schlimm", sagt sie. „Ein Kind braucht seine Mutter."

Genau, denke ich. Und gerade dieses Kind braucht seine Mutter dringend. „Also, können Sie mir helfen?", frage ich sie, als ich mit meiner Geschichte geendet habe.

„Lass mich dir eine Frage stellen: Was wünschst du dir, ganz tief in deinem Herzen?"

„Ich will wieder zu Hause sein, zusammen mit Adam und Joe", antworte ich wie aus der Pistole geschossen. „Ich will die Chance bekommen, die Dinge zwischen uns wieder zu richten."

„Nun, das sollte machbar sein", erwidert Letitia. „Nur muss dir klar sein, dass so etwas nie mit Bestimmtheit vorauszusagen ist. Die Leute … reagieren nicht immer so, wie du es dir ausmalst. Bist du bereit, das Risiko einzugehen?"

„Adam und Joe werden richtig reagieren." Das sage ich im Brustton der Überzeugung. Ich weiß es, ich muss nur wieder an Adam herankommen, dann kommt er auch zu mir zurück.

„Na, in dem Fall …" Sie grinst mich an. „Worauf warten wir dann noch? Als Erstes müssen wir verhindern, dass dieser Exorzismus seine volle Wirkung entfaltet, und da habe ich genau das Richtige für dich."

Sie geht zu einem Schrank in der Ecke des Raumes und kramt in einer Schublade, bis sie gefunden hat, was sie sucht. Eine kleine Glasphiole, die eine gelblich grüne Flüssigkeit enthält. Dann dreht sie sich wieder zu mir um. Ich könnte schwören, dass Rauch aufsteigt, als sie den Korken aus der Phiole zieht.

„Was ist das?", frage ich. „Irgendeine Droge?"

„Aber nein, Süße." Mit ihren perfekt manikürten Nägeln hält sie das Fläschchen zwischen Daumen und Zeigefinger. „Meiner Meinung nach ist es besser, wenn man Feuer mit Feuer bekämpft. Der hilfsbereite Exorzist wird dich wohl mit einem Bann belegen wollen, um dich loszuwerden. Das hier ist das Gegenmittel. Es ist nicht stark genug, um den Bann komplett zu verhindern, aber es wird verhindern, dass du für immer ausgetrieben wirst."

„Und Sie sind sicher, dass das wirkt?"

„Oh ja, es wirkt." Letitia lächelt dieses strahlende Lächeln, und ihre dunklen Augen funkeln. „Vertrau mir. Ich habe das schon öfter gemacht."

Adam

Mit kritischem Blick sieht Felicity mir zu, wie ich das Wohnzimmer nach Pater Daves Anweisungen herrichte. Ich hatte ihr nichts davon erzählen wollen, was los war, aber über Kenneth muss sie wohl erfahren haben, dass die Dinge hier mehr und mehr außer Kontrolle gerieten. Nachdem Emily bei mir ihre Angst abgelassen hatte, war es ihr unmöglich gewesen, Kenneth etwas zu verschweigen. Und als Folge hatte Felicity sofort hier angerufen, um zu sehen, ob mit uns alles in Ordnung ist.

„Ich muss sagen, so ganz verstehe ich das noch immer nicht", hatte sie gesagt. „Aber wenn es stimmt, dass Livvy für diesen Unfug verantwortlich ist, dann habe ich ein Wörtchen mit ihr zu reden, ob nun tot oder nicht. So darf sie sich Emily gegenüber nicht benehmen, das ist nicht anständig."

Was wiederum höchst anständig von Felicity ist, wenn man bedenkt, dass Livvy ihre Tochter ist. Felicity war schon immer eine gute Zuhörerin, und so habe ich ihr schließlich alles berichtet, was Livvy bisher angestellt hat. Felicity war erstaunlich verständnisvoll und mitfühlend. Jetzt allerdings sieht sie zweifelnd zu mir hinüber.

„Glaubst du, das wird helfen?"

„Ich habe nicht die geringste Ahnung", antworte ich. „Aber irgendetwas muss ich doch tun. Und was ist mit dir? Bist du damit einverstanden?"

Felicity seufzt. „Nicht so richtig. Aber wenn das wirklich Livvy ist, die so viel Ärger und Probleme macht, dann lässt sie uns ja praktisch keine andere Wahl. Ich würde so gerne mit ihr reden, aber sie scheint das ja gar nicht zu wollen. Sie war schon immer so schrecklich stur. Ich wünsche mir für sie, dass sie endlich in Frieden ruhen kann – und wenn das der einzige Weg ist …"

Es klingelt an der Haustür. Pater Dave steht auf der Schwelle. Wie ein Geistlicher sieht er nicht unbedingt aus. Er ist mit dem Motorrad gekommen und trägt volle Ledermontur. Doch dann legt er die Lederkluft ab, und was er darunter trägt, sieht eher aus wie ein Samtpyjama. Ein glatter Stilbruch, um es milde auszudrücken. Ein Priesterkragen ist auch nirgends zu erkennen.

„Hi", grüßt er. „Nennen Sie mich Dave."

Aber natürlich, wie sonst? Ich kann mir niemanden vorstellen, der weniger geeignet wirkt als er, um einen Exorzismus vorzunehmen. „Ich bin Adam", sage ich dennoch nur.

„Dann erzählen Sie mir ein wenig von Ihrer Frau", bittet Dave. „Weshalb glauben Sie, dass sie von den Toten zurückgekommen ist? Wieso kann sie nicht loslassen?"

Womit soll ich anfangen? „Es ist meine Schuld, dass sie so wütend ist", setze ich an. „Meine und Emilys … das ist meine neue Freundin. Aber Livvy und ich hatten schon lange vorher massive Probleme. Wir haben einen Sohn, Joe, er hat Asperger, was für uns beide schwer war, aber besonders Livvy belastet hat." Ich halte inne. Seit Jahren bin ich es gewohnt, Livvys Alkoholproblem vor anderen zu verschweigen, noch immer fällt es mir schwer, mit dieser Gewohnheit zu brechen. „Wie auch immer … Livvy und ich … Das mit uns wurde ziemlich zerstörerisch. Sie hat angefangen zu trinken, und ich … nun, für mich war das schwierig."

Schwierig ist viel zu harmlos ausgedrückt. Ich kann gar nicht zählen, wie oft ich nach Büroschluss in ein chaotisches Zuhause gekommen bin, zu einer schlafenden Livvy auf dem Sofa und Joe, der oben auf dem Speicher schon seit Stunden vor dem Computer saß. Kein Abendessen vorbereitet und keine Vorräte im Haus. So oft hat Livvy mir versprochen, mit dem Trinken aufzuhören. Und jedes Mal fand ich wieder die leeren Flaschen versteckt in Schränken und Schubladen. Dann der grässliche Tag, an dem sie fast ihren Führerschein verloren hätte … Immerhin hatte sie danach zugestimmt, sich Hilfe zu suchen. Aber das hat sie genauso schnell wieder aufgegeben – weil es ihr angeblich nichts brachte. Es war eine unmögliche Situation. Und ich habe mich miserabel gefühlt … weil ich ihr nicht helfen konnte und weil ich wütend auf sie war, weil sie uns dreien das antat.

„Also ist sie hauptsächlich über Sie verärgert?", fragt Dave.

„Das glaube ich, ja", antworte ich ihm. „Allerdings ist sie auch alles andere als begeistert von Emily."

„Und Sie glauben, dass Emily von ihr bedroht wird?"

„Und o!. Livvy hat eine Glühbirne direkt über Emily zerplatzen lassen. Es war reines Glück, dass Emily nicht verletzt wurde. Livvy war auch in Emilys Wohnung und hat Drohungen hinterlassen. Das Ganze gerät immer mehr außer Kontrolle, wir machen uns ernste Sorgen deswegen."

„Ich verstehe." Dave öffnet seine Tasche, holt Kruzifix, Kerzen, Weihwasser und Weihrauchfass heraus, zusammen mit einem Gebetbuch. Ich amüsiere mich still, auch wenn die Situation alles andere als lustig ist. Mit dem langen verfilzten Bart und diesem Samtschlafanzug sieht der Mann eher aus wie Gandalf, nicht wie ein Exorzist.

„Weiß Joe Bescheid?", fragt Felicity plötzlich.

Ganz bewusst habe ich Joe unseren Plan verschwiegen. Er ist heute bei Caroline. Ich kann nicht sagen, wie er es aufnehmen wird. „Nicht so genau", antworte ich.

„Adam …", kommt es warnend von Felicity.

„Ich weiß … aber wie hätte ich es ihm denn erklären sollen? Es ist besser, wenn er glaubt, dass Livvy uns von sich aus in Ruhe lässt."

„Und kannst du sicher sein, dass er das so sehen wird?", gibt Felicity zweifelnd zu bedenken.

Natürlich nicht, das weiß ich auch. Daher zucke ich nur wortlos mit den Schultern, und von Felicity kommt ein misstrauisches „Sag hinterher nicht, ich hätte dich nicht gewarnt".

Ich weiß, sie hat recht, aber das hilft mir nicht. Ich habe nämlich noch immer nicht die geringste Vorstellung, wie ich es Joe beibringen soll. Ich stecke mal wieder den Kopf in den Sand, genau wie bei Livvy, der ich ewig lange sagen wollte, dass ich sie verlasse.

Es klingelt erneut an der Haustür.

„Das wird Emily sein." Ich bin maßlos dankbar für die Unterbrechung.

Emily kommt aufgelöst ins Haus. „Hat Livvy sich heute bemerkbar gemacht?", will sie atemlos wissen.

„Nein, bisher noch nicht. Und wenn Pater Dave fertig ist und wir Glück haben, wird sie sich auch nie wieder bemerkbar machen."

Sollte es wirklich klappen, werde ich auch nie wieder die Chance erhalten, die Dinge mit Livvy zu klären, das ist mir klar. Klar ist mir aber auch, dass wir so nicht weitermachen können.

Emily

Dieser Priester, den Zandra empfohlen hatte, ähnelte keinem der Geistlichen, die Emily je getroffen hatte. Mit seinem langen Bart sah er eher aus wie ein Hippie, aber er machte einen durchaus kompetenten Eindruck, wie er mit dem Kruzifix in der Hand seine Kerzen und sein Weihwasser aufstellte.

„Sind Sie sicher, dass es das ist, was Sie wollen?", fragte er dann ernst.

„Auf jeden Fall", antwortete Emily prompt. Ihr fiel auf, dass Adam sich mehr Zeit mit seiner Antwort ließ, und sie fragte sich, ob er wirklich bereit war, Livvy das anzutun. Seine Beziehung mit Livvy war so kompliziert gewesen. War er sich überhaupt sicher, was genau er wollte? Trotzdem nickte er jetzt und nahm Emilys Hand.

„Also gut", sagte Dave leise, „dann lassen Sie uns beginnen. Zuerst schalten Sie bitte das Licht aus."

Dave sah sehr ernst und feierlich aus, als er mit düsterer Grabesstimme aus dem Gebetbuch eine Stelle vorlas, mit der Satan verbannt werden sollte. Emily hatte Mühe, das Kichern zurückzuhalten. Das war ja völlig irre. Wie um alles in der Welt waren sie nur auf diese Idee gekommen?

Pater Dave hatte den Vers zu Ende gelesen und sah sich um. „Livvy, bist du hier?"

Irgendwo im Haus ratterte es laut, die Temperatur im Wohnzimmer fiel jäh, jeder konnte es spüren. Felicity, die genauso skeptisch ausgesehen hatte wie Emily, packte fest Emilys Arm.

„Livvy?", fragte sie unsicher, erhielt aber keine Antwort.

Die Kälte wurde noch beißender. Emily hatte das Gefühl, als würde Livvys Bösartigkeit ihr über die Haut kriechen, die Härchen in ihrem Nacken richteten sich auf. Das Lachen war ihr vergangen.

„Du weißt, dass deine Zeit abgelaufen ist", fuhr Pater Dave

fort. „Du musst den nächsten Schritt tun und die Lebenden hinter dir lassen."

Das gefiel Livvy ganz offensichtlich nicht, denn die Flammen im Kamin loderten auf, und die Kerzen begannen zu flackern. Ohne Kampf würde sie also nicht gehen. Emily fürchtete sich mehr denn je.

Dave schwenkte das Weihrauchfass, der Duft war so intensiv, dass Emily das Husten unterdrücken musste. Dann verspritzte er Weihwasser.

„Livvy, ich vertreibe dich im Namen des Vaters, des Sohnes und des Heiligen Geistes." Dave hielt das Kruzifix in die Höhe. Trotz ihrer Angst stieg wieder das Bewusstsein in Emily auf, wie absurd die Situation war. Es hätte sie nicht gewundert, hätte Pater Dave jetzt auch noch „Expelliarmus!" gerufen. Das hatte doch alles keinen Sinn, das würde nie funktionieren.

Plötzlich flackerten die Kerzen auf, ein schrilles Kreischen hing in der Luft, und ein heulender Wirbelwind fuhr durch den Raum, warf Tassen vom Tisch und zog Bücher aus dem Regal. Sie alle hier im Raum wurden fast umgeweht, so stark war der Wind. Emily konnte Livvys Wut über das, was hier passierte, deutlich spüren.

Man musste Pater Dave wohl zugutehalten, dass er nicht nachgab. Erneut hob er das Kruzifix vor sich in die Höhe und verfiel in einen monotonen Singsang.

„Livvy, ich verbanne dich aus diesem Haus." Der Wind zerrte an seinem Haar und seinen Kleidern, jetzt sah er wirklich aus wie Gandalf.

„Livvy", rief er über das Heulen und Pfeifen, „hinfort mit dir!"

Das Feuer im Kamin erlosch knisternd, die Haustür flog auf, und dann legte sich der Wirbelwind von einer Sekunde auf die andere.

Für einen langen Moment herrschte Schweigen, bevor Adam

sich daranmachte, die heruntergefallenen Tassen und Bücher aufzuheben.

„War es das jetzt?", fragte er nervös.

„Ich denke schon", antwortete Pater Dave. „Ich fühle keine Präsenz mehr."

Alle atmeten ein wenig freier.

„Das war fast schon zu einfach", murmelte Emily. Erleichterung floss in Wellen durch sie hindurch, aber dann zuckte sie erschreckt zusammen, als die Haustür wieder aufgestoßen wurde und Joe ins Wohnzimmer marschiert kam. Seine Augen funkelten vor Wut.

„Was habt ihr Mum angetan?", fragte er zornig.

18. KAPITEL

Emily

Entsetzt und mit offenem Mund starrte Emily den Jungen an. Oh Himmel. Wie sollten sie das jetzt erklären?

"Joe!" Adam war völlig verstört. "Was machst du denn hier?"

"Caroline musste lernen, deshalb bin ich nach Hause gekommen", antwortete Joe. "Was habt ihr mit Mum gemacht?"

"Nichts", behauptete Adam matt.

"Lüg mich nicht an", sagte Joe sofort. "Du kannst nämlich nicht sehr gut lügen. Mum ist weg, sie ist durch mich hindurchgefahren, ich habe es gefühlt. Sie war sehr wütend. Was habt ihr getan, das sie so aufgeregt hat?"

Emily hatte das Gefühl, etwas sagen zu müssen ... aber was? Da ihr nichts einfiel, beobachtete sie stumm, wie Adam lahm zu rechtfertigen versuchte, was sich soeben hier zugetragen hatte.

"Oh Joe, ich wollte Mum nicht aufregen, aber du musst verstehen, dass sie uns eine Menge Kummer bereitet hat."

"Weil ihr nicht zugehört habt", sagte Joe ärgerlich. "Und jetzt hast du sie verjagt."

Joe war unversöhnlich, kalt, zornig. Das war schlimmer als alles, was Emily sich vorgestellt hatte.

"Joe", schaltete sie sich jetzt ein. "Deine Mum wollte mir wehtun. Sie hat eine Lampe über meinem Kopf zerschlagen."

"Weil sie sauer war. Mum hätte dich nicht verletzt", sagte der Junge in einem Tonfall, als wäre Emily ein kleines dummes Kind.

"Sie war auch in meiner Wohnung und hat mir böswillige Nachrichten hinterlassen", fügte Emily hinzu. "Sie hat mir Angst gemacht, Joe. Was hätten wir denn tun sollen?"

„*Du* hättest so oder so gar nichts tun sollen", gab Joe kalt zurück. „Du bist nicht meine Mum." Er drehte sich zu Adam um. „Und du hättest zuhören sollen! Ich will meine Mum zurück."

Joe sagte nur die Wahrheit, dennoch schnitt seine kalte Verbitterung wie ein Messer durch Emily.

Joe war aufgewühlt, unruhig marschierte er im Wohnzimmer auf und ab. Hilflos sah Emily zu Adam. Sie wusste nicht, was sie tun sollte. „Vielleicht sollte ich besser gehen", sagte sie leise.

Joe schwang zu ihr herum. „Allerdings, das solltest du." Emily hatte nicht gewusst, dass Joe so eiskalt sein konnte.

„Joe!", rügte Adam streng.

„Ich will sie nicht hier haben", sagte Joe. „Ich will Mum."

„Joe", begann Adam erneut, doch Emily legte ihm eine Hand auf den Arm und hielt ihn zurück.

Und das war der Moment, in dem Joe ausrastete. Er wischte die Tassen, die sein Vater aufgehoben hatte, wieder vom Tisch, riss das Bücherregal mit Wucht um, sodass die Bücher jetzt überall im Raum verstreut lagen, und fegte die Tischlampe vom Seitentisch.

Pater Dave war in eine Zimmerecke zurückgewichen, der Mann musste denken, dass er in einer Irrenanstalt gelandet war. Adam und Felicity bemühten sich, Joe zu beruhigen.

Emily hielt sich zurück, sie wagte es nicht, sich auch noch in das Getümmel einzumischen. So hatte sie Joe noch nie erlebt, hatte nicht einmal geahnt, dass er sich so benehmen konnte. Sie wusste auch nicht, wie sie damit umgehen sollte. Nur eines verstand sie: Ihre Anwesenheit hier verschlimmerte alles nur noch.

„Nun, ich gehe dann wohl besser", formte Pater Dave mit den Lippen in ihre Richtung. Hektisch sammelte er seine Sachen zusammen. Gerade noch rechtzeitig duckte er sich, um nicht von einem Buch getroffen zu werden, das Joe in seine Richtung schleuderte.

So lächerlich es auch war, Emily fühlte sich verpflichtet, Pater Dave höflich bis zur Tür zu geleiten.

„Glauben Sie wirklich, dass Livvy weg ist?", fragte sie noch einmal.

„Ich fühle keine Präsenz mehr", wiederholte er. „Zumindest für den Moment kann ich das wohl bestätigen."

„Für den Moment?" In Emily schrillten alle Alarmsirenen los. „Sie meinen, sie könnte vielleicht wieder zurückkommen?"

„Nein, nein, das nicht", ruderte er wild zurück. „Der Exorzismus wirkt normalerweise, aber Livvy scheint eine willensstarke Persönlichkeit zu sein. Mit einem so starken Geist habe ich noch nicht zu tun gehabt." Mit dem Kopf deutete er in Richtung Wohnzimmer. „Ich denke, sie muss einen ernsthaften Grund für ihr Verhalten haben." Er sah Emily ernst an. „Sie wissen, wo Sie mich finden, sollten Sie mich ein weiteres Mal brauchen."

Vielleicht ist es die bessere Alternative, sich mit Livvy herumzuschlagen, als Joe noch einmal derart explodieren zu sehen, dachte Emily, als sie die Tür hinter Pater Dave ins Schloss drückte. Zögerlich kehrte sie ins Wohnzimmer zurück, wo Joe zu einem weinenden Bündel zusammengesackt war. Felicity war es gelungen, ihn zu beruhigen, und sie versprach ihm gerade eine heiße Schokolade. Es bedrückte Emily, dass der Junge weder sie noch seinen Vater ansah.

„Ich gehe wohl besser auch", sagte sie zu Adam. „Ich kann mir nicht vorstellen, dass meine Anwesenheit hilft."

„Ja, geh nur." Adam schien sie kaum wahrzunehmen, und Emily musste sich zusammennehmen, um sich unter dem Stich, den sie fühlte, nicht zu krümmen. Sie kam mit dieser Situation nicht sehr gut zurecht. Adams Aufmerksamkeit gehörte – völlig zu Recht – jetzt ausschließlich Joe.

Und als Emily leise das Haus verließ, dachte sie, dass Livvy, obwohl sie sie anscheinend losgeworden waren, letztendlich vielleicht doch gewonnen hatte.

Livvy

Uff! Die Macht dieses Exorzismus ist weit stärker, als ich erwartet hatte. Natürlich habe ich mich mit aller Kraft dagegen gewehrt, aber schließlich hat Pater Daves Bann mich aus dem Haus geworfen. Es hat sich angefühlt, als hätte ich einen Schlag genau in den Solarplexus erhalten, ich glaube, ich habe sogar aufgeschrien. Sicher weiß ich nur, dass ich durch Joe hindurchgeflogen bin, der ausgerechnet in diesem Moment nach Hause gekommen ist. Ich konnte seine Unruhe und Wut spüren, aber ich hatte keine Möglichkeit, ihn zu beruhigen. Irgendwann werde ich das vielleicht sogar für mich einsetzen können, aber im Moment liege ich einfach nur auf der Straße und ringe nach Luft. So schwach habe ich mich seit meinem Entschluss, Adam heimzusuchen, noch nie gefühlt. Mühsam rappele ich mich auf, gehe auf das Haus zu ... und laufe wie gegen eine Mauer. Ich lande erneut auf dem Rücken. So wie es aussieht, ist es wohl jetzt von einer unsichtbaren, wie aus Glas bestehenden Barriere umgeben, die mich aussperrt. Ich gehe um das ganze Haus herum, aber nur der Garten hinter dem Haus ist zugänglich für mich. Was immer Pater Dave da getan hat ... er hat mir den Zugang zu meinem eigenen Haus effektiv blockiert.

Mist, Mist, Mist! Das ist sicherlich ein herber Rückschlag für mein Vorhaben, Emily aus dem Leben meines Mannes zu vertreiben. Na, wenigstens bin ich noch hier. Die Vorstellung, dieser Exorzismus hätte wirklich funktioniert, behagt mir ganz und gar nicht. Letitia hatte mich ja gewarnt, dass ihr Gegenmittel den Exorzismus nicht komplett verhindern würde, aber irgendwie hatte ich auf mehr gehofft.

„Und wie geht es dann weiter?", hatte ich sie auch noch gefragt.

„Du wartest einfach ab, Süße", hatte sie mir gesagt. „Erst sollen sie denken, dass du für immer verschwunden bist, und nach einer Weile kommst du noch einmal zu mir, abgemacht? Ich meine, wenn du wirklich wieder leben willst."

„Natürlich will ich das", erwiderte ich sofort. Wer würde das nicht wollen? Soll ich etwa glauben, dass es wirklich jemanden gibt, der stirbt und sich dann *wünscht*, auf die andere Seite zu gehen? „Sonst würden sich in der Unterwelt ja wohl nicht all diese verlorenen Seelen herumtreiben, oder?"

Eine Bemerkung, die mir einen seltsamen Blick von Letitia eingebracht hatte. „Für die meisten ist das nicht so. Sie wissen, dass ihre Uhr abgelaufen ist, sie aber auch noch einige Dinge zu erledigen haben, bevor sie weiterkommen. Dann allerdings gibt es da natürlich auch solche wie dich …"

„Was heißt das? Solche wie mich?"

„Nun, Süße, dir reicht das offensichtlich nicht, du willst mehr. Und ich kann es dir geben. Aber das geht nicht von jetzt auf gleich. Diejenigen, die um Letitias Magie ersuchen, haben einige schwierige Entscheidungen zu treffen."

Zu gerne hätte ich sie gefragt, was sie damit meint, aber sie war schon in der Unterwelt verschwunden, und für den restlichen Abend sah ich sie auch nicht mehr. Ich frage mich, ob man ihr trauen kann, erinnere mich auch an Malachis Mahnung, dass das nicht der richtige Weg ist. Unwirsch verdränge ich den Gedanken. Seit Malachi mich auf dem Parkplatz gefunden hat, schreibt er mir ständig vor, was ich zu tun und zu lassen habe. Letitia hilft mir zumindest, meinen eigenen Plan umzusetzen, und wenn Joe jetzt tatsächlich so sauer ist, wie ich denke, dann funktioniert dieser Plan bereits.

Adam

Zwei Tage sind seit dem Exorzismus vergangen – und von Livvy bisher kein Zeichen mehr. Dafür sollte ich immerhin dankbar sein, auch wenn Joe weder mit mir noch mit Emily auch nur ein Wort wechselt. Er hat sich in sein Zimmer eingeschlossen und murmelt ständig etwas von „Verrätern" vor sich hin. So habe ich ihn noch nie erlebt, selbst als Livvy starb, war er nicht so aufgewühlt. Ich weiß nicht, was ich tun soll. Jeden Tag, sobald ich von der Arbeit nach Hause komme, versuche ich, mit ihm zu reden, und jeden Tag ignoriert er mich geflissentlich. Er ist in seinem Zimmer, verbringt viel Zeit oben auf dem Speicher und sieht durch sein Teleskop zu den Sternen hinauf. Ich bin mit meinem Latein am Ende.

Felicity ist die Einzige, mit der er noch redet, und selbst sie hat er schon als „Judas" bezeichnet. Felicity meint, das lege sich mit der Zeit, aber ich bin mir da nicht so sicher. Laut Joes Ansicht habe ich seine Mum aus dem Haus verjagt. Ob er mir das je verzeihen wird?

Und wo stehen Emily und ich jetzt? Ich dachte wirklich, wir tun das Richtige, aber vielleicht war das alles noch zu früh. Es ist ja gerade mal ein Jahr her. Vielleicht war es ein Fehler, Emily schon dieses Weihnachten ins Haus zu holen.

Weihnachten. Wie soll das jetzt ablaufen? Wenn Joe weiterhin nicht mit uns redet, wird es der pure Albtraum. Ich wollte es doch so unbedingt zu einem schönen und fröhlichen Fest für ihn machen, aber wie es aussieht, habe ich alles nur noch verschlimmert.

Der Gedanke, nach Büroschluss nach Hause zu gehen, ist mir eine Qual, daher beschließe ich, einen Spaziergang zu machen. Emily kommt nachher vorbei, sie bringt die Einkäufe für den großen Tag mit. Allerdings bin ich mir überhaupt nicht mehr sicher, ob ich dafür die Nerven habe.

Wie von allein schlage ich den Weg zum Fluss ein, den wir

früher immer zusammen als Familie gegangen sind, als Joe noch klein war. Aus irgendeinem Grund liebte er es, die Hausboote zu betrachten. Vor seiner Geburt haben Livvy und ich uns oft ausgemalt, uns eines zu kaufen.

„Das wäre so gemütlich und heimelig", schwärmte sie immer.

„Im Sommer bestimmt, ja, aber im Winter holen wir uns Frostbeulen", hatte ich zu bedenken gegeben.

„Ooh, aber das wäre doch so romantisch", hielt sie dagegen. „Stell dir nur mal vor, wie viel Spaß wir haben könnten."

Und dann kuschelten wir uns eng aneinander und gingen wieder nach Hause, zu einem gemeinsamen Essen, zu einem Drink, zu einem sinnlich-romantischen Stelldichein vor dem brennenden Kamin. Damals stand uns die ganze Welt offen, und das Leben schien voller Möglichkeiten. Nie wäre uns der Gedanke gekommen, dass unsere Träume zerbrechen und versanden könnten.

Jetzt zur Weihnachtszeit sehen die Hausboote besonders hübsch aus. Sie sind festlich mit Lichtern und Girlanden dekoriert, und hier und da ist auch ein Weihnachtsbaum zu sehen. Über manchen Decks hängen Banner, auf denen zu lesen ist: *Bitte, lieber Weihnachtsmann, mach auch hier eine Pause.* Auf einem Boot hat jemand sogar einen großen aufblasbaren Weihnachtsmann aufgestellt. Ich beneide diese Menschen auf den Hausbooten. Im Gegensatz zu meinem Leben scheint ihres so geordnet und normal.

Ich beobachte ein Pärchen, wie sie ein Kleinkind in einem Buggy auf eines der Boote heben. Sie lachen und scherzen, der kleine Junge in ihrer Mitte ist das Symbol der Liebe, die sie verbindet. Wenn ich sie so ansehe, erinnern sie mich daran, wie es einst zwischen Livvy und mir war. Auch wir waren einmal so glücklich und unbeschwert. Erdrückende Trauer überfällt mich. Wir haben es wirklich gründlich verbockt, und ich habe keine Chance mehr, es je wieder zu richten.

Du musst ihr das sagen.
Diese Stimme erklingt in meinem Kopf, ich sehe mich um. Seltsam, es ist keine Menschenseele weit und breit zu sehen, nur ein magerer schwarzer Kater, der mich vorwurfsvoll anschaut. Ich könnte schwören, ich habe denselben Kater schon einmal gesehen.

Genau, du, scheint er zu sagen, schickt mir noch einen letzten abfälligen Blick und verschwindet dann. Na bravo, jetzt ist es mit mir schon so weit gekommen, dass ein räudiger schwarzer Kater mir Ratschläge erteilt. Schade nur, dass selbst das nichts mehr nützt. Es ist zu spät. Livvy ist weg. Ich habe dafür gesorgt. Kein Wunder, dass Joe mich hasst.

Joes Notizheft

Ich bin sehr wütend.
Dad und Emily haben Mum verjagt.
Sie behaupten, weil Mum Emily verletzen wollte.
Mum würde nie jemanden verletzen, das weiß ich.
Sie will uns einfach nur wieder zurückhaben.
Und ich will sie zurückhaben.
Ich werde nie wieder mit Dad reden.
Er hat etwas ganz Schlimmes getan.
Heute Nacht habe ich in den Himmel gesehen, aber da waren überall Wolken. Ich konnte die Venus nirgendwo entdecken.
Wo ist Mum hingegangen?
Ich dachte, sie wäre zu uns zurückgekommen, aber dank Dad haben wir sie wieder verloren.
Ich bin so wütend auf Dad.
Das ist nicht gut.
Ich wünschte, es gäbe einen Weg, wie Mum wieder zurückkommen kann.

DIE WEIHNACHT DER GEGENWART

Livvy

„Und? Alles läuft also wie geplant?"

Malachi findet mich, als ich durch die Läden schwebe, da ich im Moment ja kein spezielles Ziel beziehungsweise keinen Aufenthaltsort habe.

„Genau nach Plan", behaupte ich überzeugt. „Sie sollen denken, dass ich weg bin, und dann überrasche ich sie mit meiner Rückkehr."

„Hmmpf!" Angewidert zuckt Malachi mit dem Schwanz. „Ich nehme mal an, dass war Letitias Idee, oder?"

„Möglich …", entgegne ich vorsichtig. Ich weiß wirklich nicht, wieso ich jedes Mal in die Defensive gehe, sobald er Letitia erwähnt, aber ich habe den bestimmten Eindruck, dass Malachi nicht allzu viel von ihr hält. Was er mit seiner nächsten Bemerkung prompt bestätigt.

„Sei vorsichtig bei ihr. Nicht alles, was Letitia dir verspricht, ist so, wie es zu sein scheint."

„Und was genau soll das jetzt heißen?" Ich habe die Nase so voll von ihm und seinen Rätseln.

„Soll heißen, dass Letitias Methoden mehr als unorthodox sind. Es war ein Riesenfehler von dir, dich an sie zu wenden. Sie verspricht dir die Welt, aber glaube nicht, dass du die auch bekommst. Offen gesagt, was immer jetzt auf dich zukommt … du hast es verdient. Du hättest auf mich hören sollen."

„Zumindest ist sie bereit, mir zuzuhören und mir zu helfen, das zu bekommen, was ich mir wünsche", halte ich dagegen.

„Aber ist es auch das, was du brauchst?", sagt Malachi. „Zu bekommen, was man will, ist nicht immer der richtige Weg."

Und damit finde ich mich wieder zurück in Malachis ach so aufmunternder Version der möglichen Gegenwart. Monate müssen vergangen sein, es ist Spätsommer. Wir grillen im Garten, und Adam scheint sämtliche seiner Kollegen eingeladen zu haben. Ich laufe, wenn auch langsam. Mein rechtes Bein will noch immer nicht so richtig, macht mir zu schaffen, aber das ist auf jeden Fall eine Verbesserung im Vergleich zu dem Tag, als ich aus dem Krankenhaus nach Hause gekommen bin.

„Es ist so schön, Sie wieder voller Energie und munter zu sehen", schmeichelt Marigold mir übertrieben. „Ich bewundere Sie, Sie sind ja so unglaublich tapfer."

Sie überhäuft mich mit ihrer Freundlichkeit, belagert mich regelrecht, und es wird mir zu viel. Also ziehe ich mich mit einer gemurmelten Entschuldigung in die Küche zurück. Adam steht draußen am Grill und frotzelt mit seinen Freunden Phil und Dave. Aus welchem Grund auch immer, aber … irgendwie fühle ich mich ausgeschlossen. Die letzten Monate waren ziemlich hart, und in mir gärt der Verdacht, dass ich vielleicht nicht immer ganz fair zu Adam gewesen bin. Es ist ein brütend heißer Tag, Adam hat eine große Karaffe mit Pimm's vorbereitet. Es sieht sehr verlockend aus. In den letzten Monaten habe ich selten Alkohol getrunken, schließlich muss ich alle möglichen Tabletten schlucken. Aber endlich bin ich über den Berg, kann ein neues Kapitel aufschlagen. Ach, was soll's …! Das ist auf jeden Fall eine kleine Feier wert.

Ich bin bereits bei meinem dritten Glas, als Adam in die Küche kommt, wo ich mit einem der Marketingleute aus seiner Firma zusammenstehe und mich prächtig unterhalte.

„Du solltest etwas vorsichtiger sein, Liv", warnt er mich.

„Sei kein solcher Spielverderber." Ich lache. „Das ist doch mehr Limonade als alles andere."

„Mag sein, aber letztendlich kommt es wohl auf die Menge an, nicht wahr?" Da liegt eindeutig Schärfe in seinem Ton. Verdutzt sehe ich ihn an. „Erinnere dich daran, wie es beim letzten

Mal ausgegangen ist", flüstert er mir ins Ohr, und ja, sofort fällt es mir wieder ein.

An meinem Geburtstag hatte ich beschlossen, dass ein Drink ein Muss war, obwohl ich Unmengen von Medikamenten intus hatte. Von dem Abend weiß ich zugegebenermaßen nicht mehr viel, nur, dass ich mich erbärmlich übergeben habe und Adam und ich uns heftig stritten.

„Ich passe schon auf, versprochen", versichere ich und drücke ihm einen Kuss auf die Lippen.

Bilde ich mir das nur ein, oder zuckt er tatsächlich leicht zurück? Nach meinem Unfall war Adam einfach großartig, aber in letzter Zeit wächst in mir das Gefühl, dass er sich von mir zurückzieht. Wahrscheinlich bin ich einfach nur überspannt ... Trotzdem ist es ein ungutes Gefühl.

Ich fülle mein Glas noch einmal mit Pimm's auf, gieße aber zusätzlich Limonade hinzu, damit Adam beruhigt ist. Noch zwei Gläser derart verdünnten Pimm's gönne ich mir, dann meine ich, dass ich etwas Stärkeres brauche und wechsle zu Wein über. Inzwischen hat jemand die Musik lauter gestellt, und die Leute fangen an zu tanzen.

„Adam, lass uns auch tanzen", fordere ich ihn auf.

„Livvy", er zögert, „ich weiß nicht, ob das eine so gute Idee ist."

„Oh, komm schon", locke ich ihn. „Ich wäre fast gestorben, und eine ganze Zeit lang sah es so aus, als würde ich nie wieder laufen können. Ich möchte einfach nur ein bisschen leben."

Also tanzen wir eine Runde, aber es ist anstrengend. Mein Bein tut höllisch weh, ich jedoch ignoriere den Schmerz entschieden. Ich schenke mir Wein nach, der Alkohol wird den Schmerz schon betäuben ... Tut er aber nicht, im Gegenteil, es wird immer schlimmer. Mir bleibt nichts anderes übrig, ich muss mich setzen, sehr zu Adams Erleichterung.

Der pochende Schmerz nimmt mich komplett ein, ich kann an nichts anderes mehr denken. Also gehe ich nach oben, suche die Schachtel mit Paracetamol aus dem Medizinschrank im Bad heraus. Zweifelnd schaue ich auf die Packung in meiner Hand, aus Erfahrung weiß ich, dass diese Pillen nicht sonderlich viel bewirken, sondern den Schmerz nur schwach überdecken. Im oberen Regal liegen noch die Schmerztabletten, die ich aus dem Krankenhaus mitbekommen habe. Die sind wirklich stark, und man soll während der Einnahme auf jeden Fall auf Alkohol verzichten, aber ich bin sicher, es wird schon nichts Schlimmes passieren.

Die Tabletten wirken praktisch sofort, und erleichtert gehe ich wieder nach unten. Der Schmerz ist jetzt nur noch eine vage Erinnerung. Ich fülle mein Glas Wein nach und geselle mich zu den anderen draußen im Garten. Allerdings ist mir jetzt leicht schwindlig, Adam kommt zu mir, mustert mich besorgt. Diesen Ausdruck in seinen Augen kenne ich genau. Ich kann meinen Herzschlag in meinen Ohren hören, mir ist sterbenselend, und als Nächstes sehe ich nur noch, wie der Rasen rasant auf mich zukommt.

Als ich wieder zu mir komme, beugt sich ein Sanitäter über mich. „Was haben Sie eingenommen?", fragt er mich.

„Nur eine Schmerztablette", lalle ich, bringe die Worte nur unverständlich heraus. Mir geht es wirklich hundsmiserabel.

Und dann sehe ich Joe neben mir stehen, er sieht so endlos verängstigt aus, und Adam sieht mit solch traurigen Augen auf mich hinunter, dass es mir wie ein Messerstich ins Herz fährt.

„Oh Livvy", murmelt er. „Warum tust du dir das nur immer wieder an?"

19. KAPITEL

Fünf Tage bis Weihnachten

Emily

„War es das jetzt?" Unsicher betrat Emily zum ersten Mal nach dem Exorzismus das Haus. Sie war beladen mit Tüten über Tüten voller Weihnachtsgeschenke. „Ist Livvy wirklich verschwunden?"

„Sieht so aus", sagte Adam. „Komm, legen wir die Geschenke erst einmal unter den Baum, und dann lass uns alles für ein richtiges Weihnachten herrichten."

„Oh, Gott sei Dank." Fest umarmte Emily ihn und konnte spüren, wie erleichtert auch er war. „Auch bei mir gibt es keine Anzeichen mehr von ihr. Es war grässlich zu wissen, dass sie dort war, ein Gefühl, als würde ich ständig beobachtet werden."

Sie nahm die Geschenke aus den Tüten und arrangierte sie um den Baum herum. Schon in ihrer Kindheit hatte es ihr immer die größte Freude bereitet, all die Pakete und Päckchen unter dem Baum liegen zu sehen, und auch heute noch weckte es erwartungsvolle Vorfreude in ihr. Es sah immer so hübsch aus – der geschmückte Baum mit den funkelnden Lichtern und dann die festlich verpackten Schachteln und Kartons, die sich darunter stapelten. Emily erlaubte sich jetzt endlich, etwas Weihnachtsgefühl aufkommen zu lassen, bisher hatte sie es nicht gewagt. Trotzdem galt es da natürlich noch immer eine große Hürde zu nehmen.

„Wie geht es Joe?", erkundigte sie sich vorsichtig.

„Er ist noch immer wütend." Adam seufzte. „Aber ich bin sicher, er kriegt sich schon wieder ein."

„Nein, ich werde mich nicht einkriegen." Joe erschien in der Wohnzimmertür.

„Hi, Joe", grüßte Emily munter. Sie hoffte, sein angeborener

Sinn für Höflichkeit würde die Oberhand gewinnen, doch die Hoffnung wurde enttäuscht.

„Ich rede nicht mit Verrätern." Ohne sie eines Blickes zu würdigen, ging er an ihr vorbei in die Küche. Wäre es nicht so traurig, hätte sie fast lachen können.

„Joe." Emily folgte ihm in die Küche. „Deinen Dad trifft keine Schuld."

„Er hat Mum verjagt", erwiderte Joe düster. „Ihr beide habt das getan. Sie wollte nur mit uns reden."

„Ich weiß." Emily setzte sich an den Küchentisch. „Ich wünschte, es hätte einen anderen Weg gegeben, dann wären wir den bestimmt gegangen."

„Sie will mit mir und Dad zusammen sein", sagte Joe.

Emily seufzte. „Das ist mir schon klar. Aber sie hat sich wirklich nicht sehr nett benommen."

Joe zuckte nur stumm mit den Schultern. Emily war schon so weit, dass sie es aufgeben wollte, als er sagte: „Sie fehlt mir. Ich wünschte, sie würde wieder zurückkommen."

Er sah so traurig und bedrückt aus, Emilys Herz flog ihm zu. Joe war stets so beherrscht und nüchtern, da konnte man leicht vergessen, dass er erst siebzehn war. Und jetzt hatte er seine Mutter praktisch zum zweiten Mal verloren.

„Ich kann mir vorstellen", Emily berührte kurz seine Hand, obwohl sie wusste, wie sehr er Körperkontakt hasste, umso größer war die Erleichterung, dass sie er nicht wegstieß, „wie schwer es für dich ist, Joe. Ich wünschte, es gäbe eine Möglichkeit, um es wiedergutzumachen."

„Das kannst du nicht", erwiderte er tonlos. „Niemand kann das."

„Ich verstehe, dass du wütend auf uns bist, Joe", fuhr sie behutsam fort, „aber bitte, wenn du jemandem die Schuld geben musst, dann gib sie mir, nicht deinem Dad. Sei nicht böse auf ihn. Es ist Weihnachten, und er tut sein Bestes. Er gibt sich doch solche Mühe."

Endlich sah Joe sie an. „Ich gebe dir nicht die Schuld, Emily. Wirst du Weihnachten hier verbringen?"

„Wenn du damit einverstanden bist ..."

„Ja", sagte er, „ich bin einverstanden." Und damit nahm er seine Tasse Kaffee und ging nach oben auf den Speicher, um Computerspiele zu spielen.

Wenn es auch nicht viel war, so war es zumindest ein Anfang.

Adam

Aus den Räumen der Grafikabteilung plärrt Paul McCartney lauthals in die Welt hinaus, was für eine großartige Weihnachtszeit er doch hat. Nur noch bis zum Wochenende, und dann ist Weihnachten da. Die Besetzung hier im Büro dünnt sich merklich aus, die meisten haben sich bereits in den Urlaub verabschiedet, es herrscht eine spürbar nachlässige Atmosphäre. Von denen, die noch hier sind, nimmt kaum noch jemand die Arbeit ernst. Man unterhält sich über die jeweiligen Urlaubspläne, beschreibt die Weihnachtsgeschenke für die Lieben und überlegt laut, ob man nicht bis Heiligabend warten sollte, um den traditionellen Truthahn zu kaufen, dann wird er nämlich auf jeden Fall auf den halben Preis reduziert sein. Ich beneide sie alle um die Normalität in ihrem Leben. Was würde ich darum geben, nur die eine Sorge zu haben, wann ich den Weihnachtstruthahn kaufen soll!

Bis vor Heiligabend werde ich durcharbeiten müssen, es ist noch immer reichlich zu tun. Bisher habe ich jedes Jahr voller Ungeduld darauf gewartet, endlich aus dem Büro herauszukommen, doch dieses Jahr bin ich dankbar für die Ablenkung, die die Arbeit mir von dem verrückten Chaos zu Hause bietet.

Joe redet noch immer nicht mit mir, die Stimmung zu Hause könnte man mit dem Messer schneiden, so drückend und schwer ist sie. Ich weiß nicht mehr weiter, der Junge lässt mich nicht an sich heran. Falls überhaupt, dann erhalte ich nur ein Knurren als Antwort von ihm. Immerhin hat er Emily wohl vergeben, was schon ein Fortschritt ist. Ich denke, in seiner Logik ist es nicht Emily, die für den Exorzismus verantwortlich war, sondern das bin ich, und somit trage ich auch die alleinige Schuld.

Vermutlich hat er sogar recht damit. Zwar bin ich mir nicht sicher, ob es tatsächlich die richtige Entscheidung war, aber ausschlaggebend war der Moment, in dem Emily panisch, ja geradezu hysterisch vor mir stand, nachdem Livvy diese feindseligen Nachrichten in dem Apartment hinterlassen hatte. Es war offensichtlich gewesen, dass Livvy es nur noch schlimmer für uns machen würde, ganz gleich, welchen Schritt wir auch taten. Jetzt jedoch ist Livvy weg, und die Leere in meinem Innern ist größer als zu der Zeit ihres tatsächlichen Todes. Als sie noch im Haus gespukt hat, bestand zumindest die Chance, dass ich zu ihr durchdringen und mich mit ihr aussprechen kann. Jetzt jedoch ist sie unerreichbar. Ich habe die Chance vertan, mich bei ihr zu entschuldigen.

Joe ist zu Recht wütend auf mich.

Ich überprüfe gerade lustlos ein paar Tabellen, als mein Bildschirm einfriert. Ich drücke „Strg", „Alt", „Entf", doch ohne Erfolg. Das ist doch wohl nicht …? Ein Schauder läuft mir den Rücken hinunter. Sollte es möglich sein, dass sie wieder zurück ist?

Auf dem Monitor erscheint eine Nachricht.

Du hast doch wohl nicht geglaubt, dass du mich so leicht loswirst, oder? Und gleich darunter: *Und ob es dir leidtun sollte!*

Livvy

Der Ausdruck auf Adams Gesicht, als ich seinen Computer übernehme ... absolut köstlich! Erst wird er weiß wie die Wand, dann beginnt er hektisch auf alle möglichen Tasten zu hämmern, als wollte er mich aus dem System werfen. Hilfsbereit, wie ich nun mal bin, fahre ich den Computer ganz herunter, damit Adam sich nicht mit Zweifeln plagen muss, ob ich es bin oder nicht. Und mit der triumphierenden Sicherheit, dass er jetzt so richtig schön in Panik ist, kehre ich in die Unterwelt zurück. Ich hätte natürlich auch ein wenig netter sein können, sicher, aber immerhin war er es, der mich austreiben wollte. Darüber bin ich noch immer ziemlich sauer.

Ich suche DJ Steve und Letitia. Ich freue mich hämisch, wie leicht es war, Adam aus der Spur zu werfen. Er ahnt ja nicht, was Letitia noch alles für ihn geplant hat. Trotz Malachis obskurer Warnung vor ihr bin ich froh, dass ich mit meinem Anliegen zu ihr gegangen bin. Nur dank Letitia bin ich nicht auf ewig in meinem Grab gefangen, bevor ich bereit dazu bin. Dieses Gegenmittel, das sie mir gegeben hat, war also ein Erfolg. Allerdings rührt sich in mir auch ein winziges ungutes Gefühl, was ihre Methoden betrifft, aber damit werde ich mich jetzt nicht verrückt machen. Was immer sie mir da gegeben hat, es hat funktioniert. Ich bin noch hier. Ob Malachi das auch erreicht hätte, ist wohl eher fraglich. Höchst ärgerlich ist allerdings, dass ich nicht mehr ins Haus hineinkomme, genauso wenig, wie ich an Emily herankomme. Ich bin extrem verärgert über sie, mehr denn je. Muss sie denn unbedingt ein solcher Jammerlappen sein? Nur ihretwegen ist Adam auf diesen Exorzismus eingegangen. Noch immer fühle ich mich, als hätte ich Prügel bezogen. Letitias Trank mag ja gewirkt haben, aber Pater Daves Bann war auch nicht von schlechten Eltern.

Es geht doch schließlich darum, Emily zu vertreiben, nicht mich. Sie soll Adam gefälligst aufgeben, damit ich ihn zurückhaben kann, und nicht mit Weihnachtsgeschenken bepackt wie ein Esel zu ihm rennen, damit sie sich ein paar schöne Stunden zusammen machen können. (Ich habe sie aus der Entfernung beobachtet, und sicher hätte ich ihr auch ein Bein gestellt, damit sie auf ihrem Allerwertesten landet ... hätte ich gekonnt. Durch diesen Exorzismus jedoch haben meine Kräfte einen massiven Dämpfer erhalten.)

Natürlich ist mir klar, dass es vielleicht ein wenig ungünstig ist, ich meine, da ich ja tot bin und so, und was Malachi mir ständig als Alternative vorspielt, ist auch nicht gerade prickelnd, aber ich bin noch immer der felsenfesten Überzeugung, dass es irgendeine Chance für mich gibt, die Dinge mit Adam zu richten. Wozu sonst lungere ich denn schon ein ganzes Jahr hier herum? Als Geist bin ich nicht zu Adam durchgekommen, aber Letitia hat mir die Möglichkeit geboten, wieder richtig zu ihm zurückzugehen. Und die will ich mir auf keinen Fall entgehen lassen.

„So, Lady ... bereit, den Einsatz zu erhöhen?", fragt sie mich in ihrem Südstaaten-Singsang.

„Ja, allerdings", antworte ich. „Adam weiß jetzt, dass ich noch immer hier bin. Es wird Zeit, dass ich ihm zeige, was ihm entgeht."

„Bist du dir auch ganz sicher, dass du den nächsten Schritt machen willst?"

Letitia mustert mich mit einem Blick, der mich an den einer Schlange erinnert, die ihre Beute hypnotisiert. In ihrer Stimme schwingt etwas Kalkulierendes mit, und das ungute Gefühl will wieder in mir aufsteigen. Was weiß ich eigentlich über die Frau? Vielleicht sollte ich es mir doch noch einmal genauer überlegen. Nur schiebt sich im selben Moment das Bild von Adam und Emily vor meine Augen, wie sie aneinandergekuschelt vor dem brennenden Kamin sitzen, in meinem Haus, und glückliche Familie spielen, und dann denke ich, dass es, ganz gleich, was auch immer Letitia vorschlägt, das Risiko wert ist.

„Ja, ich bin sicher", sage ich. Die kurze Schwäche verfliegt, ich bin überzeugt, dass Adam mich vermisst. Ich habe es doch gefühlt, als ich neben ihm stand und er am Computer arbeitete. Es tut ihm leid, dass er mich ausgetrieben hat. Da kann ich ansetzen, ich werde ihm in Erinnerung rufen, was wir zusammen hatten. Bisher habe ich ihn nur weiter in Emilys Arme getrieben, es wird höchste Zeit, dass ich ihn da wieder herausziehe.

„Aber lass dir vorab gesagt sein, dass meine Macht nur bis zu einem gewissen Grad reicht", sagt Letitia jetzt.

„Soll heißen?"

„Es gibt ein Zeitlimit. Da es allerdings diese besondere Phase im Jahr ist, erhältst du mehr Zeit als die meisten anderen. Aber du kannst nicht bis in alle Ewigkeit hier herumhängen. Das heißt, dir bleibt bis Heiligabend um Mitternacht, um Adam zurückzugewinnen. Wenn du es bis dahin nicht schaffst, hast du ihn für immer verloren."

Das klingt doch schon ein wenig extrem, oder? „Und was wird dann passieren?"

„Nun, dann bleibst du hier", antwortet Letitia.

Ich sehe mich in der Unterwelt um. Es könnte durchaus Schlimmeres geben, hier habe ich zumindest DJ Steve, mit dem ich mich unterhalten kann.

„Ja, so sieht es aus", merkt Letitia an. „Bist du immer noch bereit, das Risiko einzugehen?"

Ich muss schlucken. Riskiere ich zu viel, um mit Adam und Joe zusammen zu sein? Nein, mein Entschluss steht fest. Ich schaffe das. Ich weiß, dass ich das schaffe.

„So sicher, wie ich nur sein kann", antworte ich mit einer Zuversicht, die ich vielleicht nicht gar so absolut verspüre.

„Es könnte aber auch unvorhergesehene Konsequenzen nach sich ziehen", warnt Letitia.

„Ich pfeif auf die Konsequenzen", erwidere ich forsch.

20. KAPITEL

Adam

„Also ist sie doch nicht weg?" Emily sieht mich ungläubig an. „Trotz allem nicht?"

Nach Büroschluss bin ich direkt zu Emily gegangen, um ihr von dem Vorkommnis mit meinem Computer zu berichten. Wir sitzen in ihrer Küche bei einer Tasse Kaffee und versuchen zu verarbeiten, was passiert ist. Begreifen kann ich es noch immer nicht. Wir haben doch gesehen, wie Pater Dave Livvy vertrieben hat, wir haben es miterlebt. Wie kann sie dann noch immer hier sein?

„Nein, wie es aussieht, wohl nicht." Ich stoße einen schweren Seufzer aus. „Es wäre ja auch zu schön gewesen, um wahr zu sein."

Emily starrt düster in ihren Kaffee. „Tja, wenn jemand eine tote spukende Ehefrau als Anhängsel hat, dann kannst du Gift darauf nehmen, dass ausgerechnet ich ihn mir als Freund aussuche."

„Es ist nicht meine Schuld!" Ohne es zu wollen, fahre ich Emily an. Der Schlafmangel der gesamten letzten Woche in Kombination mit dem wachsenden Stress setzt mir mehr und mehr zu. Ich bin erschöpft und fertig mit den Nerven. Was will Livvy überhaupt, was erwartet sie sich davon?

„Ich weiß." Emily streckt ihre Hand über den Tisch und legt sie auf meine. „Das sollte ein Scherz sein."

„Vermutlich hat der Exorzismus teilweise funktioniert. Livvy war seitdem ja weder im Haus noch in deiner Wohnung. Vielleicht ist ihr der Zugang jetzt beschränkt."

„Vielleicht", sinniert Emily. „Wer weiß denn schon genau, wie die Dinge auf der anderen Seite gehandhabt werden, nicht wahr? Du meine Güte ... wie verrückt klingt das denn? Bis vor

Kurzem habe ich nicht einmal daran geglaubt, dass eine andere Seite überhaupt existiert."

„Ja, es gibt inzwischen viele Dinge, über die ich in letzter Zeit meine Meinung geändert habe", stimme ich ihr zu. „Weißt du was? Wenn Livvy nicht ins Haus hineinkommt, dann sollten wir davon ausgehen, dass sie uns das Weihnachtsfest nicht ruinieren kann. Lass uns einfach wie gehabt mit dem Plan fortfahren, so als wäre alles ganz normal."

Emily zieht eine Augenbraue in die Höhe. „Na, dann viel Glück damit."

„Musst du unbedingt so negativ sein?", knurre ich verärgert. „Ich klammere mich hier an jeden Strohhalm. Wir sollten auf das Beste hoffen."

„Und musst du unbedingt so begriffsstutzig sein?", faucht sie. „Livvy wird keine Ruhe geben, bevor sie mich nicht vertrieben hat. Sie hasst mich. Du hast diese Nachrichten doch auch gesehen."

„So schlimm wird es bestimmt nicht", widerspreche ich, auch wenn ich selbst höre, wie matt das klingt. „Auf mich ist sie wütend, jetzt wahrscheinlich noch mehr, so, wie ich sie kenne. Weil ich versucht habe, sie zu verbannen. Joe hat recht, ich hätte besser hinhören sollen."

„Hinhören? Auf was denn?", braust Emily auf. „Wie sie dich gegen mich aufhetzt?"

„Sei nicht albern, Emily", versuche ich sie zu beruhigen. „Du kannst unmöglich auf einen Geist eifersüchtig sein."

„Ich bin nicht albern", rechtfertigt sie sich. „Livvy will, dass ich aus deinem Leben verschwinde."

„Wenn ich ehrlich bin, kann ich sogar verstehen, warum", gebe ich zurück.

„Na großartig. Jetzt willst du also keine Verantwortung mehr übernehmen, was? Adam, wir beide haben ihr das angetan. Du und ich zusammen. Deshalb hasst Livvy uns und will uns dafür bestrafen. Mich im Besonderen, siehst du das denn nicht?"

„Nein", sage ich verärgert. „Ich sehe nur, wie paranoid du bist, und das bedeutet: ein Punkt für Livvy."

„Ach komm schon. Mit dir kann man nicht vernünftig reden!"

Feindselig starren wir einander stumm an.

„Ich werde auch nicht länger darüber reden", sage ich schließlich. „Ich gehe nach Hause."

Und damit verlasse ich erbost Emilys Apartment. Graupel fällt aus den tief hängenden Wolken, während ich mit ausholenden Schritten die Straße entlangstürme. Bis ins Mark bin ich durchgefroren und nass bis auf die Haut, obwohl ich erst die Hälfte des Weges zurückgelegt habe. Zum ersten Mal haben Emily und ich uns gestritten ... Ich war gemein zu ihr, ich hätte meinen Frust nicht an ihr auslassen dürfen.

Während ich weitergehe, fühle ich eine Welle zärtlicher Energie. Mir ist, als stünde jemand an meiner Seite, doch bei diesem elendigen Wetter bin ich der einzige Mensch weit und breit auf der Straße. Ich bleibe stehen und sehe mich um.

„Livvy?", frage ich zögernd, erhalte aber keine Antwort.

Livvy

Fantastisch! Triumphgefühl flutet mich. Ich bin Adam von der Firma bis zu Emilys Apartment gefolgt. Ich nehme an, er will ihr berichten, dass ich noch immer hier bin. Es ist so frustrierend, aus Emilys Wohnung ausgeschlossen zu sein, ich habe also keine Ahnung, was die beiden da miteinander bereden. Aber Adam bleibt nicht lange, und so energisch, wie er jetzt die Straße hinuntermarschiert, weiß ich, dass sie sich gestritten haben. Auch höre ich, wie Emily hinter ihm herruft: „Adam, geh nicht!" Sehr schön. Da habe ich also wohl die ersten Risse in ihre Beziehung geschlagen.

Ich folge Adam und spüre seine schlechte Laune in Wellen

von ihm ausströmen. Wegen des Exorzismus kann ich ihm nicht zu nahe kommen, aber immerhin erhasche ich einen flüchtigen Blick auf das Durcheinander in seinem Kopf, als ich an ihm vorbeischwebe. Endlich! Endlich beginnt er, die Dinge aus meiner Perspektive zu sehen!

Ich eile in die Unterwelt und berichte Letitia die guten Neuigkeiten.

„Zeit, etwas zu unternehmen." Ich bin ja so aufgeregt. Ich werde also bekommen, was ich haben will!

„Und du bist dir wirklich absolut sicher, dass du diesen Weg gehen willst, ja?", fragt sie mich ein weiteres Mal. „Ich muss dich deutlich warnen. Von dort gibt es kein Zurück mehr."

„Das weiß ich doch schon alles, das hast du mir schon mehrmals erklärt." Ich werde langsam ungeduldig. „Mir ist klar, dass es vielleicht nicht funktionieren wird, aber ich will auf jeden Fall weitermachen."

„Dir ist hoffentlich auch klar, dass der Zauber, auf den du dich da einlässt, einer der dunkelsten ist", mahnt sie an. „Dieses Zeug erhält nicht jeder von mir, nur Leute wie du, die couragiert genug sind, ihr bisheriges Dasein hinter sich zu lassen. Nur mit solchen Leuten lohnt sich die Zusammenarbeit."

Ich fühle mich geschmeichelt, dass sie mich für couragiert hält. Das Kompliment steigt mir zu Kopf, macht mich kühn und waghalsig.

„Und vergiss nicht", fügt sie noch an, „dir bleibt bis Mitternacht am Heiligen Abend, um ihn für dich zu gewinnen."

„Ich weiß, ich weiß, das hast du schon gesagt. Und wenn es mir nicht gelingt, dann sitze ich hier fest." Darum mache ich mir überhaupt keine Sorgen. Ich bin felsenfest davon überzeugt, dass Adam bereits schwach wird, das habe ich doch schon gemerkt.

„Und dann gehörst du mir." Letitia lächelt wissend.

Zwar bin ich absolut zuversichtlich, dass ich mein Ziel erreichen werde, aber dieses überhebliche Lächeln ist dann nun doch ein wenig beunruhigend. „Soll heißen?"

„Ist er das Risiko wert?", fragt sie statt einer Antwort.

„Ja, das ist er." Und er ist es wirklich. Jetzt, wo ich diese Entscheidung treffen muss, wird mir noch einmal deutlich, wie sehr ich Adam liebe. Und Joe braucht mich. Es war einfach nicht fair, dass ich gestorben bin, bevor ich die Möglichkeit hatte, unsere Ehe wieder ins Lot zu bringen. Ich habe diese zweite Chance verdient. Außerdem vermute ich insgeheim, dass Letitia die Gefahren dieses Unternehmens absichtlich übertreibt, damit sie als die Grande Dame der Unterwelt brillieren kann.

„Du bist also noch immer sicher, dass du weitermachen willst?"

„Absolut." Ich kann nur daran denken, dass ich Adam bald wieder gegenüberstehen werde, ich meine, richtig gegenüberstehen. Ich kann ihn daran erinnern, wie gut wir beide zusammen waren. „Ich werde doch normal sein, oder? Keine Warzen im Gesicht oder körperliche Gebrechen, oder?"

„Nein, nichts dergleichen", versichert Letitia mir.

„Gut. Worauf warten wir dann noch?", sage ich. „Tun wir es."

Emily

Emily fühlte sich schrecklich elend, nachdem Adam so aus ihrer Wohnung gestürmt war. Immer und immer wieder ließ sie den Streit in ihrem Kopf ablaufen, grässlicher als der schlimmste Ohrwurm. Sie wusste, dass sie recht hatte. Livvy wollte sie loswerden. Wieso wollte Adam das nicht einsehen, wieso war er so stur? Und wieso ergriff er plötzlich Partei für seine tote Ehefrau?

Jähe Angst überkam sie. Was, wenn Adam seine Meinung geändert hatte? Vielleicht wünschte er sich, wieder mit Livvy zusammenzukommen, und bedauerte es zutiefst, die Chance vertan zu haben?

Je länger Emily darüber nachdachte, desto mehr wuchsen Zweifel und Bedenken in ihr an. Worauf basierte ihre Beziehung mit Adam eigentlich genau? Durch Livvys Tod hatten sie nur mit Chaos umgehen müssen, vielleicht hielt Adam nur deshalb noch an ihr fest. Vielleicht liebte er sie ja gar nicht wirklich, hatte sich das nur eingeredet und an die Vorstellung geklammert? Was, wenn Livvys Rückkehr die Dinge für ihn nun anders aussehen ließ, vielleicht war ihm etwas klar geworden … Schließlich waren die beiden lange verheiratet gewesen, möglich, dass das mehr zählte als eine Affäre, die mehr oder weniger aus Kummer und Frustration entstanden war. Und wie sollte Emily je mit einer verschmähten, toten Ehefrau konkurrieren können? Livvy hatte auf jeden Fall die Moral auf ihrer Seite.

„Verdammt, Adam hat recht", sagte sie laut in den Raum hinein. „Ich bin tatsächlich auf ein Gespenst eifersüchtig."

Was absolut lächerlich war. Livvy war tot. Emily dagegen hatte einen echten, lebenden, atmenden, warmen Körper. Aber wie immer Livvy das auch angestellt haben mochte, es war ihr tatsächlich gelungen, einen Keil zwischen Adam und Emily zu treiben. Vielleicht war es an der Zeit, dass Adam sich bewusst wurde, was genau er überhaupt wollte. Dadurch, dass Emily immer da gewesen war, hatte er gar keine Zeit zum Trauern gehabt. Das war sicher ein Thema, das sie ansprechen sollte. Und zwar schnellstmöglich.

Also machte sie sich auf den Weg zu Adam hinüber. Als er ihr die Haustür öffnete, sah er so elend aus, wie sie sich fühlte. Innerhalb von Sekundenbruchteilen lagen sie einander in den Armen, beide sprudelten sie ihre Entschuldigungen hervor.

„Es tut mir so leid." Emily standen die Tränen in den Augen. „Ich wollte dich nicht verärgern."

„Ja, mir tut es auch endlos leid. Ich hatte nie vor, dich so anzuherrschen", entschuldigte sich Adam.

Eng umschlungen blieben sie eine ganze Weile in der Diele stehen. In seiner Umarmung fühlte Emily sich sicher und geborgen. Sie hatte sich getäuscht, Livvy konnte ihnen nichts anhaben. Wie hatte sie je an Adam zweifeln können?

„Adam", sie zog sich aus seinen Armen zurück. „Wir müssen reden."

„Ich weiß." Mit einem Seufzer drehte er sich um, und sie folgte ihm ins Wohnzimmer.

Joe saß hier und schaute sich *Buddy, der Weihnachtself* auf DVD an. Emily war sicher, dass er sich den Film seit Oktober mindestens einmal die Woche angesehen hatte.

Er wandte ihr den Kopf zu. „Dad meint, Mum sei gar nicht weg."

„Ja, ich glaube, dein Dad hat recht damit", sagte Emily.

„Gut. Vielleicht kannst du dann mit ihr reden, wenn Dad es nicht will", schlug er vor.

Ja klar. Etwas Schöneres konnte Emily sich gar nicht vorstellen, richtig? „Vielleicht", antwortete sie dem Jungen vage. „Aber erst muss ich mit deinem Dad reden."

Sie gingen in die Küche, Adam schenkte zwei Gläser Wein für sie beide ein, und dann setzten sie sich an den Küchentisch.

„Also?" Erwartungsvoll sah Adam sie an.

„Also …", nahm Emily den Anfang auf. „Ich denke, es gibt da ein Problem, das bislang unter den Teppich gekehrt worden ist. Nur ist es jetzt dringend an der Zeit, es offen anzusprechen."

„So? Was denn für ein Problem?", fragte Adam verblüfft.

„Livvy", sagte Emily mit fester Stimme, auch wenn sie wusste, dass sie sich hier auf dünnes Eis begab. „Ich muss wissen, ob du wirklich über sie hinweg bist."

21. KAPITEL

Adam

„Was?" Fassungslos starre ich Emily an. Wie kommt sie denn jetzt darauf? So etwas hat sie noch nie zu mir gesagt. „Natürlich bin ich über Livvy hinweg. Wie kannst du überhaupt daran zweifeln?"

Aber ... stimmt das wirklich? Ich weiß, dass ich nicht mehr in Livvy verliebt bin, aber ein Teil von mir wird sie wohl immer lieben, und ich verachte mich dafür, dass ich sie verletzt habe. Aber viel stärker setzt es mir zu, wie Emily da vor mir sitzt, bedrückt, niedergeschlagen und verletzt.

„Seit Livvy wieder aufgetaucht ist, bist du nicht mehr der, der du vorher warst", erklärt sie. „Ich meine, ich verstehe ja, dass dir leidtut, was passiert ist, und mir ist auch klar, dass du dir wünschst, du könntest die Dinge mit ihr bereinigen, aber ... seit dem Exorzismus gewinne ich mehr und mehr den Eindruck, dass du denkst, wir hätten einen Fehler begangen."

Oh Mist! Warum muss alles immer so kompliziert sein? Warum ist das Leben nicht fein säuberlich geordnet, alles eindeutig schwarz und weiß? Und warum lassen sich unerwünschte Gefühle nicht einfach abstellen wie ein Wasserhahn?

Nach einem tiefen Atemzug fährt Emily fort: „Du musst dich entscheiden, Adam. Entweder sie oder ich."

„Emily, das ist doch lächerlich." Ich gehe zu ihr und ziehe sie in meine Arme, und sie klammert sich an mich. Ich merke, wie bemüht sie die Tränen zurückhält, und drücke einen zärtlichen Kuss auf ihr Haar. Ich weiß, dass ich ehrlich sein muss, aber meine Worte auch sorgfältig abwägen sollte. „Ich bin schon lange nicht mehr in Livvy verliebt. Das, was einst zwischen uns war, war längst verdorrt."

„Aber?"

„Aber …" Wie sage ich das am besten, ohne mich wie der letzte Mistkerl anzuhören? „… ich hasse die Tatsache, dass Livvy gestorben ist. Dass Joe seine Mum verloren hat. Dass ich nicht die Möglichkeit hatte, mich mit ihr auszusprechen. Auf eine gewisse Art liebe ich sie noch immer, ja, und ich trauere auch immer noch um sie. Ergibt das irgendeinen Sinn für dich?"

Emily nickt stumm.

„Und hier kommt das nächste Aber …", fahre ich fort, „… du bist es, die ich will, nur du. Selbst wenn Livvy jetzt lebendig hier auftauchen würde, gesund und munter … es wärst noch immer du."

„Wirklich?"

„Ja, wirklich", bestätige ich fest. „Vom ersten Augenblick an, als wir uns in dem Café trafen, bist du mir unter die Haut gegangen. Livvy und ich hatten uns schon lange, bevor du in meinem Leben aufgetaucht bist, auseinandergelebt. Ich will gar nicht bestreiten, dass ich im Moment ziemlich verwirrt bin. Livvy und ich waren immerhin lange verheiratet, ich wünschte, ich hätte die Möglichkeit gehabt, ihr offen zu sagen, dass ich mich von ihr trennen werde. Aber glaube mir, du bist diejenige, die ich liebe und will und brauche."

„Oh Adam." Emily küsst mich auf den Mund, und lange stehen wir nur da und halten einander fest.

„Komm, lass uns mit diesem ganzen Unsinn aufhören", sage ich zu ihr. „Natürlich ist mir klar, wie verrückt die Situation ist, aber tun wir einfach so, als wäre alles normal. Wir sollten uns zumindest bemühen und versuchen, das beste Weihnachtsfest zu feiern, das wir uns vorstellen können, ja?"

„Du sagst also, dass, selbst wenn sie hier in Fleisch und Blut vor dir stünde, würdest du trotzdem mich wählen?" Emily scheint noch einmal eine Bestätigung zu brauchen.

„Immer", versichere ich ihr. „Aber das wird nicht passieren, also zerbrich dir nicht länger den Kopf darüber."

„Weißt du, ich würde es ihr zutrauen, dass sie einen Weg findet", sagt sie grüblerisch.

„Wie sollte das denn möglich sein? Sie ist ein Geist. Und wenn sie uns nicht in Ruhe lässt, werden wir uns noch einmal an Pater Dave wenden. Alles kommt in Ordnung, du wirst schon sehen."

Emily

Zusammen mit Adam und Joe setzte Emily sich auf die Couch, um fernzusehen. Sie fühlte sich wesentlich besser. Sie war einfach viel zu hysterisch, Livvy war ihr tief unter die Haut gegangen. Aber jetzt wusste sie, dass ihre Beziehung mit Adam solide war. Sie würden zusammenhalten, ganz gleich, was noch alles passierte. Livvy würde es nicht gelingen, sie auseinanderzubringen.

Der restliche Abend verlief friedlich. Sie lachten zusammen mit Joe über ein albernes Weihnachtsquiz im Fernsehen. Er war so weit aufgetaut, dass er wieder mit seinem Vater redete. Es war richtig gemütlich, alles völlig normal. In der Gewissheit, dass Livvy nicht mehr ins Haus gelangen konnte, erlaubte Emily es sich, zu hoffen, dass sie ein schönes Weihnachtsfest zusammen verleben würden. Sie entspannte sich tatsächlich so weit, dass sie sich auf die Feiertage zu freuen begann. Livvy mochte es ja vorhaben, aber sie würde ihnen das Fest nicht ruinieren. Auch Joe schien sehr viel ruhiger, jetzt, da er wusste, dass seine Mum wieder irgendwo in der Nähe war.

„Ihr redet doch mit ihr, oder?", fragte der Junge irgendwann. „Ich denke, es würde Mum sehr froh machen, wenn sie mit euch sprechen könnte."

„Wenn es einen Weg gibt, Joe, dann ja", antwortete Adam. „Ich möchte nämlich nicht, dass deine Mum traurig ist."

„Das ist gut. Das wird ihr gefallen."

Joe war zufrieden, wünschte den beiden bald gute Nacht und ging zu Bett. Adam und Emily tranken ihren Wein aus und entspannten vor dem warmen Kaminfeuer. Sie waren so locker und gelöst wie schon lange nicht mehr, seit Livvy mit dem Spuken begonnen hatte. Sie waren zusammen, nichts anderes zählte.

„Oh Adam, sieh nur, es schneit", rief Emily aus, als sie vor dem Zubettgehen gemeinsam die Küche aufräumten.

„Vielleicht bekommen wir ja doch noch eine weiße Weihnacht", meinte Adam hoffnungsvoll.

Sie standen in der Hintertür und schauten zu, wie die Schneeflocken eine weiße Decke über den Rasen legten. Es war der perfekte Abschluss für einen aufreibenden Tag.

„Das ist wie ein Märchen", sagte Emily. „Ich werde das als gutes Omen nehmen."

„Ja, ich auch." Adam legte ihr den Arm um die Schultern. „Aber jetzt komm, lass uns zu Bett gehen."

Mit diesem wunderbaren Gefühl gingen sie ins Schlafzimmer, liebten sich lang und zärtlich, bevor sie eng umschlungen einschliefen. Emily schlief besser und ruhiger als seit Wochen.

Als sie am Morgen aufwachten, lag der Schnee gute zwanzig Zentimeter hoch, die Räumfahrzeuge der Stadt waren bereits auf den Straßen unterwegs. Joe war so aufgeregt, dass er am Morgen ins Schlafzimmer gerannt kam.

„Im Garten sind Engel", berichtete er eifrig.

„Wie bitte?" Adam blickte völlig verwirrt, doch Emily stand auf und ging zum Fenster, um hinauszusehen.

„Ah, ich verstehe. Du meinst die Schneeengel draußen im Garten."

„Hast du die gemacht, Joe? Warst du etwa schon draußen?", fragte Adam verblüfft.

„Nein, ich war das nicht." Joe zuckte mit den Schultern.

Und dann, als sie zusammen zum Frühstück nach unten gingen, klärte sich auf, wie die Schneeengel in den Garten gekommen waren. Das Fenster war beschlagen, und Emily gefror das Blut in den Adern, als sie die Nachricht auf der Fensterscheibe las.

Oh nein.

Na, habt ihr mich vermisst?, stand da zu lesen.

Livvy

Letitias Plan ist wunderbar simpel. Sie hat Zugang zu etwas, das sie als „uralte Macht" bezeichnet. Mir schwant, dass Malachi das nicht gutheißen würde. Zusammen sitzen wir im Garten hinter Adams Haus, und es wird Zeit für den Startschuss.

„Ich schließe hier doch hoffentlich keinen Pakt mit dem Teufel oder so was Ähnliches, oder?", frage ich. Ich habe nämlich nicht das Bedürfnis, mich in diesem Leben auf etwas einzulassen, nur um dann im nächsten festzustellen, dass ich einen Pakt nach *Faust*-Art eingegangen bin.

„Aber nicht doch, Süße", antwortet sie mir. „Du solltest wirklich mehr Vertrauen zu mir haben."

„Na gut. Und was muss ich jetzt tun?"

„Alles, was du brauchst, ist ein bisschen von Letitias Spezialtrank", sagt sie, „und damit öffnest du dann die Tür, um wieder zurückzugehen."

Spezialtrank? Das erinnert mich an den Film *Der Tod steht ihr gut*. Ich schlucke schwer. Wenn ich mich recht entsinne, hat dieser Trank Goldie Hawn und Meryl Streep nicht gerade sehr gut gedient. Ich kann nur hoffen, dass Letitias Trank keine von diesen hässlichen Nebenwirkungen hat. „Und dann kann ich wieder ins Haus?"

„Noch viel besser", sagt sie. „Sobald du das trinkst, bekommst du auch deinen Körper zurück. Du wirst durch die Tür gehen können wie zu den Zeiten, als du noch gelebt hast. Das wird auf jeden Fall für Aufregung sorgen."

Und wie! „Tja, dann ... her damit!"

„Aber denk daran, wie ich schon sagte ... du hast Zeit bis Heiligabend um Mitternacht, um dir das zu holen, was du willst."

„Schon kapiert. Also los."

Sie reicht mir eine Phiole mit einer klaren Flüssigkeit. Ich muss zugeben, ich bin etwas enttäuscht. Sollte es nicht rauchen oder wenigstens perlen so wie der andere Trank? Aber bei der Vorstellung, schon bald wieder mit Adam und Joe zusammen zu sein, bin ich so aufgeregt, dass ich das Fläschchen kommentarlos von ihr annehme.

„So, nun liegt es allein an dir, Mädchen", feuert sie mich an. „Zeig, was du kannst, geh und hole dir deinen Mann zurück." Damit löst sie sich vor meinen Augen auf.

Jetzt sitze ich allein hier draußen in Adams Garten und sehe auf den Schnee um mich herum. Die Aufmerksamkeit der Hausbewohner habe ich mir ja bereits mit den Schneeengeln und der Nachricht auf der Fensterscheibe gesichert, jetzt wird es Zeit für den nächsten Schritt in dem Plan.

Ich halte die Phiole hoch und sehe noch einmal durch das Glas. Ist es das Risiko wirklich wert? Ich schaue zum Haus, sehe Adam und Joe und Emily am Fenster stehen und auf die Schneeengel hinunterstarren, die ich gemacht habe. Natürlich ist es das Risiko wert.

Ich entkorke das Fläschchen und setze es an meine Lippen ...

Joes Notizheft

Heute Morgen bin ich aufgewacht und habe die Schneeengel im Garten gesehen.
Es ist wie Magie.
Mum hat mir die Geschichte von einem magischen Schneeengel erzählt, als ich noch klein war.

Der Engel war ein Weihnachtswunder, und am Weihnachtstag ist er lebendig geworden.
Ich hatte mein Weihnachtswunder schon.
Ich bin sicher, Mum hat die Schneeengel gemacht.
Der Exorzismus hat nicht gewirkt.
Das ist gut.
Dad und Emily scheinen aber nicht glücklich darüber zu sein.
Das ist schlecht.
Ich glaube wirklich, Mum ist wieder da.
Das ist sogar sehr gut.
Mein Weihnachtswunsch ist also noch vor Weihnachten in Erfüllung gegangen.

DIE WEIHNACHT DER GEGENWART

Livvy

„Ich kann dir versichern, das wird es auch nicht besser machen." Malachi taucht urplötzlich auf.

Er versucht es also noch immer. Na großartig. Er ist gekommen, um mich aufzuhalten.

„Du irrst dich." Seine Vorhaltungen sind mir jetzt wirklich schnuppe. „Endlich habe ich die Chance, Adam die Augen zu öffnen, sodass er die Wahrheit sieht."

„Hast du ihm denn noch immer nicht genug Kummer bereitet?", fragt Malachi verächtlich.

„Wir waren einmal glücklich", verteidige ich mich. „Und wir können es wieder sein. Ich muss es zumindest versuchen."

„Das wird alles nur in Tränen enden, und du trägst die Verantwortung dafür. Was immer geschieht, hast du dir dann selbst zuzuschreiben. Und überlege nur mal ... die Geschichte könnte auch eine ganz andere Richtung einschlagen."

Und mit einem knappen Schnippen seiner Schwanzspitze befinde ich mich wieder in dem tristen Paralleluniversum, das er mir ständig vor Augen hält ...

In meiner alternativen Gegenwart ist es Ende Oktober. Weihnachten rückt näher, und eigentlich sollte ich mich darauf freuen, wenn man bedenkt, dass ich das letzte Weihnachtsfest fast nicht erlebt hätte. Seit diesem Vorfall auf der Grillparty in unserem Garten ist Adam auf Distanz zu mir gegangen. Nicht dass er nachtragend wäre – wofür ich ihm wirklich dankbar bin –, aber seine Enttäuschung ist nicht zu übersehen. Alkohol bringt er gar nicht mehr mit ins Haus, keinen einzigen Tropfen. Es frustriert mich maßlos. Es ist ja nicht so, als hätte ich das Problem noch. Und jetzt, da es mir so viel besser geht und ich keine Schmerztabletten mehr brauche, wird es sowieso nicht mehr vorkommen. Dennoch beobachtet Adam mich mit Argusaugen. Das geht inzwischen so weit, dass ich mich schon schuldig fühle, wenn ich eine Flasche Wein auch nur ansehe. Was schließlich dazu führt, dass ich heimlich trinke, wenn er nicht zu Hause ist.

Joe dagegen geht es ganz prächtig. Allerdings sehe ich ihn kaum noch. Er scheint eine Freundin zu haben. Sie heißt Caroline und ist eigentlich ganz nett, aber sie nimmt den Großteil seiner Zeit in Beschlag. Ich sollte mich für ihn freuen, schließlich hätte ich nie damit gerechnet, dass er einmal so weit kommt. Nur schaffe ich das irgendwie nicht. Ich habe das Gefühl, gewaltsam verdrängt worden zu sein. Wenn er mich nicht mehr braucht, was tue ich dann überhaupt noch hier?

„Vielleicht solltest du wieder arbeiten gehen", schlägt Adam eines Abends vor, als ich mich ausgiebig über den tödlich langweiligen Tag beklage, der hinter mir liegt. Natürlich würde ich das gern, aber nach so langer Zeit habe ich den Anschluss verloren, ich komme mir so nutzlos und unfähig vor. Außerdem könnte ich gar nicht mit der neuen Technologie umgehen, schließlich gehöre ich seit sechzehn Jahren nicht mehr zur Arbeitswelt. Wer würde mich da überhaupt schon einstellen? Vielleicht würde es mich auch gar nicht so sehr aufreiben, wenn da nicht dieser Verdacht an mir nagen würde, dass ich Adam verliere. Er hält sich bewusst vage und bedeckt über seine Unternehmungen nach Büroschluss. Nachdem er einige Monate pausiert hat, stürzt er sich jetzt wieder wie ein Besessener in die wöchentlichen Schwimmabende. Das weckt den Argwohn in mir, dass er mich vielleicht betrügt. Würde er das wirklich tun? Nach allem, was wir hinter uns haben?

Meine schlimmsten Befürchtungen bestätigen sich, als ich zu einem Schaufensterbummel ins Zentrum fahre und zufällig Marigold über den Weg laufe – die es sich nicht ausreden lässt, mich auf einen Kaffee einzuladen. Bisher bin ich eigentlich so weit ganz gut mit ihr klargekommen, doch seit meinem Unfall ist sie dazu übergegangen, mich wie ein hilfloses Kind zu behandeln. Es treibt mich noch in den Wahnsinn. Monatelang ist sie „auf einen Sprung vorbeigekommen", um ihre Hilfe anzubieten. Von jedem anderen hätte ich das gerne angenommen, aber meine sogenannten Freundinnen haben mich wie eine heiße Kartoffel fallen gelassen, als ich im Krankenhaus lag, selbst Miranda hat sich nicht blicken lassen. Ein einziges Mal habe ich den Vorschlag gemacht, ob wir nicht mal was trinken gehen wollen, aber sie hat sich mit einem Vorwand entschuldigt, und seither habe ich nichts mehr von ihr gehört.

Dafür gehe ich jetzt also mit Marigold einen Kaffee trinken, ein Nein hat sie nicht akzeptiert. Als wir sitzen, verstehe ich auch den Grund für ihre Beharrlichkeit.

„Ich hatte einfach das Gefühl, dass ich es Ihnen sagen muss, Livvy", beginnt sie in diesem gönnerhaften Ton, der mir enorm auf die Nerven geht. „Mein Gewissen lässt mir keine Ruhe, sonst könnte ich nicht mehr mit mir leben."

So, könntest du also nicht, was? Aber von meinen bissigen Gedanken lässt sie sich natürlich nicht aufhalten.

„Es ist immer unangenehm, Überbringer schlechter Nachrichten zu sein, nicht wahr?" – Als ob! Sie strahlt ja geradezu vor Häme! – „Aber ich denke, Sie haben ein Recht darauf, es zu erfahren."

„Vielleicht würde ich es lieber nicht wissen", sage ich. Ich merke, dass das, was immer sie mir mitzuteilen hat, mir nicht gefallen wird.

„Sie sind so tapfer gewesen, Livvy." Marigold streckt die Hand über den Tisch und drückt meinen Arm. „Das haben Sie wirklich nicht verdient."

„Marigold", warne ich sie, doch sie ist nicht zu bremsen.

„Es ist so, Livvy ... Adam hat eine Affäre."

„Wenn du mir einreden willst, es sei nicht zu vermeiden, dass Adam und Emily als Paar enden, dann wird das nicht funktionieren", protestiere ich trotzig. „Das hat mir nur gezeigt, dass ich gar keine andere Wahl habe, als das hier zu tun."

„Deine Zeit hier ist abgelaufen", sagt Malachi geduldig. „Das versuche ich dir doch begreiflich zu machen. Bitte, Livvy, tu es nicht."

Für einen Moment halte ich inne. Das klingt ja geradezu, als würde er betteln. Aber dann denke ich wieder an die Alternative, die sich mir bietet. „Sorry, Malachi", entgegne ich. „Aber es ist mein Leben, und das hier ist das, was ich will."

Und damit hebe ich die Phiole an, lasse den Inhalt in meinen Mund fließen und schlucke Letitias Trank.

22. KAPITEL

Drei Tage bis Weihnachten

Livvy

Der Trank brennt wie Feuer in meiner Kehle und löst ein herrliches Prickeln in meinem ganzen Körper aus. Das ist ja noch viel besser als der Wodka, den sie in der Unterwelt-Bar servieren! Ich fühle dieses seltsame dumpfe Pochen, und dann scheint sich die Welt ein wenig zu verschieben. Alles dreht sich, mir wird schwindlig, ich fühle mich einer Ohnmacht nahe. Und dann ... dann nichts mehr. Absolut nichts. Ich stehe noch immer hier, genau wie vorhin. Nichts hat sich geändert, nur, dass mich die Enttäuschung beinahe erdrückt.

Wutentbrannt marschiere ich aus dem Garten hinaus, wild entschlossen, in die Unterwelt zurückzukehren und eine Erklärung zu verlangen. Doch ... ich renne gegen den Zaun. Was? Wieso hält mich plötzlich ein lächerlicher kleiner Gartenzaun auf?

Und dann wird es mir klar – ich spüre meine Füße. Ich kann tatsächlich meine Füße spüren! Und zwar sind sie eiskalt und feucht vom Schnee. Ich senke den Blick, starre auf meine Hände und schnappe nach Luft. Die sind real! Fest, solide ...

Letitias Trank hat gewirkt!

Ich bin wieder da!

Allerdings ist es hier draußen bitterkalt. Wenn man keinen Körper mehr hat, kann man leicht vergessen, was Kälte ist, wie sie einem bis in die Knochen kriecht, weil man Engel in den Schnee gedrückt hat. Ich trage die gleichen Sachen wie zum Zeitpunkt meines Todes. Anders als dieser Winter war der letzte wirklich mild gewesen, deshalb trage ich nur Jeans und T-Shirt und darüber eine Fleecejacke – die pitschnass ist von den Schneeengeln.

„Dann lass uns mal sehen, wer richtigliegt", sage ich zu Malachi, wobei ich eine Entschlossenheit vortäusche, die ich so nicht wirklich fühle. Was, wenn Adam nicht so begeistert ist, mich zu sehen? Nun, wer nicht wagt, der nicht gewinnt. So heißt es doch, oder? Malachis missbilligendes Murren ignoriere ich, gehe auf die Hintertür zu und hämmere mit der Faust dagegen.

Keine Antwort. Vielleicht haben sie sich ja wieder ins Bett verkrochen, nachdem sie meine Nachricht entdeckt haben. Zögernd drücke ich die Türklinke herunter ... und die Tür schwingt auf.

Da stehe ich also in meiner Küche, aber zu meiner Enttäuschung ist niemand hier. Außer mir. Was absolut fantastisch ist. Für einen Moment vergnüge ich mich damit, mit den Fingern über die Arbeitsflächen zu streichen, fahre mit der Hand über den neuen Herd, den wir in dem Jahr gekauft haben, bevor ich starb. Ich setze mich an den alten Küchentisch, an dem wir als Familie so viele Mahlzeiten geteilt haben. Das hier ist das Haus unserer Träume, das Haus, in dem wir Joe aufgezogen haben. Ich bin also wirklich wieder zurück. Und ich weiß, dass ich alles in Ordnung bringen kann und wir wieder glücklich sein werden.

„Hallo? Ist jemand zu Hause?", rufe ich laut.

Und dann ist es, als hätte ich einen Stromschlag erhalten. Adam steht im Türrahmen. Er sieht aus wie immer, und trotzdem ist es, als sähe ich ihn zum ersten Mal. Ich registriere das blonde Haar mit dem ersten Grau an den Schläfen, schaue in seine strahlend blauen Augen, nehme das milde Lächeln wahr, das um seine Lippen spielt. In schwarzer Jeans und einem Sweatshirt mit Kapuze sieht er noch besser aus, als ich ihn in Erinnerung hatte. Auch hatte ich ganz vergessen, dass allein sein Anblick mein Herz schneller schlagen lässt. Der Mann hat mir immer den Atem geraubt, und ich muss mich zusammennehmen, um nicht loszurennen und mich ihm an den Hals zu werfen. Denn, so ungern ich es auch zugebe, er wirkt alles andere als begeistert über mein Erscheinen.

Nein, er ist weiß wie ein Laken, so als würde er seinen Augen nicht trauen.

Oh, mein geliebter wunderbarer Adam. Wie sehr ich dich vermisst habe. Bitte, bitte, erinnere dich daran, wie es mit uns war, flehe ich in Gedanken.

„Adam …", beginne ich zögernd.

„Großer Gott!", entfährt es ihm voller Entsetzen. Das ist nun nicht gerade die Reaktion, die ich mir gewünscht hatte. „Livvy … bist das wirklich du?"

Adam

Das Wort „Schock" reicht bei Weitem nicht aus, um zu beschreiben, was ich empfinde. Von all den bizarren Dingen, die sich in den letzten Wochen zugetragen haben, ist das hier eindeutig das bizarrste. Statt Livvy losgeworden zu sein, scheint sie jetzt hier in meiner Küche zu stehen, und sie sieht sehr lebendig aus.

Lebendig … und umwerfend. Ihr rotes Haar ist nass vom Schnee und lockt sich wild. Ihre grünen Augen blitzen amüsiert auf, als sie meinen Schock wahrnimmt. Ja, das ist definitiv Livvy, und sie sieht so gut aus, dass ich sofort an unser erstes Treffen vor so vielen Jahren erinnert werde – daran, wie sie damals war. Aber wie ist es überhaupt möglich, dass sie hier ist? Ich bekomme kein Wort heraus, der Schock hat mir die Sprache verschlagen.

„Livvy …", stottere ich schließlich. „Aber wir haben dich doch …"

„Ausgetrieben?", ergänzt sie hilfreich mit einem listigen Lächeln. „Ich muss sagen, das war wirklich nicht sehr nett von euch."

„Du hättest nicht versuchen sollen, Emily zu verletzen", werfe ich ihr vor.

„Ach, Adam!" Ihre Ungeduld ist auch noch dieselbe wie früher. „Ich wollte sie doch nur ein bisschen erschrecken. Damit du mich bemerkst. Wofür hältst du mich denn?"

„Weiß nicht", murmele ich. „Für tot …?"

„Oh bitte, erinnere mich nicht daran." Sie schüttelt sich leicht.

Sie benimmt sich wie Livvy, sie sieht aus wie Livvy … es *ist* Livvy. So unfassbar es auch sein mag, sie steht vor mir, und plötzlich überkommt mich die seltsame Freude, dass ich sie tatsächlich sehen kann. Dass sie wieder hier ist und mich schmerzhaft daran erinnert, wie schön sie ist. Ich habe nicht den geringsten Schimmer, wie das möglich ist, ich weiß nur, dass ich endlich die Möglichkeit habe, mit ihr über alles, was vorgefallen ist, zu reden. Vielleicht können wir endlich die Vergangenheit zu einem Abschluss bringen und ein für alle Mal hinter uns lassen.

Ich gehe auf sie zu. „Nun, ob tot oder nicht tot, es tut gut, dich zu sehen."

Und natürlich wählt Emily ausgerechnet den Moment, als ich Livvy in die Arme schließe, um in die Küche zu kommen.

Emily

Schon auf der Treppe auf dem Weg nach unten hörte Emily Stimmen aus der Küche. Da sie wusste, dass Joe sich in sein Zimmer zurückgezogen hatte, fragte sie sich, mit wem Adam sich unterhielt. Sie hatte die Türklingel gar nicht gehört …

Als sie die Küche betrat, war sie wie vor den Kopf gestoßen.

„Adam! Was zum …?"

Adam stand in der Küche und umarmte jemanden. Aber nicht einfach nur irgendjemanden, sondern … Livvy. Livvy, die angeblich ein Geist war. Livvy, die sie zusammen ausgetrieben hatten. *Livvy!* Die jetzt hier in der Küche stand und so lebendig aussah, als wäre sie nicht schon vor über einem Jahr gestorben. Wie festgenagelt erstarrte Emily, sie konnte nicht fassen, was sie hier sah. Livvy war tot. Emily war auf ihrer Beerdigung gewesen, hatte das Grab zusammen mit Adam besucht, war von Livvys Geist heimgesucht worden! Wie war das möglich?

Adam sprang regelrecht von Livvy zurück, das schlechte Gewissen stand ihm ins Gesicht geschrieben. Das Misstrauen und die Eifersucht von gestern flammten lodernd wieder in Emily auf. Dass Livvy in diesem Moment ein Gesicht machte wie eine Katze, die den Sahnetopf ausgeschleckt hatte, machte es auch nicht besser. Plötzlich verspürte Emily glühenden Hass auf Livvy. Bis zu diesem Moment hatte sie nicht einmal geahnt, dass sie so hassen konnte, jetzt aber richtete sich all dieser Hass auf Livvy. Livvy hatte Adam zu ihren Lebzeiten so viel Kummer bereitet, und als Geist war sie maßlos lästig und aufdringlich gewesen. Jetzt war sie also offensichtlich persönlich wiedergekehrt, um noch mehr Unruhe und Chaos zu stiften. Der Ärger strömte in mächtigen Wellen aus Emily heraus. Wie konnte Livvy wieder lebendig sein? Was wollte sie von ihnen?

„Hallo, Emily." Livvys Lächeln war zuckersüß, und am liebsten hätte Emily es ihr vom Gesicht geohrfeigt. „Nun, das ist wohl recht peinlich, was? Wahrscheinlich hast du nicht damit gerechnet, mich je wiederzusehen."

„Nein, ganz gewiss nicht", gab Emily kühl zurück. „Was willst du hier, Livvy?"

„Was glaubst du wohl? Meinen Mann und meinen Sohn will ich zurück, deshalb bin ich hier. Gedenkst du etwa, mich aufzuhalten?"

Emily sah zu Adam, der ziemlich hilflos wirkte, dann lenkte sie den Blick wieder zurück zu Livvy – die sich extrem hochmütig gab, als hätte sie die volle Kontrolle über die Situation. Nun, kampflos würde Emily das Feld nicht räumen.

„Ich nehme mal an, Adam hat hier auch noch ein Wörtchen mitzureden, nicht wahr?", sagte sie spitz.

Und Adam wirkte noch verlegener. Fast hätte er Emily leidtun können ... wenn sie nicht so wütend gewesen wäre.

„Emily, das ändert gar nichts", versicherte er.

„Oh doch, und ob es das tut", entgegnete sie. „Es ändert sogar alles."

23. KAPITEL

Emily

„Emily", wiederholte Adam eindringlich, „es ändert nichts. Aber jetzt muss ich als Allererstes mit Livvy sprechen. Unter vier Augen."

Die Enttäuschung fuhr durch Emily hindurch wie ein Speer. Sie ließ sich gegen den Türrahmen sacken. „Du willst, dass ich gehe?"

Sie fühlte sich völlig überrumpelt. Außer während ihres kleinen hysterischen Anfalls gestern war ihr im Laufe des gesamten letzten Jahres kein einziges Mal der Gedanke gekommen, Adam könnte bereuen, was zwischen ihnen war. Jetzt allerdings ... jetzt sah er richtig traurig und betreten aus. Als wäre sie der letzte Mensch auf Erden, den er um sich haben wollte. Zweifel und Misstrauen schwappten über ihr zusammen, wollten sie schier ersticken. Mit Livvy als Gespenst umgehen zu müssen war eine Sache, dieser Art von Konkurrenz fühlte Emily sich gewachsen. Aber ... konnte Adam der Verlockung einer lebenden, atmenden Livvy widerstehen? Er war ein guter, ein anständiger Mann, es würde Emily nicht wundern, wenn Livvy sein Schuldgefühl für ihre Zwecke ausnutzen und ihn damit manipulieren würde, um sich zurück in sein Leben zu schleichen.

„Nein ... ja ... Ich weiß nicht." Adam hatte ganz offensichtlich keine Ahnung, was er tun oder sagen sollte.

„Ist schon okay", sagte Emily, und fast meinte sie, Livvy vor Zufriedenheit schnurren zu hören.

Emily hielt die Tränen eisern zurück. In diesem Moment erkannte sie, dass sie dabei war, Adam zu verlieren. Genau in diesem Augenblick, direkt vor ihren Augen. Der Mann, den sie liebte, hatte eine Wahl getroffen, und seine Wahl war nicht auf sie gefallen.

Am liebsten hätte sie gewütet und getobt, aber ihr war auch bewusst, dass Joe gleich nebenan saß. Außerdem bezweifelte sie, dass sie viel damit erreichen würde. Das Beste, was sie noch tun konnte, war ein würdevoller Abgang, selbst wenn alles in ihr vor Wut brodelte. Wie war Livvy das gelungen? Sie hatten sie doch ausgetrieben. Pater Dave hatte ihnen versichert, dass Livvy keine Möglichkeit mehr hätte, wieder ins Haus zu kommen. Und doch war sie jetzt hier, stand mitten in der Küche, und das in Fleisch und Blut. Das war weder gerecht noch richtig. Gab es denn nicht so etwas wie ein Gericht oder eine Art Geisterrat im Jenseits, bei dem man eine Klage einreichen und von dem man Antworten verlangen konnte? Emily hatte noch nie etwas von Dreiecksverhältnissen gehalten, erst recht nicht mit einer toten Rivalin, die urplötzlich und unangenehmerweise von den Toten auferstanden war.

„Nun, dann werde ich jetzt wohl gehen", sagte sie eisern beherrscht.

„Ja, ich denke, das wird das Beste sein", kam es von Adam zurück.

Er konnte seine Augen nicht von Livvy nehmen, es war gerade so, als würde Emily gar nicht existieren.

Langsam wandte Emily sich zum Gehen. „Noch hast du nicht gewonnen, Livvy", zischelte sie. „Noch lange nicht."

„Das werden wir sicher bald sehen", erwiderte Livvy süffisant. „Möge die Bessere gewinnen."

Emily beeilte sich, aus dem Haus zu kommen. Adam schien es nicht einmal zu bemerken, was sie sich noch miserabler fühlen ließ. Durch das Schneegestöber ging sie zu ihrem Apartment zurück, die Tränen, die sie jetzt frei laufen ließ, verschleierten ihr die Sicht.

Sie hatte Livvy unrecht getan, ja, aber niemand trug die Schuld an Livvys Tod. Es schien Emily so maßlos ungerecht, dass Livvy jetzt die Chance erhalten sollte, ihren Ehemann wieder für sich zu gewinnen. Nur ... Emily war nicht mit Adam verheiratet, sie hatte keinen Anspruch auf ihn. Livvy schon.

Adam

Triumphierend lächelnd sieht Livvy Emily nach, wie sie das Haus verlässt, und plötzlich fühle ich mich wie in der Falle.
„Und wie geht es jetzt weiter?", frage ich.
„Jetzt trinken wir erst einmal eine schöne Tasse Tee und plaudern ein wenig", antwortet Livvy.
„Du kannst Tee trinken? Können Geister überhaupt trinken?"
„Ich habe doch meinen Körper wieder ... ich sage das nur für den Fall, dass du es noch nicht bemerkt haben solltest. Und seit meinem Tod habe ich wirklich ein unbändiges Verlangen auf eine Tasse frisch gebrühten Tee."
Benommen fülle ich den Wasserkocher auf und schalte ihn ein, dann setzen wir uns an den Küchentisch und sehen einander an. Es ist mehr als bizarr, ihr wieder in der Küche gegenüberzusitzen, so als hätte es das letzte Jahr gar nicht gegeben, als wäre es ersatzlos aus dem Kalender gestrichen worden. Ich muss sagen, ich empfinde leichte Platzangst, ich habe mich an das Leben ohne Livvy gewöhnt ... ohne die ständige Sorge, in welchem Zustand ich sie *dieses* Mal vorfinden werde, wenn ich das Haus betrete. Soll das alles jetzt wieder von vorn losgehen? Und was ist mit Joe? Natürlich weiß ich, wie glücklich er sein wird, seine Mum zurückzuhaben, aber auch er hat unter ihrem Verhalten gelitten. Ich will nicht, dass Livvy dem Jungen das noch einmal antut.
„Was willst du, Livvy?", frage ich schließlich.
„Dich", antwortet sie schlicht.
„Livvy, es ist mehr als ein Jahr vergangen, ein Jahr, in dem

viel passiert ist und sich vieles geändert hat. Und überhaupt ... erinnerst du dich etwa nicht mehr? Wie schlimm es war?"

Ich denke zurück an die letzten beiden Jahre unserer Ehe. Wir haben kaum noch miteinander geredet, und Livvy war nur noch selten nüchtern. Im Büro habe ich praktisch die ganze Zeit darauf gewartet, dass ein Anruf von Joe kommt. Dass er von der Schule nach Hause gekommen ist und Mum nicht hat aufwecken können. Oder dass sie von der Polizei wegen Trunkenheit am Steuer angehalten wurde. Wie sie es geschafft hat, ihren Führerschein zu behalten, ist mir bis heute schleierhaft. So oft habe ich ihr den Autoschlüssel abgenommen und ihn versteckt, aber irgendwie war sie mir immer einen Schritt voraus, hat den Schlüssel immer wieder aus den undenkbarsten Verstecken herausgeangelt. Es ist ein Wunder, dass sie nie einen Unfall gebaut hat. Ich kann gar nicht mehr zählen, wie oft wir uns deswegen gestritten haben. Und nicht nur deswegen, sondern auch darüber, was sie sich selbst antat. Doch in der ganzen Zeit wollte Livvy niemals zugeben, dass sie ein Problem hatte. Unser gemeinsames Leben war die Hölle gewesen.

„Ich weiß", gibt sie zu, und plötzlich sieht sie so verletzlich aus. „Und es tut mir leid, so schrecklich leid. Ich habe es verbockt, aber ..." Sie streckt den Arm aus und nimmt meine Hand. Ihre Finger sind warm, menschlich ... lebendig. Ein Bild schießt mir in den Kopf, die Erinnerung an jene Zeit, als allein eine flüchtige Berührung das pure Glück bedeutete, als allein das Zusammensein mit ihr mein Herz vor Liebe überfließen ließ. „... erinnerst du dich nicht auch an die guten Zeiten, die wir zusammen hatten, Adam? Zwischen uns gab es etwas ganz Besonderes. Ich für meinen Teil bin sicher, dass wir das wieder haben können."

„Livvy, es tut mir unendlich leid, dass ich dich verletzt habe. Es tut mir auch leid, dass uns keine Möglichkeit blieb, uns voneinander zu verabschieden. Aber wir können die Uhr nicht zurückdrehen und so tun, als hätte es all das Negative nicht gegeben", sage ich. „Außerdem sehe ich wirklich nicht, wie das funktionieren sollte. Ich meine, du sitzt jetzt hier direkt vor mir, und ich glaube nicht, dass ich halluziniere ... aber ... ich weiß, ich habe deine Leiche identifizieren müssen. Ich habe dich beerdigt und um dich geweint ... wochenlang. Du bist tot, Livvy. Mal von der Tatsache abgesehen, dass ich Emily liebe ... du bist tot. Und wie zum Teufel sollen wir all den anderen, die das auch wissen, dein Wiederauftauchen erklären?"

„Wir finden schon einen Weg. Bitte, Adam", sie verlegt sich aufs Flehen, „ich möchte doch alles so gern wieder in Ordnung bringen."

„Ja, das möchte ich auch", sage ich und meine es ernst. „Das heißt jedoch nicht, dass ich mit dir verheiratet sein will. Ich denke, das muss dir auch klar sein, oder?"

Livvy

Eine lange Pause entsteht. Das ist sicherlich nicht das, was ich mir zu hören erhofft hatte. Aber wir stehen ja auch noch ganz am Anfang, der Schock steckt Adam noch in den Knochen. Dann muss ich ihn eben erneut bezaubern, mehr nicht.

„Weißt du was? Warum lassen wir die Gefühlsduselei nicht sein und unternehmen lieber etwas, das Spaß macht?", schlage ich also vor.

„Nämlich?" Adam ist sofort misstrauisch.

„Lass uns zusammen mit Joe auf dem Hügel rodeln gehen."

Joe ... Sorge sticht plötzlich zu. Ich bin davon ausgegangen, dass er sich freuen wird, mich zu sehen. Aber was, wenn er ebenso zurückhaltend reagiert wie Adam? Das würde ich nicht ertragen.

„Ich weiß nicht, ob das eine so gute Idee ist. Ich muss noch ins Büro", wehrt Adam ab, aber ich ignoriere seinen Einwand.

Zeit, ihm die alte Livvy wieder zu zeigen, die, in die er sich verliebt hat. Die, die immer für einen Spaß zu haben war, keck und unternehmungslustig und voller Energie. Am Anfang unserer Beziehung hatten wir eine so großartige Zeit. Adam hatte definitiv einen Hang zum Verklemmten, aber mit mir wurde er wesentlich lockerer. Wir sind Bergsteigen gegangen und haben uns mit dem Bungee-Seil von Brücken gestürzt. Er hat immer gesagt, dass ich das Beste aus ihm herausgeholt habe, genau wie er das Beste aus mir herausgeholt hat. Er muss einfach nur daran erinnert werden, wie gut es zwischen uns war. Wie gut es wieder sein kann.

„Joe!", rufe ich laut. „Joe, wo bist du?"

Ich weiß nicht, welche Reaktion ich von ihm zu erwarten habe, aber mein Herz fließt über vor Liebe, als er in die Küche kommt.

Da ist er endlich, mein geliebter, wunderbarer Sohn. Er steht direkt neben mir, *richtig* neben mir, zum ersten Mal seit über einem Jahr. Ein strahlendes Lächeln zieht auf sein Gesicht, als er mich sieht, so ganz anders als Adam und Emily akzeptiert er meine Anwesenheit sofort.

„Ich wusste doch, dass du nicht weg bist." Sein Lächeln wird noch breiter. So lange schon habe ich dieses wunderbare Lächeln nicht mehr gesehen, und ich bin unendlich froh, wieder lebendig zu sein. Selbst wenn Adam noch nicht an Bord ist ... Joe ist begeistert, dass ich wieder hier bin, und das ist schon mal ein sehr guter Ausgangspunkt: Wenn ich Joe bearbeite, dann wird er Adam bearbeiten.

„Mum ist wieder da, Dad." Joe ist glücklich. „Ich hab's dir doch immer gesagt."

„Ja, das hast du, Joe", gibt Adam zu.

„Joe, was hältst du davon, wenn wir alle zusammen Schlitten fahren gehen?", schlage ich vor.

„Einverstanden", stimmt er sofort zu, als wäre es das Normalste von der Welt, dass die verstorbene Mutter zum Frühstück wieder auftaucht und im Schnee toben will. In diesem Moment liebe ich meinen Sohn noch mehr, als ich ihn je geliebt habe.

Adam wirkt eher, als hätte man ihm eins mit einem Knüppel über den Schädel gezogen, aber Joe ist Feuer und Flamme und setzt sich bereits in Bewegung, um den Plan zu realisieren. Er rennt nach draußen zur Garage, um den Schlitten zu suchen, der schon seit Jahren unbenutzt dort steht. Das letzte Mal, als es schneite, war Adam auf der Arbeit und ich nicht in der Lage, auch nur irgendetwas mit Joe zu unternehmen. Was ausschließlich meine Schuld war. Damals war ich mit Miranda zum Lunch gegangen, während Joe noch im Unterricht saß. Ich hatte mir fest vorgenommen, keinen Tropfen Alkohol zu trinken, immerhin hatte ich Joe versprochen, nach der Schule mit ihm rodeln zu gehen. Aber dann hatte Miranda mich zu einer Weinschorle überredet, und als ich von dem Lunch nach Hause kam, hatte ich einfach noch Lust auf ein Glas Wein. Wie der Nachmittag weiterging, kann ich nicht mehr sagen, es gibt in meiner Erinnerung nur ein verschwommenes Bild, dass Joe im Wohnzimmer stand und sofort wieder verschwand. Irgendwann später am frühen Abend klopfte jemand energisch an die Haustür, und auf der Schwelle stand ein bis auf die Haut durchnässter und ramponiert aussehender Joe, durchgefroren und hungrig. Und schlagartig wurde mir klar, dass er mit seinem Schlitten die zwei Meilen bis zum Hügel und wieder zurück gelaufen war, um zu rodeln, weil ich mich nicht dazu hatte aufraffen können. Das muss einer der schlimmsten Momente in meinem Leben gewesen sein. Kein Wunder, dass Adam sich anderweitig umgesehen hat. So langsam dämmert es mir, dass ich der pure Albtraum gewesen sein muss.

Und deshalb wird es heute anders laufen. Ich habe noch einmal die Chance erhalten, den beiden zu beweisen, dass ich die Mutter und Ehefrau bin, die sie verdient haben. Ich bin bereit, beide Rollen so gut wie überhaupt möglich auszufüllen.

Trotz seiner anfänglichen Bedenken und seines Sträubens amüsiert Adam sich großartig. Wir haben viel Spaß zusammen. Ich habe ihn überredet, Bescheid zu sagen, dass er erst später in die Firma kommt. „Immerhin geschieht es ja nicht jeden Tag, dass deine verstorbene Frau von den Toten aufersteht, oder?", sage ich, und er nickt nur stumm. Ich denke, er hat sich selbst damit überrascht, dass er so viel Spaß hat. Auf dem Hügel hier wimmelt es von Familien, die mit ihren Kindern jeden Alters im Schnee herumtollen. Da es so stark geschneit hat, scheint kaum jemand zur Arbeit gegangen zu sein. Da sind Väter, die ihre Kleinen auf den Schlitten hinter sich herziehen, und Teenager in gefütterten Winteroveralls, die riesige Schneebälle drehen und sie rumpelnd den Hügel hinunterschicken.

Ich bestehe darauf, mich hinter Joe auf den Schlitten zu setzen und zusammen mit ihm den Abhang hinunterzurodeln. Er zuckt nur leicht zusammen, als ich die Arme um ihn schlinge. Ich bin voller Schwung und Begeisterung, es ist ein so grandioses Gefühl, am Leben zu sein, und ich amüsiere mich ganz königlich.

Als Joe schließlich genug vom Rodeln hat, gehen wir in das Café, wo ich Joe zum ersten Mal zusammen mit Caroline gesehen habe. Wir bestellen heiße Schokolade und Weihnachtskrapfen. Sogar Adam lacht. Seit ich wieder hier bin, hat er nicht gelacht. Als er es jetzt endlich tut, steigt Wärme in mir auf, die sich in meinem ganzen Körper ausbreitet. Ich weiß, dass ich es schaffen kann. Ja, ganz sicher, ich schaffe das. Bis zum Heiligen Abend gehört Adam wieder mir.

24. KAPITEL

Adam

Trotz aller Zweifel und Bedenken genieße ich diesen kleinen Ausflug. So, wie wir hier zusammensitzen, mit Joe, der seine heiße Schokolade genauso serviert bekommt, wie er sie mag, mit Sahnehäubchen und Marshmallows, und Livvy, so lebendig und schön wie früher, kommt mir zum ersten Mal der Gedanke, es könnte vielleicht tatsächlich die Möglichkeit bestehen, dass das Leben wieder schön wird.

Ich hatte vergessen, wie oft und gerne wir zusammen gelacht haben. Ich muss an die alte Livvy denken, an die, in die ich mich Hals über Kopf verliebt habe. Doch gleichzeitig, während ich da an dieser Grenze stehe und überlege, ob ich mich vielleicht darauf einlassen soll, kann ich nur an Emily denken. Ich liebe sie, und ihr verdanke ich alles. Sie hat mich davor bewahrt, den Verstand zu verlieren, sie hat mich gestützt und mir zur Seite gestanden, als das Leben mit Livvy ein einziger Albtraum war. Und dann ist Livvy gestorben. Emily hat mir zugehört und verstanden, was ich durchmache. Sie war mein einziger Lichtblick in einem schrecklichen Jahr. Wie soll ich zwischen den beiden wählen? Was für eine Wahl wäre das überhaupt – die Wahl zwischen einer toten Ehefrau und einer lebenden Freundin?

„Und wie geht es jetzt weiter?", fragt Joe in genau diesem Augenblick sachlich.

„Ja, Livvy … wie stellst du dir das jetzt vor?", greife ich Joes Frage auf. „Und überhaupt … wie zum Teufel bist du wieder zurückgekommen?"

„Das wäre doch Petzen, wenn ich euch das erzähle, nicht wahr?" Verschmitzt tippt sie sich an die Nasenspitze. „Sagen wir einfach, auf der anderen Seite gibt es Leute mit Macht, die helfen können, und jemand hat mir eben geholfen."

„Wird Mum jetzt bleiben?", will Joe wissen.

„Nun, das muss dein Dad entscheiden", antwortet Livvy. „Und du natürlich auch. Wünschst du dir denn, dass ich bleibe, Joe?"

Oh Livvy, das ist wirklich ein Schlag unter die Gürtellinie. Was sonst sollte der Junge denn sagen?

Joe sieht seine Mum nachdenklich an. „Ich mag Emily", meint er schließlich. „Und Dad mag sie auch."

„Sicher, aber ich bin doch jetzt wieder zurück", kommt es von Livvy. „Emily muss jetzt nicht mehr deine neue Mum werden."

„Wird es wieder so sein wie vorher?", fragt Joe. „Mir hat es nicht gefallen, wenn du immer am Tag geschlafen hast."

Es bricht mir das Herz, wie nüchtern und sachlich er das sagt. Livvy war so oft betrunken, wenn er von der Schule nach Hause kam, dass er mit der Zeit gelernt hatte, es als normal anzusehen. Bis heute war mir nicht klar, wie sehr er es gehasst haben muss.

„Nein, Joe", antwortet Livvy ihm. „Damals war ich sehr krank. Aber jetzt geht es mir viel besser. Ich kann bleiben, und wir können wieder eine Familie sein. Wenn es das ist, was du möchtest."

„Ja", sagt Joe, „das möchte ich."

Ein Messer fährt durch mein Herz. Livvy hat die Situation wirklich ganz hervorragend manipuliert. Ich will ihr sagen, dass, selbst wenn sie hierbleibt, wir nicht verheiratet bleiben werden, sondern ich die Scheidung einreichen werde. Nur weiß sie genau, dass ich alles für Joe tun werde. Mir bleibt keine Wahl mehr. Wenn Joe will, dass Livvy bleibt, dann muss ich sie wieder zurücknehmen. Ich weiß nicht, wie ich das Emily beibringen soll. Es wird uns beiden das Herz brechen.

Emily

Den ganzen Tag hörte Emily nichts von Adam. Sie hätte zur Arbeit gehen müssen, aber sie war viel zu aufgewühlt und fahrig, deshalb meldete sie sich krank. Zu gern hätte sie herausgefunden, was genau da drüben bei Adam jetzt vorging, aber sie hatte sich fest vorgenommen, eisern zu bleiben und Adam nicht anzurufen. Sie musste dringend mit jemandem reden, aber wer würde ihr schon glauben? Lucy mit ihrem perfekten glücklichen Familienleben steckte bis über beide Ohren in den Vorbereitungen für das Weihnachtsfest. Außerdem ... so tolerant und verständnisvoll Lucy auch war, genau wie jeder andere normale Mensch würde sie Emily für komplett irre halten, dass sie sich tatsächlich sorgte, ihr Freund könnte sie wegen seiner toten Ehefrau fallen lassen. Und so ausgedrückt war es ja auch komplett irre. Nein, sie konnte unmöglich mit Lucy darüber reden.

Natürlich war da immer noch ihr Dad, aber Emily wollte nicht, dass er sich ihretwegen Sorgen machte und aufregte. Vermutlich würde auch er denken, dass sie jetzt endgültig den Verstand verloren hatte. Wie es aussah, musste sie das allein durchstehen.

Rastlos und unglücklich, beschloss sie, einen Spaziergang durch die Winterlandschaft zu machen. Vielleicht konnte sie ihren Kopf damit zumindest ein wenig klar bekommen und sich beruhigen. Also zog sie sich warm an und wanderte durch die verschneiten Straßen der Nachbarschaft. Überall tollten Kinder, die sich lachend mit Schneebällen bewarfen oder, die Schlitten hinter sich herziehend, ihre Eltern voll aufgeregter Vorfreude zu den kleinen Abhängen lotsten, um zu rodeln. Emily beneidete sie alle um ihr ungetrübtes Glück ohne jegliche Komplikationen, wie sehr sie sich wünschte, auch ihr Leben könnte so einfach sein.

Ohne sich dessen wirklich bewusst zu sein, steuerte Emily die nächstgelegene Kirche an. Irgendwie schien es ihr aber in der momentanen Situation der richtige Ort für sie zu sein. Eine Gruppe Kinder probte für das Krippenspiel am Heiligen Abend. Es war unglaublich süß und beruhigte Emily. Eines von den Engelchen gähnte ununterbrochen, zwei kleinere Jungs, die als Schafe verkleidet waren, mussten immer wieder getrennt werden, weil sie nicht mit dem Streiten aufhören wollten. Emily bewunderte die Betreuerinnen für ihre Geduld. Immer wieder musste unterbrochen und neu angesetzt werden, immer wieder vergaßen die Kinder ihren Text oder verpassten ihren Einsatz.

Aber es war der Mühe wert, denn irgendwann schließlich war die Weihnachtsgeschichte bis zum Schluss durchgespielt. Emily war so bezaubert davon, dass sie ihre Sorgen und ihren Frust fast komplett vergessen hatte. Vor ihren Augen stieg eine selige Fantasie auf: Sie und Adam, die eigene Kinder hatten ... ein Junge und ein Mädchen, das wäre schön. Emily malte sich aus, wie es sein würde, wenn sie hier säße und ihre Kinder dort vorn als Engel und Schafe stünden. Gerade zu Weihnachten musste es ein ganz wunderbares Gefühl sein, Kinder zu haben ... Als die Kinder dann *Away in a Manger* anstimmten, liefen ihr die Tränen ungehindert aus den Augen und rollten ihr über die Wangen.

„Ich finde das Lied auch immer sehr bewegend." Die Frau, die hinter Emily saß und sich jetzt zu ihr vorbeugte, musste in den Sechzigern sein. Ihre Stimme kam Emily irgendwie bekannt vor, aber da die Frau in dicke Wintersachen und unzählige Schals eingepackt war, konnte sie deren Züge im Dämmerlicht der Kirche nicht ausmachen, als sie leicht den Kopf nach hinten drehte.

„Ich weiß gar nicht, warum ich so heule", schniefte Emily leise.

„Oh, das glaube ich aber schon, mein Kind", sagte die Frau weise. „Warum erzählst du es mir nicht und redest dir alles von der Seele?"

„Das glauben Sie mir sowieso nicht", meinte Emily.

„Versuch's doch einfach mal", sagte ihre neue Freundin. „Ich habe immer ein offenes Ohr ... für alles."

Und so erzählte Emily. Angefangen damit, wie sie sich in Adam verliebt hatte, obwohl das nie geplant gewesen war, bis zu dem Punkt, wo Livvy mit dem Spuken begonnen hatte, und schließlich endete sie mit der unglaublichen Nachricht, dass Livvy von den Toten wiederauferstanden war und nun bleiben wollte.

„Dagegen habe ich keine Chance", schloss sie bitter. „Als Adams Frau und Joes Mutter hält sie alle Trümpfe in der Hand. Die beiden hatten geglaubt, sie verloren zu haben, und jetzt haben sie sie wieder zurück. Dem kann und darf ich nicht im Weg stehen."

„Vielleicht solltest du es nicht als Konkurrenzkampf betrachten", sagte die Frau. „Es hört sich nicht so an, als würde Adam dich mit einem Mal nicht mehr lieben. Aber er wird Zeit brauchen. Und die solltest du ihm lassen."

„Sollte ich?" Emily hegte da so ihre Zweifel. „Aber hieße das denn nicht, dass Livvy gewonnen hat?"

„Vielleicht, vielleicht auch nicht. Nur ist es keineswegs förderlich, Adam zu einer Wahl zu drängen. Wie es scheint, wirst du es einfach aussitzen müssen."

„Aha. Na dann ... danke für den Rat." Emily war enttäuscht. Aus irgendeinem unerfindlichen Grund hatte sie sich tatsächlich erhofft, ihre neue Freundin könnte alle Probleme für sie lösen.

„Das kann ich nicht", sagte die Frau, als hätte sie Emilys Gedanken gelesen. „Das ist nicht meine Aufgabe."

„Was meinen Sie?"

„Meine Aufgabe ist es, dich dazu zu bringen, dass du die Wahrheit akzeptierst, so unangenehm und schwer sie auch sein mag", lautete die Antwort, und damit stand die Frau auf und drückte Emily einen Kuss auf die Stirn.

Erst als die Frau gegangen war, wurde Emily klar, dass die Frau sie an ihre Großmutter erinnert hatte. Aber ... das war nicht ihre Großmutter gewesen. Zutiefst erschüttert wurde Emily bewusst, dass sie sich soeben die letzte halbe Stunde mit ihrer toten Mutter unterhalten hatte.

Livvy

„Und was ist jetzt mit Emily?", fragt Joe im Konversationston, als er den letzten Schluck seiner heißen Schokolade austrinkt.

Adam bleibt stumm, sieht nur ratlos drein.

„Was soll denn mit Emily sein?", hake ich nach.

„Kommt sie trotzdem zu Weihnachten? Ich habe nämlich ein Weihnachtsgeschenk für sie gekauft."

„Das Geschenk kannst du ihr natürlich geben." Jetzt kann ich mich ja großzügig zeigen, warum nicht, oder?

„Für dich habe ich auch ein Geschenk", sagt Joe. „Weil ich wusste, dass ich dich wiedersehe."

„Das ist wirklich lieb von dir, Joe." Jetzt muss ich vorsichtig vorgehen, der Junge ist so absolut logisch. Als Nächstes wird er vermutlich wissen wollen, ob Emily mit alldem hier einverstanden ist, was sie verständlicherweise ganz und gar nicht ist. Nur will ich Joe auf keinen Fall aufregen.

„Emily wird an Weihnachten trotzdem kommen", schaltet Adam sich jetzt ein, und er klingt sehr entschieden.

So, tatsächlich? Nur über meine Nicht-mehr-Leiche! Ich will Weihnachten mit meiner Familie feiern, so wie es sich gehört. Auf gar keinen Fall werde ich Small Talk mit der Mätresse meines Mannes halten. Aber vor Joe werde ich mich jetzt nicht deswegen streiten. Der Junge hat genug durchgemacht, und selbst wenn es so aussieht, als käme er mit allem ganz großartig zurecht, weiß ich aus Erfahrung, dass er manchmal völlig unvorhergesehen reagieren kann. „Das werden wir dann noch sehen."

„Ich finde das verwirrend", fährt Joe fort. „Dad und Emily wollen zusammenziehen, weißt du das, Mum?"

„Ja, das weiß ich, aber das war vorher."

„Du meinst, als du noch tot warst?", ergänzt er hilfreich. „Und jetzt bist du nicht mehr tot. Was also passiert dann jetzt?"

„Ich denke, die Entscheidung liegt bei deinem Dad." Mehr sage ich nicht. In Gedanken setze ich allerdings noch hinzu: Und bei mir. Weil es nämlich bei mir liegt, Adam zu beweisen, dass ich mich geändert habe. Dass wir die Vergangenheit Vergangenheit sein lassen und neu anfangen können. Dass es eine reelle Chance gibt, dass wir unsere alte Liebe wiederfinden.

Adam sieht so hilflos aus, als hätte er nicht den blassesten Schimmer, was er tun soll. Ich denke, es ist besser, wenn ich ihn eine Weile sich selbst überlasse, damit er sich an den Gedanken gewöhnen kann, dass ich wieder hier bin ... und auch vorhabe zu bleiben.

Und deshalb sage ich: „Hört zu, ihr zwei, ich gehe ein bisschen bummeln, mache eine kleine Shopping-Tour. Geht ihr ruhig schon nach Hause zurück, ich komme dann später nach."

Ich gebe beiden einen Kuss auf die Stirn und eile beschwingt aus dem Café. Allerdings ist mir nicht entgangen, dass Adam vor mir zurückgezuckt ist. Mist, das könnte schwieriger werden, als ich mir vorgestellt hatte.

Ich schlendere durch die Geschäfte und freue mich daran, dass ich wieder fühlen und riechen und richtig scharf sehen kann. Seit ich von diesem Parkplatz weggekommen bin, hat nämlich alles eher in einem milchigen Nebel gelegen. Jetzt jedoch sehe ich alles deutlich in strahlendem Licht, und es kommt mir alles wie neu und doch so altvertraut vor. Begeistert atme ich tief die frische Luft ein. Man stelle sich vor, ich kann wieder tief durchatmen! Ist das nicht absolut fantastisch?

Auf der anderen Seite des Flusses, gleich am Ende der Brücke, ist ein Weihnachtsmarkt aufgebaut. Es riecht himmlisch nach Zimt und gerösteten Maroni, das Aroma springt einen regelrecht an, wenn man daran vorbeigeht. Aus Heizstrahlern strömt Wärme auf die Besucher herab, und wie im Traum wandle ich durch die Menschenmenge, genieße das Wunder des Lebens. Ich suche in meiner Tasche und finde tatsächlich noch einen Zehner, der wohl von meinem Todestag stammen muss. Großartig! Damit kaufe ich mir an einem der Stände einen Glühwein und sehe auf den vorbeifließenden Fluss, beobachte, wie die Schneeflocken auf die frierenden Enten fallen.

Der Glühwein wärmt mich und macht mich kühn. Da ich auch noch mein Portemonnaie in der Tasche gefunden habe, beschließe ich, in den Geschäften nach Weihnachtsgeschenken für Adam und Joe zu stöbern. Für Adam finde ich eine Jacke, von der ich mir sicher bin, dass sie ihm gefallen wird, und für Joe kaufe ich einen warmen Schal und Handschuhe (mir ist nämlich aufgefallen, dass das Set, das er jetzt trägt, ziemlich abgenutzt und ramponiert aussieht). Doch als ich dann an der Kasse mit meiner Kreditkarte bezahlen will, gibt es ein Problem.

„Die Karte ist gelöscht worden", sagt die Kassiererin entschuldigend. „Tut mir leid, aber hier steht, Sie sind verstorben."

Joes Notizheft

Heute ist der schönste Tag meines Lebens.
Wir sind zusammen mit Mum rodeln gegangen.
Und dann haben wir im Café heiße Schokolade getrunken, genau wie früher.
Es ist schön, Mum wieder zurückzuhaben.
Das heißt, ich muss nicht mehr in die Sterne sehen.
Ich wusste doch, dass sie den Wag nach Hause finden würde.
Das wird das schönste Weihnachtsfest überhaupt werden.

DIE WEIHNACHT DER GEGENWART

Livvy

„Na, stößt du auf die ersten Schwierigkeiten?" Malachi wartet auf mich, als ich aus dem Kaufhaus trete.

„Geh weg!" Der Vorfall mit der Kreditkarte hat mich zutiefst aufgewühlt. Ich hatte wirklich gedacht, ich könnte ohne Probleme direkt zurück in mein altes Leben schlüpfen, aber ganz offensichtlich wird es nicht so einfach werden, wie ich mir das vorgestellt hatte.

„Ist gar nicht so einfach, von den Toten wiederaufzuerstehen, was?", hänselt Malachi mich. „Das ganze Papierkram und all der Verwaltungsaufwand …" Er grinst süffisant. „Daran hättest du vorher denken müssen."

„Lass mich einfach in Ruhe!", fauche ich ihn zischelnd an.

„Tut mir leid, geht nicht", sagt er. „Ich habe die Verantwortung für dich, in guten wie in schlechten Zeiten. Es ist meine Aufgabe, dir die Fehler in deinem Gedankengang aufzuzeigen."

„Ich habe definitiv aus meinen Fehlern gelernt", behaupte ich. „Deshalb werde ich Adam und Joe beweisen, dass es klappen wird. Wir werden wieder eine Familie sein, so wie früher."

In meiner alternativen Zukunft, in die Malachi mich zerrt, steht Weihnachten vor der Tür. Um Joes willen geben Adam und ich angestrengt vor, alles wäre in bester Ordnung zwischen uns. Seit meinem Unfall ist jetzt ein Jahr vergangen. Ich sollte froh und glücklich sein, dass ich noch hier bin und Adam bei mir ist, aber das bin ich nicht, im Gegenteil. Ich bin kreuzunglücklich. Seit Marigold mir ihre große Eröffnung gemacht hat, kann ich an nichts anderes mehr denken als daran, dass Adam mich mit Emily betrügt. Ich weiß, dass sie es ist, weil ich – auch wenn ich mich schäme, so tief gesunken zu sein – sein Handy überprüft und die ganzen Textnachrichten gelesen habe, die die beiden sich geschickt haben. Ich weiß nicht mehr, was ich tun soll, ich wage es nicht, ihn zur Rede zu stellen. Unsere Beziehung ist zerbrechlicher denn je, und obwohl ich weiß, dass es weder eine Lösung noch gut für mich ist, trinke ich mehr, als ich dürfte und sollte. Wenn Joe zu Hause ist, versuche ich es zu kaschieren, trotzdem ist mir klar, dass er Bescheid weiß. Am schlimmsten bedrückt es mich, dass Adam keinen Ton mehr darüber verliert, wenn er mich mal wieder betrunken im Haus vorfindet. Ich verliere ihn, und ich allein trage die Schuld daran.

An dem Tag, an dem wir den Weihnachtsbaum aufstellen, spitzt sich alles endgültig zu. Um Joes willen beherrsche ich mich eisern und verzichte auf einen Drink, auch wenn es mir in den Fingern juckt, eine Flasche Wein zu öffnen. Wir verbringen einen wunderbaren Nachmittag zusammen, holen den Weihnachtsschmuck vom Speicher herunter und hängen alles genau nach Joes Anweisung an dem Baum. Er hat ja immer seine ganz bestimmte Ordnung, auf die er so pocht, genau wie er den Tag des Baumschmückens jedes Jahr schon lange vorher in seinem Notizheft vermerkt. Es ist unsere ganz spezielle Familienzeit, und ich bin froh, dass ich zumindest die Chance habe, das hier noch immer zu tun. Eigentlich sollte Adam beim Schmücken des Baumes mitmachen, aber er hat sich damit entschuldigt, dass er noch ins Büro muss. Es ist ein Samstag, aber auch die Zeit des Jahres, in der er am meisten zu tun hat. Allerdings kann ich mich des Verdachts nicht erwehren, dass er das nur als Vorwand nutzt und mich anlügt.

Als der Baum fertig geschmückt ist, verkündet Joe ohne jeden Übergang, dass er jetzt Caroline besuchen will. Ich hatte mich darauf gefreut, mit ihm zusammen ins Café zu gehen und eine heiße Schokolade zu trinken, aber ich schlucke meine Enttäuschung herunter und setze ihn bei Caroline ab. Er ist so glücklich, ich darf ihm das nicht zerstören, nur weil ich mich elend fühle.

Als ich nach Hause zurückkomme, fällt mir sofort der Weihnachtsbaum ins Auge. Er blinkt und blitzt so verheißungsvoll, aber ich bin allein hier. Von Adam noch immer keine Spur. Und so schenke ich mir einen Drink ein, stelle mich ans Fenster und starre hinaus in den Garten und hinauf in den grauen Himmel.

Bevor ich es richtig merke, ist es dunkel. Ich sitze allein in der Küche und halte mich an meinem Drink fest, frage mich, wie es dazu kommen konnte, dass alles noch schlimmer geworden ist als im letzten Jahr. Und dann höre ich den Schlüssel in der Haustür.

Adam kommt in die Küche und schaltet das Licht ein. „Wieso sitzt du hier im Dunkeln?", fragt er. „Wo ist Joe?"

„Ausgegangen", antworte ich knapp. „Wie war's im Büro?"

„Hektisch", behauptet er, aber ich weiß, dass er lügt.

Und mit einem Mal reicht es mir. „Du warst gar nicht in der Firma, oder? Du warst bei *ihr*."

Man muss Adam zugutehalten, dass er nie lügt. Er setzt sich mir gegenüber an den Tisch, stützt den Kopf in die Hände. „Es tut mir leid, Liv", beginnt er. „Ich habe mir wirklich gewünscht, dass es funktioniert. Aber ich kann so nicht mehr weitermachen."

„Was willst du damit sagen?" Plötzlich habe ich fürchterliche Angst, was ich hier in Gang gesetzt habe.

„Es ist aus, Livvy", sagt er. „Es tut mir ehrlich leid, aber ... sobald Weihnachten vorbei ist, werde ich zu Emily ziehen."

DRITTER TEIL

DIE ZUKÜNFTIGE WEIHNACHT

Livvy

Ich bin in der Gegenwart zurück, und Malachi ist noch immer bei mir. Ich weiß wirklich nicht, wozu er mir all dieses deprimierende Zeug vorführt.

„Du begreifst es noch immer nicht, oder?", sagt er.

„Was soll ich denn begreifen?", stelle ich die Gegenfrage. „Etwa, dass es unvermeidlich ist, dass Adam und Emily zusammenkommen, ganz gleich, was ich tue? Ich weigere mich, das zu glauben. Ich habe diese Chance erhalten, mein Leben wieder in die richtige Bahn zu bringen, und von Ihnen lasse ich mich nicht aufhalten."

„Livvy, wenn du das tust, wirst du alle Beteiligten verletzen", betont er ernst.

„Und was ist mit mir?", begehre ich auf. „Ich bin auch verletzt worden. Ich hatte es nicht verdient zu sterben."

„Ich weiß", sagt er. „Aber manchmal ist es eben so. Deine Zeit hier ist abgelaufen."

„Wieso? Das muss doch nicht sein", halte ich dagegen.

„Weil es einfach so ist", wiederholt er. „Lass mich dir zeigen, wie die Zukunft aussehen wird, wenn du endlich damit aufhörst, dich einzumischen."

„Vielleicht will ich das ja gar nicht sehen", stelle ich mich stur, aber schon finde ich mich vor dem Eingang einer Kirche wieder. „Was tun wir hier", zischle ich Malachi zu, als er mich auf die Pforte zuführt. „Ist das eine Beerdigung?" Es ist ein frostiger Tag, für eine Beerdigung wäre es also passend.

„Sch", ermahnt er mich. „Geh einfach hinein und sieh zu."

Also gehe ich in die Kirche hinein. Sie ist bis auf den letzten Platz besetzt, ich erkenne Adams Arbeitskollegen, sie sehen fröhlich und aufgeregt aus, selbst Trantüte Marigold. Auf der anderen Seite der Kirche sitzen Leute in den Bänken, die ich nicht kenne, aber auch sie wirken überaus glücklich. Vorn beim Altar erblicke ich Adams Eltern, und Joe steht neben Adam. Beide lächeln sie strahlend, beide tragen sie Frack, die kleinen Ansteckbouquets im Revers, und beide sehen sie umwerfend gut darin aus.

Nein. Nein, das darf nicht geschehen. Ich muss es aufhalten …

Orgelklänge setzen ein, die versammelte Gemeinde dreht sich zur Tür. Am liebsten würde ich laut losschreien, als ich Emily sehe, eine wunderschöne Winterbraut in pelzbesetztem Satin, die jetzt am Arm ihres Dads mit errötenden Wangen das Mittelschiff entlang auf den Altar zuschreitet. Ich schwöre, dass Emilys Dad im Vorbeigehen meiner Mum zuzwinkert. Mum ist also auch hier? Wie kann sie nur!

Das soll die Zukunft sein, die Malachi mir anbietet? Emily und Adam heiraten? Ich stoße einen gequälten Schrei aus und lasse mich auf die letzte Bank in der Kirche fallen, um mir die Seele aus dem Leib zu schluchzen. Nur hört noch sieht mich natürlich jemand, was alles nur noch schlimmer macht. In dieser Zukunft hier bin ich bereits lange tot, mein Mann heiratet eine andere, und ich bin allen völlig egal.

Adam, der Ekel Emily heiratet?

Oh nein, das sehe ich aber ganz anders!

25. KAPITEL

Drei Tage bis Weihnachten

Adam

Nachdem Livvy uns allein gelassen hat, kehren Joe und ich nach Hause zurück.

„Was wirst du jetzt tun, Dad?", fragt Joe mich wieder und wieder, und ich kann ihm keine Antwort geben, weil ich es einfach nicht weiß. In meinem Kopf herrscht ein totales Durcheinander, die Gedanken wirbeln nur so. Ich wollte Kontakt zu Livvy haben, damit wir uns über die Vergangenheit aussprechen können, ich wollte mich bei ihr entschuldigen, dafür, dass ich sie verletzt habe. Aber ich will sie nicht in meinem Leben zurückhaben. Ja, ich habe sie einst sehr geliebt, und der heutige Nachmittag war eine Erinnerung daran, aber ... das ist schon lange her. Livvy und ich sind grundverschiedene Menschentypen. Und davon mal ganz abgesehen ... wie um alles in der Welt soll ich den Leuten, die auf Livvys Beerdigung waren und die alle wissen, dass meine Ehefrau seit über einem Jahr tot ist, erklären, dass Livvy wieder bei mir im Haus wohnt? Schließlich ist das hier keine schmalzige Seifenoper, in der das große Finale die Erkenntnis bringt, dass alles nur ein Traum war.

Ich liebe Emily.

Ich will mir mit Emily ein neues Leben aufbauen.

Ich kann mir nicht mehr vorstellen, ohne sie zu leben.

Ich will, dass wir uns eine gemeinsame Zukunft aufbauen.

Aber kann ich Joe das antun?

Die immer gleichen Fragen und Argumente laufen in einer Endlosschleife in meinem Kopf ab. Ein unlösbares Problem.

Letztendlich rufe ich Felicity an und bitte sie, zu uns herüberzukommen. Sie muss wissen, was los ist.

„Mum ist wieder da", begrüßt Joe seine Großmutter fröhlich, sobald Felicity zur Tür hereinkommt. „Und zwar richtig."

Dumm von mir, dass ich Joe nicht vorbereitet habe, etwas taktvoller zu sein. Obwohl ... ist es überhaupt möglich, seiner Schwiegermutter solche Neuigkeiten über die eigene Tochter taktvoll beizubringen?

„'tschuldigung?" Felicity wirkt völlig überrumpelt, und das kann ich ihr nicht verübeln. Ich selbst habe es ja noch immer nicht verarbeitet, und Felicity wusste bisher nicht einmal, dass der Exorzismus versagt hat.

„Joe hat recht", schalte ich mich ein. „Irgendwie hat Livvy es geschafft, von den Toten aufzuerstehen. Jetzt ist sie hier und will, dass wir wieder eine Familie sind."

„Moment mal, langsam." Felicity hält abwehrend beide Hände in die Höhe. „Was meint ihr damit, Livvy ist richtig zurück? Wie denn? Wo ist sie? Kann ich sie sehen?"

„Sie ist zurück, lebendig und in Fleisch und Blut."

„Aber ... der Exorzismus ..." Felicity beginnt zu stottern, wird blass, und ich führe sie zum nächsten Stuhl, damit sie sich setzen kann, schenke ihr einen Whisky zur Stärkung ein.

„... hat offensichtlich nicht gewirkt." Ich reiche ihr das Glas.

„Aber ... aber wie kann sie wieder lebendig geworden sein?", stammelt Felicity. Sie scheint ernsthafte Schwierigkeiten zu haben, das alles zu verstehen, was durchaus verständlich ist. Wer hätte die nicht?

„Ich weiß es nicht", antworte ich. „Ich weiß nur, dass sie kein Geist mehr ist."

Felicity holt tief Luft. „Und wo ist sie jetzt?" Der Schock steht ihr noch immer ins Gesicht geschrieben.

„Shopping", sage ich. „Sie wollte Weihnachtsgeschenke einkaufen gehen." Und in dem Moment trifft mich das ganze Ausmaß dieser Absurdität. Meine Frau ist von den Toten auferstanden und zu einem Einkaufsbummel losgezogen. Vor zwei Wochen noch war mein Leben sicherlich kompliziert, aber es zeigte sich der erste Silberstreif am Horizont. Und heute ... heute ist alles wieder völlig verworren, ohne dass eine Lösung in Sicht wäre.

„Ich will sie sehen", sagt Felicity entschieden. „Ich muss mit ihr reden ... herausfinden, was sie sich dabei denkt."

„Würdest du das tun? Auf mich hört sie nämlich nicht", sage ich erleichtert.

„Können du, ich, Emily und Mum nicht alle zusammen hier wohnen?" Joe versteht das Problem nicht.

„Ich glaube nicht, dass das so funktionieren würde, Darling", sagt Felicity zu ihm. „Wo ist Emily?", fragt sie mich dann.

„Zu sich nach Hause gegangen."

„Warum gehst du nicht zu ihr und bleibst eine Weile dort? Ich kümmere mich derweil um Livvy. Ich werde ihr schon den Kopf zurechtrücken."

Livvy

Ich lasse Malachi beim Fluss zurück und marschiere nach Hause. Ich friere erbärmlich, ich hatte wirklich völlig vergessen, wie kalt einem sein kann. Als Geist schwebt man durch Schnee und Eis, ohne auch nur mit der Wimper zu zucken, jetzt allerdings habe ich eiskalte nasse Füße und bin durchgefroren bis ins Mark. Und Weihnachtsgeschenke habe ich auch nicht kaufen können, weil ich ja offiziell verstorben bin. Jeder glaubt, ich liege drei Meter tief unter der Erde, und es ist ja nicht gerade so, als könnte ich mit einem Tusch aus einer riesigen Geburtstagstorte springen und rufen: „Ta-da! Überraschung!"

Beim Haus angekommen, ziehe ich den Hausschlüssel aus meiner Jackentasche und will die Tür aufschließen, doch der Schlüssel passt nicht. Verdammt, Adam hat die Schlösser austauschen lassen, ich bin also noch immer ausgesperrt! Aus meinem eigenen Zuhause! Das werde ich ändern müssen, und zwar schnellstens. Mir bleibt nichts anderes, ich drücke auf die Klingel. Die Tür wird aufgezogen, ich erwarte Adam zu sehen, aber ...

„Mum?", entfährt es mir überrascht. Ich glaube nicht, dass ich schon in der Lage bin, mich mit Mum auseinanderzusetzen, ich habe nämlich den unguten Verdacht, dass sie nicht hundertprozentig auf meiner Seite steht.

„Livvy." Sie umarmt mich unbeholfen. Noch zu meinen Lebzeiten hatten wir selten Körperkontakt, und jetzt, da ich auf wundersame Weise wieder aus dem Jenseits zurück bin, sind wir wohl beide nicht sicher, was die Etikette in einem solchen Fall vorschreibt. Aber sie ist meine Mum, und zum ersten Mal seit einem Jahr kann ich sie wirklich berühren. Also drücke ich sie fest an mich und merke, wie sich ein Kloß in meiner Kehle bildet, als auch sie mich festhält.

„Ich kann es gar nicht fassen", sagt sie mit vor Kummer brüchiger Stimme.

„Hallo, Mum." Joe freut sich, mich zu sehen. „Granny hat gesagt, sie will dir den Kopf zurechtrücken."

Will sie also, ja? Na, das werden wir ja sehen.

„Sch, Joe", ermahnt Mum ihn. „Meinst du, du kannst dich eine Weile im Wohnzimmer mit deiner Playstation beschäftigen? Deine Mum und ich müssen uns nämlich in Ruhe unterhalten."

„Sicher", stimmt Joe bereitwillig zu. „Es ist gut, dass Mum wieder zurück ist, nicht?"

„Ja", antwortet meine Mum, „vermutlich schon."

Aber überzeugt klingt sie keineswegs. Wir gehen zusammen in die Küche.

„Tee?", bietet Mum mir an.

„Wenn ich jetzt die Leviten gelesen bekomme, würde ich etwas Stärkeres als Tee vorziehen." In den letzten Jahren kam Mum eigentlich nur zu uns herüber, um mir Vorhaltungen zu machen, was alles falsch läuft in meinem Leben und wofür ich die alleinige Verantwortung trage.

„Wie kommst du darauf, dass ich dir die Leviten lesen will?"

„Deine Miene ...?"

„Nein, das hatte ich gar nicht vor", sagt Mum. Erstaunt stelle ich fest, dass sie nervös ist. Unruhig läuft sie in der Küche auf und ab. „Du weißt, dass ich in diesen emotionellen Dingen nicht sehr gut bin", setzt sie an. „Aber du bist meine einzige Tochter, und ich habe dich verloren. Du kannst nicht einmal ahnen, was für ein Gefühl das ist. Der Himmel weiß, wie oft ich mir im letzten Jahr gewünscht habe, du würdest einfach durch die Tür kommen und nichts von alldem wäre geschehen. Ich freue mich, dich jetzt zu sehen, wirklich, aber ich mache mir auch Sorgen."

„Es besteht kein Grund zu Sorgen", versichere ich.

„Nicht?", fragt Mum zweifelnd. „Livvy, was hast du jetzt hier vor? Was bezweckst du damit?"

„Ich bezwecke, die Dinge wieder in Ordnung zu bringen", erkläre ich ihr. „Bitte, Mum, versuche zu verstehen. Ich weiß, es war grässlich für Adam, ich weiß, wie grässlich *ich* war. Aber jetzt bin ich wieder hier, und alles wird anders laufen."

„Oh Livvy." Mum hat Tränen in den Augen stehen. „Es war nicht alles nur deine Schuld. Ich hätte doch sehen müssen, was ablief, statt den Kopf in den Sand zu stecken. Ich hätte dir viel früher Hilfe besorgen müssen. Manchmal denke ich, ich habe dich ganz schrecklich im Stich gelassen."

„Das hast du nicht, Mum", versichere ich ihr bewegt. Selbst wenn wir unsere Differenzen hatten ... sie war immer für mich da, auch wenn ich das nie zugeben wollte.

„Ich hätte mehr tun müssen", sagt sie. „Es tut mir so leid."

So stehen wir hier steif zusammen und trauern über verpasste Gelegenheiten in einer gemeinsamen Vergangenheit.

„Ich weiß nicht einmal, ob du mir hättest helfen können", sage ich traurig. „Heute sehe ich, dass ich gar nicht bereit war, auf irgendjemanden zu hören oder Ratschläge anzunehmen."

„Dann höre jetzt auf mich, und nimm meinen Ratschlag an", hebt Mum wieder an. „Ich will nicht grausam zu dir sein, aber was du mit Adam hattest, ist vorbei. Er ist jetzt mit Emily zusammen. Gib ihn frei."

Emily

Mit langsamen Schritten ging Emily nach Hause, sie fühlte sich miserabler denn je. Der Schnee wandelte sich rasant in grauen Schneematsch. Es graupelte jetzt. Ihr war kalt, sie hatte Hunger, sie war durchnässt … und komplett verwirrt. Wenn sie da soeben wirklich mit dem Geist ihrer Mutter gesprochen hatte, dann hatte Mum ihr keine sehr hilfreichen Ratschläge gegeben, auch wenn es ein erstaunlich tröstendes Gespräch gewesen war. Hatten sie denn im Jenseits auch keine Antworten parat?

Die eine Gewissheit, die sich im letzten Jahr herauskristallisiert hatte, war die, dass sie und Adam sich liebten, und daran würde sie sich mit aller Macht festhalten. Daran würde auch Livvys erneutes Auftauchen nichts ändern. Nur wusste Emily eben auch, was für ein anständiger und verantwortungsbewusster Mann Adam war. Es war schrecklich, was Livvy zugestoßen war, und Adam würde unbedingt das Richtige tun wollen – selbst wenn das bedeutete, dass er seine Zukunft mit Emily aufgeben musste.

Zu ihrer Überraschung fand sie Adam wartend vor ihrer Haustür sitzen.

„Adam?" Zögernd ging sie auf ihn zu. Was bedeutete das? War er gekommen, um ihr zu sagen, dass er die Beziehung mit Livvy wieder aufnehmen würde? Übelkeit stieg in ihr auf.

„Emily … kann ich mit reinkommen?", fragte er.

„Ja, natürlich." Die Übelkeit wuchs bei seinen Worten an. „Wo ist Livvy?"

„Im Haus, zusammen mit Felicity."

„Was sollen wir nur tun?", fragte Emily bedrückt, als sie in ihr kleines, gemütliches Apartment voranging. „Wenn Livvy wieder zurück ist, kann ich ja wohl kaum zu dir ziehen."

„Deshalb bin ich gekommen ... um dir das zu sagen." Adam sah so zerknirscht und deprimiert aus, am liebsten hätte Emily ihn in die Arme gezogen, aber sie nahm sich zusammen und hielt sich zurück. „Was immer von jetzt an passieren mag, ich will, dass du weißt, dass ich mit dir zusammen sein will. Dieses Wiedersehen mit Livvy hat mir endgültig klargemacht, dass ich sie nicht mehr liebe. Ich will dich an meiner Seite haben."

„So? Ihr beide habt aber sehr kuschelig miteinander ausgesehen, wie ihr da in der Küche zusammenstandet." Das mochte ja ein wenig feindselig und zickig klingen, aber Emily musste ihrem Ärger einfach Luft machen.

„Emily, sei nicht albern. Ich habe Livvy umarmt, weil ich mich natürlich gefreut habe, sie wiederzusehen. Aber du kannst mir glauben, ich bin über sie hinweg. Du bist es, die ich liebe."

Der erste schwache Hoffnungsschimmer machte sich in ihr bemerkbar. Sie war sicher gewesen, Adam würde ihr das genaue Gegenteil sagen und ihr den Laufpass geben.

Jetzt jedoch zog er sie an sich, und willig schmiegte sie sich an seine Brust. „Ich weiß, das Ganze ist eine unmöglich bizarre Situation", seufzte er.

Emily schnitt eine Grimasse. „Wem sagst du das! Ich habe soeben meine verstorbene Mutter in der Kirche getroffen und mich lange mit ihr unterhalten."

„Was? Wie viele Geister kommen denn noch aus dem Jenseits zurück? Kann denn keiner von denen mehr tot bleiben, so wie es sich gehört?", empörte er sich.

„Woher soll ich das wissen?" Emily lachte. Vor Erleichterung schwindelte ihr jetzt regelrecht, und das befreiende Lachen ließ sich nicht mehr aufhalten. „Ich glaube, sie wollte mir helfen. Sie hat mir geraten, dir Zeit und Raum zu lassen. Dazu bin ich bereit, wenn es das ist, was du brauchst."

„Nein, das brauche ich nicht", versicherte Adam. „Joe will Livvy natürlich zurückhaben, er will, dass sie und ich wieder zusammenkommen. Aber das kann ich nicht, nicht einmal für ihn. Es wäre das Falsche für uns alle."

„Ich möchte wirklich keine Probleme zwischen dir und Joe heraufbeschwören", meinte Emily.

„Das weiß ich doch", erwiderte Adam. „Ich werde versuchen, es ihm so gut und so schonend wie nur möglich zu erklären, ich will ihn nicht noch mehr verletzen, als er schon verletzt worden ist. Aber durch ein Zusammenleben mit Livvy wird nichts besser werden. Es wird sicher Zeit brauchen, doch irgendwann wird er es verstehen. Und Livvy werde ich unmissverständlich klarmachen, dass es aus ist zwischen uns. Das hätte ich ihr schon vor einem Jahr sagen sollen, vor ihrem Unfall."

Glücklich legte Emily den Kopf an Adams Schulter. Sie war da, wo sie hingehörte. Zwar hatte sie nicht die geringste Ahnung, wie sie dieses Chaos entwirren sollten, aber solange sie mit Adam zusammen war, würde sie mit jedem Problem fertigwerden.

26. KAPITEL

Livvy

„Na, vielen Dank auch, Mum", sage ich säuerlich. „Ich dachte, du wärst auf meiner Seite."

„Ich bin immer auf deiner Seite", erwidert Mum. „Und genau deshalb sage ich dir das. Adam hat in diesem Jahr viel durchmachen müssen."

„Ja sicher, und für mich war es der reine Sonntagsspaziergang." Ich schnaube ironisch.

„Und es war ja nicht nur das letzte Jahr. Komm schon, Livvy, du weißt genau, wie schlecht es um euch stand." Mum lässt nicht locker, und in diesem Moment würde ich ihr zu gerne etwas an den Kopf werfen.

Diese Erinnerungen, wie ich war, was ich alles angestellt und verbockt habe, kehren immer wieder zurück, aber ich will nicht daran denken, wie unmöglich ich mich benommen habe. Ich will nur die Bilder der schönen Zeiten sehen, die Bilder jener Zeit, als es zwischen Adam und mir perfekt gewesen war. Denn ich bin mir sicher, dass es wieder so werden kann.

„Daran brauchst du mich nicht zu erinnern", fauche ich sie an. Mit leerem Blick starre ich zum Fenster hinaus. Unzählige verpasste Gelegenheiten, unzählige Dinge, die unausgesprochen geblieben, die falsch gelaufen waren. Wieso versteht Mum nicht, dass es gerade deshalb der richtige Zeitpunkt ist, alles wieder geradezurücken? „Dieses Mal werde ich es besser machen. Ich habe eine zweite Chance erhalten, und die werde ich nicht ungenutzt verstreichen lassen."

Mum mustert mich nachdenklich. „Und was ist mit Emily? Du hast Adam das Leben zur Hölle gemacht, und trotzdem hat er jahrelang zu dir gehalten, viel länger, als die meisten Männer es sich hätten gefallen lassen. Jetzt hat er eine nette Frau gefunden, und ich denke, für dich ist es Zeit, zurückzutreten und ihn sein Leben leben zu lassen. Dasselbe würdest du auch von mir hören, wenn du den Unfall nicht gehabt hättest."

„Nur vor dem Unfall hast du es mir nie gesagt, nicht wahr?", widerspreche ich. „Du hast mit keinem Wort erwähnt, dass ich unfair zu Adam wäre. Nicht einen Ton hast du gesagt."

„Oh doch, ich habe es so oft versucht", erwidert Mum traurig. „Erinnerst du dich wirklich nicht? Noch im Sommer vor deinem Unfall habe ich dich gewarnt, dass Adam die Geduld mit dir verliert, aber du hast es vorgezogen, mich zu ignorieren. Damals warst du ebenso wenig bereit, auf mich zu hören, wie heute. Was willst du eigentlich von Adam, Livvy? Würdest du ihn wirklich lieben, dann würdest du ihn freigeben."

„Mum!" Ich sehe rot. „Wie kannst du so etwas sagen? Nach allem, was er mir angetan hat?"

„Was hat er dir denn angetan, Livvy? Außer dass er dir unglaublich lange bei deinen Problemen die Stange gehalten hat? Ohne dass du auch nur ansatzweise begriffen hättest, was du ihn durchmachen lässt."

„Er hat mich betrogen! Er hatte eine Affäre!", sprudelt es aus mir heraus, noch bevor ich richtig nachgedacht habe.

Mum sieht mich verständnislos an. „Er hatte eine Affäre?"

„Ah, das hat er also praktischerweise elegant unter den Tisch fallen lassen, was?", sage ich verbittert. „Natürlich, mit so etwas geht man ja auch nicht unbedingt hausieren, nicht wahr?"

„Mit wem hatte er eine Affäre?", hakt Mum matt nach, obwohl das doch eigentlich offensichtlich sein müsste.

„Mit wem, glaubst du wohl? Mit Emily. Adam hat mich mit Emily betrogen. Und an dem Tag, an dem ich gestorben bin, habe ich es herausgefunden."

Emily

Es kam ihnen wie Stunden vor, dass sie hier eng aneinandergeschmiegt auf dem Sofa saßen. Emily fühlte sich sicher und geborgen, aber ihr war auch überdeutlich bewusst, dass es nicht mehr lange dauern konnte. Irgendwann würde Adam nach Hause gehen müssen, obwohl sie beide sich nicht voneinander trennen wollten. Es kam nicht oft vor, dass sie Zeit für sich allein hatten. Aber es wäre egoistisch von ihr, das wusste Emily, wenn sie ihn bitten würde zu bleiben, sosehr sie es sich auch wünschte. Daher verkniff sie sich die Frage.

Schuldbewusst sah Adam auf seine Armbanduhr. Das erinnerte Emily an früher, als Livvy wirklich noch lebte und Adam und sie sich die kostbaren Minuten für ein Zusammensein hatten stehlen müssen. Adam hatte vorgehabt, es Livvy nach dem Weihnachtsfest zu eröffnen, aber vorher musste irgendjemand sie beide wohl zusammen gesehen und es Livvy dann brühwarm erzählt haben. Somit war die Katze viel früher aus dem Sack gewesen. Und dann war der Unfall passiert.

„Oh Mann", stöhnte Emily. „Wenn Livvy tatsächlich bleibt, müssen wir wieder mit dieser Scharade anfangen. Ich weiß nicht, ob ich das noch einmal aushalte."

„Nein, müssen wir nicht", kam es von Adam.

„Nicht?"

„Nein, wir werden so weiterleben wie bisher. Wir sind seit einem Jahr zusammen, jeder weiß Bescheid. Sollte diese abstruse Situation wirklich noch länger andauern, werde ich die Scheidung einreichen. Obwohl ich keine Ahnung habe, wie so eine Scheidung von einer toten Ehefrau ablaufen soll."

Emily lachte auf, auch wenn sie das keineswegs lustig fand.

Nach einer Weile sagte Adam unwillig: „Ich sollte besser gehen. Ich möchte nicht, dass …"

„Ich verstehe schon." Das hatte Emily auch damals immer gesagt, in diesen hektischen Nächten, wenn sie verzweifelt etwas Zeit für sich gestohlen hatten. „Es war so schön, ohne die ganzen Komplikationen zusammen sein zu können." Sie seufzte. „Warum nur passiert das alles?"

„Wir stehen das durch. Zusammen." Adam küsste sie, und sie umarmten sich und hielten einander eine Zeit lang einfach nur fest.

„Mir graut vor dem, was die nächsten Tage bringen werden", wisperte Emily.

„Ich rufe dich an." Eine andere Zusicherung oder Beruhigung gab Adam nicht. „Uns fällt schon etwas ein."

Doch als Emily ihn zur Tür geleitete, stiegen Zweifel in ihr auf, ob das so problemlos vonstattengehen konnte. Livvy war eine boshafte Hexe, die vor nichts haltmachte.

Adam

Livvy wird sich bestimmt nicht anhören wollen, was ich ihr zu sagen habe, aber ich muss es ihr sagen. Heute haben wir Spaß zusammen gehabt, eine Erinnerung daran, wie es einmal zwischen uns gewesen ist. Aber das ändert nichts. Ich will mit Emily zusammen sein, und dieser eine Tag schafft es sicher nicht, mich das Elend der letzten Jahre vergessen zu lassen. Natürlich ist es schmeichelhaft zu wissen, dass meine Frau mich und unseren Sohn so sehr liebt, dass sie deshalb sogar aus dem Jenseits zurückkehrt. Das ist sicher beeindruckend. Doch es ist unmöglich, die Zeit zurückzudrehen.

Ich wünsche mir eine Zukunft mit Emily. Ich möchte, dass wir heiraten und zusammen in einem anderen Haus leben, eines ohne schlechte Erinnerungen, ein Haus, in dem wir unsere gemeinsame Zukunft aufbauen, vielleicht sogar gemeinsame Kinder aufziehen können. Ich weiß, wie schwer es für Joe sein wird, das zu akzeptieren, ich mache mir auch Sorgen, wie er es aufnimmt. Aber Joe ist ein strikt logisch denkender Mensch, und mit der Zeit, da bin ich zuversichtlich, wird er die Logik darin erkennen.

Sobald ich ins Haus komme, spüre ich sofort die düstere Stimmung. Joe sitzt im Wohnzimmer an seiner Playstation, er sieht nicht einmal auf, als ich hereinkomme. Das ist vielleicht nicht gänzlich atypisch für ihn, aber auf jeden Fall lässt es mich stutzen.

„Wo ist Mum?", frage ich. Wie seltsam es ist, diese Frage wieder zu stellen.

„Küche", murmelt Joe nur, ohne von seinem Videospiel aufzusehen.

Also gehe ich in die Küche. Livvy sitzt dort mit ihrer Mutter zusammen, und als ich eintrete, starrt Felicity mich mit finsterer Miene und wütend funkelnden Augen an.

„Wenn ich daran denke, dass ich tatsächlich Mitleid mit dir hatte!", speit sie mir entgegen.

„Wie bitte?" Ich habe keine Ahnung, wovon sie da redet. Im letzten Jahr war Felicity einfach unbezahlbar, auch davor hat sie mir immer stillen Beistand geboten, wenn die Dinge mal wieder absolut katastrophal liefen. Ich sehe fragend zu Livvy, und sie lächelt leise in sich hinein. Mir schwant Böses. Oh nein, was hat sie erzählt?

„Hattest du vor, es mir je zu gestehen?", fragt Felicity. „Oder wolltest du mich für alle Ewigkeit im Dunkeln lassen und für dumm verkaufen?"

„Worum geht es denn überhaupt?", frage ich matt.

„Es geht um deine Affäre mit Emily", faucht Felicity, und Livvys Lächeln wird triumphierend.

27. KAPITEL

Adam

Darauf war ich nun überhaupt nicht vorbereitet. Ich bin frontal in die Schusslinie gelaufen, beide, Livvy und Felicity, haben ihre Kanonen auf mich gerichtet. Eine ziemlich brenzlige Situation.

„Felicity", setze ich an, „dafür gibt es keine Entschuldigung. Ich kann höchstens anführen, dass zu dem Zeitpunkt, als ich Emily traf, mein Familienleben in Scherben lag. Das weißt du selbst. Und …"

„Und Emily war für dich da, nicht wahr? Oh ja, ich kann es mir schon denken", unterbricht Felicity mich spitz. Sie ist definitiv wütend auf mich. „Nur hast du mich die ganze Zeit über in dem Glauben gelassen, du hättest Emily erst nach Livvys Tod kennengelernt. Wie konntest du nur? Ich habe immer große Stücke auf dich gehalten, aber das … Von dir hätte ich wirklich mehr erwartet."

Ich komme mir vor wie ein geprügelter Hund. Ich mag Felicity wirklich sehr gern, mir ist wichtig, was sie über mich denkt. „Ich habe es dir nicht gesagt, weil es wenig Sinn zu haben schien", rechtfertige ich mich schwach. „Es ist nicht so, als hätte ich bewusst geplant, dir etwas zu verheimlichen. Es war eine so schwierige Zeit und …" Meine Stimme erstirbt, Felicity hört mir gar nicht zu. Mit hochrotem Kopf sitzt sie da und schäumt vor Ärger.

„Zwar hat es mich ein wenig überrascht, dass du so schnell jemand Neues gefunden hast, aber ich habe mich ehrlich für dich gefreut. Ich dachte, wenigstens etwas Gutes ist bei dieser Tragödie herausgekommen. Du musst dir ja die ganze Zeit über ins Fäustchen gelacht und dich königlich über meine Dummheit amüsiert haben."

„Nein, ganz sicher nicht", protestiere ich. „Du weißt, dass ich so etwas nie tun würde. Ich wollte dir das einfach nur ersparen, es hätte dich nur unnütz aufgeregt."

„Da hast du allerdings recht, ich rege mich auf! Und wie ich mich aufrege!" Sie schießt von ihrem Stuhl hoch und marschiert zur Tür. „Und was ist mit Joe? Wie willst du ihm das erklären? Himmel, was für ein Chaos!"

Und damit rauscht Felicity zur Haustür hinaus, eingehüllt in eine Wolke aus Zorn und Empörung. So aufgebracht habe ich sie noch nie erlebt. In den schweren Jahren mit Livvy hat sie immer zu mir gehalten, ich hätte niemals damit gerechnet, dass sie sich jetzt gegen mich wenden würde. Doch das hat sie, und so, wie es aussieht, wird sie mir auch nicht so schnell vergeben.

„Vielen Dank auch, Livvy." Meine Wut auf sie kennt keine Grenzen, und der Zynismus geht mit mir durch. „Das war wirklich extrem konstruktiv."

Doch Livvy lächelt nur engelsgleich. „Sie hatte ein Recht darauf, es zu erfahren. Und das musst du jetzt schlucken – ein einziges Mal bist du der Schurke in dem Stück, nicht ich."

„Livvy, was erhoffst du dir davon? Nur weil du wieder hier bist, bedeutet das durchaus nicht, dass ich die Beziehung mit dir wieder aufnehmen will. Ich liebe Emily, und ich werde mit ihr zusammenbleiben."

„Oh bitte!" Ungläubig starrt sie mich an. „Das kannst du nicht ernst meinen."

„Nicht nur kann ich, ich meine es ernst."

„Ich dachte, du wolltest die Dinge wieder in Ordnung bringen", sagt sie. „Das höre ich doch schon die ganze Zeit von dir, seit ich wieder zurück bin. Vergiss nicht, ich konnte deine Gedanken lesen."

„Richtig", stimme ich ihr zu. „Ich wollte die Möglichkeit haben, dir zu sagen, wie leid mir alles tut. Ich wollte mich entschuldigen, weil ich dich verletzt habe. Zu wissen, dass deine letzten Worte an mich so voller Wut und Ärger waren, war ein grässliches Gefühl. Aber was immer du und deine Mum vielleicht auch denken mögt, ich werde meine Meinung nicht ändern."

„Das werden wir sicher noch sehen", entgegnet sie selbstgefällig. „Sollen wir Joe fragen, was er dazu sagt?"

„Livvy, das würdest du nicht tun." Ich schnappe entsetzt nach Luft.

„Würde ich nicht?", gibt sie herausfordernd zurück. „Dann versuch mal, mich aufzuhalten."

Livvy

Na schön, ich hatte nicht vorausgesehen, dass Adam derart darauf beharren würde, mit Emily zusammenzubleiben. Ich hatte darauf gesetzt, dass Joe Grund genug für ihn wäre, mich als Ehefrau zurückzunehmen. Wie es scheint, habe ich mich da ein wenig verkalkuliert. Dennoch bin ich sicher, dass ich ihn noch bearbeiten kann. Immerhin habe ich ihn mit Joe ja bereits in Panik versetzt. Joe, der mein Trumpf im Ärmel ist. Ich kann mir nämlich nicht denken, dass Adam Joe wissen lassen will, was für ein böser Bube er war. Ich provoziere ihn noch etwas mehr, indem ich aufstehe und vorgebe, ins Wohnzimmer zu gehen, um Joe zu holen. Nur ... Joe ist nicht mehr da.

„Joe", rufe ich die Treppe hinauf. Er muss wohl in sein Zimmer gegangen sein. Da ich keine Antwort erhalte, rufe ich seinen Namen ein weiteres Mal, diesmal lauter. Noch immer kommt keine Reaktion. Also gehe ich nach oben nachsehen, doch auch hier ist keine Spur von ihm zu finden. Mir wird mulmig. Früher, als er noch jünger war, hatte Joe die unangenehme Angewohnheit, einfach wegzurennen, wenn er sich aufregte. Ich hatte gedacht, er hätte sich das längst abgewöhnt.

Wieder zurück in der Küche, finde ich Adam mit dem Kopf in die Hände gestützt am Tisch sitzen.

„Adam, hat Joe etwas davon gesagt, dass er noch ausgehen will?"

Alarmiert hebt er den Kopf und sieht zu mir hin. „Nein, wieso? Ist er denn nicht in seinem Zimmer?"

„Nein. Und sein Handy liegt auf dem Wohnzimmertisch."

Panik will sich in mir breitmachen, die ich jedoch resolut unterdrücke. Zusammen suchen wir im gesamten Haus, doch Joe ist nirgends zu finden. Draußen hat es wieder angefangen zu schneien, aber Joes Jacke hängt noch in der Diele auf dem Garderobenhaken.

Adam flucht unflätig. „Er ist mal wieder abgehauen."

Was er in regelmäßigen Abständen tut, wenn ihm alles zu viel wird.

„Was, wenn er das Gespräch mitgehört hat?", fragt Adam aufgewühlt.

„Unmöglich!" Ich merke selbst, wie mir alle Farbe aus dem Gesicht weicht. Auch ich habe schon an diese Möglichkeit gedacht. Im Eifer des Gefechts sind die Pferde mit mir durchgegangen, ich hatte nicht geplant, dass Joe das alles mitbekommt. „Vielleicht ist er ja zu dieser Caroline gegangen …"

„Oder vielleicht hat er sich auch abgesetzt", knurrt Adam mich an. „Das ist alles nur deine Schuld."

„Hallo … ich habe schließlich keine Affäre gehabt", wehre ich mich.

„Nein, dir kommt natürlich nicht die geringste Verantwortung an diesem ganzen Schlamassel zu, nicht wahr?", zischelt Adam, und seine Verbitterung trifft mich wie ein Schlag. „Selbst als Tote hast du noch immer nichts dazugelernt."

Adam wählt Carolines Nummer, doch sie sagt, sie habe heute noch nicht von Joe gehört.

„Er kann nicht weit sein." In mir beginnt die Panik jetzt zu brodeln, aber ich will nicht, dass Adam das merkt. „Gehen wir ihn suchen."

In feindseligem Schweigen verlassen wir das Haus. Es schneit dicke Flocken, ein richtiges Schneegestöber, aber Joes Fußspuren sind im Schnee auf dem Pfad zu erkennen. Da wir nicht wissen, was wir sonst tun sollen, folgen wir den Spuren, die uns nach links in Richtung Stadt führen.

Wir laufen durch die stillen Straßen. Die Leute haben ihre letzten Einkäufe erledigt und sind bereits zu Hause. Die, die Unterhaltung brauchen, sitzen längst im Pub, alle anderen bereiten sich zu Hause auf das Weihnachtsfest vor, so wie die meisten normalen Menschen zu dieser Zeit des Jahres. Mehr als alles andere wünsche ich mir, dass wir auch wieder zu den normalen Menschen gehören. Habe ich vorhin noch dieses Triumphgefühl verspürt, ist mir jetzt nur noch elend vor Sorge. Sollte Joe irgendetwas zugestoßen sein, werde ich mir das niemals vergeben.

Eine gute halbe Stunde wandern wir jetzt ziellos durch die Straßen, ohne ein Zeichen von Joe gefunden zu haben. Wir beide bleiben gleichzeitig stehen, und Adam fragt mich: „Wohin jetzt?"

Wir überlegen, ob Joe vielleicht ins Schwimmbad gegangen sein könnte. Er nutzt das Schwimmen, um Stress abzubauen. Aber seine Schwimmausrüstung liegt noch zu Hause, also ... In diesem Moment klingelt Adams Handy.

„Emily?", höre ich ihn sagen. „Im Moment ist es wirklich schlecht ...", und dann: „Joe ist bei dir? Gott sei Dank!"

Emily

Emily hatte gerade Badewasser für sich einlaufen lassen, als es an der Tür klingelte. Es war bereits nach acht Uhr abends. Wer könnte sie denn um diese Uhrzeit noch besuchen? Ihr Herz machte einen kleinen Hüpfer. Ob das Adam war?

Nein, es war nicht Adam, sondern Joe. Der Junge trug nicht einmal eine Jacke, er war nass und zitterte vor Kälte.

„Joe! Was machst du denn hier?"

„Ich wollte dir eine Frage stellen", erwiderte er.

„Weiß dein Dad, dass du hier bist?" Emily konnte sich vorstellen, dass Adam vor Sorge halb verrückt sein musste.

„Nein, und bitte, sag ihm nichts davon. Ich will dir nur etwas sagen, und dann gehe ich auch gleich wieder."

„Sicher, schieß los. Aber möchtest du nicht vielleicht hereinkommen? Du bist ja nass bis auf die Haut." Es war das Mindeste, was Emily tun konnte – sich um Joe zu kümmern. Wenn sie ihn überreden konnte hereinzukommen, würde sie ihn auch sicher dazu bringen können, Adam anzurufen und Bescheid zu geben.

„Oh." Überrascht sah Joe an sich herab, als hätte er vorher gar nicht bemerkt, dass seine Sachen nass waren. „Nein danke, ich möchte nicht hereinkommen."

„Bitte." Jetzt begann auch Emily, sich Sorgen zu machen. Joe wechselte unruhig von einem Fuß auf den anderen, seine Lippen waren blau angelaufen. „Ich kann eine heiße Schokolade für dich machen."

„Heiße Schokolade ist gut." Davon ließ er sich überzeugen und trat ein. Er nahm sogar das Handtuch von Emily an, mit dem er sich abtrocknen konnte, und eine Fleecejacke, die Adam hier schon vor Monaten hatte liegen lassen – auch wenn Joe etwas davon murmelte, es sei nicht die richtige Farbe.

Nur weigerte er sich, sich zu setzen, marschierte stattdessen rastlos in Emilys kleiner Küche auf und ab.

„Worum geht es denn, Joe?", fragte Emily schließlich. „Hat es mit deiner Mum zu tun?"

„Ja. Und mit dem, was ich mir zu Weihnachten wünsche."

„Oh." Emily verhielt sich bewusst vorsichtig. „Was wünschst du dir denn zu Weihnachten?"

Er ging nicht auf ihre Frage ein. „Mum ist wieder da. Das ist gut, nicht wahr?"

„Ja, ich nehme es an", gab sie zurück.

„Als ich noch klein war, hat Mum immer gesagt, dass ich mir einen Stern am Himmel aussuchen soll und mir etwas zu Weihnachten wünschen darf, das dann in Erfüllung geht. Meinen Wunsch habe ich heute Abend ausgesprochen."

„Aha." Emily ahnte, wie dieser Wunsch aussah.

„Zu Weihnachten wünsche ich mir, dass Mum wieder bei uns wohnt", sagte er auch prompt. „Das heißt, du kannst jetzt gehen. Ich brauche keine neue Mum mehr."

„Ich hätte niemals den Platz deiner Mum eingenommen, Joe", sagte Emily behutsam.

„Du und Dad, ihr hattet eine Affäre", kam es plötzlich schroff von ihm. „Das hat Granny gesagt. Und eine Affäre ist schlecht."

„Ja und nein." Emily wusste, dass es für Joe nur schwarz und weiß gab. Er hatte Mühe, das Konzept von Grautönen zu verstehen.

„Aber du machst meinen Dad glücklich", fuhr der Junge fort, „und das ist gut."

„Ja, das ist es."

„Man sollte keine Affären haben", sagte er vorwurfsvoll. „Mum hat sich schlimm aufgeregt. Deshalb hat sie auch den Unfall gehabt."

„Ich weiß, Joe, und es tut mir leid, ganz ehrlich. Aber deine Mum und dein Dad waren schon lange nicht mehr glücklich miteinander."

„Mum war krank, ihr ging es nicht gut", beharrte der Junge eigensinnig.

„Ich weiß." Jetzt musste sie sehr, sehr vorsichtig sein. „Für deinen Dad war das sehr schwierig."

„Jetzt ist alles anders", fuhr er fort. „Mum ist wieder da, und es geht ihr gut. Dad kann sie jetzt wieder lieben. Und du kannst gehen. Wir brauchen dich nicht mehr. Das ist es, was ich mir zu Weihnachten wünsche."

Emily begriff, dass Joe hier gerade laut nachdachte. Sie war eigentlich gar nicht nötig als Zuhörer. „Oh Joe", hob sie leise an. „Es tut mir leid, aber das kann ich nicht tun. Ich liebe deinen Dad nämlich sehr."

„Aber du musst gehen." Tränen standen dem Jungen in den Augen. „Mum braucht Dad. Und ich kann keine zwei Mums haben."

Oh verdammt. Wie, um alles in der Welt, ging man mit so etwas um?

„Joe, ich denke, wir sollten deinen Dad jetzt anrufen und ihm Bescheid sagen, wo du bist." Sie hatte keine Ahnung, was sie sonst tun könnte.

„Ich will das aber nicht", protestierte Joe.

„Dein Dad wird sich Sorgen machen und deine Mum auch. Du willst doch sicher nicht, dass die beiden sich um dich sorgen, oder?"

„Nein", gab er nur unwillig zu.

„Dann lass uns ihn anrufen, damit er herkommt und dich abholt. Und wenn du dann wieder zu Hause bist, dann können du und dein Dad und deine Mum alles besprechen."

Das war nun wirklich das Letzte, was Emily sich wünschte, aber Joe brauchte jetzt Hilfe und Unterstützung, viel mehr als sie.

„Und Mum wird bleiben ‚und du gehst, ja?", hakte er noch einmal nach. „Denn wenn du nicht gehst, wird Mum für immer weg sein."

„Wie meinst du das?"

„Sie hat nur Zeit bis Weihnachten, um Dad dazu zu bringen, dass er sich wieder in sie verliebt", teilte Joe ihr nüchtern mit. „Das hat sie mir gesagt, als wir rodeln waren. Wenn du nicht gehst, dann wird Mum wieder verschwinden. Und dieses Mal für immer."

Joes Notizheft

Das ist schlecht.
Dad und Emily hatten eine Affäre.
Mum hat es an dem Tag herausgefunden, als sie gestorben ist.
Das ist sehr schlecht.
Aber ich mag Emily.
Sie ist nicht böse oder schlecht.
Sie ist nett, und Dad mag sie.
Und Mum ist wieder zurück.
Das ist gut.
Ich kann keine zwei Mums haben.
Emily muss gehen.

DIE ZUKÜNFTIGE WEIHNACHT

Livvy

„Na, das war ja mal wieder richtig clever, was?", spottet Malachi, als Adam, Joe und ich durch den Garten auf das Haus zugehen.

„Sch! Man wird dich noch hören." Ich fühle mich schon grässlich genug wegen Joe, und ich will jetzt nicht von Malachi auch noch ein „Ich habe dich ja gewarnt" hören.

„So ein Unsinn, natürlich hören die mich nicht", tut er ab. „Hast du noch immer nicht kapiert, wie gut ich die Zeit manipulieren kann?"

Und damit finde ich mich erneut in einer seiner Zukunftsvisionen wieder. Man kann Malachi sicherlich nicht vorwerfen, er würde nicht am Ball bleiben.

„Warum tust du das ständig? Macht es dir Spaß, mich zu quälen?", werfe ich ihm vor.

„Ich versuche nur, dir etwas begreiflich zu machen. Wärst du nicht so begriffsstutzig und ichbezogen, wären wir schon längst dort angekommen", faucht er ungeduldig.

Dieses Mal sind wir in einem großen Haus, ein anderes als das, in dem ich mit Adam wohne. Es ist der erste Weihnachtstag, und Adam steht in einer schicken neuen Küche und bereitet den Truthahn zu. Seine Eltern sitzen an dem großen Küchentisch, unterhalten sich mit Joe und Caroline. Joe sieht älter aus, so erwachsen, und er und Caroline scheinen sehr glücklich zu sein. Caroline zeigt stolz jedem den Verlobungsring, den sie am Finger trägt. Joe wird heiraten? Oh, wie wunderbar! Das ist definitiv ein Grund zum Feiern. Ich habe mir nie träumen lassen, dass Joe das einmal erleben würde. Ich wünschte, ich würde Caroline besser kennen, könnte ihr sagen, wie dankbar ich ihr bin, dass sie Joe solche Freude und solches Glück gebracht hat.

Doch dann kommt Emily in die Küche. Sie hält einen kleinen Jungen auf dem Arm. „Seht nur, wer gerade aufgewacht ist", sagt sie lächelnd. Und sie ist hochschwanger. Adam legt seine Hand schützend auf ihren gewölbten Leib. Sie küsst ihn, und er zerzaust dem kleinen Jungen auf ihrem Arm das Haar.

Glühende Eifersucht schießt durch mich hindurch. Das hat Adam früher immer bei Joe gemacht. Wir hatten eine große Familie haben wollen, doch dazu ist es nie gekommen. Ich erlaube es nicht, dass er eine solche Zukunft mit Emily hat!

Abrupt wende ich mich ab. „Oh nein", fauche ich Malachi an. „So wird das ganz bestimmt nicht ausgehen!"

28. KAPITEL

Zwei Tage bis Weihnachten

Emily

Nachdem Joe, Livvy und Adam gegangen waren, schenkte Emily sich einen anständigen Drink ein und starrte trübsinnig auf den geschmückten Weihnachtsbaum. Die blinkenden weißen Lichter schienen sie verspotten zu wollen. Sie hatte sich so sehr auf das Weihnachtsfest dieses Jahr gefreut, hatte es als Chance gesehen, die Vergangenheit endlich hinter sich zu lassen, als Chance auf einen Neuanfang mit Adam. Es hätte der erste Schritt hin zu ihrem gemeinsamen neuen Leben werden sollen. Vor wenigen Wochen noch hatte sie gedacht, sie und Adam würden demnächst zusammenziehen. Jetzt allerdings lagen sämtliche ihrer gemeinsamen Pläne in Fetzen zerrissen da.

Verzweifelt ging Emily zu Bett, doch der Schlaf wollte nicht kommen. Die ganze Nacht drehte und wälzte sie sich, überlegte hin und her und versuchte, zu einer Entscheidung zu gelangen, was sie nun tun sollte.

Ginge es hier nur darum, dass Livvy Adam zurückhaben wollte, dann würde sie der anderen klipp und klar sagen, sie solle verschwinden. Aber da war auch noch Joe, und deshalb konnte sie das nicht tun. So aufgelöst wie heute Abend hatte sie Joe noch nie erlebt. Selbst als Livvy gestorben war, hatte der Junge kaum eine Träne vergossen, doch heute …

Mit offenen Augen starrte Emily in die Dunkelheit. Ihr war klar, dass das nicht persönlich gemeint war. Joe mochte sie, das wusste sie sicher, aber für ihn war sie die neue Mum gewesen, willkommen, solange es seine alte Mum nicht mehr gab. Jetzt jedoch, da seine echte Mum auf wundersame Weise wieder lebendig geworden war, hatte Joe keine Verwendung mehr für Emily. Für ihn war das nur der logische Schluss.

Sie liebte Adam von ganzem Herzen und wollte den Rest ihres Lebens mit ihm verbringen. Aber Joe wollte sie nicht in der Familie haben, und unter diesen Umständen würde Adam niemals wirklich glücklich sein können, das wusste sie. Joe kam immer zuerst.

Die ganze Nacht blieb Emily wach, bis das erste Licht des neuen Tages den Himmel stahlgrau färbte und die verschneiten Hausdächer weiß aufleuchten ließ. Es war eine kalte, trostlose Welt, in die sie hinaussah, Emily fühlte sich einsamer als je in ihrem Leben. Als dann die fahle Wintersonne sich am Himmel zeigte, fällte Emily ihre Entscheidung. Mit schwerem Herzen griff sie zum Telefon auf und rief ihren Dad an. Es war noch früh am Morgen, aber sie wusste, dass er bereits wach sein würde.

„Dad?" Ihre Stimme schwankte, als sie sich meldete. Wie sollte sie ihm diese Geschichte jetzt beibringen? „Es gibt eine Planänderung. Kann ich über Weihnachten zu dir kommen?"

„Ist alles in Ordnung mit dir?" Sofort merkte er, dass mit seiner Tochter etwas nicht stimmte.

„Nein, nicht wirklich", antwortete sie. „Das erkläre ich dir dann, wenn ich bei dir bin. Bist du sicher, dass ich dich nicht störe?"

„Du störst mich nie", versicherte ihr Dad sofort.

„Ich meine, ich möchte dir nicht zur Last fallen oder dich von irgendetwas abhalten." Sie hatte sich nicht gemerkt, welche seiner Freundinnen ihr Dad an diesem Tag sehen würde.

„Äh ... um genau zu sein", Dad klang jetzt regelrecht geknickt, „ich habe mir einen Korb eingehandelt. Kannst du dir so was vorstellen?"

Emily musste lachen. „Dann können wir uns ja gegenseitig unser Leid klagen."

„Wenn du hier bist, Liebes, habe ich nie etwas zu beklagen", sagte Dad, und fast wäre Emily daraufhin in Tränen ausgebrochen.

Nach dem Anruf suchte Emily zwei Stunden lang ergebnislos im Internet nach einer günstigen Zugverbindung. So spät und kurzfristig war es schwierig, noch etwas zu finden. Sie hätte gern schon für heute ein Ticket gehabt, doch die Züge waren bereits alle ausgebucht. Die Fahrkarte für den nächsten Tag, die sie schließlich noch fand, kostete ein kleines Vermögen. Aber zumindest freute sich ihr Dad auf sie, das war die Sache also wert.

Ihre Laune hellte sich minimal auf, nachdem sie das Ticket reserviert hatte. Zwar war es nicht das, was sie sich gewünscht hatte, aber sie hatte ihre Entscheidung getroffen.

Da sie wusste, dass es Adams letzter Arbeitstag war, schickte sie ihm eine SMS. *Lunch?*, schlug sie vor. Sie musste mit Adam reden, ohne Joe oder Livvy, und dieses Gespräch sollte besser auf neutralem Boden stattfinden.

12:30?, schrieb er sofort zurück. Kein Kuss. Adam schickte immer einen Kuss mit seinen SMS. Joe musste ihm wohl von seinem Weihnachtswunsch erzählt haben.

Danach kam allerdings noch ein *Alles in Ordnung mit dir?* hinterher.

Nein, nichts war in Ordnung. Emilys Herz brach in ihrer Brust. Sie würde der Liebe ihres Lebens den Rücken kehren, und sie glaubte nicht, dass je wieder etwas in Ordnung mit ihr sein würde.

Livvy

Adam redet noch immer kein Wort mit mir. Seiner Ansicht nach trage ausschließlich ich die Schuld dafür, dass Joe weggelaufen ist. Es liegt mir auf der Zunge, ihm zu sagen, dass, hätte er sich als Ehemann anständig benommen, sein Sohn nicht hätte herausfinden müssen, dass sein Vater ein Ehebrecher ist. Aber ich bezweifle, dass es Zweck hätte, sich jetzt noch darüber zu streiten.

Auf dem Weg nach Hause bleibt Joe sehr einsilbig, murmelt nur ständig etwas davon, dass er mit Caroline sprechen muss. Zu Hause verschwindet er sofort ins Bad, um zu duschen. Adam und ich sehen uns besorgt an, wir fragen uns, wie weit das alles den Jungen in Mitleidenschaft gezogen hat.

Doch als er wieder nach unten kommt, frisch geduscht und im Schlafanzug, um gute Nacht zu wünschen, umarmt er mich ungelenk und sagt: „Es ist schön, dass du wieder hier bist, Mum."

„Ich finde es auch schön, wieder hier zu sein", erwidere ich gerührt.

„Du bleibst doch, nicht wahr?", fragt er, und mein Herz setzt für einen Schlag aus. Wie gerne würde ich Ja sagen, doch inzwischen mache ich mir ernsthaft Gedanken, ob Adam dem zustimmen wird. Und mir bleiben nur noch zwei Tage, um ihn zu überzeugen.

„Wenn ich kann", sage ich also gespielt munter. „Das muss dein Dad entscheiden."

„Dad?", wendet Joe sich an seinen Vater, und der hoffnungsvolle Ausdruck in seinem Blick zieht mir das Herz zusammen. Zum ersten Mal kommen mir Zweifel, ob es wirklich so klug von mir war, das hier anzuleiern. Ich war so sicher, dass ich es schaffen würde. Aber was, wenn Adam weder mir noch Joe zugesteht, was wir beide uns wünschen? Was wird dann aus Joe? Was, wenn ich für den Jungen alles nur noch schlimmer gemacht habe? Den Gedanken unterdrücke ich sofort. Der darf auf keinen Fall Wurzeln schlagen, sonst werde ich nicht in der Lage sein, das hier durchzuziehen.

Adam wirft mir einen vernichtenden Blick zu, der wohl heißen soll: *Vielen Dank auch – für nichts.* Laut sagt er aber nur: „Wir werden sehen", was Joe für den Moment anscheinend reicht.

Als wir dann allein sind, knurrt er jedoch: „Hoffentlich bist du jetzt zufrieden."

„Nein, nicht wirklich." Das meine ich ernst. So war das nämlich keineswegs geplant. „Das, was heute Abend vorgefallen ist ... es war nie meine Absicht, dass so etwas passiert", sage ich. „Es tut mir leid."

„Ich weiß", gibt er traurig zurück. „Es tut dir immer leid – hinterher. Du kannst heute Nacht in dem Extra-Zimmer schlafen. Ich lege ein Handtuch und eine neue Zahnbürste für dich heraus."

Nicht einmal ein Gutenachtkuss ... Adam lässt mich einfach stehen und geht.

Die erste Nacht zusammen unter einem Dach ... und die Distanz zwischen uns ist größer denn je.

Adam

Der letzte Morgen im Büro ist Hektik pur für mich, und um ehrlich zu sein ... ich bin froh darum, bedeutet es doch, dass ich gar keine Zeit habe, um darüber nachzudenken, was für ein komplettes Desaster mein Leben ist oder wie verwirrend der ominöse Text ist, den Emily mir geschickt hat. Sie will mit mir reden ... und es gibt nur eines, worüber wir reden müssten. Ich habe überhaupt keine Idee, wie wir das Chaos zu unser aller Zufriedenheit entwirren könnten.

Sicher ist, dass Joe sich wünscht, Livvy und ich sollen wieder zusammenkommen. Livvy wünscht sich das offensichtlich auch. Und ich … Nein, es ist nicht das, was ich mir wünsche. Bleibe ich mit Emily zusammen, wird Joe verletzt, und wenn ich mit Livvy zusammenbleibe, dann tue ich Emily weh. Aus diesem Schlamassel kann niemand glücklich herauskommen, außer vielleicht Joe. Meine Sünden haben mich endgültig eingeholt.

Emily und ich treffen uns in unserem Lieblingscafé am Fluss, von hier aus können wir auch auf den Weihnachtsmarkt sehen. Der Schnee ist liegen geblieben, auf dem Weihnachtsmarkt herrscht fröhlicher Trubel. Im Café klingen Weihnachtslieder aus den Lautsprechern, die Gäste hier strahlen eine ungetrübte Vorfreude auf die Feiertage aus, die Emily und ich nicht teilen können. Noch zwei Tage bis Weihnachten, und mein Leben zerfällt zu Staub.

Ich küsse Emily, als sie mit ihrer Latte an den Tisch kommt, und bemühe mich zu ignorieren, dass sie leicht zurückzuckt. Kein guter Start.

„So …?", setze ich an.

„So." Sie sieht blass und müde aus, man sieht ihr an, dass sie geweint hat. Nervös zerknüllt sie eine Papierserviette mit einer Hand. Es zerreißt mir das Herz, sie so traurig und bedrückt zu sehen. „Da stecken wir beide in einem ganz schönen Kuddelmuddel, nicht wahr?" Sie müht sich ein schmales Lächeln ab.

„So kann man es auch nennen", stimme ich zu.

„Adam." Sie reibt sich die Augen, die vom Weinen noch immer rot gerändert sind. Überall wäre ich jetzt lieber als hier, alles würde ich lieber tun, als dieses Gespräch zu führen. „Vor Sorge habe ich die ganze Nacht nicht geschlafen", sagt sie.

„Mir geht es genauso."

Pause.

„Es gibt keine zufriedenstellende Lösung", fährt Emily schließlich fort. „Aber als Joe bei mir war, hat er mich um ein Geschenk zu Weihnachten gebeten."

„Und das wäre?" Mich verlässt der Mut. Bitte, sprich es nicht aus, kann ich nur denken.

„Ich werde gehen, Adam." Ihre Stimme bricht, aber sie wehrt meine Hand ab, als ich nach ihren Fingern greifen will. „Joe wünscht sich, dass ihr wieder eine Familie seid. Und wir beide ... wir sind ihm das schuldig."

„Oh Emily." Sie hat also die Entscheidung für mich getroffen. Eine Entscheidung, zu der ich zu feige war. Aber ich weiß, dass sie recht hat.

„Und deshalb ..." Sie wischt sich über die Augen und reckt die Schultern. „... habe ich ein Zugticket gebucht. Ich werde Heiligabend und Weihnachten bei meinem Vater verbringen. Sag jetzt nichts, und versuche bitte auch nicht, mich aufzuhalten, denn sonst schaffe ich das nicht."

Und damit steht sie auf und verlässt das Café ... und mein Leben. Und ich habe das Gefühl, dass meine ganze Welt um mich herum zusammenbricht.

29. KAPITEL

Livvy

Adam ist in die Firma gegangen, Joe trifft sich mit Caroline. Zum ersten Mal bin ich also allein im Haus. Es ist ein gutes Gefühl, einen richtigen Körper zu haben, mit dem ich durch das Haus wandern kann, durch das Haus, das ich so sehr liebe. Dieses Haus war mein sicherer Hafen, in dem ich mich von den Fehlgeburten, die mich fast zerbrochen hätten, wieder erholen konnte, bis Joe dann kam. In der ersten Zeit unserer Ehe war es der Ort, wo ich am glücklichsten war. Aber ... Grundgütiger, was für einen Schweinestall zwei Männer, die allein leben, aus einem Heim machen können! Also beschließe ich aufzuräumen. Emily hat sich offensichtlich nicht dazu herabgelassen.

Nachdem ich mit den Schränken und dem Boden in der Küche fertig bin, mache ich mich ans Bad. Allein an der Wanne schrubbe ich ewig, bevor sie wieder sauber ist. Hat Adam die im letzten Jahr überhaupt auch nur ein einziges Mal gereinigt? Es sieht nicht danach aus. Nach gut zwei Stunden Putzen habe ich die Nase voll und langweile mich zu Tode. Ich hatte ganz vergessen, wie stupide und mühsam Hausarbeit ist. Kein Wunder, dass ich ab und zu ein Gläschen zur Aufmunterung getrunken habe. Ich brauche dringend eine Abwechslung, irgendetwas Interessantes. Ich gehe wieder nach unten in die Küche, brühe mir einen Tee auf und setze mich mit einer Tasse an den Tisch, um meine Arbeit zu bewundern. Ich überlege, was ich als Nächstes tun soll.

Einer der Nachteile, kein Geist mehr zu sein, an den ich bis dahin gar nicht gedacht habe: Ich kann Adam nicht unbemerkt ins Büro folgen. Ich weiß, dass er sich mit Emily treffen wird, weil ich schnell sein Handy überprüft habe, als er unter der

Dusche stand. Nur kann ich da ja jetzt nicht mehr unsichtbar auftauchen und herausfinden, worüber die beiden reden. Höchst ärgerlich. Wer hätte je gedacht, dass tot sein auch seine Vorteile hat? Aber Emilys knappe Nachricht und Adams unpersönliche Antwort haben Hoffnung in mir aufkeimen lassen. Vielleicht plant sie ja, das Richtige und Anständige zu tun.

„Und was genau wäre das?", höre ich eine Stimme direkt an meinem Ohr.

„Himmel, Malachi! Wie kommst du hier herein? Und runter von der Anrichte, ich habe gerade erst alles geputzt!"

„Durch die Katzenklappe."

„Wir haben keine Katzenklappe", betone ich.

Er zuckt nur mit den Schultern. „Ihr habt eine Katzenklappe. Durch die bin ich nämlich gekommen."

„Warum bist du hier?", frage ich ihn. Ich habe keine Lust auf eine Gardinenpredigt, aber die werde ich wohl erhalten, ob ich will oder nicht.

Und richtig, schon geht es los.

„Na, wie läuft's denn für dich?", fragt er. „Ist es dir schon gelungen, Emily zu vertreiben?"

„So sehe ich das keineswegs", widerspreche ich. „Ich mache Adam lediglich klar, dass er mit mir zusammen sein sollte."

„Ah, so umschreibst du das also", lautet sein Kommentar. „Weißt du, du verkehrst alles ins Gegenteil. Aber das ist nicht der Grund, weshalb du noch nicht auf die andere Seite übergewechselt bist."

„Nicht? Weshalb bin ich denn dann noch hier?"

„Weil du betrogen und die Regeln gebrochen hast, nur deshalb", rügt Malachi.

„Man hat mir eine zweite Chance geboten, und die nutze ich."

„Bist du eigentlich je auf den Gedanken gekommen, Letitia auch mal zu fragen, wie oft diese Sache tatsächlich funktioniert hat, hm?"

Ich ignoriere ihn geflissentlich, und er springt von der Anrichte und verschwindet durch die Katzenklappe in der Hintertür nach draußen. Ich schwöre, diese Klappe war bisher nicht da.

Zurückgelassen hat er mich auf jeden Fall mit einem unguten Gefühl. Im Grunde genommen habe ich Letitias Trank ohne viele Fragen heruntergeschluckt. Aber jetzt, da Adam nicht so mitspielt, wie ich mir das ausgemalt hatte, kommen mir doch Zweifel, ob das wirklich so klug von mir war. Möglicherweise hätte ich vorher etwas gründlicher überlegen und mich ausführlicher erkundigen sollen. Sicher kann es nichts schaden, wenn ich ihr noch einmal einen Besuch abstatte ...

Adam

Als ich zurückkomme, ist das Haus leer. Livvy ist seltsamerweise ausgegangen und hat nur eine knappe Nachricht hinterlassen, dass sie bald wieder zurück sein wird. Joe ist bei Caroline. So hatte ich mir den Verlauf des letzten Arbeitstages vor dem Weihnachtsfest eigentlich nicht vorgestellt. Ich hatte mir ausgemalt, dass ich nach Hause komme und mich vielleicht mit Emily auf einen Drink im Pub verabreden, zu Hause sitzen und die Geschenke in aller Ruhe einpacken würde. Der Truthahn, den Emily besorgt hat, taut im Kühlschrank auf, allerdings muss ich noch frisches Gemüse für das Festessen einkaufen. Dabei ist mir weder nach Essen noch nach Feiern zumute.

Das Feuer im Kamin ist ausgebrannt, und irgendwie sieht das Haus anders aus. Livvy scheint die Arbeitswut überfallen zu haben, sie hat die Möbel verrückt und alles geputzt. Das erinnert mich unliebsam an frühere Zeiten, als sie mit solchen Putzorgien immer ihre letzte Entgleisung wiedergutmachen wollte. An solchen Tagen hatte sie ein deftiges Abendessen gekocht. Es war, als wollte sie sich damit für all die unzähligen Male entschuldigen, wenn lediglich Essen vom Lieferservice auf dem Tisch gestanden hatte. Allein der Gedanke an jene Mahlzeiten deprimiert mich noch jetzt maßlos.

Ich schalte die Lichter am Weihnachtsbaum ein. Doch im Gegensatz zu früheren Jahren, als die blinkenden Lichtchen ein wohlig warmes Gefühl in mir auslösten, lassen sie mich heute nur daran denken, was ich verloren habe. Emilys Geschenke für Joe, Felicity und mich liegen bereits unter dem Baum, meine für Emily warten noch in meinem Schlafzimmer darauf, eingepackt zu werden. Dazu gehört auch der Ring, den ich ihr eigentlich an Heiligabend hatte geben wollen. Gott, wie aufgeregt ich gewesen war, als ich den Ring vor einem Monat gekauft habe. Doch jetzt ist Emily weg. Wie hat es nur dazu kommen können?

Gleißender Zorn auf Livvy flammt jäh in mir auf. Sie hat mir das Leben zur Hölle gemacht, als sie noch lebte. Dann ist sie gestorben, und ich habe mich miserabel und schuldig gefühlt. Allerdings wuchs da auch die Hoffnung in mir, dass ich wieder glücklich sein könnte. Diese Hoffnung hat sie mir jetzt ebenfalls genommen. Was immer von nun an passiert, ich bin mir nicht sicher, ob ich ihr je werde vergeben können. Und wenn das zwischen uns steht ... wie soll unsere Ehe da funktionieren können?

Emily

Emily ließ Adam in dem Café zurück und bahnte sich einen Weg durch die Horden von heiteren Passanten, die in allerletzter Minute noch nach Weihnachtsgeschenken suchten. Kummer und Trauer wollten sie schier erdrücken, aber sie wusste, sie hatte das Richtige getan. Joe brauchte seine Mum, und weder konnte noch wollte Emily diese Rolle übernehmen. Sie hoffte, dass es Adam und Livvy gelingen würde, wieder zueinanderzufinden und wenigstens ein kleines Stückchen Glück zu erfahren.

Emily achtete nicht darauf, wohin sie ging, aber plötzlich fand sie sich im Park wieder. Ihre Füße schienen wie von selbst die Richtung bestimmt zu haben. Und bevor sie sich dessen noch bewusst wurde, stand sie vor Felicitys Haustür.

Wenn sie schon hier war, konnte sie sich auch der Realität stellen. Ob Felicity sie hereinlassen würde? Emily mochte Felicity, sie hatte das Gefühl, dass sie beide viele Gemeinsamkeiten hatten. Es hatte Emily getröstet, wieder so etwas wie eine mütterliche Figur in ihrem Leben zu haben. Und Felicity wusste zudem, wie sie Emilys Dad zu nehmen hatte.

Felicity zog die Tür schon auf, bevor Emily die Klingel drückte.

„Ich habe Sie vom Wohnzimmerfenster aus auf das Haus zukommen sehen", sagte sie.

„Darf ich hereinkommen?"

Felicity schnaubte erst verächtlich, dann aber meinte sie: „Nun, warum nicht!"

Fast hätte Emily über die hochmütige Miene der anderen gelacht. Das passte so gar nicht zu der Frau.

„Ich bleibe auch nicht lange", schickte sie gleich vorweg. „Ich bin nur gekommen, um Sie wissen zu lassen, wie leid es mir tut, dass Sie das mit Adam und mir auf diesem Weg haben herausfinden müssen. Und ich wollte mich von Ihnen verabschieden."

„Verabschieden?" Felicity war überrascht.

„Ja, ich fahre morgen zu meinem Dad und verbringe die Weihnachtstage bei ihm. Ich hielt das für besser."

„Und was ist mit Adam und Joe?"

„Joe braucht seine Mum. Deshalb habe ich Adam gesagt, dass es mit uns nicht weitergehen kann."

Jetzt wirkte Felicity regelrecht schockiert. „Das hätte ich nun nicht erwartet."

„Ja, ich auch nicht", murmelte Emily. „Aber es ist besser so."

„Es tut mir leid, dass es so enden musste", sagte Felicity zu Emilys Überraschung.

„Ja, mir tut es auch leid. Sehr. Und ich möchte mich entschuldigen, dass wir nicht ehrlich zu Ihnen waren. Wir wussten einfach nicht, wie wir es Ihnen hätten beibringen sollen. Hätte Livvy nicht den Unfall gehabt, hätte Adam Livvy nach Weihnachten verlassen, so hatte er es vor. Wir sind nicht stolz auf das, was wir getan haben, aber es ist nun mal passiert. Und wenn ich ehrlich bin, tut es mir nicht leid, denn ich war sehr glücklich mit Adam. Doch Joe braucht etwas anderes, und dem darf ich nicht im Weg stehen. Ich hoffe inständig, es wird Ihnen irgendwann gelingen, das zu verstehen."

Felicity hatte schweigend zugehört, jetzt seufzte sie schwer. „Wissen Sie, das ist etwas, das keine Schwiegermutter gern hört – dass der Schwiegersohn die Tochter betrogen hat. Aber ja, ich verstehe es. Das Leben mit Livvy war nicht einfach, und man kann eben nicht planen, in wen man sich verliebt. Ich gebe Ihnen keine Schuld, Emily. Es ist eben Pech, wie alles gelaufen ist."

Felicity umarmte Emily, und Emily drückte die Ältere fest an sich, bevor sie sich zum Gehen wandte.

„Passen Sie auf sich auf, Emily", sagte Felicity noch. „Es war schön, Sie als Tochterersatz gehabt zu haben. Selbst wenn es nur für eine kurze Zeit war."

Emily ging schon den schmalen Pfad wieder hinunter, als Felicity ihr nachgerannt kam.

„Das hätte ich fast vergessen." Sie drückte Emily ein Geschenkpäckchen in die Hände. „Gesegnete Weihnachten, Emily. Sie werden mir fehlen."

30. KAPITEL

Emily

In Emilys Kopf herrschte kompletter Gedankentumult, als sie ihren Rucksack mit den Sachen für den Aufenthalt bei ihrem Dad packte. Sie konnte unmöglich in der Stadt bleiben, sie würde es nicht aushalten, Adam oder Joe zufällig über den Weg zu laufen. Um das hier endgültig zu beenden, brauchte sie räumliche Distanz.

Sie sah sich in ihrem Apartment um. Die Zeit, die sie hier verbracht hatte, war gut gewesen, nach Graham und vor Adam. Hier hatte sie die Scherben ihres Lebens wieder zusammensetzen können, nachdem ihre Ehe gescheitert war. Sie hatte die Freiheit und Unabhängigkeit genossen, die ihr die eigene Wohnung geboten hatte. Aber seit sie mit Adam zusammengekommen war, war dieses Apartment nur noch eine Übergangslösung gewesen. Und jetzt … jetzt, da Adam nicht mehr zu ihrem Leben gehörte, bedeutete ihr die Wohnung absolut nichts mehr. Gleich im neuen Jahr würde sie ihre Habseligkeiten einlagern, das Apartment zum Verkauf auf den Markt stellen und irgendwo anders hinziehen. Ihr Vertrag bei der IT-Firma lief noch eine Zeit lang, so brauchte sie sich zumindest nicht nach einem neuen Job umzusehen. Vielleicht konnte sie ja eine Weile von Dads Haus aus pendeln, obwohl das eine wirklich weite Anfahrt wäre. Aber im Moment schien ihr das die einzig vernünftige Lösung.

Zumindest freute ihr Dad sich darauf, sie über Weihnachten zu Hause zu haben. Er hatte wohl nicht vorgehabt, sie wissen zu lassen, dass er die Feiertage allein verbringen würde, und so freute er sich jetzt wirklich darauf, die Zeit mit seiner Tochter zu verbringen. Bisher hatte er ihr nicht allzu viele Fragen gestellt, wofür sie ihm unendlich dankbar war. Allerdings wusste sie auch, dass er öfter mit Felicity skypte – was Emily unter anderen Umständen wohl amüsiert hätte –, daher nahm sie an, dass er ahnte, es musste irgendetwas mit Livvy zu tun haben. Während des Telefonats mit ihrem Dad hatte sie den Eindruck gewonnen, dass er der Meinung war, sie mache einen Fehler, wenn sie wegging. Aber sie wusste einfach nicht, was sie sonst tun könnte.

Ein leises Klingeln meldete den Eingang einer SMS auf ihrem Handy. Eine Nachricht von Adam. Er erkundigte sich, wie es ihr ging. Schon den ganzen Tag schickte er ihr Nachrichten – die sie alle ignoriert hatte. Sie konnte es sich nicht leisten, mit ihm zu reden. Das Risiko, einzuknicken, war einfach zu hoch. Und dann würde sie es nicht über sich bringen zu gehen.

Deshalb beschäftigte Emily sich weiter mit Packen und versuchte auszublenden, dass ihre ganze Welt in sich zusammenfiel. Sie hatte den Mann verloren, den sie hatte heiraten wollen, und sie glaubte nicht mehr daran, dass sie noch jemals in ihrem Leben wieder glücklich werden konnte.

Livvy

Als ich mich dem Theater nähere, fällt mir siedend heiß ein, dass ich nicht die geringste Ahnung habe, wie ich in die Unterwelt gelangen soll, jetzt, da ich wieder einen Körper habe. Aber glücklicherweise scheine ich meine Geisterkollegen noch immer sehen zu können. Und richtig, das ist auch schon mein alter Bekannter Robert in seinen Hausschuhen und seinem Bademantel, der offensichtlich auf einen kurzen Drink vorbeischauen will.

„Wie geht's, wie steht's?", grüße ich ihn.

„Na, da sieh sich dich doch einer an. Ganz lebendig, mit allem Drum und Dran", ruft er leise aus.

„Das kannst du sehen?", frage ich verdutzt.

„Natürlich sehe ich das. Du bist solide", gibt er zurück. „Ich nehme an, du möchtest, dass ich dich in die Unterwelt bringe?"

„Das wäre wirklich nett, ja", antworte ich.

„Na, dann folge mir mal. Und ich nehme an, dass du mit Letitia reden willst, oder?"

„Woher weißt du das?"

Er mustert mich von Kopf bis Fuß. „Irgendwann will jeder, der das getan hat, was du getan hast, mit Letitia reden. Sie alle kommen immer zurück zu ihr."

Oh, oh. Das klingt schon mal nicht sehr gut.

„Ich war übrigens bei Zandras letzter Vorstellung", erzählt er, als ich hinter ihm ins Theater gehe. „Irgendwie scheint sie ihren Touch verloren zu haben. Was, in aller Welt, hast du mit ihr gemacht? Mein Sohn war da, und er hat nicht einmal geahnt, dass ich auch da war. Zandra wagt es nicht mehr, mit uns zu reden. Mit keinem von uns."

„Ich habe gar nichts mit ihr gemacht", behaupte ich sofort, gestehe aber zu, als Robert zweifelnd eine Augenbraue in die Höhe zieht: „Nun, vielleicht ein bisschen. Sie hat eine Seance gehalten, und es lief nicht ganz so, wie sie sich das vorgestellt hatte."

„Na, vielen Dank auch", brummt er bärbeißig. „Und viel Glück bei Letitia."

„Wieso brauche ich da Glück?" Jetzt bin ich echt misstrauisch. Wieso redet er ständig von Letitia?

„Viele von uns haben das schon hinter sich, meine Liebe", sagt er. „Es funktioniert nie."

Mich verlässt schlagartig der Mut. „Was meinst du damit?"

„Die, die die Courage hatten, Letitias Trank zu probieren, haben sich dann ergebnislos mit dem ‚Du-hast-vierundzwanzig-Stunden,-um-deine-Welt-zu-retten'-Fluch abgemüht."

„Äh, nun ... ja." Ich komme mir plötzlich unendlich dumm vor.

„Nun, es ist folgendermaßen: Letitia ködert dich mit einem Traum, der sich unmöglich realisieren lässt. Uns wird nur erlaubt, noch länger hierzubleiben, wenn es noch Dinge gibt, die wir mit unseren geliebten Menschen zu klären haben. Wieder in dein altes Leben zurückzuschlüpfen, so als wäre nichts passiert, ist schlichtweg unmöglich. Aber vermutlich hast du genau wie alle anderen versucht, eben genau das zu tun. Nun, meine Liebe, ich fürchte, es ist unmöglich", bekräftigt er noch einmal.

Das trifft so genau ins Schwarze, dass mir übel wird. Er darf einfach nicht recht haben. Ich will nicht, dass er recht hat. Es ist Weihnachten, diese ganz besondere Zeit im Jahr ... Da ist doch bestimmt etwas zu machen, oder?

Robert bleibt vor der Abstellkammer stehen. „Kommst du jetzt mit oder nicht?", fragt er. „Du brauchst mich, nur mit mir zusammen kommst du durch diese Tür."

Ungeduldig fasst er nach mir. Sein Griff ist eiskalt und fährt schneidend durch mich hindurch. Auch das Gefühl, als ich durch die Tür gehe, ist höchst unangenehm. Es fühlt sich nicht mehr seidig an wie Wasser, sondern es attackiert mich wie messerscharfe Eiszapfen. Ich bin froh, als ich endlich auf der anderen Seite stehe.

In der Unterwelt herrscht enormer Trubel. Ein paar Leute winken mir zu, doch die meisten ignorieren mich. Ich stelle mich an die Theke, frage nach DJ Steve, aber er ist nicht hier. Lenny mustert mich und stößt einen leisen Pfiff aus. „He, bei dir hat Letitias Trank aber gewirkt, was?" Und während ich hier stehe, werde ich mir des Getuschels und Geraunes um mich herum bewusst.

„Oh Mann, noch so eine naive Pute, die sich von Letitia über den Tisch hat ziehen lassen."

„Tja, Fehler ... Riesenfehler!"

„Jemand hätte sie vorher warnen sollen."

„Wovor hätte man mich warnen sollen?" Abrupt schwinge ich herum.

In meinem Magen breitet sich ein mulmiges Gefühl aus. Sollte ich tatsächlich die falsche Entscheidung getroffen haben? Uuh, das würde mich ja so wurmen, falls Malachi recht behalten sollte ...

„Das kann nur in Tränen enden, Liebes", sagt eine alte Frau mitleidig zu mir.

„Wovor hätte man mich vorher warnen sollen?", wiederhole ich fordernder.

„Letitia hat es dir also nicht gesagt, oder?" Robert taucht an meiner Seite auf und beantwortet sich seine Frage selbst: „Natürlich nicht. Weißt du, falls das Ganze nämlich nicht so klappt wie geplant, dann hängst du im Limbo fest, und zwar für immer. Wieso, glaubst du, herrscht hier in der Bar immer so viel Betrieb?"

Adam

Die Haustür geht, Joe kommt herein. Er sieht glücklich und zufrieden aus.

„Wo ist Mum?", fragt er.

„Ich weiß es nicht. Ausgegangen."

„Oh." Enttäuschung zieht auf sein Gesicht. „Ich wäre gern noch einmal rodeln gegangen."

„Wir beide können doch auch gehen", sage ich, obwohl ich überhaupt keine Lust dazu habe.

„Nein, ist schon okay. Warten wir lieber auf Mum."

Er geht ins Wohnzimmer und schaltet den Fernseher ein, und ich bleibe hier in der Küche sitzen, starre trübsinnig zum Fenster hinaus und denke an Emily.

Ich kann es nicht fassen, dass ich sie verloren habe. Ich hätte um sie kämpfen müssen, sie davon überzeugen sollen, dass wir irgendeine Lösung finden ... Und doch komme ich immer wieder zu dem Ergebnis, dass sie das Richtige getan hat. Um Joes willen gibt es keinen anderen Weg. Und für meinen Sohn tue ich alles.

Ich sehe auf meinem Handy nach, doch Emily hat nicht geantwortet. Ich will sie so unbedingt anrufen, will mit ihr reden, doch als sie gegangen ist, hat sie mich ja ausdrücklich gebeten, es nicht zu tun. So gehe ich ebenfalls ins Wohnzimmer und setze mich zu Joe aufs Sofa. Er sieht sich *Das perfekte Dinner* an.

„Emily sollte da mitmachen", sagt er unvermittelt. „Sie kann gut kochen."

„Ja, das kann sie", gebe ich bedrückt zurück.

„Sie kann viel besser kochen als Mum", fährt er fort. „Vielleicht kann sie ja vorbeikommen und es Mum beibringen."

„Ich glaube nicht, dass das passieren wird, Joe." Ich versuche mir vorzustellen, wie Livvy und Emily in der Küche zusammen hantieren – ohne dass scharfe Messer durch die Luft fliegen.

„Ich habe Emily noch gar nicht mein Weihnachtsgeschenk gegeben", fällt Joe jetzt ein.

„Ich ihr meines auch nicht", erwidere ich.

„Sie sollte ihre Geschenke bekommen, meinst du nicht auch? Sonst ist sie sicher traurig. Ich möchte nicht, dass Emily traurig ist."

„Joe, ich bin ziemlich sicher, dass Emily jetzt bereits traurig ist", sage ich vorsichtig.

„Weil sie nicht meine neue Mum wird?" Joes Interesse ist geweckt.

„Deshalb … und meinetwegen", antworte ich.

„Sie wird sicher jemand anders für sich finden. Sie ist hübsch. Hübsche Mädchen finden immer leicht Freunde."

Natürlich. Der Junge weiß ja nicht, was zwischen mir und Emily vorgefallen ist. „Da hast du sicher recht, Joe."

„Aber du bist doch nicht traurig, oder Dad?" Er lässt nicht locker. „Du hast doch jetzt Mum wieder zurück."

„So einfach ist das nicht, Joe, es ist ein bisschen komplizierter als das", sage ich.

„Wieso ist es komplizierter?" Joe wird neugierig. „Du und Emily seid doch noch immer Freunde."

„Wenn Mum auch hier ist, dann können Emily und ich keine Freunde mehr sein."

„Wieso nicht?" Das versteht Joe nicht, er sieht mich verwirrt an.

Weil ich Emily liebe, deine Mum aber nicht, denke ich, laut sage ich aber nur: „Mum würde das wahrscheinlich nicht gerne sehen."

„Oh." Er überlegt. „Aber sie wollte doch wieder nach Hause zurückkommen, und jetzt ist sie hier. Ich dachte, jetzt könnte alles wieder so sein wie vorher."

Ich wünschte, es wäre so simpel. Das Leben wird nie wieder so sein wie vorher, aber für Joe sollte ich zumindest den Versuch unternehmen.

Mein Handy piept. Eine Nachricht von Emily. Als ich den Text lese, ist mir, als würde mir die Seele aus dem Leib gerissen.

„Wir sollten Emily besuchen gehen und ihr unsere Geschenke bringen", schlägt Joe vor.

„Ich halte das für keine gute Idee, Joe. Es ist besser, wenn wir das nicht tun."

„Wir können ihr unsere Geschenke ja nach Weihnachten geben. Wir nehmen sie mit, wenn wir schwimmen gehen und Emily dann im Schwimmbad treffen."

„Nein, Joe. Wenn Mum und ich wieder zusammen sind, können wir Emily nicht mehr sehen", versuche ich ihm zu erklären. „Außerdem", ich lese noch einmal die eingegangene Nachricht von Emily, muss mich vergewissern, dass ich es richtig verstanden habe, „geht Emily weg, und sie wird nie mehr zurückkommen."

Joes Notizheft

Emily geht weg.
Dad sagt, für immer.
Das ist schlecht.
Mum ist glücklich.
Dad ist traurig.
Emily ist traurig.
Ich wünschte, jeder könnte glücklich sein.
Ich wünschte, ich könnte zwei Mums haben.
Aber das geht nicht.
Von jetzt an werde ich zum Sternbild der Waage hinaufsehen und an Emily denken.
Ich wünschte, sie müsste nicht weggehen.

DIE ZUKÜNFTIGE WEIHNACHT

„Kann ich dich einen Moment sprechen?" Malachi schlenkert lässig in die Bar. Die anderen Geister der Unterwelt weichen respektvoll zur Seite und machen Platz für ihn, als er sich seinen Weg durch die Menge bahnt. Hier in der Bar wirkt er so völlig fehl am Platze, allerdings bekomme ich auch den Eindruck, dass die anderen sogar ein wenig Angst vor ihm haben, auf jeden Fall scheinen sie mir alle eingeschüchtert. Also, das ist genau das, was ich jetzt nicht gebrauchen kann. Ich habe ihn noch nie hier in der Unterwelt gesehen. Was will er ausgerechnet jetzt hier?

„Wozu?" Ich lasse den Blick über die Menge in der Bar schweifen, suche nach Letitia, kann sie aber nirgends entdecken.

„Letitia kann warten", sagt Malachi. „Ich will dir etwas zeigen."

Und damit werde ich auch schon ins Haus meiner Mutter katapultiert. Ich gehe mal davon aus, dass wir uns in der Zukunft befinden, denn wie es scheint, ist hier einiges renoviert worden. Dem Kalender nach ist es Heiligabend, und Mum sitzt am Klavier und singt Weihnachtslieder zusammen mit … mit einem Mann? Mum hat einen Mann zu Besuch? Sie hat doch immer gesagt, dass sie nach Dad nie wieder etwas mit einem Mann anfangen würde, weil kein anderer dem Vergleich mit ihm standhalten könnte. Doch dann wird mir jäh klar, dass sie natürlich immer noch jung genug ist, um ein weiteres Mal die Liebe zu finden, wenn sie das möchte. Aber dann trifft es mich wie ein Schlag: Dieser Mann da … das ist nicht einfach nur irgendein Mann. Ich sehe genauer hin. Das ist tatsächlich Emilys Dad.

Sein voller Bariton harmoniert wunderbar mit ihrer reinen Sopranstimme. Ich setze mich und höre den beiden zu. Ja, sie klingen wirklich gut zusammen. Sie sehen auch gut zusammen aus. Ich denke darüber nach, wie einsam Mum nach Dads Tod gewesen sein muss. Wahrscheinlich war es dringend nötig, dass sie wieder einen anderen Menschen gefunden hat. Ich wünschte nur, es wäre nicht ausgerechnet Kenneth, aber ...

Mum verspielt sich bei *O Come All Ye Faithful*, und Kenneth trifft prompt den falschen Ton. Sie brechen ab und kichern wie Teenager.

„Ach, ich bin so glücklich", sagt Mum und lehnt sich an ihn.

„Ja, ich auch." Kenneth massiert ihr leicht den Nacken. – Igittigitt! – „Wenn man bedenkt, dass wir beide schon gedacht hatten, ein Leben angefüllt mit Liebe läge bereits hinter uns."

„Wir haben solches Glück gehabt, dass wir uns gefunden haben", schwärmt Mum verträumt. Ihre Augen glänzen tränenfeucht. „Du bist das Beste, was aus der Tragödie um Livvys Tod für mich entstanden ist. Stell dir nur vor ... wären Adam und Emily nicht zusammengekommen, hätte ich dich nie kennengelernt."

Grundgütiger, ist mir schlecht! Man reiche mir einen Eimer! Mum und Emilys Vater sind also zusammen, weil *ich* tot bin? Na, ist das denn nicht richtig schnuckelig?

„Und der Sinn dieser Übung?", frage ich Malachi angewidert.

Malachi sieht geradezu anstößig erheitert aus. „Nun, diese Übung, wie du es nennst, soll dir zeigen, dass die Welt sich auch ohne dich weiterdreht. Weißt du, es geht nicht immer nur um dich."

Und damit verschwindet er auf diese wirklich irritierende Art, die er an sich hat, mit einem knappen Schnippen seiner Schwanzspitze. Ich dagegen bin wieder in der Unterwelt zurück, und langsam beginne ich mich zu fragen, ob ich wirklich auf dem richtigen Weg bin.

31. KAPITEL

23. Dezember

Emily

Nur noch zwei Tage bis Weihnachten, und Emily war schlaffer und lustloser, als sie es je in ihrem Leben gewesen war.

Lucy hatte ihr eine Nachricht geschickt: *Kommst du heute Abend zu meiner Party?*

Oh Mist, Lucys alljährliche Weihnachtspunsch-Party hatte sie völlig vergessen. In der Zeit nach Graham und vor Adam hatte Emily sich immer großartig auf Lucys Partys amüsiert und war auch immer herrlich beschwipst nach Hause gegangen. Damals war sie normalerweise immer die Erste gewesen, die bei Lucy an die Tür klopfte, aber ... in diesem Jahr hatte sie keine Lust hinzugehen.

Noch immer hatte Emily Lucy nicht alle Details der Ereignisse erzählt, weil es einfach zu verrückt klang. Es *war* schlicht zu irre. Außerdem wusste sie schon jetzt, dass sie sich in Tränen auflösen würde, sobald sie mit Lucy über Adam spräche, und das konnte sie sich nicht leisten. Sie musste sich zusammennehmen und Haltung wahren, bis sie abreiste.

Sie sah auf den knappen Text. Nein, sie hatte wirklich keine Lust, den Abend in einem fröhlichen vollen Haus mit Unmassen von Leuten zu verbringen, die alle in schönster Feierlaune waren. Aber hier zu sitzen, die Wände anzustarren und in Selbstmitleid zu ertrinken, das war auch nicht gerade erstrebenswert. Also schrieb sie zurück. *Sicher, freu mich schon.*

Matt rappelte sie sich aus ihrem Elend auf und machte sich für die Party zurecht. Für einen kurzen Moment fühlte sie sich tatsächlich ein wenig besser, als sie sich schminkte und klaren Nagellack auftrug. Da kann ich mich heute Abend genauso gut betrinken, dachte sie, als sie vor ihrem Kleiderschrank stand und überlegte, was sie anziehen sollte. Vielleicht sollte sie gleich heute mit dem Projekt „Adam aus dem Kopf vertreiben" anfangen und sich den Nächsten angeln …?

Auf Lucys Party standen die Chancen dafür allerdings gleich null. Die meisten Männer in Lucys Freundeskreis waren fest liiert, und wer noch ungebunden war, gehörte auf jeden Fall nicht zu denen, die Torschlusspanik hatten. Und ehrlich gesagt, überlegte sie, als sie knallroten Lippenstift auftrug, der ihr Mut verleihen sollte, hatte sie so viel Lust, sich auf einen Flirt einzulassen wie zum Mond zu fliegen. Sie wollte Adam, keinen anderen. Nur war er der einzige Mann, den sie nicht haben konnte.

Trotzdem war es besser, auszugehen und sich unter Leute zu mischen, als den ganzen Abend zu Hause zu sitzen und Trübsal zu blasen. Und für eine volle halbe Stunde tat es sogar gut, mit einem Drink in der Hand mit Menschen, die sie nicht sonderlich gut kannte, Small Talk zu führen, zu lächeln und zu strahlen und vor jedem zu behaupten: „Oh ja, ich freue mich schon auf Weihnachten. Wer täte das nicht, nicht wahr?" Es war genau die richtige Abwechslung. Sie gab vor, glücklich und zufrieden zu sein und nichts mit diesem grässlichen Paralleluniversum zu tun zu haben, in dem sie lebte, seit Livvy von den Toten wiederauferstanden war.

Glücklicherweise war Lucy so damit beschäftigt, die Rolle der perfekten Gastgeberin auszufüllen, dass sie gar keine Zeit für einen Plausch mit Emily hatte. So konnte sie wenigstens keine bohrenden Fragen stellen. Aber je länger Emily blieb, desto elender fühlte sie sich. Sie beneidete die Freundin um ihr glückliches Familienleben. Als der leichte Neid ganz plötzlich in intensive Eifersucht umschlug, entschied sie, dass es Zeit war zu gehen. Emily wollte nie so verbittert werden wie Livvy.

Und so verabschiedete sie sich mit Kusshändchen und mehreren „Fröhliche Weihnachten" an alle und erhielt ein enttäuschtes „Kannst du nicht noch ein bisschen bleiben?" von der

Freundin zurück. Dann floh sie hinaus in die Nacht.

Sie musste wohl doch mehr Alkohol getrunken haben als gedacht, die kalte Winterluft versetzte ihr einen Schlag. Sie wusste, dass es dumm war, aber sie konnte der Versuchung nicht widerstehen. Ein letztes Mal noch würde sie zu Adams Haus gehen. Nein, sie hatte nicht die Absicht, sich bemerkbar zu machen, sie wollte einfach nur still und stumm draußen vor dem Haus stehen und sich von dem Mann und dem Ort verabschieden, die sie liebte.

Als sie ankam, kämpfte sie gegen die überwältigende Verlockung an, an der Haustür zu klingeln. Sie wusste, sie musste widerstehen. Sollte sie Adam von Angesicht zu Angesicht gegenüberstehen, würde ihr fester Entschluss wie Schnee in der Sonne schmelzen. Und so stand sie auf der Straße in der Kälte und sah an dem hübschen kleinen Haus empor, von dem sie gedacht hatte, dass es bald ihr Heim werden würde, und die Tränen rollten ihr lautlos über die Wangen.

Die Haustür wurde aufgezogen … Mist, das war das Letzte, was sie gewollt hatte. Sie konnte Adam nicht gegenübertreten. Aber es war nicht Adam, der herauskam, sondern Joe, der den Abfall zur Mülltonne trug und die Tonne dann an den Straßenrand stellte. Zwar hatte Emily sich hastig tiefer in die Schatten zurückgezogen, doch Joe hatte sie dennoch erblickt.

„Emily", sagte der Junge so überhaupt nicht überrascht, als hätte er erwartet, sie hier zu treffen. „Dad hat gesagt, du gehst weg."

„Ja, morgen", erwiderte sie leise. „Morgen fahre ich weg."

„Du kommst doch wieder zurück, oder?"

„Nein, Joe, das glaube ich nicht", meinte sie.

„Können wir wirklich keine Freunde mehr sein?" Er sah so niedergeschlagen und bedrückt aus.

„Ich werde immer deine Freundin bleiben, Joe, aber ich muss gehen. Und es ist besser für alle, wenn ich nicht wiederkomme."

„Oh." Der Junge stutzte. „Ist es wegen Mum?"

„Ja", bestätigte sie ihm offen und ehrlich, „das ist der Grund."

„Du siehst traurig aus", bemerkte Joe.

„Weil ich auch sehr traurig bin. Aber ich werde sicher darüber hinwegkommen."

„Soll ich Dad holen?", fragte Joe. „Dad ist nämlich auch traurig."

„Nein, es ist besser, wenn du ihn nicht holst. Auf Wiedersehen, Joe." Sie musste von hier weg, schnellstens. „Fröhliche Weihnachten wünsche ich dir."

„Danke für mein Weihnachtsgeschenk", rief er ihr nach, als sie sich schon zum Gehen wandte, und das wäre fast ihr Zusammenbruch gewesen. Wie blind stolperte sie in die Dunkelheit davon, bevor sie ihren Vorsatz vergaß und ihre Meinung doch noch änderte.

Livvy

Ich bahne mir meinen Weg durch die Gäste in der Bar und halte nach Letitia Ausschau. Es ist seltsam, hier zu sein, jetzt wo ich wieder einen festen Körper habe. Jeder andere hier führt ein ätherisches Dasein, und wenn sie an mir vorbeigehen, dann ist es jedes Mal wie ein Kälteschock. War es auch für Adam und Joe so, als ich als Geist in ihre Nähe gekommen bin? Ich empfinde es als leicht beunruhigend, und weil so viele heute Abend hier anwesend sind, folgt ein Kälteschock dem anderen, bis mir schließlich sogar übel davon wird. Außerdem bekomme ich langsam Panik. Niemand hier scheint Letitia heute gesehen zu haben. Was, wenn sie sich abgesetzt hat und verschwunden ist? Von wem soll ich dann meine Antworten erhalten?

Ich finde sie schließlich in einem anderen Hinterzimmer – diese Bar ist wie ein Labyrinth und viel größer, als ich zuerst angenommen hatte. Letitia sitzt an einem Tisch, vor sich ein

Glas Rum. Irgendwie komme ich mir jetzt dumm vor. Ich habe ihren Trank geschluckt, ohne die offensichtlichen und nötigen Fragen zu stellen. Ich war so erpicht darauf, wieder zu Adam zurückzukommen, dass ich klares Denken offenbar komplett eingestellt hatte.

„Hey, Mädchen, da schau her. Gut siehst du aus, wirklich gut", begrüßt sie mich mit ihrem Singsang.

„Danke", sage ich. „Du aber auch."

„Was kann ich für dich tun?" Sie mustert mich durchdringend. „Du siehst aus wie eine Lady, die nach Antworten sucht."

„Richtig, das stimmt." Ich setze mich zu ihr. „Es ist so ... ich meine, ich habe ja eigentlich kaum Fragen gestellt, nicht wahr? Was genau passiert denn, wenn es mir nicht gelingt, Adam bis Heiligabend dazu zu bringen, sich wieder in mich zu verlieben?"

„Ja, das hättest du vorher fragen sollen, stimmt."

„Ich weiß, das war vielleicht nicht sehr clever von mir. Also?"

Sie zuckt mit den Schultern. „Dann bleibst du hier. Zusammen mit uns."

„Was denn? Für alle Ewigkeit?"

„So ziemlich, ja", antwortet sie ungerührt. „Du hast einen Versuch, um dein Leben und deinen Tod auf die Reihe zu bringen. Klappt das nicht, dann ist das dein Problem."

„Das ist ja unerhört!", brause ich auf. „Du hättest mich vorher warnen müssen. Vielleicht hätte ich mich dann anders entschieden."

„Ah, und du hättest natürlich auf meine Warnung gehört, was?" Sie lächelte wissend, als ich stumm bleibe. „Siehst du, das dachte ich mir."

Damit hat sie mich voll erwischt. Höchstwahrscheinlich hätte ich lässig abgewinkt und es ignoriert und trotzdem genau so weitergemacht.

Wieder zuckt Letitia mit den Schultern. „Weißt du, niemand fragt vorher."

„Und was mache ich jetzt?", frage ich zerknirscht. „Adam scheint nicht besonders glücklich zu sein, dass ich wieder zurück bin."

„Tja, dann wirst du dich wohl mehr anstrengen müssen, um ihn zurückzugewinnen." Letitias Antwort ist nicht gerade sehr hilfreich für mich. „Dir bleibt ja noch bis morgen um Mitternacht."

Damit entlässt sie mich hoheitsvoll, als wäre ich ihr vollkommen egal. Benommen und erschüttert verlasse ich das Zimmer. Mist, Mist, Mist! Das ist nicht gut, nein, das ist gar nicht gut ... Ich bin so fertig, dass ich erst einmal einen anständigen Drink brauche.

„Kann ich eigentlich euren Schnaps noch immer trinken?", frage ich DJ Steve, der jetzt hinter der Bar steht.

„Technisch gesehen bist du noch immer tot", sagt Steve, „also denke ich mal, es müsste gehen. Versuch's doch einfach."

Ich bestelle einen Wodka-Cola für mich und nehme einen großen Schluck. Es fühlt sich nicht so an, als hätte ich irgendetwas im Mund, aber als ich schlucke, brennt es wie Feuer in meiner Kehle, und ich spüre auch sofort die typische Wärme von Alkohol im Blut. Nun, das reicht mir aus.

„Ich nehme noch einen davon, bitte."

„Wieder lebendig zu sein ist also toll, was?"

„Mehr als toll", behaupte ich. Ich muss daran denken, wie unglücklich ich Adam gemacht habe. „Warum hast du mir nicht gesagt, dass ich auf ewig hier feststecken könnte?"

„Du hast ja nicht gefragt." Er zuckt mit den Schultern. „Willst du noch einen Drink?"

Ich sollte nicht, das ist mir klar, aber ich bin noch nicht so weit, dass ich Adam wieder unter die Augen treten kann. Und so ein weiterer kleiner Drink kann wohl keinen großen Schaden anrichten, oder?

Adam

„Ich habe gerade Emily getroffen", sagt Joe zu mir, als er von draußen wieder hereinkommt. Er erwähnt das so nebenbei, als hätte es keinerlei Bedeutung. „Sie wünscht uns frohe Weihnachten."

„Was?" Ich springe auf. „Wo ist sie jetzt?"

„Wieder gegangen", antwortet er knapp.

Ich renne zur Vordertür, sehe die Straße hinunter, aber keine Spur mehr von Emily weit und breit. Nur die leere Straße und dicke, lautlos zur Erde rieselnde Schneeflocken. Vor Frust hätte ich am liebsten aufgeheult. Hätte ich die Chance erhalten, mit ihr zu reden, hätte ich sie nicht mehr gehen lassen, und zur Hölle mit den Konsequenzen.

„Was hat sie sonst noch gesagt?", frage ich Joe.

„Dass sie weggeht. Und dass sie traurig ist."

„Ich weiß, wie traurig sie ist."

„Du bist auch traurig, nicht wahr?"

„Ja, Joe, ich bin auch traurig." Und das ist noch harmlos ausgedrückt.

„Emily hat gesagt, dass wir uns nicht mehr sehen können." Joe runzelt nachdenklich die Stirn, als versuche er angestrengt, etwas auszuknobeln und zu verstehen.

„Nein, wir werden Emily nicht mehr sehen können", bestätige ich ihm.

„Das finde ich schade, und es macht mich traurig." Er sieht auf. „Das ist wegen Mum, oder?"

„Was ist wegen Mum?"

Plötzlich fliegt die Tür auf, ein Wirbelwind fährt ins Haus und ins Zimmer. Livvy ... aber ich habe den Eindruck, dass sie nicht allein ist. Irgendjemand, den ich nicht sehen kann, rempelt mich an, eine der Tischlampen fällt zu Boden und zerschellt.

„Es ist doch Weihnachten", lallt Livvy. „Da habe ich ein paar Freunde nach Hause eingeladen."

„Tote Freunde?" Zudem tote Freunde, die jetzt die Lautstärke an der Stereoanlage bis zum Anschlag aufdrehen, sodass Mariah Carey mit tausend Dezibel ihre Balladen schmettert.

„Durchaus möglich." Mit zusammengekniffenen Augen funkelt Livvy mich an. „Ist das etwa ein Problem für dich?"

Jetzt bekommt sie auch noch Schluckauf. „Du bist betrunken", sage ich tonlos.

„Oh, komm schon, Adam, lebe doch endlich mal ein bisschen. Aber du hast recht, ich bin beschwipst. Ha, das ist lustig!" Sie schwankt durch das Zimmer. „Erst war ich tot, und jetzt bin ich nicht mehr tot. Das muss ich doch feiern."

Sie schlingt die Arme um mich, obwohl ich ihr auszuweichen versuche. „Das Einzige, was ich mir zu Weihnachten wünsche, bist du", schnurrt sie. „Jetzt sei doch kein solcher Spielverderber. Jeder trinkt ein bisschen zu viel an Weihnachten."

„Du trinkst immer viel", kommt es von Joe.

„Joe, das ist aber gar nicht nett von dir, so etwas zu sagen." Sie hat Mühe, den Blick auf den Jungen zu fokussieren.

„Es stimmt aber, Mum. Du trinkst immer viel, und dann bist du betrunken. Und dann schläfst du ein und denkst überhaupt nicht mehr an mich."

„Sei doch nicht albern", widerspricht sie. „Es ist nichts verkehrt daran, wenn man sich ein bisschen amüsiert."

„Nein, aber an der Art, wie du es tust, schon", beharrt er. Es regt ihn auf, seine Mum in diesem Zustand zu sehen, das ist ihm deutlich anzumerken.

Wut schießt in mir auf. Gerade mal einen Tag ist sie hier, und schon fällt alles in die altbekannten Bahnen zurück.

„Du bist wirklich die egoistischste Person, die ich kenne, Livvy", knurre ich sie an. „Warum, verflucht noch mal, bist du wieder zurückgekommen und hast unser Leben ruiniert?"

„Aber meine Liebsten", schmollt sie gekonnt. „Ich bin doch so glücklich, euch beide wiederzusehen."

Und dann bricht sie in Tränen aus. Joe lässt sogar zu, dass sie ihn umarmt, aber er wirkt dabei so unbehaglich, dass ich ihr am liebsten an die Gurgel gegangen wäre, weil sie dem Jungen das zumutet.

„Also gut. Ich will, dass deine Freunde jetzt verschwinden ... sofort!", donnere ich, als die Deckenlampe im Wohnzimmer gefährlich zu schaukeln beginnt. Überall im Haus werden Türen geschlagen, die Lichter gehen an und aus, und scheinbar wird sich bei der Stereoanlage über die Musik gestritten, denn plötzlich spielen die Stone Roses. Wie soll ich diese Horde Gespenster nur alle wieder aus dem Haus herausbekommen?

„Okay, Leute, ihr habt den Herrn des Hauses gehört", ruft Livvy laut. „Die Party ist vorbei. Frohe Weihnachten euch allen."

Zu meiner Verblüffung scheinen die anderen tatsächlich darauf zu hören. Die Vordertür schwingt auf, die Luft wirbelt, dann schlägt die Tür wieder zu ... und Livvy ist die Einzige, die noch hier ist.

„Ganz allein zusammen mit meinen beiden wunderbaren Männern." Ein seliges Lächeln zieht auf ihr Gesicht, die Tränen von vorhin sind offensichtlich längst vergessen. „Das wird das schönste Weihnachtsfest aller Zeiten."

Und damit sackt sie ungraziös und sturzbetrunken zu Boden.

32. KAPITEL

Emily

Um sieben Uhr abends ging Emilys Zug nach Rugby. Ihr Dad lebte in einem kleinen Städtchen, das nicht weit davon entfernt lag, und er hatte versprochen, sie vom Bahnhof abzuholen. Es war das billigste Ticket gewesen, das sie so spät noch hatte bekommen können, jetzt allerdings bereute sie ihre Wahl, hieß das doch, dass sie den ganzen Tag in ihrer Wohnung sitzen musste und nichts anderes tun konnte, als die Wände anzustarren. Sie wusste nicht, wie sie das überstehen sollte.

Oder wie sie es ertragen sollte, dass Adam ständig anrief. Dabei hatte er ihr doch versprochen, es nicht zu tun. Letztendlich stellte sie ihr Handy irgendwann einfach ab.

Sie musste aus dem Apartment raus, sonst würden die Wände sie noch erdrücken. Sie beschloss, einen Spaziergang zu machen, wanderte durch die Straßen und lief die Lieblingsplätze ab, die Adam und sie sich auserkoren hatten. Einer davon war der Fluss, und so ging sie den Trampelpfad entlang bis hin zu dem Park, wo sie im Sommer mittags öfter gepicknickt hatten.

Die Temperaturen waren unter null, und so waren nicht viele andere Menschen unterwegs. Natürlich nicht, die meisten Leute feierten schon mit Freunden und Familie oder legten letzte Hand an die Vorbereitungen für das große Fest morgen. Hier und da bedeckte noch immer etwas Schnee vereinzelte Abschnitte der Wiesen, und so fahlgrau, wie der Himmel sich zeigte, würde sicher noch mehr Schnee aus den Wolken fallen. Emily bemühte sich angestrengt, sich vorzustellen, wie wunderschön es hier an sonnigen Tagen aussehen würde, aber es gelang ihr nicht. Das triste Graubraun um sie herum schien ihr wie das perfekte Gleichnis für ihr Leben.

Sie schlug die Richtung zur Schwimmhalle ein. Hätte sie sich nicht vorgenommen, ihrem Körper mal etwas Gutes zu tun und mit dem Schwimmen angefangen, hätte sie Adam nie kennengelernt. Bereute sie es also jetzt? Im Moment war sie so kreuzunglücklich, dass sie sich die Frage, ob die letzten beiden Jahre den ganzen Kummer wert gewesen waren, nicht beantworten konnte. Das Einzige, was sie mit Gewissheit wusste, war, dass sie niemals über Adam hinwegkommen würde.

Auf dem Weg zurück in die Stadt fiel ihr eine schwarze Katze auf. Verfolgte das Tier sie etwa? Sie war sicher, dass sie diese Katze schon öfter gesehen hatte. Natürlich gab es viele wilde Katzen, die in der Gegend hier unten am Fluss lebten, aber diese hier benahm sich äußerst seltsam. Immer wieder lief sie Emily vor die Füße, so als wollte sie ihr etwas mitteilen.

Es sah wirklich so aus, als wollte das Tier sie zu einem der Cafés hier am Fluss lotsen. Das Seltsame war, dass sie das Café ansteuerte, in dem Emily so gern und oft mit Adam gesessen hatte. Es lag genau an der Flussbiegung, bot einen wunderbaren Blick über die Landschaft, und im Sommer hatten sie immer den Ruderern beim Training zugesehen. Ein Teil von ihr wollte nicht dorthin gehen, würde es sie doch nur an die wunderbare Zeit mit Adam erinnern. Doch inzwischen war sie ziemlich durchgefroren, und diese Katze war wirklich sehr beharrlich. Nun, warum eigentlich nicht? Es war eine gute Idee. Also betrat sie das Café und bestellte sich einen Kaffee an der Theke, nahm dann ihre Tasse und ging hinüber zu dem Tisch, an dem sie und Adam immer zusammen gesessen hatten.

Doch als sie bei dem Tisch ankam, saß dort schon jemand. Und dieser Jemand war der letzte Mensch, den Emily sehen wollte.

„Ich fasse es nicht", entfuhr es ihr. An ihrem letzten Tag hier … Da erlaubte sich das Schicksal einen wirklich grausamen Scherz mit ihr. „Livvy? Was zum Teufel tust du hier?"

Livvy

Ich musste heute Morgen einfach aus dem Haus heraus. Ich bin in Ungnade gefallen, weder Adam noch Joe reden auch nur einen Ton mit mir. Wieso tue ich mir das ständig an? Das ist ja gerade so, als hätte ich in den Selbstzerstörungsmodus geschaltet. Da erhalte ich eine zweite Chance, und was mache ich damit? Vermassle es erneut, und zwar gründlich.

„Ah, endlich ... der Groschen ist also gefallen." Malachi hüpft auf den Zaun neben mir, und er sieht selbstgefällig aus wie nie.

Genau das brauche ich jetzt! „Kein Grund, so triumphierend zu grinsen", murre ich.

„Irgendwo muss ich mir meine kleinen Glücksmomente ja herholen", meint er unbeeindruckt.

„Was wollen Sie denn jetzt schon wieder von mir?", frage ich argwöhnisch. Ich habe es satt, dass er mir ständig an den Fersen hängt und mir vorschreiben will, was ich zu tun und zu lassen habe.

„Geh in das Café am Fluss, und finde es selbst heraus." Und damit setzt er zum Sprung von dem Zaun herunter an und ist verschwunden. Es verwirrt mich noch immer jedes Mal, wenn er das tut.

Ich sehe mich um. Ich habe kein Geld dabei, die Klamotten, die ich trage, musste ich mir von Adam leihen, weil er meine komplette Garderobe in die Altkleidersammlung gegeben hat. An so etwas denkt man natürlich nicht, wenn man aus dem Jenseits zurückkommt – dass man dann nichts mehr zum Anziehen haben könnte. Überhaupt gibt es so einige Dinge, die ich vorher nicht bedacht hatte: Zum Beispiel die Sache mit meiner Kreditkarte. Außerdem habe ich keine Ausweispapiere mehr, schließlich existiere ich ja offiziell nicht mehr, sondern bin tot. Selbst wenn ich Adam wieder für mich gewinnen kann ... wie um alles in der Welt sollen wir das dann regeln? So, wie ich mein Glück kenne, lande ich wahrscheinlich im Kittchen wegen Betrugs, so wie John Darwin, der Kanu-Mann, der seinen eigenen Tod inszeniert hat, um die Lebensversicherung zu kassieren.

Ich suche in den Taschen von Adams Jacke und klaube tatsächlich einen Fünfer in Münzen zusammen. Da ich ja nichts anderes zu tun habe, gehe ich also in das Café und setze mich mit einer Latte an den freien Tisch beim Fenster.

Noch keine fünf Minuten sitze ich hier, als ich eine Stimme höre, die ich sofort erkenne. „Livvy?", und da steht auch schon Emily vor mir am Tisch. Sie sieht großartig aus, so jung und voller Leben. Bis zu diesem Moment war mir das gar nicht so richtig klar: Ich bin jetzt vierzig, und sie kann nicht viel älter als Anfang dreißig sein. Sie hat Adam so viel mehr zu bieten als ich, kein Wunder, dass er sie mir vorgezogen hat. Und meine Träume von einer glückseligen Wiedervereinigung schwinden in immer weitere Fernen.

„Oh, du bist es", sage ich erstaunt und verfluche Malachi in Gedanken. Vielen Dank auch!

„Darf ich mich setzen?", fragt sie.

Nur unwillig nicke ich knapp.

„Ich wollte dich wissen lassen, dass ich weggehe", eröffnet sie mir.

„Ich weiß. Du verbringst die Feiertage bei deinem Dad."

„Nein, ich ziehe ganz weg", sagt sie. „Ich werde mein Apartment verkaufen und woanders hinziehen."

„Wirklich?" Ha, es hat also funktioniert! Endlich Resultate! „Darf ich fragen, warum?" Ehrlich gesagt, bin ich überrascht. Ich hätte erwartet, dass sie stärker um Adam kämpfen würde. Ich hätte es auf jeden Fall getan, wäre ich an ihrer Stelle.

„Warum, glaubst du wohl?", antwortet sie mir. „Wegen Joe natürlich. Er will seine Mum zurückhaben, und da kann und darf ich nicht im Weg stehen."

Damit hatte ich nun überhaupt nicht gerechnet. Sie stellt Joe vor ihre eigenen Wünsche? Das schlechte Gewissen in mir rührt sich. *Ich* sollte das tun, schließlich bin ich seine Mutter. Aber habe ich das? Bisher war ich so eingenommen von dem, was ich will, dass ich automatisch davon ausgegangen bin, Joe würde das Gleiche wollen ... Was, wenn dem nicht so ist?

Emily dreht ihre Tasse auf dem Untertasse. „Du hast also erreicht, was du wolltest. Du hast gewonnen. Adam gehört dir."

Im Moment fühlt es sich allerdings überhaupt nicht nach einem Sieg an. Das Schuldgefühl nagt an mir, dass das Erreichen meines Zieles für Emilys riesigen Kummer verantwortlich ist. Sie sieht schrecklich unglücklich und verloren aus. Habe wirklich ich ihr das angetan? Das hat sie nicht verdient, genauso wenig, wie ich zu sterben verdient hatte. Ich bemühe mich, das Mitgefühl zu verdrängen, erinnere mich daran, dass sie die Rivalin ist. „Danke", sage ich. „Ich wünsche dir dennoch eine frohe Weihnacht."

„Ja, sicher ...", murmelt sie. „Ich wette, du wirst die bestimmt haben." Sie steht auf und geht, dreht sich aber noch einmal zu mir um. „Versuch wenigstens, es dieses Mal richtig zu machen, ja? Das haben sie beide verdient."

Ich versuche mir zu gratulieren, dass ich es geschafft habe. Ich habe bekommen, was ich wollte, habe mein Ziel erreicht ... aber ich spüre keine Zufriedenheit, nur Leere.

„Wird auch Zeit, dass du es endlich merkst." Die dunkelhaarige Frau, die bei der Veranstaltung mit Zandra meinen Platz übernommen hatte, taucht aus dem Nichts auf.

„'tschuldigung?" Irgendwie ist es schon ein bisschen unheimlich, wenn ein anderer deine Gedanken lesen kann. Wieder meldet sich das schlechte Gewissen, wenn ich daran denke, wie oft ich das als Geist bei Adam getan habe.

„Du hast das Pferd am falschen Ende aufgezäumt", sagt die Frau zu mir. „Aber ich denke, das wird dir inzwischen selbst immer klarer, nicht wahr?"

„Wer sind Sie?", frage ich den Geist verdutzt.

„Kannst du dir das nicht denken?", stellt sie die Gegenfrage. „Ich bin auch noch hier, weil ich sicherstellen will, dass mit meinem Mann und meiner Tochter alles in Ordnung kommt. Das ist es nämlich, was wir für die Menschen tun sollen, die wir lieben. Sicher, es mag wie ein Opfer aussehen, und man braucht auch Mut dazu, aber letztendlich ist es das, was wir tun müssen."

„Sie sind Emilys Mum, richtig?" Es ist mir wirklich mehr als peinlich.

„Ja, die bin ich", bestätigt sie. „Und wenn du endlich das Richtige tust, kann ich auch meine Tochter endlich loslassen."

Ich hole tief Luft. „Sie haben recht. Danke. Und es tut mir wirklich leid."

„Wir alle machen Fehler", erwidert Emilys Mum. „Wichtig ist, was wir dann tun, um es wieder in Ordnung zu bringen."

Und damit ist sie verschwunden, lässt mich allein über meinem Kaffee grübelnd zurück. Ich starre aus dem Fenster ... und dann kommt es mir mit blendender Klarheit. Sie hat recht. Und Malachi hat die ganze Zeit über recht gehabt. Ich habe alles vom falschen Ende aus angefangen.

Ich muss unbedingt sofort zu Adam zurück.

Adam

Livvy ist schon wieder ausgegangen, weiß der Himmel, wohin. Immerhin habe ich aus ihr herausbekommen, dass es wohl eine Bar für Geister gleich unterhalb des hiesigen Theaters geben muss. Da hat sie sich wohl gestern mit Wodka zugeschüttet, und daher kamen auch die ganzen Geister bei der Vorstellung mit Zandra. Inzwischen erscheint mir das ebenso glaubhaft wie alles andere, was sich bisher ereignet hat. Ich nehme es ja schon als völlig normal hin, dass Geister für eine Party mein Haus besetzen wollten.

Joe und ich versuchen uns daran, das Weihnachtsessen für morgen vorzubereiten. Ich schäle die Kartoffeln, er die Möhren. Aber mit dem Herzen sind wir beide nicht bei der Sache.

„Kommt Emily irgendwann wieder zurück?", fragt er wohl zum hundertsten Mal.

„Nein, ich bin ziemlich sicher, dass sie nicht mehr zurückkommt." Das Herz liegt mir bleischwer in der Brust. Ich weiß nicht, wie lange ich das ertragen kann. Immer und immer wieder, wie eine Litanei in meinem Kopf: Emily ist weg.

„Ich wollte nicht, dass das so passiert", sagt Joe bedrückt.

Er klopft mir ungelenk auf die Schulter. Wie sich die Zeiten doch ändern. Letztes Jahr um diese Zeit musste ich ihn trösten, jetzt tröstet er mich.

„Ich weiß, Joe. Es ist auch nicht mehr wichtig."

Und ob es wichtig ist! Es ist sogar sehr wichtig. Aber ich will nicht, dass er sich vielleicht die Schuld daran gibt. In Joes Gedankenwelt wäre es völlig normal, dass Emily und ich weiterhin Freunde bleiben, aber für mich ist die Vorstellung unerträglich, mich mit ihr in einem Raum zu befinden und dann nicht mit ihr zusammen sein zu können. Außerdem ... Livvy würde das niemals mitmachen.

Joe starrt nachdenklich vor sich hin. „Wie können wir Emily denn wieder zurückholen?"

„Das können wir nicht, Joe."

„Aber natürlich können wir das."

Ich zucke erschreckt zusammen, als Livvy in der Tür erscheint.

„Ich habe alles falsch gemacht", gesteht sie ohne Einleitung. „Die ganze Zeit über dachte ich, ich hätte diese zweite Chance erhalten, um die Dinge mit euch in Ordnung bringen zu können, damit wir drei wieder eine Familie sein können. Aber inzwischen habe ich begriffen, dass ich das Pferd am verkehrten Ende aufgezäumt habe. Meine Chance mit euch hatte ich bereits, es wird Zeit für mich loszulassen."

Joe sieht seine Mutter verdattert und verständnislos an. „Was meinst du damit, Mum?"

„Ich meine damit, dass die Zeit, die mir mit euch gewährt wurde, schon vor einem Jahr abgelaufen war. Ich habe mir nur etwas vorgemacht."

„Aber Mum ..." Joe steigen die Tränen in die Augen. „Ich will, dass du hierbleibst."

„Oh Joe." Livvy geht zu unserem Sohn und hält sein Gesicht mit beiden Händen. „Du bist das Wertvollste, was ich habe. Ich liebe dich, und ich will dich nicht loslassen. Aber das muss ich. Es ist das einzig Richtige."

Sie drückt einen Kuss auf seine Stirn. „Glaub mir, ich werde immer bei dir sein. Du weißt doch noch, wir haben unseren ganz speziellen Stern, nicht wahr? Jeden Morgen und jeden Abend wirst du zu diesem Stern hinaufsehen, und dann wirst du wissen, dass ich von dort oben aus auf dich aufpasse. Und das werde ich immer tun."

„Mum, oh Mum." Er lässt sich von ihr in die Arme ziehen und weint wie ein kleines Kind.

Ich fühle mich wie erschlagen. Das hätte ich niemals erwartet. Und ich bin zutiefst gerührt, weil ich weiß, welches Opfer Livvy hier bringt.

„Und jetzt wisch dir die Tränen aus den Augen, Joe", sagt sie irgendwann leise. „Du willst doch nicht, dass Emily geht, oder?"

„Nein", lautet seine Antwort.

„Komm, dann werden wir alles tun, was nötig ist, um sie aufzuhalten", sagt Livvy.

Joes Notizheft

Mum sagt, sie hat alles falsch verstanden.
Sie sagt, dass Dad mit Emily zusammen sein soll.
Und dass sie wieder zurückgehen muss.
Wo immer sie vorher war.
Ich bin sowohl froh als auch traurig, beides zugleich.
Ich liebe meine Mum.
Ich habe meine Mum vermisst.
Deshalb wollte ich sie wieder zurückhaben.
Aber dann sind schlimme Dinge passiert.
Das war alles sehr verwirrend.
Aber Mum hat gesagt, deshalb ist sie wieder zurückgekommen.
Um die Dinge zu richten.
Und das ist gut.

DIE ZUKÜNFTIGE WEIHNACHT

Livvy

„Na endlich! Sie hat es kapiert." Malachi kommt durch die nicht existente Katzenklappe in unsere Küche, während Adam vollauf damit beschäftigt ist, Emily hektisch die nächste SMS zu schreiben. Ihm fällt es gar nicht auf, dass da plötzlich eine schwarze Katze in unserer Küche sitzt.

„Tu mir den Gefallen, und verkneif dir das ‚Ich hab's ja gesagt', ja? Schließlich hast du erreicht, was du wolltest."

Mir graut vor dem Ausmaß der Konsequenzen dessen, was ich hier angeleiert habe. Ich habe Letitias Trank geschluckt und werde jetzt für alle Ewigkeit in der Zwischenwelt feststecken. Nicht gerade eine Aussicht, die mich zu Begeisterungsstürmen hinreißt. Aber Malachi hat recht, endlich habe ich den Grund erkannt, weshalb ich überhaupt erst in der Zwischenwelt gelandet bin und nicht überwechseln konnte. Und ich weiß, dass ich jetzt das Richtige getan habe.

„Lass dir von mir zeigen, was deine Tat alles bewirkt hat", sagt Malachi, ohne auf meinen Kommentar einzugehen.

Wir sind wieder in diesem anderen größeren Haus. Emily ist gerade dabei, zwei aufgedrehte Kinder zu Bett zu bringen, einen Jungen und ein Mädchen. Der kleine Junge sieht Adam sehr ähnlich, und das Mädchen kommt ganz nach Emily. Sie lachen fröhlich, als sie ihre Strümpfe vor den Kamin hängen.

„Kommen Granny Felicity, Granddad, Joe und Caroline morgen auch?", fragen die beiden, als Emily sie einen nach dem anderen ins Bett bringt und zudeckt.

„Aber natürlich kommen sie", antwortet Emily lächelnd. „Ohne sie wäre es doch kein richtiges Weihnachten, oder? Und jetzt Licht aus, und dann wird geschlafen."

„Wann kommt denn der Weihnachtsmann?", wollen die Kinder aufgeregt wissen.

„Psst! Schlaft jetzt. Ihr wisst doch, der Weihnachtsmann kommt nur zu den braven Kindern."

Leise zieht sie die Tür des Kinderzimmers hinter sich zu. Adam wartet schon draußen auf dem Korridor auf sie. Sie grinsen einander verschwörerisch an und schleichen auf Zehenspitzen die Treppe hinunter, suchen die Geschenke zusammen, die in die Strümpfe gehören.

Emily streut etwas Mehl auf den Teppich vor dem brennenden Kamin und läuft vorsichtig hindurch, um Fußabdrücke zu hinterlassen. Adam knabbert die Kekse an, die die Kinder für den Weihnachtsmann auf einen Teller bereitgelegt haben, und trinkt einen Schluck aus dem Sherryglas. Ich zucke zusammen, als mir das gerahmte Foto auf dem Kaminsims auffällt: Joe und ich zusammen. Es ist ein schönes Gefühl, wenn einem bewusst wird, dass man nicht vergessen wurde.

„Es ist albern, aber ich bin so aufgeregt", sagt Emily. „Letztes Jahr war Olivia noch zu klein, um den Spaß mitzumachen."

Moment mal, sie haben ihre Tochter nach mir benannt? Wärme erfüllt mich, die ich voll auskoste. Jetzt weiß ich also auch, dass ich ihnen immer in Erinnerung bleiben werde. Ich bin zutiefst gerührt.

„Ja, ich bin auch aufgeregt." Adam drückt ihr einen Kuss auf den Mund. „Es wird das perfekte Weihnachtsfest werden."

Emily schmiegt sich an ihn. „Ich liebe dich so sehr, Adam", murmelt sie.

„Ja, ich liebe dich auch", raunt er ihr ins Ohr.

Die Szene verschwimmt, und ich stelle fest, dass mir Tränen übers Gesicht laufen. Es ist das erste Mal, dass ich nicht die geringste Spur von Eifersucht auf Emily verspüre.

Und so sollte es auch sein.

33. KAPITEL

Heiligabend

Adam

„Ist das jetzt irgendein schlechter Scherz?" Ich würde es Livvy durchaus zutrauen, dass sie jeden Moment in helles Lachen ausbricht und ruft: „Haha, sollte nur ein Witz sein."

Doch sie sieht mich nur mit unendlich traurigen Augen an. „Hast du wirklich eine so miese Meinung von mir?"

Sie sieht unglücklich und mutlos aus ... geschlagen. So hat sie auch ausgesehen, als Joe noch jünger gewesen war und sie sich jeden Tag mit dem System herumgeschlagen hat, das sich oft als so erschreckend gleichgültig erwiesen hat.

„Nein, natürlich nicht", wehre ich ab.

„Aber du liebst mich nicht mehr, oder?"

Ich atme tief durch. „Livvy, du bist die Mutter meines Sohnes ..." Meine Stimme erstirbt, ich weiß nicht recht, wie ich das sagen kann, was ich sagen muss.

„Aber?"

„Oh Livvy", hebe ich erneut an. „Es war lange nicht alles schlecht zwischen uns, auch wenn es zum Schluss hin immer mehr einem Desaster ähnelte. Obwohl alles so schrecklich schiefgelaufen ist, hatten wir doch auch gute Zeiten zusammen. Früher waren wir so wahnsinnig verliebt ineinander, und ich werde immer dankbar sein, dass ich das erfahren durfte. Es ist genauso sehr meine Schuld wie deine. Hätte ich nur gemerkt, wie schwer es für dich war, mit allem fertigzuwerden! Hätte ich dir mehr Unterstützung geboten, dir mehr zur Seite gestanden ... vielleicht wäre dann alles anders gekommen."

„Aber es ist nun mal gekommen, wie es gekommen ist, nicht wahr?", erwidert Livvy traurig. „Ich weiß, dass ich es dir nicht immer leicht gemacht habe, aber ... ich habe nie aufgehört, dich zu lieben."

„Ich weiß", sage ich leise. „Und ich werde dich auch immer lieben, Livvy. Du hast mir Joe geschenkt. Wie könnte ich das je bereuen? Du bist Teil meines Lebens und wirst immer zu meinem Leben gehören. Aber ... ich bin nicht mehr verliebt in dich."

Bebend stößt Livvy die Luft aus. „Es tut mir leid", sagt sie dann. „Es tut mir leid, dass ich nicht vernünftig gestorben bin. Es tut mir leid, dass ich zurückgekommen bin und damit den ganzen Ärger heraufbeschworen habe. Ich wollte die Dinge zwischen uns doch so unbedingt richten, stattdessen habe ich nur Chaos verursacht und alles noch viel schlimmer gemacht." Sie lächelt mich schwach mit bebenden Lippen an. „Nicht einmal das mit dem Totsein habe ich richtig hinbekommen. Ich hätte niemals versuchen dürfen, wieder mit dir zusammenzukommen."

„Oh Livvy, sag das nicht." Ich schlinge die Arme um sie und halte sie an mich gedrückt. So richtig fest, in Erinnerung an früher, als wir uns in der schweren Zeit mit Joe oft so gehalten und gegenseitig Trost gespendet haben. „Auch mir tut es so leid. Ich hatte doch nie geplant, mich in Emily zu verlieben und dich damit zu verletzen. Es ist einfach passiert. Ich habe mich deswegen so mies gefühlt, und als du dann verunglückt bist ... Du hattest mir vorher noch diese SMS geschickt ..." Die Stimme versagt mir.

„Das muss wirklich schrecklich für dich gewesen sein", sagt sie. „Meine letzten Worte an dich ..."

Ich nicke nur, kann nicht sprechen, weil mir ein Kloß in der Kehle sitzt. Ich räuspere mich. „Ich wollte mich bei dir entschuldigen, für den Kummer, den ich dir bereitet habe. Und das konnte ich nicht mehr. Und die Schuld, dass ich Joe im Stich gelassen hatte, hat immer an mir genagt."

„Selbst wenn ich nicht tödlich verunglückt wäre ... du wärst nicht länger mit mir zusammen geblieben, oder?"

„Nein", antworte ich leise.

Sie zieht sich von mir zurück und wischt sich über die Augen. „Ich glaube, das war es, was ich hören musste. Ich habe dich vertrieben, Adam. Mein Benehmen dir gegenüber war manchmal absolut grauenvoll. Mich trifft sicher mehr Schuld als dich." Sie holt tief Luft, hält für einen Moment inne, bevor sie fortfährt: „Nun, da wir das geklärt und aus der Welt geräumt haben, bleibt mir nur noch eines zu tun. Und hoffentlich kriege ich es dieses Mal richtig hin. Joe, weißt du zufällig, wann Emilys Zug geht?", fragte sie den Jungen.

Joe zuckt nur mit den Schultern und schüttelt den Kopf.

„Emilys Dad müsste es wissen", fällt mir ein, und so wähle ich Kenneths Nummer.

„Adam!" Kenneths überraschter Ausruf dringt durch die Leitung. Ganz sicher hatte er nicht damit gerechnet, von mir zu hören. „Alles in Ordnung?"

„Ich hoffe stark, dass bald wieder alles in Ordnung ist", erwidere ich. „Emily geht nicht an ihr Telefon, aber ich muss sie unbedingt erreichen. Weißt du, welchen Zug sie nehmen wollte?"

„Ich glaube, sie erwähnte etwas davon, dass ihr Zug um sieben Uhr abends geht. Sie meinte, sie würde mich noch anrufen, sobald sie abgefahren ist. Gehe ich richtig in der Annahme, dass Emily die Feiertage also doch nicht bei mir verbringen wird?"

„Mit ein bisschen Glück nicht", sage ich in die Muschel. „Und wenn mir dieses Glück gewährt wird und ich sie wieder zurückholen kann ... warum kommst du dann nicht zu uns und feierst mit uns zusammen?"

„Wird die göttliche Felicity auch anwesend sein? Dann werden mich keine zehn Pferde davon abhalten können, das werde ich um nichts auf der Welt verpassen", gerät er ins Schwärmen, wird dann aber wieder ernst. „Ich bin ehrlich froh, dass ihr das wieder geradebiegen wollt. Ich wusste von Anfang an, dass

Emily einen Fehler begeht", sagt er noch, dann verabschieden wir uns.

Ich sehe auf meine Uhr. Fünf Uhr nachmittags. Ein weiteres Mal wähle ich Emilys Nummer, doch sie nimmt den Anruf nicht an.

„Wenn wir uns beeilen, fangen wir sie noch bei sich zu Hause ab", sage ich in die Runde, und mein Herz beginnt vor Aufregung zu galoppieren.

Es wird Zeit, mir mein Mädchen zurückzuholen.

Emily

Emily machte sich früher als nötig auf den Weg zur S-Bahn-Station. Dieses Treffen mit Livvy hatte sie zutiefst aufgewühlt, keine Minute länger konnte sie allein in ihrer Wohnung sitzen. Nach den vielen Rucksäcken und Koffern zu urteilen, die hier überall geschleppt und gezogen wurden, waren auch die meisten anderen Leute auf dem Nachhauseweg für die Feiertage.

Emily steckte ihr Ticket in den Fahrkartenentwerter an der Absperrung, doch nichts tat sich. Sie kam nicht durch die Schranke.

„Was soll das?", fragte sie den Kontrolleur, der gleich bei dem Zugang stand.

„Tut mir leid", erwiderte der Mann. „Sie haben offensichtlich nicht genug Guthaben auf der Karte."

Das war seltsam. Sie hatte die Karte doch gerade erst aufgeladen. Gut, dass sie früher losgegangen war. Sie brauchte so oder so Bargeld, also ging sie zurück zur Hauptstraße und steuerte den nächsten Geldautomaten an. Als sie dann endlich wieder bei der S-Bahn war, stand sie hinter vier angeheiterten Jungs Schlange, die den Heiligen Abend augenscheinlich für eine Streiftour durch die Pubs nutzten – und verpasste deshalb ihren Zug nach London. Ihr blieb also nichts anderes übrig, als auf dem Gleis in der Eiseskälte zu stehen, auf die nächste S-Bahn zu warten ... und sich selbst zu bemitleiden.

Die S-Bahn, die dann schließlich einfuhr, platzte schier aus allen Nähten. Eingeengt stand Emily in einer Ecke und lehnte sich mit dem Rucksack auf ihrem Rücken gegen die Wand. Jeder hier strotzte nur so vor guter Laune und aufgeregter Vorfreude, alle hielten sie ihre Tüten und Taschen mit den Geschenken an sich gepresst. Normalerweise wäre Emily auch bester Laune gewesen, doch heute absolut nicht. Im Gegenteil, sie war versucht, jedem, der ihr fröhliche Weihnachten wünschte, an die Gurgel zu gehen – und von denen gab es mehr als genug.

Es schien ihr, als würde die Bahn heute regelrecht schleichen. An jedem roten Stopplicht zwischen den einzelnen Stationen blieb sie stehen, an zwei Stationen warteten sie ohne jeden ersichtlichen Grund mit offenen Türen eine halbe Ewigkeit. Der Schaffner entschuldigte sich sogar inständig dafür, aber den Menschen hier in ihrer fröhlichen Weihnachtsstimmung war das so oder so gleich. Emily jedoch ... Emily hätte vor Frust laut schreien mögen. Sie wollte doch nur so schnell wie möglich weg von hier. Jede Meile Abstand, die sie zwischen sich und Adam brachte, verringerte das Risiko, dass sie ihre Meinung doch noch ändern könnte.

In Vauxhall wollte Emily in die Victoria-Line umsteigen, die sie nach Euston bringen würde. Als sie jedoch auf dem Bahnsteig ankam, wurde den Passagieren über Lautsprecher mitgeteilt, dass die Victoria-Line ausfiel. Warum hatten sie darüber bisher keine einzige Information bekommen? Und jetzt?

„Wäre es besser, es heute mit dem Bus oder dem U-Bahn-Netz zu versuchen?", fragte sie den Kontrolleur, der bei der Ticket-Schranke stand, doch der Mann zuckte nur wenig hilfreich mit den Schultern.

Wie sie gleich darauf feststellen musste, kam sie mit ihrem Ticket so oder so nicht durch die Schranke, also blieb ihr nichts anderes übrig, als den Bus zu nehmen.

Sie warf einen Blick auf ihre Armbanduhr. Fast halb sechs. Sie hatte noch immer anderthalb Stunden Zeit. Solange jetzt nicht noch mehr schiefging, würde sie rechtzeitig am Bahnhof ankommen, um ihren Zug nach Rugby zu erwischen.

Oben auf den Bürgersteigen lag grauer Schneematsch, ein so ganz anderer Anblick als der frische weiße Schnee zu Hause ... und vor allem so rutschig, dass sie extrem vorsichtig sein musste, um nicht zu stürzen, als sie auf den wartenden Bus an der Haltestelle zueilte und einstieg. Erleichtert stieß sie die Luft aus und ließ sich in den Sitz zurückfallen, als der Bus sich Richtung Stadt in Bewegung setzte.

Es schien ihr so absolut unfair vom Schicksal, dass sie zu all dem Ärger und Kummer jetzt auch noch mit solchen Schwierigkeiten auf der Reise zu kämpfen hatte. Man könnte fast glauben, da wollte jemand verhindern, dass sie ihren Zug bekam ...

Livvy

Alle zusammen laufen wir vor Emilys Apartment auf, und Adam marschiert sofort auf die Tür zu. Hier auf dem Flur sieht alles dunkel und verlassen aus. Emily muss wohl schon losgegangen sein, trotzdem hämmert Adam mit der Faust gegen die Wohnungstür.

„Emily, bist du da?", ruft er laut. „Ich bin's, Adam. Emily, lass mich rein."

Der arme Adam. Hätte ich noch einen Beweis gebraucht, wie massiv ich mich verkalkuliert habe, dann habe ich den jetzt hier vor Augen. Der Mann ist völlig vernarrt in die Frau, so ist er zu mir schon seit Jahren nicht mehr gewesen. Nur war ich zu blind, um das zu erkennen.

„Ich bin froh, dass du endlich wieder klar denkst." Malachi hüpft neben mir auf die Stufe.

„Du warst mir ja nicht gerade eine große Hilfe", werfe ich ihm vor.

„Weil du nicht zuhören wolltest", schnaubt Malachi hochmütig. „Ihr solltet euch beeilen. Sie ist nicht mehr hier. Inzwischen müsste sie schon fast in Euston ankommen."

Adam hämmert noch immer erfolglos gegen die Tür, so als könne er nicht glauben, dass Emily weg ist.

„Adam, sie ist nicht mehr hier", sage ich deshalb. „Wir sollten zusehen, dass wir zur S-Bahn-Station kommen."

Auf dem Marsch zum Bahnhof führt die eisige Kälte dazu, dass ich tatsächlich bereue, wieder einen Körper zu haben. Nicht nur friere ich erbärmlich, ich sehe auch aus wie ein Clown in Adams viel zu großem T-Shirt und Sweatshirt mit Kapuze und Joes Jogginghose. Zudem musste ich mir die Stöckelschuhe leihen, die Emily im Haus zurückgelassen hat, und meine Füße sind inzwischen pitschnass. Gefährlich balancierend strauchle ich voran. Wenn das noch lange so geht, breche ich mir garantiert den Hals, und dann lande ich früher wieder auf dem Friedhof als gedacht.

Außer Atem und in Panik kommen wir auf dem Bahnhof an. Laut Fahrplan fährt der Zug jede Sekunde ein, und der nächste kommt erst in einer halben Stunde. Nervös stellen wir uns in die Schlange am Schalter, um Tickets zu kaufen. Wunder über Wunder, der Zug hat fünf Minuten Verspätung, gerade genug Zeit für uns, atemlos und hektisch mit unseren Fahrkarten in der Hand einzusteigen, als der Schaffner auch schon in seine Trillerpfeife stößt.

Adam versucht immer wieder, Emily auf dem Handy zu erreichen, aber offenbar hat sie ihr Telefon abgestellt. So langsam macht sich auch in mir die Panik breit. Was, wenn wir sie nicht mehr aufhalten können? Dann bleibe ich nicht bei Adam, aber er bekommt auch seine Emily nicht, und ich betrinke mich dann bis in alle Ewigkeit in der Unterwelt. Keine sehr rosigen Aussichten. Sicher, ich habe mich ein paar Mal gut dort amüsiert, aber auf Dauer ist das eher nicht erstrebenswert.

„Mum ... danke, dass du das tust", sagt Joe unvermittelt. „Ich dachte, ich könnte dich und Emily haben. Aber da habe ich mich geirrt."

„Wir beide haben uns geirrt", erwidere ich milde. „Doch ich bin wirklich froh und glücklich, dass ich noch etwas Zeit mit dir zusammen verbringen kann. Ich bin so stolz auf dich und auf das, was du tust."

„Wirklich?" Seine Augen leuchten auf, und sofort erzählt er mir lang und breit von der Wissenschaftssendung über Astronomie, die er regelmäßig im Fernsehen verfolgt.

Was immer jetzt auch passieren mag, mir war noch einmal ein wenig zusätzliche Zeit mit meinem Sohn vergönnt, und dafür werde ich immer dankbar sein.

34. KAPITEL

Livvy

Keiner von uns spricht viel, als wir im Zug sitzen, jeder von uns schaut immer wieder zur Uhr und sorgt sich, ob wir noch rechtzeitig zum Bahnhof kommen.

„Siebzehn Uhr fünfundvierzig", verkündet Joe hilfreich, als der Zug aus dem Bahnhof ausfährt. „Also bleiben uns eine Stunde und fünfzehn Minuten, um nach Euston zu gelangen."

Er lässt es sich nicht nehmen, uns regelmäßig darüber zu informieren, wie viel Zeit noch bleibt ... was unglaublich an den Nerven zerrt, vor allem, da der Zug nur sehr langsam an Fahrt aufnimmt. Als wir uns dann endlich schneller bewegen, lehne ich mich zurück und kann mich etwas entspannen.

Selbst wenn ich mir wegen der knappen Zeit Sorgen mache und auch nicht weiß, wie alles ab jetzt weitergehen wird, ob wir Emily überhaupt finden, bin ich doch auch etwas erleichtert. Ich habe das Gefühl, als wäre mir ein Tonnengewicht von den Schultern genommen worden.

Das gesamte letzte Jahr habe ich in dem irrigen Glauben gelebt, ich hätte diese großartige Chance erhalten und könnte mein altes Leben wieder da aufnehmen, wo es so abrupt geendet hat. Doch jetzt endlich verstehe ich, dass das nicht der Grund ist, weshalb ich noch hier bin. Nein, ich habe diese Chance erhalten, um Wiedergutmachung zu leisten bei den Menschen, die ich liebe. Eine solche Chance erhält nicht jeder, und ich bin dankbar dafür. Dieses eine Mal muss ich auf jeden Fall das Richtige tun und Adam und Emily meinen Segen geben. Ich muss alles loslassen, was mich an diese Erde und die Welt der Lebenden bindet, sogar Joe. Und wenn ich mir meine beiden Männer so ansehe, wenn ich sehe, wie gut sie eingespielt sind und einander verstehen, dann kann ich das mit der Gewissheit tun, dass die beiden bestens zurechtkommen werden. Da ich jetzt auch weiß, welches riesige Opfer Emily bereit war, um Joes willen zu bringen, bin ich mir absolut sicher, dass es das Beste ist, was ich tun kann, wenn ich ihr den Mann überlasse, den ich so sehr liebe.

„Bist du dir auch sicher, dass das für dich in Ordnung ist?", fragt Adam plötzlich, so als hätte er diesmal meine Gedanken gelesen.

„Ja." Ich lächle ihm zuversichtlich zu. „Zuerst dachte ich, ich würde es nicht ertragen, aber jetzt bin ich mir hundertprozentig sicher."

Natürlich wünsche ich mir noch immer, es wäre anders. Ich wünschte, ich könnte mein Leben noch einmal leben, dann würde gewiss vieles anders laufen, aber … das ist eben nicht möglich. Meine Zeit hier ist abgelaufen, sie war es schon vor einem Jahr. Mein Dasein hat ein abruptes Ende auf dem Parkplatz eines Discounters gefunden. Das war sicher ganz grässliches Pech, aber weder Adams noch Emilys Schuld. Ich darf die beiden nicht zu einem Leben in Kummer und Leid verdammen, nur weil ich nicht mehr hier bin. Ich kann ihnen schließlich nicht aus dem Grab vorschreiben, was sie zu tun und zu lassen haben. Eine Zeit lang hatte ich mir tatsächlich eingebildet, ich könnte es. Aber so läuft das nun mal nicht.

„Siebzehn Uhr neunundfünfzig", verkündet Joe, als wir in die Clapham Junction einfahren. Uns bleiben also noch einundsechzig Minuten, um Emily zu finden.

„Na komm schon, Zug." Das habe ich auch früher immer gesagt, als Joe noch kleiner war und er seine Ungeduld, wenn wir unterwegs waren, nur schwer beherrschen konnte. Und dann schicke ich ein stilles Gebet los: Bitte, Malachi, wo immer du jetzt auch sein magst… bitte hilf uns, rechtzeitig anzukommen.

Emily

Das mit dem Bus stellte sich als massiver Fehler heraus. Emily wusste nicht einmal, welche Route er fuhr, und der Verkehr auf den Straßen kam nur stockend voran. Schließlich stieg sie in Westminster aus und rannte unter hell blinkenden Weihnachtsdekorationen und durch Massen von fröhlichen Menschen in Feierlaune zur Charing Cross Station. Von dort aus konnte sie die Northern Line nehmen. Es war erst sechs Uhr, das sollte also reichen.

Irgendwie musste Emily wohl die falsche Abbiegung genommen haben, und so war es schon fast halb sieben, als sie endlich bei Charing Cross ankam. Ihre Füße waren eiskalt, ihre Schuhe völlig durchnässt. Noch immer tummelten sich die Menschenmassen auf den Bürgersteigen, und ihr schien es, dass jetzt auch viel mehr Betrunkene unterwegs waren. Konnte überhaupt noch mehr auf dieser Reise schiefgehen? Hatten diese Unmassen von ausgelassenen Leuten denn alle kein Zuhause? Bisher war Emily immer der Meinung gewesen, London sei an Heiligabend mehr oder weniger menschenleer.

Sie bahnte sich ihren Weg durch die wogenden Massen und tat etwas, das sie noch nie in ihrem Leben getan hatte: Sie drängelte sich an Leuten vorbei, die schon viel länger hier standen und warteten, in die U-Bahn. Jeglicher Sinn für Höflichkeit oder Benimm war ihr längst abhandengekommen, sie musste einfach in diese U-Bahn gelangen. Sie quetschte sich an drei schicken Anzugtypen vorbei, die laut und falsch sangen, und an zwei It-Girls mit Nikolaus-Bommelmützen, die sich für jeden hörbar darüber unterhielten, auf welche tollen Partys sie eingeladen waren. Emily hatte das Gefühl, in der Hölle festzustecken.

Zumindest die U-Bahn legte Tempo vor und spuckte sie um Viertel vor sieben in Euston aus. Das war zwar knapp, aber sie konnte es noch immer schaffen. Sie schob und drängelte sich zu den Rolltreppen. Doch als sie vor der Absperrung stand, funktionierte ihre Bahnkarte schon wieder nicht. Emily blieb nichts anderes übrig, als sich in der Schlange anzustellen und sich bis zum Schaffner vorzuarbeiten. Der Mann brauchte ewig, und bis er sie endlich passieren ließ, war die Unruhe in ihr zur Panik angewachsen. In der Bahnhofshalle wimmelte es nur so vor Menschen, vor einem großen blinkenden Weihnachtsbaum stand ein Chor und sang Weihnachtslieder.

Die elektronische Tafel zeigte ihren Zug bereits als zur Abfahrt bereit an, die Passagiere wurden zum Einsteigen aufgefordert. Fünf Minuten blieben Emily noch, doch der Zug stand auf Gleis vier, auf der gegenüberliegenden Seite des Bahnhofs.

Emily setzte zum Sprint an.

Adam

Nachdem er anfangs so geschlichen ist, fliegt unser Zug jetzt regelrecht über die Schienen, hält bei den meisten Stationen nicht einmal an. So kommen wir also in Rekordzeit in Vauxhall an. Eigentlich wollten wir hier umsteigen, doch scheinbar gibt es ein Problem mit der Victoria-Line, so bleiben wir sitzen und fahren bis zur Waterloo Station durch.

Emily beantwortet weder meine Anrufe, noch reagiert sie auf meine Textnachrichten. Und die Minuten vergehen unaufhaltsam. Es ist Viertel nach sechs, als wir in Waterloo ankommen. Noch immer genug Zeit, aber es wird knapp werden, wie Joe uns, hilfreich wie immer, informiert. Ebenso zählt er die Minuten herunter, bis unser Zug kommt.

Zu dritt stehen wir auf der Rolltreppe hinunter in die U-Bahn-Station, schieben uns an den johlenden Betrunkenen vorbei, die uns im Weg stehen und keinen Platz machen wollen. Es ist heiß und stickig und völlig überfüllt – ein Albtraum. Ich kann spüren, wie Joe immer unruhiger wird. Menschenmassen lösen Platzangst in ihm aus.

Wir kommen auf dem Gleis an, und auch hier herrscht Gewühl. Natürlich habe ich völlig außer Acht gelassen, wie viele Touristen über Weihnachten nach London kommen. Außerdem hatte ich damit gerechnet, dass die meisten Leute, die die Stadt für die Feiertage verlassen wollen, schon längst weg wären. Aber wenn ich mir die unzähligen Koffer und Reisetaschen hier ansehe, dann habe ich mich eindeutig geirrt. Zwei U-Bahnen müssen wir durchfahren lassen, weil niemand mehr hineinpasst, und in die dritte wollen dann immer noch so viele Leute, dass es Ewigkeiten dauert, bis alle eingestiegen sind und der Zug losfahren kann.

„Noch fünfundzwanzig Minuten. Sechzehn Minuten dauert es mit der U-Bahn, und dann weitere fünf Minuten Fußweg bis zum Bahnhof", listet Joe auf.

„Danke, Joe", sagte ich, auch wenn es mir weiß Gott nicht hilft. Das heißt, wir haben vier Minuten Spielraum.

Livvy drückt leicht meinen Arm. „Es wird schon klappen", sagt sie. „Wir können es noch immer schaffen."

Dankbar lächle ich ihr zu, bin sogar froh und fühle mich getröstet, dass sie mir zur Seite steht. Es ist das erste Mal seit Jahren, dass wir etwas zusammen tun. Was mir in Erinnerung ruft, dass nicht alles in unserer Beziehung miserabel war. Ich freue mich, dass ich diese gute Seite unserer Beziehung noch einmal erleben kann.

„Achtzehn Uhr fünfzig", vermeldet Joe, als wir in die Station Warren Street einfahren. „Noch zwei Minuten bis Euston, dann fünf Minuten zu Fuß zum Bahnhof … uns bleiben drei Minuten."

„Joe, das hilft jetzt nicht", knurre ich durch zusammengebissene Zähne. Das Herz hämmert mir wie verrückt in der Brust.

Joe sieht mich verwirrt an.

„Es ist immer hilfreich, so etwas zu wissen", versuche ich ihm zu erklären, „aber im Moment ist es nicht gut für mein Stresslevel."

Wir kommen in Euston an und steigen erleichtert aus der U-Bahn aus. Ich setze mich sofort in Bewegung, habe das Gefühl von Rückenwind, kaum dass meine Füße den Boden berühren. Livvy und Joe haben Mühe, mit mir mitzuhalten, während ich mir den Weg durch die Menschenmenge bahne. Alle hier schieben sich so langsam voran, als hätten sie alle Zeit der Welt. Müssen diese Leute denn nicht auch irgendeinen Zug erwischen?

„Lauf einfach!", ruft Livvy mir zu. „Wir kommen schon nach."

Und damit sause ich los, schiebe mich auf der Rolltreppe nach oben, nehme zwei Stufen auf einmal. Drei verdammte Rolltreppen! Und eine davon ist auch noch außer Betrieb! Warum müssen es denn so verflucht viele sein? Ich bin völlig außer Atem, bis ich oben auf der Bahnhofsplattform ankomme. Ich muss unzählige Leute angerempelt und verärgert haben, aber das ist mir jetzt gleich. Ich weiß nur … die Uhr tickt, und ich muss Emily unbedingt davon abhalten, in diesen vermaledeiten Zug zu steigen.

35. KAPITEL

Emily

Atemlos hetzte Emily zum Gleis. Sie bekam kaum noch Luft, ihre Beine schmerzten, aber sie konnte den Zug bereits stehen sehen. Noch drei Minuten, sie konnte es noch schaffen. Der Kontrolleur begutachtete ihr Ticket eine halbe Ewigkeit, bevor er es abknipste. Was war heute nur los mit den Leuten? Endlich ließ er sie durch, und sie begann erneut zu rennen. Emily erreichte den Zug genau in dem Moment, als die Trillerpfeife ertönte. Oh nein, das durfte einfach nicht sein! Abfahrt war doch erst in zwei Minuten! Und trotzdem schlossen sich die Türen genau vor ihrer Nase. Wütend hämmerte sie mit der Faust an das Glas, versuchte den Schaffner im Zug dazu zu bringen, die Tür noch einmal zu öffnen, doch zu spät. Der Zug hatte sich bereits in Bewegung gesetzt und rollte aus dem Bahnhof. Wie versteinert stand Emily da und starrte dem davonfahrenden Zug ungläubig nach. Unmöglich! Sie konnte dieses vermaledeite Ding nicht verpasst haben!

Was, um alles in der Welt, sollte sie jetzt tun? Unentschieden blieb sie minutenlang einfach reglos stehen. Sie hatte nicht die geringste Ahnung, wann der nächste Zug nach Rugby fuhr, und vermutlich war der sowieso komplett ausgebucht. Zudem war ihr Ticket zeitgebunden, sie konnte nur mit diesem einen speziellen Zug fahren, sonst galt die Fahrkarte nicht. Vor Wut und Frust schossen ihr die Tränen in die Augen. Bei diesen Verkehrsverhältnissen würde es Mitternacht werden, bis sie zu Hause war, und wie viel ein neues Ticket sie kosten würde, wollte sie lieber gar nicht erst wissen.

Die Schranke öffnete sich wieder, Emily ging darauf zu. Sie würde diesem Kontrolleur anständig die Meinung sagen. Hätte der Mann sich auch nur minimal beeilt, hätte sie den Zug nicht verpasst. Nur ... er war nirgendwo mehr zu sehen. Na, großartig! Am liebsten hätte Emily ihre Wut laut herausgeschrien und getobt. Auf den Informationstafeln wurde angezeigt, dass der nächste Zug Verspätung hatte, und als sie wieder zurück in der Bahnhofshalle stand, war die Schlange am Fahrkartenschalter so lang, dass sie schlicht nicht die Nerven hatte, sich anzustellen. Deshalb holte sie sich erst einen Kaffee und ging zu dem großen Tannenbaum hinüber, um eine Weile den Weihnachtsliedern des Chors zuzuhören. Niedergeschlagen und todtraurig überschlug sie die Möglichkeiten, die sie noch hatte.

Zuerst musste sie ihren Dad anrufen und ihm Bescheid sagen, dass sie den Zug verpasst hatte. Sie kramte in ihrem Rucksack nach dem Handy. Es lag ganz unten, sie hatte es absichtlich dort verstaut, damit sie gar nicht erst in Versuchung geriet, Adam doch noch anzurufen. Oh Mist! Der Akku war leer! Gab es heutzutage überhaupt noch öffentliche Telefonzellen? Sie wusste es nicht einmal. Sie fühlte sich verlassen und verloren und wünschte, sie wäre überall, nur nicht hier. Auf dem Bahnhof herrschte solch hektisches Gewimmel und Gewirr, alle schienen es darauf angelegt zu haben, ihr im Weg zu stehen und sie zu blockieren, eigentlich schon den ganzen Abend. Nach dem Kaffee biss sie grimmig in den sauren Apfel und stellte sich beim Fahrkartenschalter an. Vielleicht fand sie ja einen verständnisvollen netten Mitmenschen, der sie sein Mobiltelefon für einen kurzen Anruf benutzen ließ. Zwar fühlte es sich für Emily keineswegs danach an, aber es war schließlich Heiligabend, nicht wahr?

Adam

Hektisch überfliege ich die Anzeigetafeln für die Abfahrt. Da ist er, der Zug nach Rugby! Von Gleis vier fährt er ab. Ich wende mich nach rechts, renne durch die Bahnhofshalle, ohne darauf zu achten, wen und wie viele ich anrempele. Ich werde es noch schaffen, ganz bestimmt, schließlich stehen hier noch eine Menge Leute, die alle in den Zug einsteigen wollen. Meine Lungen verlangen schmerzhaft nach Sauerstoff, mein Atem geht rasselnd, und mein Herz hämmert wie wild. Doch als ich bei der Schranke ankomme, hält mich der Fahrkartenkontrolleur zurück. Ich höre die Pfeife, und der Zug setzt sich langsam in Bewegung, fährt aus dem Bahnhof.

Ich beuge mich vor, stütze die Hände auf die Knie und ringe nach Luft. Jede einzelne Faser in meinem Körper tut weh. Emily ist weg. Ich habe sie verloren.

Frustriert schlage ich mit der Faust auf die Absperrung. Ich war so nahe dran ... und doch bin ich zu spät gekommen. Aus dem Augenwinkel sehe ich Livvy und Joe auf mich zurennen, atemlos kommen sie schlitternd vor mir zum Stehen.

„Ich war nicht rechtzeitig hier", sage ich tonlos. „Ich habe sie verpasst."

„Oh Adam." Livvy schlingt die Arme um mich. Es fühlt sich warm und gut an, tröstet mich. Es ist die Umarmung einer Freundin, nicht die einer Ehefrau.

„Das war's dann. Ich habe sie verloren." Ich weiß nicht, was ich jetzt tun soll. Ich habe all meine Energie damit verbraucht, hierherzugelangen, und jetzt, da Emily nicht hier ist, fühle ich mich so ausgehöhlt und leer wie nie zuvor in meinem Leben.

„Komm schon, du darfst jetzt nicht aufgeben", versucht Livvy mich zu ermutigen. „Du kannst immer noch morgen mit dem Auto rauffahren."

Falls die Straßenverhältnisse es zulassen. Der Wetterbericht hat weitere Schneefälle angekündigt. Dennoch ist es natürlich eine gute Idee ... was allerdings das Gefühl in mir nicht mildern kann, dass ich mir Emily durch die Finger habe schlüpfen lassen.

„Es hat wohl keinen Zweck, noch länger hier herumzulungern", sage ich, und wir machen uns auf den Weg zur Haupthalle. Noch immer hetzen hier Unmassen von Passagieren umher, um ihren Zug zu erwischen, aber im Moment kann ich weder Verständnis noch Mitgefühl für sie aufbringen. Im Moment wünschte ich nur, sie alle würden einfach verschwinden ... oder mir wenigstens aus dem Weg gehen.

Zusammen laufen wir zum Eingang der U-Bahn. Fast glaube ich, dass Livvy und Joe genauso enttäuscht sind wie ich. Ich bin derart in meinem Elend gefangen, dass ich zuerst gar nicht bemerke, wie Livvy aufgeregt an meinem Ärmel zupft.

„Adam ..." Fast bleibt ihr das Wort in der Kehle stecken.

„Was ist denn?", frage ich gereizt.

„Da, sieh nur." Sie streckt den Arm aus.

Und dann teilt sich die Menschenmenge vor uns, und wie durch ein Wunder steht Emily plötzlich nur wenige Meter von mir entfernt.

„Oh", entfährt es ihr, als sie sieht, dass Livvy und Joe bei mir sind. „Was macht ihr denn hier?"

„Oh Gott, ich hatte solche Angst, dich verloren zu haben", stoße ich aus, und dann ist alles und jeder andere vergessen, als wir uns in die Arme fliegen.

Livvy

„Du hast es also geschafft", höre ich da eine Stimme gleich neben mir. „Gut gemacht."

Es ist der Fahrkartenkontrolleur.

„Wie bitte? Kenne ich Sie?" Wieso bildet dieser Kerl sich ein, er könnte mich einfach duzen?

„Oh, entschuldige." Der Kontrolleur verblasst, und gleich darauf reibt Malachi sich schnurrend an meine Waden. „Wie ich bereits sagte ... gut gemacht. Du hast es geschafft."

„Danke", nehme ich sein Lob an. „Und wie geht es jetzt weiter? Was passiert jetzt mit mir? Stecke ich jetzt für alle Ewigkeit in der Zwischenwelt fest? Ich meine, Adam hat ja nicht mitgespielt."

So gut es sich auch anfühlt, Adam und Emily geholfen zu haben – Adam und Emily, die übrigens wie Napfschnecken aneinanderkleben –, so wenig behagt mir die Aussicht, für immer und ewig in der Unterwelt festzusitzen. Ich meine, ich hatte wirklich lustige Abende dort und habe es auch genossen, ein wenig mit DJ Steve zu flirten, aber ... will ich wirklich die Ewigkeit in Roberts Gesellschaft verbringen?

„Nein, nicht unbedingt", antwortet Malachi mir. „Du hast deine Wünsche für ihre aufgegeben und geopfert. Damit hast du die Wirkung von Letitias Trank neutralisiert ..." – Ha, ich fasse es nicht! Dass so etwas möglich war, sagt er mir erst jetzt? – „... und von nun an hast du noch eine vierundzwanzigstündige Gnadenfrist, um dich von allen zu verabschieden. Ich an deiner Stelle würde mich als Erstes um Joe kümmern."

„Mum, redest du da mit dieser Katze?", fragt Joe mich genau in diesem Moment.

„Das ist eine lange Geschichte", murmele ich nur vage.

„Du musst jetzt wieder gehen, nicht wahr?", kommt es von Joe.

„Ja. So leid es mir auch tut, aber es muss sein."

„Ich werde traurig sein", sagt er bedrückt.

„Ja, ich auch. Und es tut mir schon jetzt leid, dass ich dich nicht mehr als erwachsenen Mann erleben werde. Obwohl, eigentlich bist du auch jetzt schon ein prächtiger junger Mann. Dad und Emily werden dich auf deinem Weg zum Erwachsensein begleiten, werden dir helfen und dir zur Seite stehen. Viel besser als deine dumme Mum."

„Du bist keine dumme Mum", sagt Joe. „Du bist meine Mum. Und ich bin froh, dass ich dir das sagen kann. Das wollte ich dir nämlich schon die ganze Zeit über sagen."

„Es tut so gut, das von dir zu hören." Die Tränen laufen mir in Strömen übers Gesicht. „Ich liebe dich so sehr, mein Sohn. Ich werde dich immer lieben. Ich wünsche dir fröhliche Weihnachten, Joe."

„Ich liebe dich auch, Mum", sagt Joe. Es sind Worte, von denen ich nie geglaubt habe, dass mein Sohn sie je zu mir sagen würde.

Und dann umarmt er mich, umarmt mich richtig ... zum ersten Mal in meinem Leben umarmt mein Sohn mich. So stehen wir eine ganze Zeit lang da, und ich weine um all die Dinge, die ich verloren habe, und all die Dinge, die wir nie als Mutter und Sohn zusammen erleben werden. Doch dank Malachi habe ich immerhin eine ziemlich gute Vorstellung von der Zukunft und damit auch die Gewissheit, dass es Joe gut gehen wird.

Ich merke, wie ich verblasse, ich kann Joe immer weniger fühlen. „Ich bin so stolz auf dich, auf das, was aus dir werden wird", wispere ich ihm noch ins Ohr, und dann verschwimmt auch der Bahnhof ... und ich bin wieder auf dem Lidl-Parkplatz zurück, zusammen mit Malachi.

„Und was jetzt?", frage ich.

„Jetzt trittst du deine Reise auf die andere Seite an", antwortet er. „Dabei kann ich dich nicht begleiten, die wirst du allein unternehmen müssen."

„Ich möchte sie alle noch so gern ein letztes Mal sehen", murmele ich vor mich hin.

„Das wirst du auch", kommt es von Malachi. „Das wirst du ganz sicher."

Und damit löst er sich auf, und zum ersten Mal tut es mir leid, dass er nicht mehr hier ist.

EPILOG

Der Weihnachtsabend

Sie sitzen alle um den großen Tisch herum: Mum, Adam, Joe, Emily und sogar Emilys Dad, der heute Morgen in seinen Wagen gestiegen und hier heruntergefahren ist. Adam hatte darauf bestanden. Schon den ganzen Tag schaue ich ihnen zu, ohne dass sie von meiner Anwesenheit auch nur ahnen. Ich habe mitverfolgt, wie Mum und Adam sich wieder versöhnt haben. Mum war in Tränen aufgelöst, als sie hörte, was sich alles ereignet hat. Ich habe ihnen zugesehen, wie sie mit Champagner angestoßen haben, wie sie den Truthahn verputzt haben, wie sie das Tischfeuerwerk haben knallen lassen und ihre Geschenke ausgepackt haben. Ich habe ihnen zugehört, wie sie miteinander geredet und gelacht haben. Emily hat eine CD mit Weihnachtsliedern eingelegt, und selig stehe ich in der Küche und lausche der Musik. Es erinnert mich an die Zeit, als ich noch ein kleines Mädchen war und mit Mum und Dad und Granny Weihnachten gefeiert habe. Es macht mir nichts aus, dass ich hier nicht mitfeiern kann, es reicht mir vollkommen, sie alle so glücklich und fröhlich zu sehen. Jetzt, da Eifersucht und Eigennutz meinen Blick nicht mehr trüben, erkenne ich deutlich, wie gut Adam und Emily zusammenpassen. Sie sind wirklich ein schönes Paar, und ich freue mich für die beiden.

Malachi kommt durch die Katzenklappe in die Küche.

„Es ist so weit", kündigt er an.

„Und ich bin bereit." Malachi hat mir Einblicke in die Zukunft gewährt, und ich bin froh und glücklich für Adam. Ärger und Schmerz gibt es nicht länger in mir, ich bin erfüllt von tiefer Zufriedenheit. Ich bin zurückgekommen, um zu tun, was ich noch zu erledigen hatte. Es ist vollbracht, und jetzt kann ich beruhigt wieder gehen.

Die Hintertür fliegt auf, alle am Tisch zucken erschreckt zusammen. Ich folge Malachi hinaus in den verschneiten Garten. Der Himmel ist samtschwarz und steht voll funkelnder Sterne. Ich weiß, dass es eine frostige Nacht sein muss, aber ich kann es nicht mehr fühlen.

„Wie ist diese Katze hier hereingekommen?", fragt Adam verblüfft.

„Ich glaube, sie will, dass wir ihr folgen", vermutet Emily richtig.

„Das ist Mums Freund", weiß Joe.

Und so folgen sie alle Malachi hinaus in den Garten, und Joe ruft aus: „Da ist Mum!", und ich weiß, dass sie alle mich sehen können.

„Livvy ...", hebt Adam an.

„Schon in Ordnung, Adam", halte ich ihn auf. „Ich gehe jetzt und wollte mich nur verabschieden. Ich werde dich immer lieben, vergiss das bitte niemals. Ich bin glücklich über das, was wir zusammen hatten, und ich bin glücklich für dich über das, was du jetzt hast. Vielleicht kannst du versuchen, dich ab und zu an mich zu erinnern und nicht allzu schlecht über mich zu denken."

Emily lehnt sich an ihn. „Danke für alles, was du für uns getan hast, Livvy. Es tut mir leid, dass es so gekommen ist."

„Es braucht dir nicht leidzutun", erwidere ich freundlich. „Es ist eben so, wie es ist. Pass gut für mich auf die beiden auf, ja?"

„Das werde ich", verspricht sie mir mit Tränen in den Augen.

Dann drehe ich mich zu Kenneth um. „Und Sie ... Sie kümmern sich besser anständig um meine Mum, sonst komme ich wieder und werde Sie heimsuchen", drohe ich ihm gespielt streng.

„Oh, keine Sorge, das werde ich ganz sicher." Kenneth scheint keinerlei Probleme damit zu haben, sich mit einem Geist zu unterhalten. Ja, ich muss zugeben, der Mann wird mir langsam richtig sympathisch, und ich bin froh, dass Mum jemanden gefunden hat.

Mum steht ein wenig abseits von der Gruppe, und so gehe ich zu ihr hin und umarme sie. Ich fühle ihre Wärme, aber ich weiß nicht, ob sie mich auch fühlen kann. „Danke für alles, Mum. Ich entschuldige mich dafür, dass ich es dir so oft so schwer gemacht habe und eine solche Enttäuschung für dich war."

„Oh, mein Mädchen, das warst du nie", bringt sie erstickt hervor.

Und dann gehe ich zu Joe, zu meinem geliebten Sohn. „Ich wünsche dir alles Glück der Erde, und vergiss nie, dass ich immer bei dir bin. Schau morgens und abends zur Venus hinauf, und wenn du den Stern siehst, dann denke an mich. Ich verspreche dir, dass ich immer auf dich aufpassen werde."

„Auf Wiedersehen, Mum", sagt er, und dann lächelt er ein so wunderbares Lächeln, dass mein Herz vor Freude anschwillt. Ich habe also doch gute Arbeit geleistet.

Dann fängt alles langsam an zu verschwimmen und zu verblassen.

„Zeit zu gehen", erinnert Malachi mich.

„Danke für alles", sage ich zu ihm. „Und danke dafür, dass du es so lange mit mir ausgehalten hast."

„Ach, Unsinn", brummt er verlegen. „Du warst doch noch harmlos, ein Kinderspiel. Du solltest mal meinen nächsten Klienten erleben, mit dem ich mich jetzt herumschlagen muss."

Die Sterne funkeln immer heller, und unser Garten verschwindet in der Dunkelheit. Tiefer Frieden erfüllt mich, als ich mich umdrehe und den Pfad entlanggehe, auf dem ich mein Leben endgültig verlasse.

Joes Notizheft

Eine Mutter ist viele Dinge.
Manchmal ist sie nett und lieb.
Manchmal macht sie auch Fehler.
Es war gut, Mum wieder zurückzuhaben.
Aber ich wusste, sie würde wieder gehen müssen.
Auch wenn es mich traurig macht.
Es gefällt mir, dass Dad so glücklich mit Emily ist.
Und es gefällt mir auch, dass Granny Kenneth gefunden hat.
Das hat alles meine Mum arrangiert.
Jetzt werde ich jedes Jahr zu Weihnachten zu den Sternen hinaufsehen und meinen Weihnachtswunsch hinaufschicken.
Und meine Mum wird dann dafür sorgen, dass er in Erfüllung geht.
Denn meine Mum ist nun auch ein Stern dort oben am Himmel.

– ENDE –

DANKSAGUNGEN

Wie immer haben mich auch dieses Mal so viele Leute beim Schreiben dieses Buches unterstützt und mir geholfen.

Ich möchte Etta Saunders Bingham dafür danken, dass sie so großzügig war, mit mir offen über ihre Erfahrungen zu reden, was es heißt, mit einem autistischen Sohn zu leben. Ich hoffe wirklich, dass ich es richtig verstanden und getroffen habe, Etta!

Auch möchte ich all meinen Facebook-Freunden danken, die auf meinen Hilferuf bei der Suche nach einem Namen für meinen Geisterführer-Kater mit großartigen Ideen geantwortet haben. Es gab so viele wunderbare Namen, dass ich wirklich die Qual der Wahl hatte. Daher gilt mein ganz besonderer Dank Lisa Lacourarie, die schließlich mit dem Vorschlag „Malachi" aufwartete. Einfach perfekt!

Die begeisterte Unterstützung meines Agenten Oli Munson war für den gesamten Prozess des Schreibens von *Ein ganz besonderer Weihnachtswunsch* einfach unbezahlbar. Ich hoffe, Du hältst das Resultat für gelungen!

Und natürlich hat das gesamte Team von Avon wie immer alles nur Erdenkliche für mich getan. Mein besonderer Dank geht dabei an Eli Dryden, meine absolut fantastische Redakteurin. Ohne Deine so brillant scharfsinnigen Einsichten und großartigen Vorschläge wäre das Buch heute nicht das, was es ist. Du hast mich unerbittlich angetrieben, aber ich bin überzeugt, dass das Ergebnis die ganze Arbeit wert macht.

Und letztendlich geht ein riesiges Dankeschön an Euch, liebe Leser. Ohne Euch hätten alle meine Ideen keinen Wert. Sie wären dazu verdammt, mir stets nur wirr durch den Kopf zu wirbeln, bis mein Mann sich sicherlich irgendwann fragen würde, ob ich nun nicht doch endgültig den Verstand verloren hätte. Mein Dank an Euch, dass Ihr dieses Buch gewählt habt, und auch danke an all die, die mich auf Twitter oder per E-Mail erreichen und unterstützen. Es bedeutet mir wirklich sehr viel!

Bei Charles Dickens und Noël Coward muss ich mich vielleicht entschuldigen, aber ich möchte auch beiden für die Inspiration danken. Livvy spukt schon seit Jahren in meinem Kopf als ein sehr wütender Geist herum. Es hat großen Spaß gemacht, ihre Geschichte zu erzählen. Hoffentlich habt Ihr ebensolchen großen Spaß dabei, ihre Geschichte zu lesen!

Julia

Informationen zu unserem Verlagsprogramm, Anmeldung zum Newsletter und vieles mehr finden Sie unter:

www.harpercollins.de

Lesen Sie auch von Julia Williams:

Deutsche Erstveröffentlichung

Band-Nr. 25883
9,99 € (D)
ISBN: 978-3-95649-245-7
432 Seiten
Auch als eBook erhältlich!

Julia Williams
Tatsächlich Weihnachten

Vier Menschen, vier Schicksale, ein berührendes Weihnachtswunder: Catherine graut es vor den Festtagen. Ihr Leben in London ist unerträglich. Die Ehe liegt in Scherben. Noel verliert ausgerechnet vor den Feiertagen seinen Job und damit jeglichen Lebensmut. Marianne versucht sich im idyllischen Örtchen Hope Christmas auf Weihnachten zu freuen, doch alles um sie herum erinnert sie an ihre verlorene Liebe. Gabriel ist verzweifelt, seine Frau ist auf und davon. Doch seinem Sohn will er ein glückliches Fest bereiten. Nur das Eingreifen eines rettenden Engels kann diesen vier beweisen, dass zu Weihnachten Wunder wahr werden können.

Deutsche Erstveröffentlichung

Band-Nr. 25932
9,99 € (D)
ISBN: 978-3-95649-570-0
448 Seiten
Auch als eBook erhältlich!

Julia Williams
Der vergessene Garten

Lovelace Cottage muss unbedingt renoviert werden. Aber seit dem Tod seiner Frau fühlt sich Joel allein gelassen. Sein kleiner Sohn, der Job – da bleibt kaum Zeit sich noch um Haus und Garten zu kümmern. Obwohl der Vater ihrer Töchter sie damals verließ, ist Laurel glücklich. Doch plötzlich ist er wieder da und mit ihm die Gefühle, die sie all die Jahre unterdrückt hat. Und dann kommt Kezzie aus London nach Heartsease. Mit ihrem Enthusiasmus und ihren Ideen bringt sie neuen Schwung in den Ort das Leben ihrer neuen Nachbarn. Doch auch Kezzie hat etwas, wovor sie davonläuft. Aber es ist ja Sommer, eine Zeit des Neubeginns, und vielleicht ist es genau das, was die drei am meisten brauchen – Sommer in ihren Herzen.

Band-Nr. 25961
9,99 € (D)
ISBN: 978-3-95649-602-8
400 Seiten

Sarah Morgan
Für immer und einen Weihnachtsmorgen

Skylar Tempest hat noch nie verstanden, warum der Fernseh-Historiker Alec auf der ganzen Welt geliebt wird. Schließlich verhält er sich ziemlich abgehoben und hat es sich in den Kopf gesetzt, sie nicht zu mögen. Als das Schicksal ihr am Ende des Jahres dazwischenfunkt, muss sie Heiligabend ausgerechnet an seiner Seite verbringen. Und obwohl ihr diese Weihnachtszeit zunächst nicht sehr gnadenbringend erscheint, könnten die Glocken auf Puffin Island nicht süßer klingen. Denn bei ihm und seiner Familie herrscht das schiere Festtagschaos. Und das kann manchmal ganz schön liebenswürdig sein ...

Deutsche Erstveröffentlichung

Band-Nr. 25966
9,99 € (D)
ISBN: 978-3-95649-600-4
368 Seiten

Carmel Harrington
Ist die Liebe nicht schön?

Weihnachten war stets die schönste Zeit des Jahres für Belle. Die funkelnden Lichter Dublins, der knirschende Schnee unter den Schuhen, der Zauber, der in der Luft liegt. Doch dieses Jahr ist sie blind für all das und ihre Welt grau, nachdem sie alles verloren hat, was sie liebt. Aber Weihnachten hat auch dieses Jahr nicht seinen Zauber verloren ... und schickt Belle jemanden, der ihr vor Augen führen soll, wie schön das Leben ist. Eine Geschichte, so wohlig und warm wie eine heiße Schokolade!